BASTEI
LÜBBE

ROBERT RANKIN

WEB SITE STORY

Roman

Ins Deutsche übertragen von Axel Merz

BASTEI LÜBBE

BASTEI LÜBBE TASCHENBUCH
Band 24 313

1. Auflage: April 2003

Vollständige Taschenbuchausgabe

Bastei Lübbe Taschenbücher
ist ein Imprint der
Verlagsgruppe Lübbe

Deutsche Erstveröffentlichung
Titel der englischen Originalausgabe: Web Site Story

Lektorat: Gerhard Arth / Stefan Bauer
Titelillustration: Arndt Drechsler
Umschlaggestaltung: QuadroGrafik, Bensberg
Satz: Fanslau, Communication/EDV, Düsseldorf
Druck und Verarbeitung:
Brodard & Taupin, La Flèche, Frankreich
Printed in France
ISBN 3-404-24313-7

Dieses, mein zweiundzwanzigstes Buch,
widme ich mit Liebe

DER GOLDENEN FRAU
222

BRENTFORD UND DAHINTER

Es war Freude, Freude, glückselige Freude.

Glückselige, glückliche Freude.

Eine dicke, fette Smiley-Sonne erhob sich über die Dächer und strahlte auf die Gemeinde herab, die unter dem Namen Brentford bekannt ist.

Im Memorialpark erwachten die Blumen in ihren wohlgehegten Beeten, öffneten gähnend die Blütenblätter und grinsten den Himmel an. Spatzen zwitscherten auf ihren hohen Sitzstangen in den Bäumen, zupften an ihren Federn und schmiedeten Pläne für den vor ihnen liegenden Tag. Ein Milchwagen zockelte die Ealing Road hinauf und blieb vorm Fliegenden Schwan stehen. Wo Mr. Melchizedec, die Mütze auf dem rotgesichtigen Kopf, zwei Pints der Allerbesten, Gold-Top, auf die abgetretene Stufe stellte. Er streichelte den Kopf eines dösenden Katers und kehrte auf unmodischem Schuhwerk zu seinem Wagen zurück, während er eine selbst komponierte Melodie vor sich hin trällerte und seinen Weg fortsetzte.

Es war schön, an einem solch herrlichen Tag zu leben, und Mr. Melchizedec wusste dies sehr wohl.

Andere auch. Andere, die sich in diesem Augenblick entschlossen, sich in ihren kuschelig warmen Betten zu regen, die Vorhänge aufzuziehen und nach draußen auf diesen wunderbaren Tag zu sehen.

Diesen wunderschönen Tag, der ein Montag war, der dritte von Rune im Jahr 2022. Es war in der Tat ein wunderbarer Tag.

Und zwar aus wenigstens drei Gründen. Erstens, weil die Sonne schien, was für sich allein genommen gut war für einen wunderbaren Tag.

Zweitens, weil es der erste Montag des Monats war – welcher, dank der neuen Regierung, ein Bankfeiertag war. Alle ersten Montage eines Monats waren heutzutage Bankfeiertage.

Und drittens, weil es Brentford war, wo es immer schön ist, ganz gleich, welcher Tag gerade ist oder welches Wetter herrscht.

Die Einwohner von Brentford waren glückliche Einwohner. Sie waren schon immer glückliche Einwohner gewesen. Und wenn man sie alleine ließ und nicht störte, würden sie ohne den geringsten Zweifel stets glückliche Einwohner bleiben.

Nicht, dass es leicht gewesen wäre, sie allein zu lassen.

Die Welt jenseits des großen Dreiecks, das die Gemeinde umschloss – ein Dreieck, das von der Great West Road, dem altehrwürdigen Fluss Themse und dem Grand Union Kanal gebildet wurde –, besaß hin und wieder eine Neigung zu Übergriffen. Marotten und Moden mühten sich nach Kräften, meist ohne nennenswerten Erfolg, sich mit den Ellbogen einen Weg zu bahnen. Doch die braven Bewohner Brentfords waren stets auf der Hut. Stets wachsam. Stets bereit zu verteidigen, was das ihre war. Weil das, was das ihre war, etwas Besonderes war.

Brentford sah nach nichts Besonderem aus. Reihen von viktorianischen Reihenhäusern, ein einzelner Block Mietskasernen, ein paar Läden und Pubs und dies und jenes und was nicht noch alles. Eine ganz gewöhnliche Vorstadt, schien es. Doch das war es nicht. Es war mehr und es war etwas Besonderes.

Wie besonders? Warum besonders? Ah.

Es gab eine Magie hier. Eine Magie, die schwer beim Namen zu benennen war, schwer zu messen und schwer festzumachen. Aber es war dort, im Mauerwerk und in den Dachziegeln, in den Gehwegplatten und im Kopfsteinpflaster. Es schlief und träumte, doch seine Träume erreichten die Menschen, die dort wohnten, und es berührte ihre Leben und machte sie glücklich.

Jenseits des Großen Dreiecks lag eine andere Welt. Hier bewegten sich die Dinge mit Geschwindigkeiten, die die glücklichen Brentforder mit Sorge erfüllten. Hier herrschten Technologie und Veränderung. Ewige Veränderung. Und Veränderung kann etwas zum Fürchten sein. Denn Veränderung allein um der Veränderung willen ist selten eine Veränderung hin zum Besseren.

Sozusagen.

Und Veränderung in jener großen weiten Welt dort draußen hatte es in letzter Zeit ziemlich reichlich gegeben. Wie es zu dieser Veränderung gekommen war und was sie für die Einwohner der Gemeinde bedeutete, hat eine Menge mit dieser Geschichte zu tun und sollte deswegen ohne jeden Zweifel hier erwähnt werden.

Also fangen wir an.

Jenseits der Grenzen von Brentford existierte eine Welt, die von Menschen mit verstauchten Knöcheln, zerschrammten Knien und geprellten Ellbogen bevölkert war. Menschen, die in merkwürdigem Schuhwerk herumliefen. Menschen, die torkelten und nicht selten fielen. Menschen, die große Höhen mieden und niedrige Brücken. Menschen, die eine Sprache zu sprechen angefangen hatten, die aus gerade mal vierzig Worten bestand.

Und doch Menschen, die – wie ihre Brentforder Vettern und Cousinen – glücklich waren.

Wieso?

Nun. Es geschah nach folgender Façon. Und Façon ist sicherlich das richtige Wort.

Denn wie es die Dinge wollten, begab es sich im Jahre 2020, dass die britischen Wähler die Nase voll hatten. Genug war genug.

Nach mehr Jahren schlechter Regierung und Missmanagement, als der Zeremonienmeister des Oberhauses zählen konnte, kamen die Wähler Großbritanniens darin überein, bei der bevorstehenden Allgemeinen Wahl ihre Stimme aus Protest zurückzuhalten.

Und das taten sie dann auch.

Die großen Zampanos von Westminster wurden mit heruntergelassenen Hosen erwischt und fielen in einen Zustand tiefster Verwirrung. Dieses anarchistische Verhalten war beispiellos. Es hätte ein Gesetz dagegen geben müssen. Es würde in Zukunft definitiv ein Gesetz dagegen verabschiedet werden. Doch da dies nicht die Zukunft war, sondern das Jetzt, wussten sie nicht, was sie tun sollten. Irgendjemand musste das Land regieren. Irgendjemand musste Premierminister sein. Irgendjemand.

Aber wer?

Nun wird seit langem spekuliert – von jenen, die sich die Mühe machen, über dergleichen Dinge zu spekulieren –, dass der wichtige und verantwortungsvolle Posten des Premierministers scheinbar absolut überhaupt keiner Qualifikation bedarf. Man sollte meinen, dass der Premierminister doch wenigstens ein abgeschlossenes Studium in Politikwissenschaften haben sollte, grundlegende Kenntnisse über Finanzen und vielleicht auch noch eine Fremdsprache beherrschen. Pustekuchen. Um Premierminister zu werden bedurfte es nicht mehr, als der Führer jener politischen Partei zu sein, die von den Bürgern draußen im Lande gewählt wurde. Zugegeben, keine leichte Angelegenheit, aber doch wohl kaum die Qualifikation, um in der Downing Street hinter einem großen Schreibtisch zu sitzen und das Land vernünftig zu regieren. Es gab keinen Ausbildungsplan, keine Prüfungsvorschriften, nichts. Man setzte sich hinter den Schreibtisch und fing an zu regieren. Und wenn man dann gründlich Mist gebaut hat, weil niemand einem erzählt, wie es richtig geht, weil niemand weiß, wie es richtig geht, dann wird man abgewählt und das nächste unqualifizierte Individuum kommt an die Reihe.

Und so war es wirklich nicht weiter überraschend, dass die britische Wählerschaft irgendwann die Nase von alledem gestrichen voll hatte und beschloss, den Wahllokalen fernzubleiben. Die hohen Zampanos mit den heruntergelassenen Hosen schäumten vor Wut und durchsuchten fieberhaft die Wahlurnen. Irgendjemand musste doch gewählt haben.

Parteimitglieder mussten gewählt haben. Überzeugte Anhänger der Demokratie mussten gewählt haben. Irgendjemand. Ganz gleich wer.

Irgendjemand?

Ja. Natürlich. Natürlich hatte irgendjemand gewählt.

Einige. Einige wenige. Doch die Zahlen waren kaum der Rede wert. Ein paar Hundert, mehr nicht.

Die Parteimitgliedschaften waren stark zurückgegangen, wegen zu hoher Beiträge und vernachlässigbarer Vorteile. Und überzeugte, gebildete Anhänger der Demokratie fanden sich heutzutage nur noch selten. Nichtsdestotrotz hatte es ein paar Stimmen gegeben. Und die hohen Zampanos entschieden, dass aus diesen wenigen Stimmen die neue Regierung gebildet werden müsse. Es war eine heldenhafte Entscheidung.

Und merkwürdigerweise erwies sie sich im Gegensatz zu manch anderer heldenhafter Entscheidung in Westminster als eine gute.

Reginald Arthur Doveston, der unabhängige Kandidat von Penge Süd, Gründer und einziges Mitglied der Weltallianz für ganzheitliches Schuhwerk, wurde als jüngster britischer Premierminister vereidigt.

Er hatte die meisten Stimmen auf sich vereinigt. Vierzig alles in allem. Weil er ein sehr netter Mann war, dieser Mr. Doveston. Die Menschen mochten ihn, und wer ihn mochte, brachte es nicht über sich, seine Stimme zurückzuhalten.

Als es am Ende des Wahltags an die Auszählung ging, kurz und bündig und so weiter, war Mr. Doveston wahrscheinlich genau der Richtige für diesen Job.

Mr. Doveston hatte einen Abschluss in Politikwissenschaften. Er hatte ihn in einem Abendkurs im World Wide Web absolviert, zusammen mit Haushaltsführung und Makramee.

Und als Designer, Fabrikant und Lieferant ganzheitlichen Schuhwerks an spezialisierte Schuhläden besaß er auch ein fundiertes Wissen über Finanzen. Zumindest auf dem Gebiet ganzheitlichen Schuhwerks. Und als Runie, das heißt als Anhänger jenes großen Mystikers des zwanzigsten Jahrhunderts, jenes Schwertschluckers und selbsternannten Wundersamsten Mannes, der jemals lebte, Hugo Rune, sprach Mr. Doveston sogar eine zweite Sprache.

Runesisch. Die Universale Sprache.

Es war eine Sprache, die Hugo Rune erfunden hatte, bei einem seiner zahlreichen (und traurigerweise fehlgeschlagenen) Versuche, den Weltfrieden herbeizuführen.

Runesisch war, wie man sagen könnte und auch häufig sagt, eine »einfache Sprache«. Mit nicht mehr als vierzig Worten. Doch wie Rune unermüdlich jenen erklärt hatte, die bereit waren zu lauschen, »Kein Mensch braucht mehr als vierzig Worte, um seine Meinung auszudrücken, solange er es nur kurz macht.« Und »wenn eine Sprache nur aus freundlichen Worten besteht, dann werden diejenigen, die sie sprechen, kaum jemals etwas Böses sagen, oder vielleicht nicht? Eh?«

Und für diejenigen, die mitgezählt haben – diese beiden Aussagen bestehen aus genau vierzig Worten, auch wenn keines davon Runesisch ist.

Nun haben wir also, nebenbei bemerkt und so weiter, hier unseren Mr. Doveston, eminent qualifiziert, manch einer würde vielleicht sogar meinen überqualifiziert, um den Job des Premierministers zu übernehmen, und wir haben auch die großen Zampanos, die ihm diesen Job – wenn auch widerstrebend – geben.

Was ist nun mit der wählenden britischen Öffentlichkeit, könnte man fragen. Was hat sie dazu zu sagen? War sie entsetzt? Ging sie auf die Straße und brannte die Geschäfte nieder? Stürmte sie den Westminsterpalast? Wurde geteert und gefedert, wurde gelyncht und gevierteilt, wurden Köpfe abgetrennt und auf Pfähle gespießt?

Nein. Nichts dergleichen.

Aber es hätte durchaus passieren können, und es gab eine Menge Kneipendiskussionen über eine derartige Vorgehensweise. Doch es geschah nichts dergleichen. Stattdessen wurde gejubelt. Auf den Straßen getanzt und gefeiert. Fahnen rausgehängt und Schweine am Spieß geröstet. Und der Name von Mr. Doveston verherrlicht.

Warum?

Weil die britische Wählerschaft nun einmal britisch war, darum. Und ob man es glaubt oder nicht – die Briten besitzen in Wirklichkeit überhaupt kein Gespür für Fair Play. Sie genießen es, wenn ein sozial Benachteiligter auch mal seinen Spaß hat. Wenn der kleine Mann von der Straße das System schlägt. Es ist schwierig zu erklären, warum das so ist, genauso wie die Frage, was den Zauber von Brentford ausmacht, aber so ist es nun einmal. Ja, so ist es.

Es ist britisch, durch und durch britisch. Eine Tradition oder ein alter Brauch.

Oder was weiß ich.

Mr. Doveston fand sich jedenfalls hinter dem großen Schreibtisch der Macht wieder, die Füße in den Pantoffeln der Macht, von denen kaum einer was weiß und noch seltener jemand redet.

Die Pantinen der Macht waren nicht nach Mr. Dovestons persönlichem Geschmack, aus Gründen, die bald verdeutlicht werden sollen. Doch er würde sich darum kümmern. Wie er sich auch um alles andere kümmern würde. Weil Mr. Doveston ein Mann mit einem Plan war, wie die ganze Welt und

Hinz und Kunz sehr bald erfahren würden. Wenn auch nicht notwendigerweise verstehen.

Denn eines der Dinge, die Menschen besonders an Mr. Doveston mochten, war die Tatsache, dass er »offen« war. Er behielt keine Geheimnisse für sich. Er sagte, was er dachte. Er sagte, was gesagt werden musste.

Mr. Doveston hatte ein Wahlprogramm vorbereitet. Alle Kandidaten tun das vor einer Wahl. Es ist keine Tradition oder ein alter Brauch oder so was. Es ist hauptsächlich eine Ladung Bockmist über all die wunderbaren Dinge, die sie tun wollen, wenn sie gewählt werden. Und es ist etwas, das der Oppositionsführer immer wieder gerne herausnimmt, um dem Premierminister damit unter der Nase herumzufuchteln.

Nicht so Mr. Dovestons Wahlprogramm. Mr. Doveston beabsichtigte durchaus, sein Wahlprogramm in die Tat umzusetzen. Sein Plan war ein Einhundertachtzig-Punkte-Plan, der die einst so stolze und große britische Nation zu ihrem einstigen Stolz und ihrer einstigen Größe zurückführen sollte. Und zwar von Grund auf.

Das Wahlprogramm beinhaltete mehr oder weniger all das, was man vernünftigerweise von einem solchen Wahlprogramm erwartet. Armut, den Verfall der Städte, Umweltprobleme, das Gesundheitssystem, Verkehr, Wohlfahrt, Bildung, Welthandel, die Rentenversicherung, alles und jedes und noch eine Menge obendrein. Und es schilderte eine Strategie, um all diese Dinge in Ordnung zu bringen. Und zwar von Grund auf. Es nannte einen einzigen Grund für alle Übel der Nation.

Das Schuhwerk.

Was frühere Regierungen einfach nicht begriffen hatten, erläuterte Mr. Doveston, war die Tatsache, dass sie sich *von Grund auf* mit den Problemen befassen mussten. Was so viel heißt wie mit den Füßen der Nation und dem, was die Nation an den Füßen trug. Mr. Doveston kannte sich bestens in diesen Dingen aus. Er hatte diese Dinge studiert. Er war ein ausgemachter Experte in diesen Dingen.

Es ist nicht die Unwahrheit, wenn hier erklärt wird, dass Mr. Dovestons Guru Hugo Rune sich ebenfalls bestens darin auskannte.

Rune hatte einen Großteil seines faszinierenden Lebens[1] mit der Suche nach alternativer Energie verbracht. Er verabscheute den gewöhnlichen Verbrennungsmotor, beschrieb Elektrizität als »flüchtigen und gefährlichen Spleen« und erklärte Atomenergie als »unmöglich, um noch das Allerwenigste zu sagen«. Was Solarstrom angeht, so rümpfte Rune nur die Nase und grunzte wie ein Schwein. »Der Planet Erde selbst ist die ultimative Energiequelle«, erklärte er einst vor einer Gruppe japanischer Studenten, die eine Rundfahrt in einem offenen Bus durch die Gemeinde Brentford unternahmen. »Sie dreht sich und dreht sich und dreht sich und erzeugt gewaltige Kräfte, die derjenige, der sie erkennt, anzapfen und ausbeuten kann.«

»Meinen Sie den Magnetismus?«, fragte ein japanischer Student namens Kevin. »Der Globus als gewaltiger Magnet, dessen gleichmäßige Umdrehungen ein Magnetfeld erzeugen, und die zwei Drittel der Oberfläche, die von Ozeanen bedeckt sind, bieten ideale

---

1 Ein Leben, das in vielen dicken Chroniken von seinem Biografen und lebenslangen Freund Sir John Rimmer festgehalten wurde

Bedingungen für Magneto-Hydrodynamik, wobei das Salzwasser als ...«

Doch Hugo Rune schnitt ihm das Wort vermittels eines Schlages auf den Schädel ab, wobei ihm der kräftige Stock, den er stets bei sich trug, wertvolle Hilfe leistete. »Nein«, sagte er (Rune, nicht der Stock). »Nichts dergleichen. Überhaupt nicht.«

Offensichtlich ging es im Grunde genommen um eine Substanz namens Runelium. Ein Element, das die Wissenschaft bisher noch nicht identifizieren konnte. Im Gegensatz zu Rune.

Die Wissenschaft kennt einhundertfünf Elemente, von denen dreiundneunzig in der Natur vorkommen. Rune hatte mit seinem Röntgenblick und seiner Erweiterten Intuition™ das vierundneunzigste identifiziert. Und es in aller Bescheidenheit Runelium genannt.

Rune beschrieb Runelium als »weich und klebrig mit einem leichten Geruch nach Pfefferminze.« Es war da, überall, und wenn man nur intensiv genug danach suchte, konnte man es vielleicht sehen. Rune erklärte, dass es eine bisher brachliegende Quelle ultimativer Energie sei, die durch den Einsatz eines speziell konstruierten Runelium-freundlichen ganzheitlichen Schuhwerks genutzt werden könne. Die Pläne für die Manufaktur eines entsprechenden Schuhs wurden der Öffentlichkeit irgendwann in den 1980ern zugänglich gemacht, gegen einen Unkostenbeitrag von lediglich vier Pfund neunundneunzig einschließlich Porto und Verpackung per Mailorder an ein gewisses Postfach in Brentford. Schecks auszustellen auf Mr. H. Rune, NEW AGE INDUSTRIES INC.

Es war während jener gleichen 1980er, dass Mr. Doveston als sommersprossiger Jüngling von gerade neun Jahren in einem *Marvel* Comic auf eine Anzeige für eben jenes Schuhwerk stieß. Nahezu konkurrenzlos, wenn es um Count Dantes Kursus über die tödliche Kunst des Dimac ging.

Die Geschichte nahm bereits ihren Lauf, obwohl Mr. Doveston das damals natürlich noch nicht wusste.

Kehren wir in die Gegenwart zurück.

Jahre und Jahre voll Arbeit waren in das Runelium-freundliche Schuhwerk geflossen. Jahre und Jahre der Arbeit, geleistet durch Mr. Doveston, Schüler des Mystikers und *des Mannes* (wie Hugo Rune sich selbst auf seinen sternförmigen, goldkantenverzierten Visitenkarten zu nennen pflegte).

Und nun war die Zeit gekommen. Mr. Doveston saß hinter dem Schreibtisch der Macht. Die Nation würde es erfahren. Die Nation würde antworten. Großartige Zeiten lagen voraus. Die Menschen würden auf den Straßen tanzen (ziemlich vorsichtig tanzen angesichts der Höhe und Komplexität einiger Schuhwerke), sich auf den Rücksitzen ihrer Morris Minors in massivem Petting ergehen und vor Freude (wieder mit Vorsicht) der Länge und der Breite nach durch das Land springen.

Und Lieder würden gesungen werden. Neue Lieder mit flotten Melodien und leicht zu merkenden Texten. Texten, die in der neuen Sprache ›Runesisch‹ verfasst waren. Der Universalen Sprache des Friedens. Dazu ein paar kleinere Neuerungen wie beispielsweise die Einführung eines Bankfeiertags an jedem ersten Montag im Monat und den neuen Namen für die Monate. Daher der Monat Rune.

Es würde Freude, Freude, glückselige Freude sein.

Glückselige, glückliche Freude.

Und das war es. Das war es wirklich.

Wenigstens für eine Weile.

1

»Erinnerst du dich an das Tamagotchi?« Big Bob Charker blickte von seiner Frühstücksschale auf. Die Schale war aus pinkfarbenem Duroplast geformt und ruhte auf einem metrischen Yard pinkfarbenem Gingan-Tischtuch, das aus einer menschengemachten Faser hergestellt worden war. Dieser erfreuliche Anblick ruhte auf einem Esstisch mit einem Teflonfurnier. Das Furnier war pink. Die Vorhänge waren ebenfalls pink.

»Meinst du Tamagotchi wie in Spielzeug?«, erkundigte sich Bobs Ehefrau Minky.

»Selbiges«, deklarierte Big Bob. »Nun, hier heißt es...«

»Wo? In deiner Schale?«, fragte seine Frau. »In deiner Schale mit dem pinkfarbenen Frühstück?«

Big Bob seufzte den ersten Seufzer des Tages. »Nicht in meiner Schale, Weib«, erklärte er. »Nicht in meiner *leeren* pinkfarbenen Schale, die du an diesem freudenvollen Bankfeiertag zu füllen vernachlässigt hast. Sondern hier, in meiner Morgenzeitung, die ich auf dem Knie versteckt habe, damit die weiße Farbe des Papiers sich nicht mit den pinkfarbenen Tönen unserer Essecke beißt...«

»Pink ist die Farbe der Freude«, entgegnete seine Angetraute und streifte ihren Polynylonsynthagewebe-Morgenmantel mit den bunt gesteppten Plastivinylsuedosilkette-Revers glatt. »Pink ist, wo dein Herz ist...«

»*Zuhause* ist, wo dein Herz ist«, verbesserte Big Bob seine irrende Hauszierde.

»Unser Zuhause ist pink«, erwiderte seine nicht irrende Gattin.

»Sicher, Recht hast du, aber hier steht nun mal, in meiner Zeitung, die nicht pink ist...«

»Die *Financial Times* ist pink.«

Big Bob seufzte seinen zweiten Seufzer. Drei waren sein Maximum für jeden gegebenen Vierundzwanzig-Stunden-Zyklus, selbst an einem freudenvollen Bankfeiertag. »Bitte schweig still, Gattin«, sagte er. »Sonst fälle ich dich mit der pink getönten Nachbildung von einer Gusspfanne, die deine Schwester Jay dir zum Geburtstag geschenkt hat und die über deinem pink getönten Kamin aus unechtem Marmor hängt.«

Big Bobs Hauszierde sank in ein verdrießliches Schweigen.

»Da, das ist schon besser.« Big Bob schüttelte Cornflakes in seine Schale. Die Cornflakes waren pink; seine Frau hatte Beziehungen zu der Fabrik. Big Bob übergoss den Inhalt mit einem Erdbeer-Milchshake.

»Hier in meiner Zeitung steht, dass ein Bursche in Orton Goldhay immer noch eins am Laufen hat.«

Big Bobs Frau beäugte Big Bob durch ihre pinkfarbenen Kontaktlinsen, doch sie sagte nichts. Fast hätte Big Bob noch einmal geseufzt. »Du weißt noch, was ein Tamagotchi ist?«, vergewisserte er sich einmal mehr. Höflich.

Minky lächelte wissend und entblößte dabei Zähne von der Farbe, die man erhält, wenn man Weiß mit Rot mischt. »Selbstverständlich weiß ich noch, was ein Tamagotchi ist«, sagte sie. »Aus der Zeit, als ich ein Mädchen war, in den 1990ern. Wir nannten es ›Taschen-Haustier‹. Es hatte einen winzigen Bildschirm und winzige Knöpfe, und man musste sich um es kümmern und es füttern und sauber machen, indem man zur entsprechenden Zeit auf die entsprechenden Knöpfe gedrückt hat, die meistens nicht entsprechend waren. Und es wuchs und änderte seine Gestalt auf dem winzigen Schirm. Bis es irgendwann am dreiunddreißigsten Tag, und diese Zahl symbolisiert wahrscheinlich die Jahre des Lebens unseres Herrn Jesu Christi, endgültig starb und neugeboren wurde. Es war ungefähr sechs Monate lang unglaublich beliebt, bevor es den gleichen Weg nahm wie der Rubiks Cube und der Hula-Hoop und der Pog. Ganz zu schweigen vom Scooby Doo.«

»Das Scooby Doo?«, fragte Big Bob.

»Ich hab dir doch gesagt, du sollst darüber schweigen.«

Big Bob hielt seinen finalen Seufzer noch zurück. »Nun, hier in meiner Morgenzeitung, die im Übrigen nicht pink ist, heißt es jedenfalls, dass es einem Burschen in Orton Goldhay gelungen ist, sein Tamagotchi fünfundzwanzig Jahre lang am Leben zu erhalten, und dass es sich zu einem eigenständigen Wesen mit einer rudimentären Intelligenz entwickelt hat, das imstande ist, einfache Tricks auszuführen und vermittels Mimik mit seinem Besitzer zu kommunizieren.«

»Kann es singen?«, erkundigte sich Big Bobs Herzensgute.

»Hier steht nichts über Singen. Warum sprichst du vom Singen?«

»Nun.« Seine Eheliebste zupfte an ihren gefärbten Ringellöckchen. Sie waren so gefärbt, dass sich der Ton harmonisch in ihre gegenwärtige Umgebung einfügte. »Wenn es singen würde, dann wäre es wirklich *Folderriddledee.*«

»*Folderriddledee?* Was ist das denn für ein Kauderwelsch?«

»Runesisch«, sagte Minky. »Ich nehme einen Abendkurs im World Wide Web.«

»Was?«, machte ihr Gemahl. »Was? Was? *Was?*«

»*Folderriddledee* bedeutet ›die ekstatische Erkenntnis, dass selbst kleine Dinge genauso wunderbar sein können wie große Dinge und dass alles wirklich wunderbar ist, also warum lächeln wir nicht einfach und machen uns eine schöne Zeit, statt uns gegenseitig mit stumpfen Gegenständen zu schlagen, oder schlimmer noch mit spitzen?‹«

Big Bob sprach durch zusammengebissene Zähne hindurch. »Weib«, sprach er. »Sprich mit mir. Sag mir, wo leben wir?«

»Wir leben in Haus Nummer zweiundzwanzig in der Moby Dick Terrace, wo alles *Folderriddledee* ist«, antwortete seine Olle korrekt.

»Brentford«, sagte Big Bob. »Brentford ist das entscheidende Wort. Als die *umliegenden Gemeinden*[2] Schulter an Schulter standen, Hacke an Schuhspitze, Nase an Schwanz, voll wie Strandhaubitzen und gemacht haben, was sie wollen, namentlich ihre Stimmen bei der letzten Wahl verweigert, was haben wir da getan?«

»Wir haben unsere Stimmen verweigert«, sagte Minky und glättete nicht existierende Falten in ihren bunten, gesteppten Plastivinylsuedosilkette-Revers.

»Das haben wir in der Tat. Allerdings nicht aus den gleichen Gründen. Die Brentforder haben ihre Stimme schon immer verweigert. Weil die Gemeinde Brentford nämlich eine Selbstverwaltungs-Charta

---

2 Ein abfälliger Ausdruck, mit dem Brentforder alles und jedes beschreiben, das jenseits der Grenzen von Brentford lebt

besitzt, die auf das vierzehnte Jahrhundert zurückgeht, als Hector der Haarlose, Baron von Brentford, gewisse Taten für den Monarchen vollbrachte und zum Dank selbige erhielt, gültig bis zum Tag des Jüngsten Gerichts.«

»Das wusste ich«, sagte Minky. »Jeder weiß das.«

»Und als solche«, fuhr ihr Ehemann fort, »als solche haben wir Brentforder nichts am Hut mit den Spleens und Launen der Welt da draußen. Siehst du mich vielleicht in dieser albernen Sportbekleidung herumlaufen? Plappere ich diese Universale Sprache? Antworte nicht! Ich tue es *nicht.*«

»Du hast dir Cornflakes über die Krawatte geschüttet«, beobachtete die Pinkeste aller Ehefrauen. »Sie ziehen schon ein.«

»Weib«, sagte Big Bob. »Ich dulde nicht, dass dieses verdammte Runesisch in den pinkfarbenen Tapeten meines Hauses geplappert wird. Falls du auf dieser Albernheit bestehen musst, dann sei so freundlich, diese linguistische Blödsinnigkeit auf geeignetere Orte zu beschränken, nämlich ...«

»Deine Krawatte«, unterbrach ihn Minky. »Du solltest dich um deine Krawatte kümmern. Der Erdbeer-Milchshake färbt den Stoff.«

»Und da hast du es schon wieder«, sagte ihr Ehemann in einer Stimme erhobenen Tons. »Meine Krawatte, wie du beobachten magst, *kann* gefärbt werden. Sie ist aus Baumwolle. Ein natürliches Gewebe. Du erinnerst dich an Baumwolle?«

»Ich erinnere mich an Alamo«, entgegnete Minky. »Allerdings war ich nicht dabei.«

»Worauf ich hinauswill ...«, sagte Big Bob. Doch jetzt hatte er doch tatsächlich vergessen, worauf er hinausgewollt hatte. Es hatte etwas mit dem intelligenten Tamagotchi in Orton Goldhay zu tun. Und mit dem Sprechen von Runesisch. Aber es hatte auch mit natürlichen Geweben zu tun und mit ihrer gegenwärtigen Seltenheit. Und mit dem Leben in Brentford. Möglicherweise noch mit einer Menge Dinge mehr, doch die Unterhaltungen mit seiner Gemahlin verwirrten Big Bob oft, und häufig verlor er in ihrem Verlauf den Faden dessen, worauf er hinausgewollt hatte.

»Du kommst zu spät«, sagte Minky Charker, Ehefrau von Bob, der üblicherweise »Big« attribuiert wurde.

Big Bob sah auf seine Armbanduhr. Sie hatte Zeiger und ein Ziffernblatt, und die Zeiger bewegten sich vermittels eines Uhrwerks. »Das tue ich«, sagte Big Bob. »Und deswegen muss ich nun meine Lenden gürten und mich sputen, Fleck auf der Krawatte oder nicht. Den Letzten holt der Teufel.«

Er erhob sich von seinem rosafarbenen Frühstücksstuhl, betupfte sich den Mund mit einer passend gefärbten Serviette, ignorierte die blasse Zeitung, die ihm vom Knie gerutscht war, atmete tief durch und reckte die Brust, die selbst für eine große Brust mächtig groß war, bevor er Anstalten machte zu gehen.

»Habe ich meine Sandwichs?«, erkundigte er sich im Konversationston.

Seine Angetraute lächelte zuckersüß. »Ich geb's auf«, erwiderte sie. »Hast du deine Sandwichs?«

»Das heißt also nein, ja?«

Seine Frau nahm eine Packung Sandwichs in Zellophanfolie aus den Taschen ihres Polynylonsynthagewebe-Morgenrocks mit den bunten, gesteppten Plastivinylsuedosilkette-Revers. Die Sandwichs waren aus Weißbrot. Der Belag hingegen war Spam. Frühstücksfleisch.

»Einen schönen Tag wünsche ich dir«, sagte sie. »Einen *Folderriddledee*-Tag.«

Der Tag war froh und glücklich, und die eben aufgegangene Sonne tätschelte Big Bobs kahlen Schädel, als er auf seinem Weg unterwegs war. Sozusagen.

Sein Weg führte ihn zunächst die Moby Dick Terrace hinunter, wo zahlreiche Blumen (manch eine davon pink) in ihren wohlgehegten Beeten den Memorialpark verschönerten und die Spatzen aufgehört hatten, von den Sitzstangen in den Baumwipfeln zu zwitschern und Pläne für den Tag zu schmieden und stattdessen eben jene in die Tat umsetzten.

Einer von ihnen hätte beinahe auf Big Bobs kahlen Schädel Kacka gemacht, aber weil es so ein schöner Tag war, machte er es dann doch nicht.

Big Bob pfiff fröhlich vor sich hin. Nichts Besonderes, eine einfache Melodie eben. Eine einfache, *alte* Melodie. Nichts von diesem neumodischen Runie-Unsinn. Big Bob zog die Klassiker vor.

Ein paar Takte Sonic Energy Authority hier, ein paar Takte Lost T-Shirts of Atlantis dort. Und ein paar Takte der Hollow Chocolate Bunnies of Death, als scheinbar niemand in der Nähe war, der ihn hören konnte. Heute pfiff er: *Why is there never a policeman around when you need one, but always three busses turning up at the same time when you've given up waiting and just got into a taxi*[3]. Eine Melodie, die Mr. Melchizedec ihn gelehrt hatte,

3 Warum ist nie ein Polizist da, wenn du einen brauchst, und warum kommen immer drei Busse gleichzeitig um die Ecke, wenn du das Warten aufgegeben hast und in ein Taxi gestiegen bist? (Anmerkung des Übersetzers)

der Milchmann. Und die dieser tatsächlich früher an diesem Tag ebenfalls gepfiffen hatte, gleich nachdem er zwei Pints der Allerbesten, Gold-Top, auf die abgetretenen Stufen des Fliegenden Schwans gestellt hatte.

Während er in seiner Eigenschaft als Milchmann der Gemeinde Brentford unterwegs war, trug Mr. Melchizedec stets seine offizielle Kappe. Big Bob trug ebenfalls eine, allerdings keine Milchmann-Kappe. Big Bobs Kappe war die Kappe des Fremdenführers. Eines offiziellen Fremdenführers. *Des* offiziellen Fremdenführers. Des offiziellen Fremdenführers des Brentforder Fremdenverkehrsvereins.

Big Bob trug seine Kappe selbstverständlich nicht, solange er nicht offiziell im Dienst war, und sein Dienst begann offiziell erst, wenn er seine Karte im Depot steckte, und deswegen trug er sie im Augenblick nicht.

Deswegen der nackte kahle Schädel, der vom Kacka des Spatzen verschont geblieben war.

Noch immer pfeifend, kahlköpfig und kappenlos schob Big Bob seinen massigen Leib mit der großzügigen Brust und den breiten, wenngleich bisher jeder Erwähnung baren Schultern weiter und immer weiter in Richtung des Depots.

Die Blumen setzten ihr Verschönern fort, die Spatzen waren immer noch bei der Umsetzung ihrer unter Zwitschern geschmiedeten Pläne für den Tag.

Das Depot war mehr ein Schuppen als ein Depot. Genau genommen war es ein Schuppen. Ein Schuppen, der groß genug war, um einem Bus Platz zu bieten, aber nichtsdestotrotz ein Schuppen. Es war ein alter Schuppen und früher einmal ein Lokschuppen gewesen, in den Tagen, als noch Züge gefahren waren, mit einem Wort, in längst vergangenen Tagen.

Zur damaligen Zeit waren Züge eine ziemlich gute Idee gewesen. Einer Zeit, die mehr als hundert Jahre gedauert hatte. Doch irgendwann gegen Ende des zwanzigsten Jahrhunderts hatte der ein oder andere unqualifizierte Premierminister gedacht, es wäre vielleicht eine sehr gute Idee, wenn man das ganze System privatisieren würde. Er hatte die Schienensysteme und die Züge an verschiedene Konzerne verkauft, die, merkwürdig genug, von Burschen geleitet wurden, die zwar gut im Geschäftemachen waren, aber vollkommen unqualifiziert zur Führung eines Schienensystems mit Zügen.

Deswegen gab es heute keine Züge mehr, und diejenigen, die die Schienensysteme und Züge geleitet hatten, leiteten inzwischen andere Dinge, und die, die sie vermissten, vermissten sie, und sie vermissten sie sehr. (Klar?)

Big Bob vermisste sie nicht im Geringsten.

Er war nie selbst in einem Zug gefahren, weil er nichts hatte, wohin er jemals gemusst hätte. Big Bob war ein Mann der Busse. Großer Busse mit oben offenen Oberdecks. Altmodischen, großen Bussen, bemalt in Creme, mit verchromten Kühlergrills und einem besonderen Platz für den Führer. Busse, die im Kreis herumfuhren und da endeten, wo sie anfingen. Doch es gab auch nicht mehr viele Busse heutzutage. Big Bob kannte nur einen einzigen. Den Bus im Depot von Brentford. Den Bus, mit dem er seine Fremden führte. Auf einer Tour im Kreis herum.

Big Bob überquerte die Brücke, die einst die Eisenbahn überquert hatte, und stieg die schmale Treppe hinunter, die zum Hof und zum Depot führte.

Der Hof, früher ein Eisenbahnhof und heute im Besitz von *Brentforder Magische Touren durch die Geschichte*, sah genauso aus, wie so ein Hof aussehen sollte. Dekorativ übersät von rostigem Eisen der wellblechernen Form, flankiert von hohen Zäunen mit NATO-Draht (das ist der ohne Stacheln. Sieht aus wie ein breites Band, dessen Seiten oval ausgestanzt sind, so dass messerspitze Zacken zurückbleiben.) Ein Schild am Tor: VORSICHT VOR DEN WILDEN HUNDEN, DIE NACHTS FREI DURCH DEN HOF STREIFEN, und eine große Anzahl jener rostigen Fässer, die immer so aussehen, als wäre darin etwas sehr, sehr Gefährliches.

Big Bob beendete sein Pfeifen und betrachtete lächelnd seinen Hof. Er liebte diesen Hof. Es war die Sorte Ort, die er mochte. Alt und entspannt und mit einem Fuß in der Vergangenheit. Und ein Fuß ist alles, was man braucht, solange man weiß, wie man darauf balancieren muss und nirgendwo anders hingehen will.

Big Bob stieß das Tor mit dem Schild auf, das vor den nächtlichen Beißern warnte, und betrat den Hof des Depots. Das breite Doppeltor des Schuppens stand offen, und der Doppeldecker stand im Schuppen.

Unter dem Doppeldecker fummelte jemand auf einem langen Brett mit Rollen an den Bremsen des alten Busses. Kein Saboteur, dieser Jemand, sondern Periwig Tombs, der Mechaniker und Fahrer.

»Morgen, Big Bob«, rief er, als er das sich nähernde große Schuhwerk des sich nähernden großen Fremdenführers erspähte.

»Morgen, Peri, mein Freund«, rief Big Bob. »Letzte Handgriffe vor der Vollendung?«

Unter dem Bus ertönte das Scheppern, das Mechanikerköpfe weltweit erzeugen, wenn sie gegen die Unterkarosse irgendeines Vehikels prallen, weil ihre Träger sich ohne nachzudenken erheben, um die ein oder andere dumme Frage zu beantworten. Warum Mechaniker so etwas tun, wissen nur wenige Menschen, und die, die es wissen, scheren sich nicht weiter darum.

»Aua!«, sagte Periwig. »Warum mache ich das immer wieder?«

»Ich weiß es nicht«, antwortete Big Bob. »Aber glaub nicht, dass ich mich nicht darum schere.«

Periwig Tombs glitt auf dem langen Brett mit Rollen darunter unter dem Bus hervor, wobei er sich den Kopf rieb. Es war ein Kopf von großzügigen Proportionen. Ein hoch aufragender Ballon von einem Kopf. Spärlich übersät von blonden Haaren und flankiert von großen Segelohren. Angesichts der Dimensionen dieses Schädels hätte man nun vielleicht erwartet, dazu passende Gesichtszüge vorzufinden. Doch nein, die Nase war ein kleiner Stupsknopf, die Augen winzig und verkniffen, und der kleine Mund schien unablässig zu schmollen. Der Hals, der diesen Kopf stützte, war von der Sorte, die gemeinhin als hager bezeichnet wird, und der Körper darunter war hager und schlaksig und drahtig und von einer Größe, die unterhalb des Durchschnitts angesiedelt war. In der Schule hatten ihn Klassenkameraden, die den *Eagle* Comic kannten, auf den Spitznamen Mekon getauft.

Periwig Tombs mühte sich in die Vertikale, wischte sich die öligen Hände an einem öligen Lappen ab, der ihre Öligkeit um präzise eine Größenordnung erhöhte, und grinste Big Bob den Fremdenführer mit seinem winzigen Kussmund an.

»Du hast Erdbeer-Milchshake-Flecken auf deiner Krawatte«, beobachtete er.

»Und ich trage sie mit Stolz«, erwiderte der Große. »Hast du vielleicht Lust auf ein Sandwich mit Frühstücksfleisch?«

»Nein, aber ein Aspirin käme mir im Augenblick ganz gelegen.«

Das Depot verfügte über ein Dienstplan-Brett mit dem Namen von Big Bob darauf. Big Bob steckte seine Karte, überflog das Brett und machte dann Tsss-tsss-tsss.

»Warum machst du dreimal Tsss?«, erkundigte sich Periwig, während er nach der Swarfega-Dose suchte.

»Ich mache Tsss wegen diesem Dienstplan«, sagte Big Bob, während er seine offizielle Kappe von seinem offiziellen Haken nahm und sie auf seinen Kopf setzte, womit er nun offiziell war. »Ich mache Tsss wegen der Tatsache, dass es an diesem freudenvollen Bankfeiertag nur eine einzige Führung durch die Gemeinde gibt und dass lediglich sechs Touristen gebucht sind. Wehe auf das Haus Charker, weil damit einhergeht, dass wenig Touristen wenig Trinkgeld bedeuten und wenig Trinkgeld wenig Bier bedeutet.«

»Nun, es ist ein sterbendes Ding, nicht wahr?«, sagte Periwig Tombs, der inzwischen die Swarfega-Dose lokalisiert hatte, aber momentan beim besten Willen nicht wusste, wie er sie öffnen sollte. Wo doch seine winzigen Hände ach so ölverschmiert waren und alles.

»Ein sterbendes Ding?«, fragte Big Bob. »Was meinst du damit?«

»Die Leute mögen keine Bustouren mehr.« Periwig machte sich mit den Zähnen am Dosendeckel zu schaffen. »Bustouren sind altmodisch. Die Leute können heutzutage in ihren gemütlichen Häusern sitzen und an ihren Mute Corp PCs virtuelle Trips um den gesamten Globus unternehmen. Autsch! Das war eine Füllung.«

»Ich habe von diesen virtuellen Führungen gelesen«, sagte Big Bob. »Aber so eine Führung kann doch das Echte unmöglich ersetzen.«

»Unmöglich ersetzen?« Periwig musterte Bob mit einem langen, altmodischen Blick von der Sorte, die lange schon aus der Mode war. »Du magst dich vielleicht vor dem Fortschritt verschließen, Big Bob, mit deinem alttestamentarischen Prophetenstil und alles, aber die Welt hat sich seit dem Anfang des einundzwanzigsten Jahrhunderts ein wenig verändert. Die Menschen unternehmen im Allgemeinen nicht mehr so viel wie früher. Es ist alles bereits unternommen. Drück einen Knopf, ruf es auf. Instant-Befriedigung.«

Big Bob zuckte die breiten und inzwischen bereits erwähnten Schultern. »Erstens«, sagte er. »Erstens rede ich nicht wie ein alttestamentarischer Prophet. Ich rede so, wie ich rede, weil ich es als Merkmal meiner Individualität betrachte. Du und andere, einschließlich meiner Ehefrau, ihr mögt dies vielleicht als einstudierte Exzentrizität sehen, als Kennzeichen des Blenders. Ich respektiere euer Recht so zu denken, und ich bedaure zugleich, dass dieses Recht in meiner Gegenwart missbraucht wird. Wenn du verstehst, was ich meine. Zweitens«, fuhr Big Bob fort. »Zweitens verstehe ich sehr wohl, was es mit diesen virtuellen Busrundfahrten auf sich hat. Wir sind zusammen zur Schule gegangen, du erinnerst dich? Ich habe an meinem Mute Corp Lernterminal studiert, genau wie du an deinem. Ich bin mir sehr wohl bewusst, dass sich rings um mich herum alles ändert, doch ich bin nicht verpflichtet, es gutzuheißen oder stillschweigend zu billigen. Ich hätte es lieber, wenn die Dinge so bleiben, wie sie sind. Kannst du mir bis hierher folgen?«

»Kann ich«, erwiderte Periwig. »Und ich wollte dir nicht zu nahe treten, Big Bob. Es geschieht leider nur zu häufig, dass gute Leute in dieser sich verändernden Welt ringsum unter die Räder kommen. Und wenn wir nicht bald etwas unternehmen, um mehr Touristen in unsere Gemeinde zu bringen, haben wir beide bald keinen Job mehr. Ganz gewiss haben wir den nicht mehr.«

Big Bob nahm Periwig die ölige Dose aus der Hand und riss den Verschluss auf. »Dessen bin ich mir nur zu bewusst, mein Freund«, sagte er, »und ich habe einige Gedanken auf dieses Problem verwendet. Möchtest du vielleicht, dass ich dir davon erzähle?«

Periwig vergrub die Finger in dem sagenhaft grünen Swarfega. »Jetzt hast du auch noch Öl auf deiner Krawatte«, sagte er. Und: »Ja, nur zu gerne hätte ich, dass du mir davon erzählst.«

Und so erzählte ihm Big Bob von seinen Gedanken.

»Meine Gedanken sind folgendermaßen«, sagte Big Bob, als die beiden sich im Eingang des Schuppens in der Sonne in alten Bus-Deckstühlen niedergelassen hatten. *»Brentforder Magische Touren durch die Geschichte* mögen ja schön und gut sein, und meiner Meinung nach sind sie auch wirklich schön und gut. Aber wie die rückgängigen Touristenzahlen anzeigen, haben sie ihre besten Zeiten möglicherweise bereits hinter sich. Die Menschen sind süchtig nach Neuem. Sie sind süchtig nach Abenteuer und Aufregung ...«

»Ich könnte den Bus ein wenig schneller fahren«, erbot sich Periwig. »Ich wette, dass ich ihn an der Ecke zum Half Acre auf zwei Räder kriegen könnte.«

Big Bob schüttelte seinen kahlen Kopf, auf dem die offizielle Kappe saß. »Das würde die Gesamtzeit der Führung ändern. Was ich vorschlage hat nichts mit Änderung zu tun. Tatsächlich ist es genau das Gegenteil. Ich schlage einen Themenpark vor.«

»Einen Themenpark?« Periwig versteifte sich in seinem Busdeckstuhl. »Hier in Brentford? Hast du deinen Verstand beurlaubt? Wie viel mehr Veränderung kann es denn noch geben, als einen Teil von Brentford in einen Themenpark zu verwandeln?«

»Nicht einen Teil«, sagte Big Bob. »Ganz Brentford.«

»Ganz Brentford? Du bist eindeutig von Sinnen. Bleib still sitzen, ich rufe einen Krankenwagen.«

»Ich schlage überhaupt keine Veränderung vor«, entgegnete Big Bob, dessen nüchterne Contenance Worte der Wahrheit nahe legte. »Wann wurde in Brentford zum letzten Mal etwas Neues gebaut? Antworte nicht, ich sage es dir, denn ich habe nachgesehen. Es ist fünfundsiebzig Jahre her. Das Electric Alhambra Kino auf der High Street.«

»Ich wusste gar nicht, dass Brentford ein Kino hatte.«

»Hatte es auch nicht. Es wurde nie eröffnet.«

»Warte mal«, warf Periwig ein. »Was ist mit den Mietskasernen?«

»Ah«, sagte Big Bob.

»Und dem Arts Centre?«

»Ah«, sagte Big Bob einmal mehr.

»Ich finde diese ›Ahs‹ deinerseits nicht wenig beunruhigend«, sagte Periwig Tombs. »Du hast nicht ganz so viel Nachforschungen angestellt, wie vielleicht nötig gewesen wären.«

»Hm«, sagte Big Bob. Er war ein wenig gedrückt, aber noch längst nicht geschlagen. »Also schön«, fügte er hinzu. »Ich stimme dir zu. Ich bin mit den Mietskasernen und dem Arts Centre aufgewachsen. Trotzdem, in den letzten dreißig Jahren wurde in unserer Gegend nichts Neues mehr gebaut. Hör zu, Periwig, ich liebe diese Stadt, und du liebst diese Stadt. Wir haben unser ganzes bisheriges Leben hier verbracht. Erinnerst du dich noch an unsere gemeinsame Zeit in der Schule? Welch frohe, glückliche Zeiten das doch waren. Abgesehen von den gelegentlichen traurigen Zeiten.« Big Bob seufzte den letzten Seufzer des aktuellen Tages.

Wann immer er über seine Schulzeit und die glückselige, glückliche Freude jener Zeiten nachdachte, dachte er an Ann Green. Sie war in der Junior School in seiner Klasse gewesen. Sie war nicht die erste Liebe seines Lebens gewesen oder etwas in der Art. Sie war nichts weiter als eines von vielen Mädchen gewesen. Doch sie war mit zehn Jahren gestorben, bei einem Unfall auf dem Spielplatz des Memorialparks. Big Bob, damals noch Little Bob, hatte es gesehen. Sie hatte einen Freund auf einer dieser langen metallenen Schiffsschaukeln angestoßen, die man glücklicherweise längst nicht mehr auf Spielplätzen findet. Irgendjemand rief nach ihr, und sie drehte den Kopf nach ihm um. Die Schiffsschaukel schaukelte zurück und traf sie am Hals, und plötzlich war das kleine Mädchen, noch einen Augenblick zuvor so voller Leben, tot gewesen.

»Ich will dich ja nicht drängen«, sagte Periwig. »Aber in zehn Minuten müssen wir den Bus rausholen und uns auf unsere erste und einzige Tour des heutigen Tages begeben. Falls du also etwas zu sagen hast, dann schlage ich vor, du sagst es jetzt.«

»Nur dieses.« Big Bob sammelte seine Gedanken und schüttelte ihre Traurigkeit ab. »Die Welt jenseits der Grenzen von Brentford ändert sich tagtäglich. Hier bei uns sind die Veränderungen kaum wahrnehmbar. Und deswegen stellen wir eine historische Anomalie dar. Wir sind, ohne dass man die kleinste Kleinigkeit ändern müsste, ein funktionierender historischer Themenpark.«

»*Suburbia World!*«, kreischte Periwig. »Das sollte sie zu Tausenden herbeilocken!«

»Glaubst du das wirklich?«

»Nein, tue ich nicht. Was Ideen angeht, Big Bob, so ist das ein ziemlich blödes Exemplar. Ich meine, sie hat ja einen gewissen Charme, zugegeben. Für dich jedenfalls. Dass sich in der Gemeinde nichts ändern und nichts hinzugefügt werden müsste. Dass Brentford einfach so ein Themenpark sein würde. Und wenn man es nur schlau genug anstellt mit der Werbung, bei den richtigen Leuten und so, dann sollte es tatsächlich ein gewisses Potenzial geben. Aber es kann nicht funktionieren. Die Menschen brauchen heutzutage ständige Abwechslung und Aufregung. Selbst wenn es nur vermittels ihrer Mute Corp Terminals in den Wohnzimmern passiert. Es ist ein tapferer

Versuch, Big Bob, aber es wird niemals funktionieren.«

»Glaubst du wirklich?«

»Tut mir Leid«, sagte Periwig.

Big Bob stieß den vierten Seufzer des Tages aus. »Wenn du sagst, dass es nicht funktionieren wird, dann wird es das vermutlich nicht«, seufzte er, indem er seinen mächtigen Leib vom Busdeckstuhl erhob und in der Sonne die Glieder streckte. »Wir sind seit unserer Kindheit Freunde, Periwig. Ich vertraue dir. Du bist ein guter Mann. Trotzdem, es ist eine Schande. Ich dachte wirklich, es wäre eine richtig gute Idee.«

Periwig zuckte die Schultern und rappelte sich ebenfalls auf die Beine. Er blickte zu Big Bob auf und sagte: »Kein Problem, schließlich hast du es ja nur mir gegenüber erwähnt. Aber wenn ich du wäre, würde ich mit niemandem sonst darüber reden. Du würdest bestimmt nicht wollen, dass die Leute hinter deinem Rücken über dich lachen, oder?«

»Nein, würde ich nicht. Danke sehr, mein Freund.«

»Keine Ursache«, sagte Periwig Tombs. »Überhaupt keine Ursache.«

Big Bob setzte sich die offizielle Fremdenführerkappe auf.

Periwig setzte sich die offizielle Fremdenbusfahrerkappe auf.

Big Bob kletterte hinauf in das Unterdeck des Busses und blieb an der speziellen Stelle stehen, die dem Führer vorbehalten ist.

Periwig kletterte in den Bus und setzte sich in den Fahrersitz.

Big Bob setzte ein melancholisches Gesicht auf und dachte seine Themenpark-Gedanken weg.

Periwig grinste mit seinem Kussmund ein breites Kussmundgrinsen. Sein Gehirn raste voraus, schöpfte hier und dort Potenzial aus, und dann sah er alles vor sich. Ganz deutlich. *Suburbia World Public Limited Company*, Gesellschaft mit beschränkter Haftung. Mit Periwig Tombs, Träger des Britischen Verdienstordens, kein Zweifel, im Sitz des Vorsitzenden am Schreibtisch der Macht. Es war eine Idee, die nur darauf wartete, verkauft zu werden. Eine Idee mit ungeahntem Potenzial. Eine Idee, die so einfach und doch so grandios war, dass er sich fragte, wieso er niemals selbst darauf gekommen war. Doch es war eine Idee, die sich in der erstaunlich kurzen Zeit fest in seinem Gehirn eingenistet hatte, und er, Periwig Tombs, würde dafür sorgen, dass sie in die Tat umgesetzt wurde. Man konnte Millionen machen, wenn man es richtig anstellte. Und er, Periwig Tombs, würde einen großen Anteil an diesen Millionen haben. Schließlich war es *seine* Idee. *Er* hatte sie sich ausgedacht.

Big Bob Charker drehte ihm den Rücken zu, und Periwig Tombs lachte sich still ins Fäustchen.

2

Die Räder des Busses drehten sich.

Immer weiter und weiter und weiter.

Der Fremdenführer im Bus pfiff traurig. Der Fahrer des Busses lächelte fröhlich. Die Leute an der Bushaltestelle winkten.

Periwig Tombs schaltete herunter, brachte den Bus professionell zum Halten, zog die Handbremse, schaltete den Motor ab und kletterte aus dem Fahrersitz.

Big Bob Charker salutierte mit der Hand an der Mütze, dann verließ er jenen besonderen Bereich, der für den Fremdenführer reserviert war.

Sechs glückliche Touristen warteten an der Haltestelle. Nun, zumindest fünf von ihnen sahen glücklich aus. Vier davon waren japanische Studenten, das konnte man am Schnitt ihrer Kleidung erkennen. Der fünfte war eine Dame mit einem Strohhut, und sie sah ebenfalls glücklich aus. Der sechste war ein junger Mann, ein teiggesichtiger junger Mann, und er sah alles andere als glücklich aus.

Er blickte düster drein. Düster und niedergeschlagen, finster und grimmig und verschlossen. Er funkelte seine Stiefel an und scharrte mit ihnen auf dem Pflaster. Die Dame mit dem Strohhut stieß ihm in zunehmend kürzeren Abständen den Ellbogen in die Rippen und sagte ihm, dass er den Kopf hochnehmen und fröhlich dreinblicken sollte.

Big Bob nahm den Kopf hoch und blickte seine

Touristen fröhlich an. »Hallo, alle zusammen«, lächelte er.

Die japanischen Studenten grinsten und nickten. Einer sagte: »Hallo, auf Wiedersehen.«

Die Dame mit dem Strohhut lächelte. Der finstere junge Bursche blickte finster.

»Mein Name ist Bob Charker«, sagte Big Bob Charker. »Ich bin Ihr Fremdenführer.«

Der finstere junge Bursche murmelte finster. Die Dame mit dem Strohhut gab ihm eins hinter die Ohren.

»Bitte entschuldigen Sie«, fragte Big Bob die Dame mit dem Strohhut, »stimmt irgendetwas nicht?«

»Er ist mein Sohn«, sagte die Dame mit dem Strohhut und versetzte dem Jüngling noch eins mit dem Ellbogen. »Malkuth. Er wollte nicht mitkommen, aber ich habe gesagt, dass er muss. Es ist ein wunderschöner Tag, habe ich zu ihm gesagt, und ich habe die Karten bereits gebucht, und wenn du glaubst, du kannst diesen Tag damit verbringen, an deinem Mute Corp PC zu sitzen wie jeden Tag, dann vergiss es. Du kommst mit zu dieser Tour, ob du es willst oder nicht. Das habe ich zu ihm gesagt, und damit basta.«

»Recht so«, sagte Big Bob. »Nun, einen schönen Tag auch dir, Malkuth.«

»Puuuh!«, machte der Jüngling und verfinsterte den finsteren Blick noch ein Stückchen mehr.

»Es wird dir gefallen, versprochen«, sagte Big Bob.

Der Junge hob den finsteren Blick und entbot Bob einen finsteren, äh, Blick. »Sie haben da einen pinkfarbenen Fleck auf der Krawatte«, beobachtete er finster.

Die Dame mit dem Strohhut gab ihrem Spross einmal mehr eins hinter die Löffel. »Sei nicht so unhöflich zu diesem Gentleman!«, sagte sie.

»Schon gut«, sagte Big Bob. »Es war unprofessionell von mir, mit einer befleckten Krawatte zur Arbeit zu kommen. Bitte entschuldigen Sie.«

Die Dame mit dem Strohhut lächelte Big Bob an, und einer der japanischen Studenten sagte: »Okey dokey.«

»Los, mach weiter«, flüsterte Periwig. »Stell mich den Leuten vor.«

»Ah, ja«, fuhr Big Bob fort. »Das hier ist unser Fahrer, Mr. Periwig Tombs.«

»Guten Morgen zusammen«, sagte Periwig. »Ein wunderschöner Tag für eine Rundfahrt.«

Der Jugendliche sah Periwig an. »Sie haben einen ziemlich großen Kopf«, sagte er. »Ist diese Kappe eine Spezialanfertigung?«

Periwig lächelte das Lächeln eines Profis. Des Profis, der auf sein Trinkgeld angewiesen ist, um seinen Lohn ein wenig aufzubessern.

»Meine Frau«, erklärte Periwig, »meine Frau hat hinten einen Keil eingesetzt. Sie hat sehr geschickte Hände. Eine bemerkenswert schöne Frau. Hast du eine Freundin?«

Die Dame mit dem Strohhut lachte ein wenig zu laut auf. Der Jugendliche blickte womöglich noch finsterer drein.

»Also schön, also gut«, sagte Big Bob. »Wenn dann alle einsteigen würden? Ich schlage vor, Sie gehen nach oben und nehmen auf dem Oberdeck Platz, wo Sie den Ausblick noch mehr genießen können. Bitte seien Sie bei der Treppe vorsichtig.« Er streckte die Hand aus, um alle an Bord willkommen zu heißen, und die Dame mit dem Strohhut schüttelte sie. Periwig Tombs streckte die Hand aus, und die Dame schüttelte auch diese. Dann schüttelten Big Bob und Periwig die Hände der japanischen Studenten und schließlich die Hand des finster dreinblickenden Jugendlichen. Der Jugendliche schien Händeschütteln nicht zu mögen, doch Big Bob nahm seine Hand und drückte sie freundlich. Der Druck, den Periwig applizierte, war etwas weniger freundlich. Aber weil Periwig kleine, schwache Händchen hatte, fühlte es sich ganz genauso an.

Die Hand des finsteren Jünglings war kalt und klamm, ein schlaffes, totes Ding, und sowohl Big Bob als auch Periwig wischten sich unwillkürlich die Hände an den Hosen ab, nachdem das Händeschütteln zu Ende war.

Als endlich alle sicher die Treppe bewältigt und Platz genommen hatten, kehrte Periwig auf den Fahrersitz zurück, und Big Bob läutete die Glocke.

Die Räder des Busses drehten sich weiter und weiter und weiter.

Die Rundfahrt durch Brentford hatte begonnen.

Da der Bus für die Rundfahrt durch Brentford ein richtiger Reisebus war, besaß er eine richtige Sprechanlage. Richtige Lautsprecher in der Decke und oben auf dem Oberdeck, verbunden mit einem richtigen Mikrofon, das an der richtigen Stelle hing, sprich der Stelle, die für den Führer reserviert war. Big Bob nahm dieses richtige Mikrofon in die Hand und machte ein richtiges »Eins-zwei, eins-zwei«, bevor er mit der richtigen Rede begann, mit der er die richtige Rundfahrt begleitete.

Sozusagen.

»Eins-zwei«, machte Big Bob, doch dann machte er nur »Eins...«, weil er vorübergehend abgelenkt wurde. Diese vorübergehende Ablenkung erschien in der ansehnlichen Gestalt einer ansehnlichen jungen Frau, die über die High Street ging, gerade als der Bus über die High Street fuhr.

Der Bus setzte seinen Weg fort, und die junge Frau setzte ihren Weg fort. Big Bob setzte sein »Eins-zwei« mit dem entsprechenden »...zwei« fort, und die Rundfahrt hatte wirklich und wahrhaftig begonnen.

Die attraktive junge Frau blieb stehen, wandte sich um und sah den Bus in der sonnigen Ferne schrumpfen. Dann blickte sie in das Schaufenster von Mr. Beefheart ›dem Metzger‹ und betrachtete ihr Spiegelbild. Alles in allem sah sie ziemlich wunderbar aus. Ein freudvoller Anblick für das Auge.

Ihr Haar war golden und im Stil eines Pagen geschnitten, mit einem Pony, der die langen dunklen Wimpern ihrer tiefblauen Augen berührte. Unter der edlen Nase war ein Mund von der Sorte, die die meisten Männer zu gerne küssen würden, ein perfekter Liebesmund, der sich zu einem ansehnlichen Lächeln verzog.

Die attraktive junge Frau trug ein kurzes, goldenes und knallenges Kostüm, das eine Figur umschloss, wie man sie kaum noch zu sehen bekommt. Monroeesk, das war sie. Eine Figur wie ein Stundenglas. Die nackten Beine gerade lang und gebräunt genug, um aufzufallen, und sie trugen die attraktive junge Frau nur selten irgendwohin, ohne selbiges zu tun (aufzufallen, heißt das). An ihren Füßen saßen goldene Sandalen, die an den Knöcheln geschnürt waren.

Alles in allem war sie wirklich ein atemberaubender Anblick, und an einem solchen Tag wie diesem und in einer Umgebung, die so herrlich war wie die Brentforder High Street, war es wohl kaum überraschend, dass diese goldene Frau Big Bob Charker dermaßen den Kopf verdreht hatte. Sie erstrahlte förmlich unter der strahlenden Smiley-Sonne.

Es mag verzeihlich sein zu denken, dass dies hier eines jener Models war. Eines jener Models, die ihre Haut modellieren, anstatt ihre Kleidung. Aber in dem goldenen Kopf dieser Schönheit lauerte ein furchterregender Intellekt, der die Egos zahlreicher Männer vernichtet hatte, die Gedanken wie Big Bob gehegt hatten.

Der Name der Goldenen war Kelly Anna Sirjan, und sie war zweiundzwanzig Jahre alt. Sie besaß drei Universitätsabschlüsse und studierte für den vierten. Sie sprach vier Sprachen, einschließlich Runesisch. Sie war Expertin auf den meisten Gebieten der Computertechnologie, Trägerin des zwölften Dan in der tödlichen Kunst des Dimac und südenglischer Champion in Owari, was auch immer das sein mag.

Sie war eine Macht, die man keinesfalls unterschätzen durfte.

Und sie war geschäftlich hier in Brentford unterwegs.

Kelly fuhr sich mit den manikürten Fingern ihrer schlanken rechten Hand durch die goldenen Locken, ordnete Strähnen und drehte die Enden vor und zurück, vor und zurück.

Es war eine nervöse Angewohnheit, die sie sich abzugewöhnen versuchte.

Doch sie war geschäftlich hier in Brentford, und sie war zu spät, und zu spät zu kommen war ganz und gar nicht nach ihrem Geschmack. Und es schien auch nicht ihr Fehler zu sein. Man hatte ihr falsche Wegbeschreibungen gegeben.

Kelly wühlte in ihrer Schultertasche und brachte mehrere Blätter Papier zum Vorschein. Sie studierte den Inhalt dieser Blätter und blickte suchend die High Street hinauf und hinunter. Sie überprüfte die Hausnummern an den Ladentüren und spähte hinauf zu den Büros darüber. Dann schüttelte sie den goldenen Kopf und setzte ein verwirrtes Gesicht auf.

Dieses Schütteln des Kopfes wurde von einer schemenhaften Gestalt beobachtet, die sie aus einem Fenster hoch oben im gegenüberliegenden Gebäude beobachtete.

Die schemenhafte Gestalt kauerte im Verborgenen. Es war eine männliche schemenhafte Gestalt, und ihr Name war Hildemar Shields. Er war der Chefredakteur des *Brentford Mercury*, und er versteckte sich vor Kelly Anna Sirjan.

Hildemar Shields kicherte hämisch. Ein überhaupt nicht nettes Geräusch.

Hinter Mr. Shields stand ein junger Mann namens Derek. Derek kicherte nicht. »Das ist alles wirklich sehr kindisch«, sagte Derek. »Also ehrlich, total kindisch ist das alles.«

Mr. Shields wandte den Kopf. »Nein, ist es nicht«, schnaubte er wütend. »Es ist Taktik.«

»Sie wird das Büro trotzdem finden. Sie ist nicht dumm. Alles andere als dumm ist sie.«

»Ich habe das Schild abgenommen und die Hausnummer geändert. Sie wird uns nicht finden, sie ist nur eine Frau. Sie wird sich verlaufen und schließlich aufgeben.«

»Sie wissen nicht viel über Frauen, stimmt's? Und was dieses ›nur eine Frau‹ angeht, sie ist qualifizierter für Ihren Job, als Sie es sind.«

Mr. Shields wandte den Kopf und machte ein extrem wütendes Gesicht. Es war sowieso immer ein wütendes Gesicht, sehr rot und alles. Bukolisch, lautet das richtige Wort für dieses Gesicht. Es hatte wütende schwarze Augenbrauen, die hervorstanden wie die Speere zweier vorstürmender mittelalterlicher Miniatur-Regimenter. Die Augen darunter waren rot gerändert, und die Pupillen schimmerten purpurn.

Es war ein großes, wütendes Gesicht, das vor Mr. Shields' Kopf saß. Ein Teil davon von wütenden schwarzen Koteletten bedeckt. Ein großer Teil eingenommen von einer mächtigen, wütenden Nase. Es war ein ernstlich wütendes Gesicht, und der Besitzer dieses Gesichts war es offensichtlich ebenso (wütend).

»Verschließ die verdammte Tür!«, befahl Mr. Shields. »Für den Fall, dass sie den Eingang findet.«

Derek schüttelte den Kopf und machte Tsss-tsss-tsss. »Das ist doch wirklich absurd«, sagte er. »Das Hauptbüro hat sie für ganze drei Wochen hergeschickt. Das werden Sie doch wohl überstehen.«

»Nein, nein, nein!« Mr. Shields schleppte sich vom Fenster weg, erhob sich zu seiner ganzen und imposanten Größe und schüttelte seinen wütenden, borstigen Kopf auf eine wütende, borstige Weise. »Sie wird alles verändern, Derek. Sie wird dem Hauptbüro melden, dass wir die Dinge nicht so erledigen, wie sie erledigt werden sollten. Sie wird uns zwingen, dieses Zeug da zu benutzen.«

Mr. Shields gestikulierte wütend in Richtung mehrerer großer Kisten, die in einer Ecke des Büros standen. Diese Kisten trugen das unübersehbare Logo der Mute Corp Computer Company. Die Kisten sahen ziemlich mitgenommen aus: Alle möglichen Arten von Kaffeeflecken waren darauf, und Brandflecken von Zigaretten ebenfalls. Es waren eindeutig Kisten, die schon eine sehr lange Zeit ungeöffnet in der Ecke des Herausgeberbüros standen.

»Ich denke, sie wird anordnen, dass wir die dort austauschen«, sagte Derek mit einer Kopfbewegung in die Ecke. »Sie sind fünf Jahre alt und längst überholt bei der Geschwindigkeit, mit der sich die Computertechnologie entwickelt.«

»Ich hätte sie alle hinauswerfen sollen!«, erklärte Mr. Shields. »Den ganzen Kram auf dem Trödel verkaufen! Vielleicht kann ich ja eine Kiste auf sie fallen lassen, wenn sie in diese Richtung kommt. Wir könnten sagen, dass es ein Unfall war. Du könntest es bezeugen.«

»Bestimmt nicht!«, sagte Derek und ging zum Fenster, um hinauszuspähen. »Sie ist eine sehr attraktive junge Frau«, stellte er fest.

»Das sind die Allerschlimmsten«, sagte Mr. Shields und sank in seinen Sessel. »Attraktive Frauen mit Grips. Was hat sich Gott nur dabei gedacht, als er diese Idee hatte? Frauen sollten obszön sein, und man sollte sie nicht hören, das ist meine Sicht der Dinge.«

»Wie Sie ununterbrochen jedem mitteilen, der es hören will oder nicht.«

»Ist sie noch da?«, fragte Mr. Shields.

»Nein, sie entfernt sich langsam.«

»Ich danke dem Herrn im Himmel dafür! Und was haben wir für heute auf dem Kalender?«

»Nicht viel.« Derek zuckte die Schultern. »Es ist Bankfeiertag, wie Sie wissen. Einer der vielen Bankfeiertage, an denen ich freihaben könnte.«

»Die Nachrichten schlafen nie«, entgegnete Mr. Shields. »Jeden Augenblick könnte eine Story hereinschneien.«

»Hier ist seit fast einem Vierteljahrhundert keine Story mehr hereingeschneit. Nicht mehr, seit Brentford die Jahrtausendfeier zwei Jahre vor dem Rest der Welt gefeiert hat. Und das war vor meiner Geburt.«

»Dann könnte heute der Tag sein. Heute könnte sich eine wirklich aufregende Story ereignen.«

»Ja, sicher«, sagte Derek.

»Ganz bestimmt könnte sie das«, sagte Mr. Shields. »Irgendetwas Unerwartetes. Irgendetwas wirklich Großes.«

Klopf, klopf, klopf, machte es an der Tür, und dann schwang selbige auf.

Im Eingang stand Kelly Anna Sirjan. »Guten Tag, Mr. Shields«, sagte sie.

Und es war ein guter Tag. Ein so wunderbarer, schöner guter Tag. So ein glücklicher, freudiger, sonniger, wundervoller Tag.

Fünf Touristen auf dem Oberdeck lächelten und schnatterten durcheinander, und der Fremdenführer leierte seinen Text herunter.

»Wenn Sie nach rechts sehen«, kam die Stimme von Big Bob durch das Durchsagesystem, »dann können Sie das Waterman's Arts Centre sehen und dahinter, mitten in der Themse, Griffin Island. Der

Ort, wo, jedenfalls der Legende nach, der Brentforder Greif spukt. Viele behaupten, die Bestie gesehen zu haben. Hauptsächlich allerdings, nachdem die Pubs geschlossen haben.«

Periwig Tombs schaltete einen Gang hinunter, doch sein Gehirn arbeitete inzwischen auf höchsten Touren. *Ihre Woche in Suburbia World PLC wäre nicht komplett ohne eine Bootstour zu Brentfords eigenem Fantasy Island*, ging es Periwig durch den Kopf, während er zugleich die Seiten im World Wide Web sah, die er zur Werbung für sein goldenes Unternehmen einzurichten gedachte. *Sehen Sie Kreaturen aus der Mythologie* (die man leicht aus Polisyntha-Fiberglas machen kann), *die früher einmal in längst vergangenen Tagen das verzauberte Reich bewohnt haben.* (Brentfords Hommage an Jurassic Park. Doch der war längst Geschichte.)

Oho!, machten die Gedanken von Periwig Tombs. Und dann *Aha!* Und *O ja!* Man konnte wirklich ein paar wunderbare Attraktionen in diesen Themenpark integrieren. Es musste nicht so sein, dass alles konserviert wurde und so erhalten blieb, wie es war. So hatte Big Bob sich das vielleicht vorgestellt. Aber er, Periwig Tombs, Träger des Britischen Verdienstordens, konnte es besser. Viel besser. Heutzutage gab es überall holografische Technologie. Das gleiche Zeug, das sie in den ganzen Disney Worlds benutzten, die es überall auf der Welt gab. Das konnte man einsetzen. Es war vielleicht richtig, sich nicht von diesen Dingen versklaven zu lassen, aber wenn sie auf die richtige Weise eingesetzt wurden …

Die Räder drehten sich weiter und weiter und weiter, und Periwig Tombs lächelte und lächelte und lächelte.

Kelly Anna Sirjan lächelte ganz und gar nicht, obwohl der natürliche Schwung ihres Mundes den Eindruck erwecken konnte, dass sie es tat (lächeln, heißt das).

»Irgendein Witzbold hat das Türschild entfernt und die Hausnummern vertauscht«, sagte sie.

Mr. Shields blies die Backen auf. »Wer mag das nur gewesen sein?«, fragte er. »Wie kann ich Ihnen helfen, junge Frau?«

»Mein Name ist Kelly Anna Sirjan, und ich wurde vom Hauptbüro hergeschickt. Ich wurde bei Ihnen angekündigt, nehme ich an.«

»Ein wenig früher, aber ja. Möchten Sie vielleicht eine Tasse Tee?«

»Möchte ich.«

»Ausgezeichnet. Nun, Derek hier wird Ihnen zeigen, wo das Teebesteck liegt, und dann können Sie für uns alle einen machen.«

Kelly Anna Sirjan schüttelte den Kopf. »Ich mache keinen Tee«, sagte sie.

»Meinetwegen. Wir haben auch Kaffee.«

»Und keinen Kaffee.« Kelly Anna Sirjan schüttelte den Kopf erneut. Es war ein definitives Kopfschütteln. Es verdeutlichte definitiv, dass sie definitiv weder Tee noch Kaffee machte. Absolut nicht. Definitiv.

»Ah«, sagte der Chefredakteur. »Ah.« Und: »Aha.«

Kelly Anna Sirjan blickte sich gründlich im Büro um. Es war kein ausgesprochen schönes Büro, eher das Gegenteil, und sie betrachtete es auch mit der entsprechenden Abneigung.

Neben dem Fenster stand der Schreibtisch des Chefredakteurs, und dahinter saß der Chefredakteur. Der Chefredakteur und sein Schreibtisch sahen beide höchst unordentlich aus. Der Chefredakteur steckte in den schäbigen Überresten eines einstigen Tweedanzugs. Der Schreibtisch steckte unter einem Chaos von Papieren und Büchern und Pappbechern und Aschenbechern und altmodischen Telefonen, die meisten davon ausgehängt. An den Wänden hingen Bilder, Gruppenfotos, gerahmte Titelseiten, alt und vergilbt, und sie hingen in Winkeln an den Wänden, die gerade schief genug waren, um einen Pedanten zu ärgern. Der Teppich war grau und durchgetreten. Aktenschränke standen offen und sahen leer aus.

»Sind Sie überfallen worden?«, fragte Kelly Anna Sirjan.

»Verzeihung? Wie?« Der Chefredakteur blickte sich um.

»Ein Raubüberfall«, sagte Kelly Anna Sirjan. »Oder ist vielleicht jemand eingebrochen, um die ungeöffneten Kisten mit Mute Corp Computern zu stehlen? Vielleicht wurden die Einbrecher dabei gestört, und es gelang ihnen nur noch, das Büro zu plündern?«

»Sie sind eine sehr unhöfliche junge Frau«, sagte der Chefredakteur. »Kommen Sie bloß nicht auf den Gedanken, Sie könnten Sex mit mir haben.«

Das einzige saubere Ding im Büro des Redakteurs gab ein mühsam schluckendes Geräusch von sich und sagte: »Bitte seien Sie nachsichtig mit Mr. Shields. Er hat in letzter Zeit unter großem Druck gestanden. Mein Name ist Derek, und ich bin der Feature-Redakteur des *Brentford Mercury*. Darf ich Ihnen eine Tasse Tee anbieten?«

Kelly Anna Sirjan sah Derek an und nickte mit dem goldenen Kopf. Derek trug einen hübschen grauen Anzug mit einem gebügelten weißen Stehkragenhemd. Er war jung und groß und schlank und hübsch, mit kurzem schwarzem Haar und grünen Augen. Und diese Augen sahen ihr direkt ins Gesicht und streiften nicht ein einziges Mal ihre Brüste.

»Danke sehr, Derek«, sagte Kelly Anna Sirjan. »Lady Grey bitte, ohne Zucker.«

»Lady Grey, sehr wohl.« Derek kaute auf der Unterlippe. »Ich müsste jemanden schicken, der ihn kauft.«

»Ich nehme, was Sie dahaben.«

»Sehr gut. Wenn Sie mir vielleicht folgen möchten? Ich kann Ihnen unterwegs den Rest des Büros zeigen.«

Derek führte Kelly Anna Sirjan aus dem Zimmer und schloss hinter sich die Tür. Der Chefredakteur saß schäumend hinter seinem Redakteursschreibtisch und machte ein sehr, sehr wütendes Gesicht.

Das Gesicht von Periwig Tombs lächelte glücklich. Der Touristenbus passierte gegenwärtig die Schrebergärten, und Big Bob Charker sang das Hohelied der Brentforder Schrebergärtner.

»Dreiundzwanzig verschiedene Sorten Tomaten!«, sagte Big Bob in das Mikrofon. »Dreiundzwanzig verschiedene Sorten Rosenkohl. Und die großen Eichen unten am Fluss sind natürliche Rückzugsgebiete für die kleinen gepunkteten Lappentaucher und die Piefaldfinken-Tschuck-tschuck-Fiedeldum-Vögel.«

»Hä?«, machte Periwig, während er am Lenkrad kurbelte, doch sein Gehirn raste weiter geradeaus.

Unternehmen Sie eine Safari durch das Wildreservat und die seltene Vogelwelt der Schrebergarten-World. Genießen Sie einen Rosenkohl-und-Lappentaucher-Burger bei Periwigs, dem exklusiven Schrebergarten-Restaurant.

»Große barbusige Bienen«, sagte die Stimme von Big Bob Charker. »Geschäftige Bumbelbienchen und Willy die Wespe obendrein.«

»Bissig«, sagte Kelly Anna Sirjan. »Bissig, mit schlechtem Benehmen und eindeutig ein Misogyn.«

Sie saß Derek gegenüber an einem Fenster im Plume Café. Das Plume Café lag am Ende der High Street. Das Plume Café hatte stolze zweiundzwanzig Sorten Tee im Angebot. Aber keinen Rosenkohl.

»Ich dachte, es würde Ihnen hier besser gefallen als in der Personalkantine«, sagte Derek.

»Sie meinen diesen Besenschrank.«

»Den Personalbesenschrank, ja. Wie schmeckt der Tee?«

Kelly Anna Sirjan nippte an ihrem Lady Grey. »Bemerkenswert gut, wirklich. Das gefilterte Wasser macht einen gewaltigen Unterschied.«

»In Brentford gibt es nicht viel, was man nicht bekommen kann, wenn man weiß, wo man suchen muss.«

»Wir haben über Ihren Boss gesprochen, über Mr. Shields«, erinnerte ihn Kelly Anna Sirjan.

»Ja, ich weiß.« Derek nippte an seinem Typhoo. »Er ist kein schlechter Mann. Er ist ziemlich verbittert, und ich stimme Ihnen zu, dass er ein ziemlicher Misogyn ist, aber ich denke, er fürchtet das, was Sie aus seiner Zeitung machen werden.«

»Er sollte lieber um seinen Job fürchten«, sagte

Kelly Anna Sirjan. »So mit einer völlig fremden Person zu reden, wie er es getan hat.«

»Er hat den Job bis zu seinem Lebensende. Es steht in seinem Vertrag.«

»Nur in Brentford«, sagte Kelly Anna Sirjan.

»Ja, da haben Sie wohl Recht.«

»Aber er hat nichts von mir zu befürchten, keine Sorge. Ich bin nicht hier, um etwas zu verändern. Ich bin hier, um zu studieren.«

»Sie wollen lernen, wie man eine Zeitung macht? Da ist wirklich nicht viel dabei.«

Kelly Anna Sirjan zupfte an ihren Haaren und drehte goldene Löckchen zwischen den Fingern. Vor, zurück. Vor, zurück. »Es ist nicht die Zeitung«, sagte sie schließlich. »Es ist die Gemeinde. Ich schreibe meine Doktorarbeit darüber. Ich studiere Makro-Ökonomie. Ich habe mich an den Herausgeber der Zeitung gewendet, an das Hauptbüro, und ihnen von meinem Projekt erzählt. Sie haben mir ein Stipendium gegeben und es so eingerichtet, dass ich für drei Wochen zum *Brentford Mercury* gehen und dort arbeiten kann. Hauptsächlich möchte ich die Archive studieren und mich über die Geschichte der Gemeinde informieren. Ich bin fasziniert von der Art und Weise, wie Brentford neben den umgebenden Gemeinden co-existiert und dabei merkwürdigerweise trotzdem isoliert und insular bleibt. Ich suche quasi nach einem allgemeinen Rahmen, an dem ich meine Theorie festmachen kann.«

»Oh«, sagte Derek. »Dann hat Mr. Shields wahrscheinlich alles falsch verstanden. Er dachte, Sie wären eine Art Krisenmanager aus dem Hauptbüro, die hergeschickt wurde, um die Redaktion aufzuwirbeln.«

»Das hätte das Hauptbüro wahrscheinlich gerne, aber ich will niemandem Schwierigkeiten machen. Sie können Mr. Shields sagen, dass ich ihm keinerlei Scherereien machen werde.«

Derek grinste und entblößte dabei perfekte, perlweiße Zähne. »Würde es Ihnen viel ausmachen, wenn ich das nicht tue?«, fragte er. »Ich arbeite seit zwei Jahren beim *Brentford Mercury*, und er hat mich in dieser Zeit an jedem einzelnen Tag angeschnauzt. Es war mir ein wirkliches Vergnügen zu sehen, wie er sich gewunden hat. Ich würde es gerne noch ein wenig länger genießen.«

Kelly Anna Sirjan hob eine perfekte Augenbraue. »Sie sind ein böser Junge«, sagte sie.

»Böser Bus«, sagte Periwig Tombs und mühte sich mit der Handbremse ab. »Ich hab dich heute Morgen geölt, wag es nicht, jetzt zu klemmen!«

Der Rundfahrtenbus parkte an der westlichen Spitze der Hypotenuse des Großen Brentforder Dreiecks.

»Es wird allgemein angenommen«, tönte die Stimme von Big Bob dem Fremdenführer aus den Lautsprechern, »dass es in der Stadt Manchester mehr Kanäle gibt als in Venedig. Das entspricht nicht ganz der Wahrheit, obwohl wir die berühmteste Fußballmannschaft der Welt haben. Man U.«

»Hä?«, machte Periwig Tombs, drehte den Kopf und schob die kleine Glasscheibe hinter dem Fahrersitz zur Seite. »Hä?« und »Hey, Bob, bist du jetzt vollkommen verrückt geworden oder was?« Er spähte durch den leeren Gang des Fahrgast-Unterdecks. »Was soll dieser Schwachsinn von wegen Man U?«

Big Bobs Kopf tauchte an der Stelle auf, die für die Fremdenführer reserviert ist. »Kopf hoch, Freund«, rief er. »Kopf hoch, Freund«, schallte es aus den Lautsprechern.

»Kopf hoch, Freund?«, brüllte Periwig Tombs. »Das ist nicht Manchester, das ist Geordie, hab ich Recht? Hast du zu viel getrunken oder was?«

»Ding, dong«, machte Big Bob. »Gut festhalten bitte!«

»Du hast getrunken!«, kreischte Periwig. »Du warst bei den Gigglipops!«

»Äh, wie?«, fragte Big Bob Charker. »Gigglipops? Was bitteschön sind Gigglipops?«

»Pigglipops, meine ich. Bimbolops, verdammt. Ich hab vergessen, wie man redet!«

»Wer sind Sie?«, fragte Big Bob unvermittelt. »Was machen Sie hier in meinem Wohnzimmer?«

»Er hat nicht mehr alle Tassen im Schrank!« Periwig Tombs warf krachend die kleine Glasscheibe zu, und kalter Schweiß brach ihm aus. »Er ist verrückt geworden. Er hat seine Lollipops verloren, seine Keilriemen – nein, die nicht. Was ist das? Ich muss hier raus!«

Periwig ließ den Motor aufheulen und starrte durch die Windschutzscheibe nach draußen. »Wo bin ich?«, fragte er. »Ich kenne diesen Ort nicht. Ich hab mich verfahren! Der Bus hat sich verfahren!«

Ein furchtbares Scheppern und Rattern und Hämmern ertönte an der kleinen Glasscheibe hinter ihm. Periwig zog den Kopf ein.

»Wo sind wir?«, brüllte Big Bob Charker. Er hatte kein Mikrofon mehr in der Hand. »Fahr uns sofort zurück nach Brent-« Er stockte. »Nach Brentham. Nein, nach Brentside, ich meine Brenda... Hilfe!

Ich weiß nicht mehr, wo ich bin! Ich bin verloren! Wir alle sind verloren! Der Bus ist verloren! Zu Hilfe, zu Hilfe, zu Hilfe!«

Periwig Tombs trat das Gaspedal durch. Er hatte keine Ahnung, was plötzlich mit ihm geschah oder mit Big Bob. Die Angst hatte ihn gepackt. Die Welt draußen sah völlig fremdartig aus, die Läden, die Häuser, die Wagen und die Laster. Alles war plötzlich fremdartig. Fremd und unbekannt. Sein Gedächtnis schaltete sich ab. Ein Auto war ein Auto, und im nächsten Augenblick war es keins. Nur ein merkwürdig geformtes Ding in merkwürdigen Farben. Die Straße vor ihm war nicht länger asphaltiert, sondern bestand aus irgendetwas Grauem.

»Arrrgggh!«, machte Periwig Tombs und nahm den Fuß von der Kupplung. Der Bus stand mit laufendem Motor im zweiten Gang. Die Handbremse löste sich, und das alte Vehikel setzte sich in Bewegung.

»Was ist das?«, kreischte Periwig und starrte auf das Lenkrad in seinen Händen. »Ein schwarzes Ding, zusammengerollt zu einem Kreis? Geburtszange, Fontange, Melange, Schlange? Arrrgggh! Eine *Schlange*!«

Periwig schlug die Hände vor das Gesicht. Der Bus wurde immer schneller.

Die Touristen auf dem Oberdeck bemerkten nicht, dass sich etwas Merkwürdiges ereignete. Sie registrierten lediglich erleichtert, dass der merkwürdige Kommentar des Fremdenführers ausblieb. Sie johlten fröhlich, als der Bus mehrere Fußgänger aufschreckte. Ein Geistlicher sprang entsetzt von seinem Fahrrad.

»Sehen Sie sich diesen Pasternak an«, sagte die Dame mit dem Strohhut. »Nein, ich meine nicht

Pasternak, sondern Passepartout. Nein, Pasta. Nein, Papagei! Nein, nicht Papagei.«

»Wo bin ich?«, heulte Big Bob auf. »Was mache ich hier?«

»Geh rauf von mir!«, heulte Periwig Tombs. »Nein, geh runter. Waso äfar rafit sedas . . .?«

Hinauf, die High Street hinauf fuhr der eigensinnige Bus und wurde die ganze Zeit schneller und schneller. Fahrer hupten und schwenkten zur Seite. Fahrzeuge wichen auf Bürgersteige aus und scheuchten weitere Fußgänger beiseite. Der Bus fuhr ebenfalls auf einen Bürgersteig und überrollte einen Laternenmast.

Im Plume Café sagte Derek gerade: »Sie werden hier in Brentford wirklich nicht viel Interessantes finden, Miss Sirjan. Wenn Sie das Geheimnis von Brentford erforschen wollen, dann verrate ich es Ihnen. Es heißt Trägheit. Es gibt nichts Mächtigeres als die Trägheit. Dinge, die stillstehen, sind am allerschwersten von allen in Bewegung zu bringen.«

Und dann blickte Derek aus dem Fenster hinaus.

Und dann schleuderte Derek den Tisch beiseite und warf sich auf die wunderschöne Kelly Anna Sirjan.

Es war kein Anfall von Leidenschaft.

Es war etwas anderes.

Kelly fiel mitsamt ihrem Stuhl rückwärts um. Derek packte sie und zerrte sie hinter sich her.

Der Rundfahrtenbus brach mit kreischendem Motor und kreischenden Touristen durch die Schaufensterscheiben des Plume Cafés und walzte alles nieder, was sich in seinem Weg befand.

3

Es war Freude, Freude, glückselige Freude, glückselige, glückliche Freude – nicht mehr.

Überall in Brentford läuteten die Alarmglocken.

Im Cottage Hospital, wo die Ärzte und Schwestern glückselig Ärzte und Schwestern spielten. Wie Ärzte und Schwestern das häufig tun, wenn das Geschäft mau ist und der Monat ein R hat.

Auf der Feuerwache. Wo die Burschen der Pink-Schicht, Lou Lou, Arnie Magoo, Rupert, Gibble und Chubb auf dem Hof eine menschliche Pyramide bildeten. Wie Feuerwehrmänner das häufig tun, wenn es nichts mehr zu polieren gibt und das Wetter einigermaßen trocken ist.

Auf der Brentforder Wache. Wo die Jungs in Blau in der Personalkantine saßen und über die hegelsche Dialektik diskutierten, jene interpretative Methode, bei der der Widerspruch zwischen einer Proposition und einer Antithese theoretisch auf einer höheren Ebene gelöst werden kann. Wie Polizisten das häufig tun, wenn sie gerade kein Verbrechen zu bekämpfen haben.

Und schließlich auch im Büro des *Brentford Mercury*, wo Hildemar Shields hinter seinem Redakteursschreibtisch saß und wütend vor sich hinstarrte. Man hatte ihm nichts weiter gesagt, als dass er die erste Seite freihalten sollte. Wie man Redakteuren häufig nichts sagt.

Die Alarmglocken waren zu ihrem fieberhaften Läuten durch Anrufe angeregt worden, die Derek mit seinem Mobiltelefon gemacht hatte.

Er und Kelly Anna Sirjan hatten den Holocaust überlebt und kämpften sich nun mehr oder weniger unversehrt aus den Trümmern des Plume Cafés. Sie zerrten, genau wie viele andere Brentforder gute Samariter, Unfallopfer aus dem Buswrack und leisteten an erster Hilfe, wozu sie imstande waren.

Wie durch ein Wunder hatte es anscheinend keine Toten gegeben. Der Fahrer war verschrammt und blutig, doch er war immer noch bei Bewusstsein und saß nun auf dem Pflaster, wo er seinen großen Kopf in den Händen hielt und von mehreren fürsorglichen Seelen verarztet wurde.

Der Fremdenführer war in die Fahrerkanzel geschleudert worden, von dort aus über den Kopf des Fahrers gesegelt und durch die Windschutzscheibe. Er hätte eigentlich tot sein müssen. Doch er war es nicht. Er war geradewegs durch die altmodische Hochklappscheibe gesegelt, die brav hochgeklappt war, geradewegs weiter durch die Durchreiche hinter dem Tresen des Plume Cafés und noch weiter durch die offene Hintertür in den Hof, wo er auf einem Stapel Stunt-Matratzen gelandet war, welche im Hinterhof lagen. Wie das häufig so ist.

Jetzt saß er neben dem Fahrer und starrte ins Leere.

Die Touristen auf dem offenen Oberdeck des Busses hatten nicht so viel Glück gehabt. Als der Bus in das Café gerast war, waren sie an den Mauern des Hauses abgeprallt und lagen nun in einem stöhnenden Knäuel hinten auf dem Deck, wo sie den Aufgang blockierten.

Es schienen fünf zu sein, alles in allem, verknotet und verschlungen wie der Gordische Knoten. Vier Studenten japanischer Herkunft und eine Dame mit einem arg in Mitleidenschaft gezogenen Strohhut.

Sie zu entwirren stellte sich als alexandrinisches Problem heraus. Derek war gezwungen einzugreifen und zu verhindern, dass ein begeisterter Brentforder Automechaniker die fünf mit einem Brecheisen bearbeitete.

»Am besten überlassen wir das den Experten«, lautete Dereks Rat. »Sie sind bestimmt bald hier.«

Und so war es auch.

Die umstehende Menge, die mittlerweile aus dem größten Teil von Brentfords Einwohnerschaft zu bestehen schien, jubelte wild, als der einheimische Löschzug, gefolgt von der einheimischen Ambulanz, gefolgt von vier Streifenwagen der einheimischen Polizei mit heulenden Sirenen und blitzendem Blaulicht die High Street heraufgerast kam.

Richtig aufregend.

Leider muss festgestellt werden, dass es manchmal Probleme mit den Rettungsdiensten geben kann, besonders, wenn alle zugleich zu einem Unfallort gerufen werden. Es gibt eine Tendenz zu eifrigen Disputen und Konkurrenz untereinander. Insbesondere über die Frage, wer nun den ganzen Einsatz leitet und wer wem Befehle erteilt. Häufig ergreift der Erste, der am Schauplatz eintrifft, die Initiative und die Gelegenheit, sich die Einsatzleitung anzueignen, ob er sich die Einsatzleitung aneignen sollte oder nicht. Es kann in einer schrecklichen Menge Drohgebärden und bösen Worten und Dienstrangrangeleien ausarten und richtig schwierig und richtig … *männlich* werden.

Es ist schließlich eine Männersache, und es hat eine Menge mit Uniformen zu tun.

Man hätte meinen sollen, dass die Dinge in Brentford ganz anders liegen. Aber wenn man dies gemeint hätte, hätte man ganz falsch gelegen. Hätte man.

Männer sind nun einmal Männer, und Jungen sind Jungen und so weiter und so fort.

Das Rennen entlang der High Street war jedenfalls richtig aufregend. Zwei der Streifenwagen überholten die Ambulanz, doch der Löschzug schwenkte wild nach rechts und links aus, bis er schließlich mit einer Vollbremsung derart zum Halten kam, dass er schräg stand und die gesamte High Street für den Verkehr aus beiden Richtungen blockierte. Damit blieb den Insassen aller am Rennen beteiligten Fahrzeuge ein Fünfzig-Meter-Sprint über das Pflaster. Die Menge drängte sich um die ebenfalls anwesenden einheimischen Buchmacher, die bereits Wetten annahmen.

Der Erste, der am Unfallort hätte eintreffen müssen, hätte eigentlich Feuerwehrmann Arnie Magoo sein müssen. Er war als Erster aus der Kabine des Löschzugs und ziemlich schnell auf den Beinen. Aber Constable Cavendish war noch schneller, und er war außerdem stärker. Er war Flügelmann bei der Metropolitan All Blues Rugbymannschaft, und er brachte Feuerwehrmann Arnie Magoo mit einem ausgezeichneten Tackling zu Fall. Das Manöver brachte ihm lauten Beifall seitens derjenigen Zuschauer in der Menge ein, die auf die Brentforder Polizei gewettet hatten.

Während die beiden ersten tapferen Retter es auf dem Pflaster untereinander ausmachten, blieb es

Acting Fireman Howard Chubb und Police Constable Edward Flanders überlassen, um die Führung zu wetteifern. Diese beiden Männer waren alte Gegenspieler und wohl vertraut mit den Taktiken des jeweils anderen. Während Flanders den Ellbogenstoß in die Rippen bevorzugte, arbeitete Chubb mit dem ausgestreckten Finger im Auge.

Einst hatten sie einen gemeinsamen ersten Platz bei einem Verkehrsunfall in der Abbadon Street errungen, damals, im Jahre 2020. Ein Milchwagen war mit einem Jeep zusammengestoßen. Der Jeep war mit Soldaten auf Urlaub besetzt gewesen und gegen einen Briefkasten geknallt, der anschließend in Flammen aufgegangen war.

Dieser Zwischenfall hatte zu einer höchst interessanten Situation geführt angesichts der schieren Zahl von Uniformträgern, die sich alle zur gleichen Zeit am gleichen Unglücksort wiedergefunden hatten. Selbstverständlich wollten die Soldaten das Kommando übernehmen, doch ein vorbeikommender Postbote protestierte energisch und beanspruchte die Einsatzleitung für sich. Der Fahrer des Milchlasters, dessen Argumentation zufolge seine Uniform genauso schön war wie die aller anderen, gab seinen Senf dazu, und als Flanders und Chubb schließlich gemeinsam kamen[4] – ankamen, heißt das –, fanden sie sich unvermittelt in einer fünfseitigen Konfrontation wieder.

Sie waren jedoch – zumindest bei dieser Gelegen-

4 Nicht zu verwechseln mit den anderen Flanders und Chubb, die in Wirklichkeit Flanders und Swann hießen, ein populäres Gesangsduo aus den 1950ern, die rein zufällig ein Lied über einen Bus gesungen haben.

heit – dem Militär gegenüber in der Unterzahl, und die Soldaten demonstrierten sehr effizient, dass Gewehre dienstgradmäßig mehr galten als Schlagstöcke oder Feueräxte.

So.

Während Cavendish mit Magoo kämpfte und Chubb Flanders im Schwitzkasten hielt und ihm den Finger ins Auge stieß, Fire Officer Gavin Rupert auf der Brust von Police Constable Meredith Wainwright saß und Fire Chief Lou Lou Chief Constable Eric Mortimer Ronan-Bagshaw gegen das Schaufenster von Schlachtermeister Beefheart drückte, blieb es dem ebenso kühnen wie flinken Police Constable Ferdinand Gonzales, dem fünfmaligen Gewinner der Metropolitan-»You're it!«-Meisterschaften überlassen, sich aus dem Rudel zu lösen und das Kommando über den Unglücksort für sich zu beanspruchen.

Bevor er langsam auf die Knie sank und das Bewusstsein verlor.

»Würden jetzt *bitte* alle mal einen Schritt zurücktreten!«, befahl die Ambulanzfahrerin Lesley Jane Grime, während sie eine Spritze mit einem wirkungsvollen Betäubungsmittel aufzog und zur gleichen Zeit eine andere wegwarf, die sie Augenblicke zuvor in das Hinterteil von Police Constable Ferdinand Gonzales entladen hatte. »Ich übernehme von jetzt ab das Kommando ...«

Doch sie hatte keine wirkliche Chance und ging bald unter den gemeinsam fliegenden Fäusten von Bobbys und Feuerwehrjungs zu Boden.

»Ich muss dem ein Ende machen«, sagte Kelly und baute sich auf, um ihr Dimac einzusetzen. »Ich kann nicht zulassen, dass das so weitergeht.«

»Besser, Sie halten sich da raus«, empfahl Derek. »Diese Geschichten lösen sich in der Regel irgendwann von alleine, und da es bisher nicht zu Todesopfern gekommen ist...«

»Oben im Bus liegen Verletzte!«

»Ah, sehen Sie nur«, sagte Derek. »Da kommt Mr. Shields.«

Der Herausgeber des *Brentford Mercury* bahnte sich einen Weg durch die Menge, wobei er einen kleinen und besorgt dreinblickenden Mann vor sich herschob.

»Das ist Gary«, erklärte Derek, an Kelly Anna Sirjan gewandt. »Unser einheimischer Pressefotograf.«

»Es gefällt mir nicht, wie das hier aussieht«, sagte Gary. »Dieser Bus könnte jeden Augenblick in die Luft fliegen.«

»Es ist eigentlich sicher«, sagte Kelly. »Aber oben auf dem Oberdeck liegen Verletzte.« Sie trat beiseite, als ein Feuerwehrmann vorüberstolperte. Mit einem Constable an seiner Kehle.

»Geh nach oben und mach Bilder von den Verletzten, Gary«, befahl Mr. Shields. »Hast du die Puppe mitgebracht?«

Gary nickte.

»Puppe?«, fragte Kelly Anna Sirjan.

»Die verlorene Kinderpuppe«, erklärte Mr. Shields. »Das ist immer ein großartiges Titelbild. Verleiht der Sache so ein gewisses Pathos. Meist gibt es bei einem Unfallort keine, deswegen haben Pressefotografen immer ihre eigene dabei.«

»Meine heißt Chalky«, sagte Gary und zog Chalky aus der Tasche. »Sie ist ein richtiger kleiner Star, stimmt's, Chalky?«

Kelly Anna Sirjans Unterkiefer sank herab. »Verstehen Sie denn nicht?«, sagte sie. »Ich rede von Verletzten! Echte Menschen. Sie leiden.«

»Tote?«, fragte der Chefredakteur.

»Glücklicherweise nicht.«

»Eine Schande. Aber vielleicht sterben ja noch einer oder zwei. Einer oder zwei sterben immer, auf dem Weg ins Hospital.«

»Was?« Kelly Anna Sirjan sah entsetzt aus. Sie war entsetzt.

»Ah«, sagte Mr. Shields. »Zugegeben, es mag vielleicht herzlos klingen, aber es ist es nicht.«

»Ist es nicht?«, fragte Kelly, während zwei verwirrte Constables vorbeistolperten, die versehentlich wild aufeinander eindroschen.

»Es ist ein Abführmittel«, erklärte der Chefredakteur und trat hastig beiseite, um nicht von einem Sanitäter geschlagen zu werden. »Große öffentliche Ergüsse von Trauer. Es fing damals in den 1990ern an. Die Leute legten bergeweise Blumen an der Straße nieder, wo Menschen bei Unfällen oder durch Mord gestorben waren. Dann kam das Hillsborough Desaster und natürlich der Tod von Prinzessin Diana. Konspirationstheoretiker sind der Ansicht, dass es eine Verschwörung von Floristen war, die ursprünglich die Idee dazu hatten. Ich neige eher zu der Annahme, dass die Öffentlichkeit es einfach braucht. Die Leute fühlen sich dadurch besser, und es lenkt sie für eine Weile von ihren eigenen Problemen ab. Außerdem, Tausende und Abertausende von Blumensträußen auf der Straße liefern ein sehr farbiges und einprägsames Titelfoto ...«

Mr. Shields sah den Schlag nicht kommen. Kelly Anna Sirjan fällte ihn mit einem einzigen Schlag.

Die Ordnung wurde erst wiederhergestellt, als F.U.R.Z. eintraf. Das Mobile Einsatzkommando. Aus der Größten Show jenseits der Welt.[5] Es war gerufen worden, als Mr. Pendragon, der Besitzer des Plume Cafés, der eben mal um die Ecke zum Käseladen gegangen war, kurz bevor sich der Unfall ereignete, und länger getrödelt hatte, als er eigentlich wollte, und zwar im Pub gleich um die Ecke vom Käseladen, um die beiden Ecken zurückkam und nun einen Bus in der Front seines inzwischen außer Betrieb befindlichen Cafés vorfand sowie eine Bande uniformierter Männer, die sich gegenseitig den Verstand aus dem Leib prügelten.

Einigermaßen aufgebracht (und zu Recht, möchte man meinen) von dieser negativen Entwicklung seiner Vermögenswerte war es ihm gelungen, seinen alten Armeerevolver aus den Trümmern der Geschäftsräume zu zerren um damit aufs Geratewohl in die Menge zu ballern. Wie man das nun mal so macht.

Gegen drei Uhr nachmittags war es allerdings wirklich vorbei.

Derek und Kelly Anna Sirjan saßen im Wartezimmer der Unfallstation des Cottage Hospitals. Es hatte keine Toten gegeben, weder beim Unfall noch bei dem sich anschließenden Konflikt oder dem Transport der Verletzten ins Hospital. Mr. Pendragon lag in einem Einzelzimmer. Er steckte in einer Zwangsjacke und litt unter den Nachwirkungen von CS-Gas. Mr. Shields hatte das Bewusstsein wiedererlangt und war in sein Büro zurückgekehrt, wo er an seinem Redakteursschreibtisch saß und Schlag-

5 Lesen Sie dort nach. Bastei-Lübbe-Band 24210. (Tipp des Lektors)

zeilen wie BUS RAST INS PLUME – HORROR AM MITTAG komponierte. Die Uniformierten hatten ihre Wunden geleckt und waren gegangen, und nur diejenigen, die während des Unfalls im Bus gewesen waren, blieben im Krankenhaus zurück.

Derek schrieb Notizen in sein Reporternotizbuch.

Kelly saß da und zwirbelte Locken ihres goldenen Haars. Verdrehte sie zwischen den Fingern, langsam vor und zurück, vor und zurück. Und vor und zurück.

Dr. Sebastian Druid, Sohn von Ted und Bruder von Conan Barbarossa Firesword Druid (der in einer Welt lebte, die mehr oder weniger seine eigene war) schneite durch die Doppeltür aus der Allgemeinen herbei und lächelte Kelly Anna Sirjan warm und freundlich an.

Dr. Druid war ein Mann von mittelmäßiger Größe und übermäßigem sexuellen Appetit. Er hatte viel von einem Waldkauz an sich, aber auch ein wenig von einem Okapi. Er kannte sich aus, wenn es um erste Hilfe ging, doch er war total hilflos unter der Motorhaube eines Fiesta. Dr. Druid hatte ein Klemmbrett und braune Wildlederschuhe.

»Bleiben Sie sitzen«, sagte er zu Kelly, die bereits aufgestanden war.

»Wie geht es den Patienten?«, fragte Kelly.

»Seltsam«, sagte Dr. Druid. »Einigermaßen seltsam.«

»Wie das?«, fragte Derek. »Seltsam anzusehen, oder was meinen Sie? Zugegeben, dieser Busfahrer sieht eigenartig aus, mit seinem großen Kopf. Erinnert mich irgendwie ein wenig an den Mekon.«

»Nein, das nicht.« Der Doktor setzte sich und stand wieder auf. »Es ist nicht das Aussehen. Nicht, dass mich die orientalische Physiognomie sonderlich anziehen würde. Nicht, dass die Thailänderinnen mehr als durchschnittlich wären.«

Dr. Druids Blick ruhte auf Kelly Anna Sirjan. »Welch ein Anblick. Aber ich meine nicht den Anblick, nein. Die vier japanischen Studenten haben ihre Sinne alle wieder beieinander, und ich behalte sie heute Nacht zur Beobachtung im Krankenhaus und lasse sie morgen gehen. Es sind die anderen drei, die mir Kopfzerbrechen bereiten.« Dr. Druid konsultierte sein Klemmbrett. »Da ist diese Dame mit dem Strohhut, deren Namen ich nicht auszusprechen wage. Der Fahrer, ein Mr. Periwig Tombs, und der Fremdenführer, ein Robert Charker, auch Big Bob genannt, glaube ich.«

»Und was ist daran so seltsam?«, fragte Derek.

Dr. Druid hörte Derek fragen, doch er antwortete Kelly Anna Sirjan. »Gelöscht. Leer«, sagte er. »Sie sind völlig außerstande zu reden. Es scheint, als litten sie unter einer totalen Amnesie.«

»Es ist bestimmt ein Schock, oder?«, fragte Derek. »Schließlich haben sie gerade einen Unfall in einem Bus hinter sich.«

Dr. Druid schüttelte seinen kauzigen Kopf und hob eine Augenbraue, an der nichts von einem Okapi war. »Kein Schock«, sagte er. »Vertrauen Sie mir, ich kenne mich damit aus. Ich bin schließlich Arzt. Nebenbei bemerkt, haben Sie sich eigentlich in letzter Zeit einmal gründlich untersuchen lassen, Miss Sirjan? Ich denke nämlich wirklich, das sollten Sie. Ich könnte Sie gleich rannehmen, wenn Sie Zeit hätten.«

»Mir geht es bestens, danke«, sagte Kelly. Ihr war nicht entgangen, dass der Blick des Doktors fest auf ihre Brüste geheftet war. »Diese Leute waren nicht in diesem Zustand, als wir sie fanden. Wie erklären Sie sich diese Amnesie?«

»Gar nicht«, antwortete Dr. Druid. »Ich habe alle üblichen Tests durchgeführt. Den Gugenheimer Käse-Wiedererkennungstest. Den McNaulty-Taschentuch-Scan, verknotet und nicht verknotet. Ich habe es mit Wechselgeldklimpern in meiner Hosentasche versucht und sogar mit leisem, traurigem Pfeifen, was einem meiner Internen immer ganz schön Angst macht.«

»Haben Sie auch versucht, einen Stift über einem Aschenbecher hin und her zu bewegen?«, fragte Derek.

»Selbstverständlich.«

»Und was ist mit dem Aufsagen des Alphabets in einen Pappbecher?«

»Ich habe es sogar mit einer Bettpfanne versucht.«

Jetzt schüttelte Derek den Kopf, auch wenn er keine Augenbraue hob. »Sie waren in der Tat äußerst gründlich«, sagte er.

»Nun, ich bin Arzt, oder?«, sagte Dr. Druid. »Ihre Schultern sehen sehr verspannt aus, Miss Sirjan. Vielleicht sollte ich sie Ihnen ein wenig massieren?«

»Wäre es möglich, mit einem der Patienten zu reden?«, fragte Kelly Anna Sirjan.

»Später vielleicht. Sie werden gegenwärtig von einem Feuerwehrmann und einem Polizisten befragt. Nicht, dass sie irgendetwas aus ihnen herausbekämen. Sie scheinen das Vermögen zu sprechen völlig verloren zu haben, und soweit ich es beurteilen kann, auch das Hörvermögen. Ich könnte Ihren Rücken ganz schnell massieren, meine Liebe, wenn Sie möchten. Oder haben Sie Lust, mit mir zum Abendessen auszugehen?«

Kellys Finger zwirbelten eine goldene Locke. »Danke, nein«, sagte sie. »Derek hat mich für heute Abend bereits zum Essen eingeladen.«

»Habe ich?«, fragte Derek.

»Ja. Hast du«, sagte Kelly.

Es gibt eine ganze Reihe ausgezeichneter Esslokale in Brentford. Da ist zum Beispiel Archie Karachi's Star of Bombay Currygarten (und Pommes-frites-Hof) in der Ealing Road. Oder Wang Yu's Chinese Chuckaway in Albany Crescent. Das Beine der Gattin Café unten am Ende von Half Acre. Und der Lachende Rosenkohl, Brentfords einziges vegetarisches Restaurant, ganz versteckt am Ende der Horseferry Lane, nahe beim Fluss, wo niemand es so schnell findet. Es ist ein sehr romantisches kleines Lokal, doch es gibt kein Fleisch.

Derek war ein junger Mann, der Fleisch über alles mochte. Sein Vater, ein Mann, der mit den Jahren weise geworden war, hatte ihn den Wert von Protein gelehrt. »Iss Fleisch und halte deinen Darm frei und vertrau auf Gott, wenn es nötig wird«, waren die Worte, die sein Vater zu diesem Thema zu sagen hatte, und es waren Worte, die Derek niemals vergaß. Er aß sein Fleisch und hielt seinen Darm frei und würde sicherlich eines Tages auf Gott vertrauen, falls es jemals nötig werden sollte.

Kurz nach acht auf der abendlichen Uhr führte er Kelly Anna Sirjan durch die Tür des Lachenden Rosenkohls und wurde von einem Kellner zu einem Tisch für zwei dirigiert mit einem schönen Ausblick auf den Fluss.

»Ich denke, hier sind wir einigermaßen sicher«, sagte Derek, während er Kelly einen Stuhl zurechtschob. »Die Chancen, hier von einem Flussboot getroffen zu werden, sind meiner Meinung nach relativ gering.«

»Es ist sehr hübsch hier«, beobachtete Kelly. »Kommst du oft hierher?«

Die Lüge, die auf seinen Lippen gelegen haben könnte, kam nicht einmal in seinen Sinn. »Nein«, sagte Derek. »Ich war noch nie hier. Aber gehe ich richtig in der Annahme, dass du Vegetarierin bist?«

»Was hast du eigentlich gemacht, nachdem ich das Krankenhaus verlassen habe? Du hast gesagt, du wolltest zu dem alten Busdepot?«

Derek setzte sich und hantierte mit seiner Serviette. »Dort war ich auch. Ich habe die Buchungen für die Rundfahrt überprüft. Es war noch ein weiterer Tourist in diesem Bus. Der Sohn der Dame mit dem Strohhut mit dem unaussprechlichen Namen.«

»Und was ist aus ihm geworden?«

»Keine Ahnung«, sagte Derek. »Er war nicht im Bus, als wir den anderen geholfen haben. Vielleicht ist er ausgestiegen und weggegangen.«

»Und hat seine Mutter allein zurückgelassen? Das ist sehr eigenartig.«

»Alles an diesem Unfall ist eigenartig. Ich habe mit einigen Augenzeugen gesprochen. Sie haben gesagt, dass der Fahrer die Hände nicht mehr am Steuer gehabt hätte, sondern wild in der Luft herumgefummelt hätte.«

»War er betrunken oder so etwas?«

»Nicht nach den Worten von Dr. Druid, nein. Ich habe mir erlaubt, ihn zu bitten, mich anzurufen, wenn es neue Entwicklungen gibt. Falls die Patienten ihre Erinnerung zurückbekämen oder sonst etwas.«

»Und? Glaubst du, er wird dich anrufen?«

»Ich habe mir auch die Freiheit genommen, von Geld zu sprechen. Es könnte sich eine Story ergeben. Eine große Story. Ich möchte jedenfalls nicht, dass die großen Tageszeitungen als Erste darüber schreiben.«

»Du hättest gerne die Exklusivrechte für dich.«

Derek schnitt eine säuerliche Grimasse. »Ich habe zwei Stunden gebraucht, um alles aufzuschreiben. Nur um mir von Mr. Shields sagen lassen zu müssen, dass er sich persönlich um die Story kümmern will und ich nach Hause gehen soll.«

»Werden wir morgen früh in der Zeitung ein Bild von Chalky der Puppe sehen?«

»Würde mich nicht überraschen.«

Der Kellner, ein Osteuropäer, in einem Zigeunerkostüm, wartete in der Nähe mit der Weinkarte in der Hand und hüstelte nun freundlich.

»Ah, ja«, sagte Derek. »Was möchtest du denn trinken, Kelly?«

»Ein Glas Rotwein bitte.«

»Ein Glas Rotwein bitte«, sagte Derek zu dem Kellner. »Haben Sie auch Bier?«

»Wir haben Rosenkohl Lager, Sir. Man muss es getrunken haben, sonst glaubt man es nicht.«

»Zwei Gläser Rotwein bitte.«

Der Kellner nickte und wandte sich zum Gehen, doch dann drehte er sich noch einmal um. »Bitte entschuldigen Sie, Sir«, sagte er. »Aber ich habe zufällig Ihre Unterhaltung mitgehört.«

»Ah«, sagte Derek nachdenklich.

»Es ist nur so, verstehen Sie, meine Schwester – Sie hat gesehen, wie sich der Unfall ereignet hat.«

»Tatsächlich?«, fragte Derek. »Wie interessant.«

»Ich glaube nicht, dass du das ernst gemeint hast«, flüsterte Kelly.

»Ich glaube, er hat gehört, wie ich von Geld gesprochen habe«, flüsterte Derek zurück.

»O nein, Sir«, sagte der Kellner. »Das ist es nicht. Ich frage nicht nach Geld. Es ist nur, dass meine Schwester sehr verwirrt war wegen dem, was sie gesehen hat.«

»Einen Unfall zu beobachten ist niemals angenehm«, sagte Derek. »Ihre Schwester wird mit der Zeit darüber hinwegkommen.«

»O nein, Sir, das bezweifle ich. Nicht nach dem, was sie gesehen hat.«

»Erzählen Sie weiter«, sagte Derek.

»Nun, Sir, ich habe gehört, wie Sie über den Sohn dieser Dame mit dem Strohhut gesprochen haben, der nach dem Unfall verschwunden ist. Meine Schwester sah ihn vom Oberdeck des Busses kommen. Sie sagte, er hätte sehr verängstigt ausgesehen, als wäre er plötzlich aufgewacht und wüsste nicht mehr, wo er ist. Seine Augen waren weit aufgerissen. Er starrte umher, und dann ging er durch die Wand des Ladens direkt neben dem Plume Café.«

»Hat er sich wehgetan?«, fragte Derek.

»Nein, Sir, Sie verstehen mich nicht. Er ging *durch* die Wand. Wie ein Geist. Er ging durch die Wand und verschwand, einfach so.«

Derek sah Kelly an.

Und Kelly sah Derek an.

»Höchst amüsant«, sagte Derek. »Sie haben uns einen hübschen Bären aufgebunden. Zwei Rotwein bitte.«

»Nein, Sir.« Der Kellner schien aufgeregt. »Ich binde Ihnen keinen Bären auf, ganz und gar nicht. Sie hat es mit ihren eigenen Augen gesehen. Im hellen Tageslicht. Er stieg vom Oberdeck des Busses herab und ging durch die Wand und verschwand. Sie hat es gesehen, und es macht ihr große Angst. Sie ist ein ehrliches Mädchen. Geht immer in die Kirche und alles. Sie sagt, es wäre ein böses Omen. Sie sagt, der Teufel würde in Brentford umgehen, mitten unter uns.«

»Ich glaube nicht, dass die Dinge schon so schlimm stehen«, sagte Derek. »Aber Sie meinen es tatsächlich ernst, oder?«

»Das siehst du doch«, sagte Kelly.

»Ganz ernst«, sagte der Kellner. »Ich rede nicht gern über diese Sache. Aber ich habe gehört, wie Sie gesagt haben, dass alles eigenartig zu sein scheint an diesem Unfall. Und ich sage Ihnen, Sie haben Recht, Sir. Es ist eigenartig, und es ist böse. Passen Sie lieber auf.«

Der Kellner wandte sich ab und ging, um den Wein zu holen.

»In deiner Gegenwart wird es wohl nie langweilig, wie?«, sagte Kelly.

»Das war es, bis du gestern hergekommen bist. Aber was hältst du von dieser Geschichte?«

Kelly Anna Sirjan zuckte die Schultern und lächelte ein wenig. Doch ihre Finger zwirbelten einmal mehr ihre Haare.

»Es muss ein fauler Trick sein«, sagte Derek. »Irgendjemand will einem Zeitungsmann einen Streich spielen, weiter nichts.«

Dereks Mobiltelefon begann in seiner Tasche zu summen. Er nahm es heraus, drückte auf ein paar Knöpfe und presste es ans Ohr.

»Was ist?«, fragte er. »Entschuldigung, aber ich kann Sie nicht gut verstehen. Bitte entschuldige, Kelly, aber ich gehe kurz mit diesem Ding nach draußen, um einen besseren Empfang zu bekommen.«

Der Kellner kehrte mit den beiden Rotweinen zurück und ging erneut. Er wich Kellys Blicken aus. Kelly beobachtete Derek durch das Fenster. Er war ein gut aussehender junger Mann. Und für einen Reporter schien er außerdem einigermaßen ehrlich zu sein. Sie sah, wie er sein Mobiltelefon wieder in die Tasche steckte und dann in den Lachenden Rosenkohl zurückeilte.

»Vergiss den Wein!«, sagte er. »Wir müssen gehen!«

»Du siehst ein wenig aufgescheucht aus«, beobachtete Kelly.

»Ich bin mehr als das.« Derek atmete tief durch, bevor er weiterredete. »Das war Dr. Druid. Im Cottage Hospital ist etwas passiert.«

»Sag mir nicht, jemand ist gestorben.«

»Schlimmer als das.«

»Wie kann denn etwas noch schlimmer sein?«

»Die drei Patienten mit Amnesie. Sie sind verschwunden, alle drei.«

»Was denn, sie sind aus dem Krankenhaus marschiert?«

»Nein«, sagte Derek. »Ich meine verschwunden. Direkt vor den Augen von Dr. Druid.«

4

Es war ein warmer Brentforder Abend
Ruhig und mit klarem Himmel.
Sirius, hellster Stern des Firmaments
Starrte von oben herab.

Und ein Zephir wehte leicht von den
Gärten, im Süden bei Kew
Brachte die Düfte von Lilien
Und von alten Rosen herbei

Die Themse entlang bis nach Brentford
Wo die Gemeinde, bereit für die Nacht,
das heilige Parfüm atmete
Dumm di dumm di dumm di da und Freude.

Freude war im Gesicht von Dr. Druid nicht zu finden. Er saß im Wartezimmer der Unfallstation und wurde von zwei Krankenschwestern in der Sorte von Berufskleidung getröstet, die man heute nicht mehr zu sehen bekommt. Bestehend aus hochhackigen weißen Pumps, Netzstrümpfen, einem kurzen geschlitzten Rock und einer eng sitzenden Bluse mit mehreren fehlenden Knöpfen oberhalb des Dekolletés. Die Kleiderordnung war von Dr. Druid persönlich festgelegt worden, der eine Menge Einfluss im Cottage Hospital besaß.

Beim Eintreffen von Derek und Kelly Anna Sirjan

winkte Dr. Druid die Krankenschwestern weg. Die größere der beiden, bärtig und mit Namen Gavin, sagte im Gehen: »Rufen Sie uns nur, wenn Sie uns brauchen, Dr. Druid.«

»Danke sehr«, sagte Dr. Druid und gab Gavin einen Klaps auf den Hintern.

»Haarsträubend!«, sagte Kelly Anna Sirjan.

»Ich weiß«, antwortete der Doktor. »Aber wozu ist Macht gut, wenn man sie nicht hin und wieder zu seinem Vorteil ausnutzt?«

Derek schüttelte den Kopf, und Kelly Anna Sirjan zwirbelte ihre Haare. »Wollen Sie uns mehr über diese Sache erzählen?«, fragte Derek.

»Im Vertrauen«, sagte der Arzt. »Und unter der Voraussetzung, dass es keinerlei Schuldzuweisungen welcher Art auch immer gegen meine Person gibt. Ich möchte klarstellen, dass ich alles in meiner Macht Stehende für diese Patienten getan habe und dass mich nicht die geringste Spur von Schuld trifft. Ich bin absolut und vollkommen unschuldig, in jeglicher Hinsicht.«

Derek nahm einen von jenen Miniatur-Rekordern aus der Tasche, die Zeitungsreporter immer in der Tasche mit sich herumtragen und die jene unleidliche Eigenschaft besitzen, sich von ganz alleine einzuschalten und inkriminierende Informationen aufzuzeichnen, wenn der Reporter gerade hoch und heilig und beim Leben seines alten weißhaarigen Mütterchens geschworen hat, dass er selbstverständlich alles, was man ihm berichtet, inoffiziell und vertraulich behandeln wird.

»Ich nehme an, Sie möchten, dass ich dies genauso wiedergebe, wie Sie es schildern«, sagte Derek.

»Absolut«, sagte der Doktor. »Und nichts von alledem ist meine Schuld.«

»Ja, ich werde dafür sorgen, dass das deutlich wird. Und *was genau* ist nun passiert?«

»Sie sind verschwunden!«, kreischte Dr. Druid, wobei sein Gesicht blass wurde und seine Augen weit und rund wie die der Eule Tawny, wer immer die auch ist. »Direkt vor meinen Augen. Sie verblassten einfach, wurden durchsichtig und waren weg. Weg, sage ich Ihnen. Weg!«

»Weg?«, fragte Derek kopfschüttelnd. »Sie sind tatsächlich einfach so verschwunden? Direkt vor Ihren Augen?«

Der Doktor flüsterte nun in einem Ton, der als heiser bekannt ist. »Ich weiß, was das zu bedeuten hat«, flüsterte er heiser. »Ich bin nicht dumm. Ich weiß ganz genau, was das ist.«

»Reden Sie weiter«, sagte Derek.

»Das ist inoffiziell«, sagte der Doktor.

Derek hantierte umständlich mit den Knöpfen des Rekorders. Eigenartigerweise hörte der Rekorder nicht mit Aufzeichnen auf.

»Erzählen Sie weiter«, sagte Derek einmal mehr.

»Die Verzückung«, sagte der Doktor, und seine runden Eulenaugen schossen himmelwärts, während der Kopf auf den Schultern nick, nick, nick machte.

»Die *was?*«, fragte Derek.

»Die *Verzückung*«, sagte Kelly. »Die fundamentale christliche Interpretation mehrerer Texte aus dem Buch der Offenbarung. Sie glauben, dass die Gerechten in der Zeit der Bedrängnis, wenn der Antichrist an die Macht kommt, zum Himmel hinauffahren werden. Leiblich. Im einen Augenblick sind sie noch unter uns, und im nächsten verschwunden. Einfach weg.«

Derek starrte Kelly an, und Derek starrte Dr. Druid an. »Das soll doch wohl ein Witz sein«, sagte er.

»Nein«, antwortete der Doktor und schüttelte niedergeschlagen den Kopf. »Sie sind verschwunden, einfach so, direkt vor meinen Augen. Sie mögen die Ersten gewesen sein, aber sie sind bestimmt nicht die Letzten. Und die Leute werden die Wahrheit nicht glauben. Das tun sie nie. Sie werden anderen die Schuld geben. Sie werden mir die Schuld geben.«

Der Doktor zitterte inzwischen am ganzen Leib. Er vergrub das Gesicht in den Händen.

»Er trägt es mit Fassung«, sagte Derek.

Kelly bedachte ihn mit der Sorte Blick, die nahe legte, dass diese Bemerkung bestenfalls indiskret und schlimmstenfalls weitaus scheußlicher war.

»'tschuldigung«, flüsterte Derek. »Aber wirklich. Das ist doch lächerlich!«

»Und was ist mit der Schwester des Kellners? Das wäre dann Zufall oder wie?«

»Könnten wir einen Blick in das Krankenzimmer werfen?«, fragte Derek.

Doktor Druid hob das Gesicht aus den Händen. »Das Krankenzimmer?«, fragte er zurück.

»Wo die Patienten verschwunden sind. Vielleicht finden wir Hinweise.«

»Hinweise?«, flüsterte Kelly.

»Hinweise!«, flüsterte Derek. »Vielleicht gibt es eine Erklärung für all das.«

»Die gibt es«, sagte Dr. Druid. »Es ist die Verzückung. Die Patienten verschwanden um ganz genau acht Minuten nach acht, ich hab auf die Uhr gesehen. Ich wette, das hat irgendetwas zu bedeuten, wie die Zahl des Tiers, sechs, sechs, sechs.«

»Vielleicht eine Erklärung, die nichts mit der Rückkehr des Antichristen und dem Beginn von Armageddon zu tun hat«, sagte Derek.

»Also schön«, sagte Dr. Druid und mühte sich in die Senkrechte. »Ich zeige Ihnen das Krankenzimmer. Aber es wird Ihnen nichts nützen. Ich bin ganz sicher, dass es die Verzückung ist, und ich bin keiner von den Auserwählten. Wenn überhaupt, dann ist es das, was mir von allem am meisten zu schaffen macht. Ich habe mein Leben im Dienst anderer verbracht. Wenn je irgendjemand es verdient hat, in den Himmel aufzusteigen, dann bin ich diese Person. Es ist alles so grauenhaft unfair!«

»Vielleicht werden sie in Schüben geholt«, sagte Kelly. »Ich bin sicher, dass Sie genau das bekommen, was Sie verdient haben, sollte es die Verzückung sein.«

»Das ist tröstlich«, sagte der untröstliche Doktor. »Glaube ich.«

»Los jetzt, zeigen Sie uns das Krankenzimmer«, verlangte Derek.

Eine Lady, hübsch anzuschauen in Pink, betrat das Wartezimmer.

Sie stöckelte auf grotesken holistischen Pumps mit Neun-Zoll-Plattformsohlen. Die Plattformen schienen transparent zu sein, und kleine pinkfarbene Lämpchen blinkten in ihrem Innern und erhellten winzige Büsten eines Gurus mit Namen Hugo Rune.

Die Dame in Pink kam zu Dr. Druid gestöckelt.

»Was haben Sie mit meinem Ehemann angestellt?«, verlangte sie zu wissen.

»Ihrem Ehemann, Madam?«, fragte der Doktor.

»Big Bob Charker. Ich bin seine bessere Hälfte.«

»Ah«, sagte Dr. Druid und starrte aus runden Augen auf Derek.

»Er schläft«, sagte Derek. »Er steht unter Beruhigungsmitteln. Besser, wenn Sie morgen Früh wiederkommen.«

»Oh«, sagte Minky Charker. »Also geht es ihm gut? Also wird er es überleben?«

»Absolut«, sagte Derek. Kelly bedachte ihn mit einem weiteren schrecklichen Blick.

»Und wer sind Sie?«, fragte Minky.

»Ich bin ein Spezialist.«

»Tatsächlich? Ein Spezialist?«

»Ein Spezialist, ja.«

»Und worin sind Sie Spezialist?«

»In Unsinn offensichtlich«, flüsterte Kelly. »Ich finde Ihre Schuhe unglaublich«, fügte sie an Minky gewandt hinzu. Lächelnd.

»Sie sind der allerletzte Schrei. Sie sind aus Polysynthacarbon-Dextroglutimatazid. Sie kanalisieren Erdenergie direkt durch meine Beine. Ich habe fünf Pfund verloren, seit ich sie heute Morgen angezogen habe.«

»Das ist vollkommen unmöglich«, sagte Derek.

»Nein, wirklich. Ich hatte sie in meiner Geldbörse, aber ich glaube, sie sind herausgefallen. Trotzdem, mein Ausschlag ist besser geworden, und meine Nippel sind so hart wie Anissamen.«

»Das sollte ich mir besser ansehen«, sagte Dr. Druid.

»Wir sollten jetzt besser zum Krankenzimmer gehen«, sagte Derek.

»Ja, das sollten wir wirklich«, sagte Kelly. »Gute Nacht noch, Mrs. Charker.«

»Könnte ich nicht mit zur Station kommen?«, fragte Minky.

»Äh, nein«, sagte Dr. Druid. »Sie können schon einmal in mein Behandlungszimmer gehen und sich freimachen, wenn Sie wollen.«

»Ich glaube nicht, dass ich das will«, sagte Minky.

»Dann gute Nacht, Madam.«

»Gute Nacht, Doktor.«

Dr. Druid wandte sich um und führte Derek und Kelly zur Allgemeinen Station.

»Oh, Doktor!«, rief Minky. »Nur eins noch, bevor Sie gehen.«

»Ja?«, sagte Dr. Druid und wandte sich zu ihr um.

»Gavin ist meine Schwester«, sagte Minky.

»Oh«, sagte Dr. Druid mit einer tiefen, dunklen und unendlich bedauernden Stimme.

»Ja«, sagte Minky. »Und Gavin hat mich vor fünf Minuten angerufen und mir gesagt, dass Big Bob in Verzückung davongeführt wurde.«

»Oh«, sagte Dr. Druid, noch tiefer und dunkler diesmal.

»Also lügt einer von Ihnen beiden«, sagte Minky. »Und ich glaube nicht, dass es meine Schwester ist. Bärtige Frauen lügen nie; das ist eine Zirkustradition. Genau wie das Essen von Wachteleiern bei Neumond oder das frühe Schicken von Weihnachtsgrüßen.«

»Oh«, machte der Docktor. Und »Oh«, und noch einmal »Oh.«

»Sie kommen besser mit uns«, sagte Derek.

»Ich denke, ich komme besser mit Ihnen«, sagte Big Bobs bessere Hälfte.

Derek überflog die Allgemeine Station spezifisch.

Spezifisch spähte er unter Betten, in Bettpfannen, hinter Vorhänge und in Schränke. Er spähte und stocherte, und dann spähte er noch ein wenig mehr.

»Bei all dem Spähen ruiniert er sich noch die Augen«, sagte Minky. »Ich hatte mal einen Bruder, der hat auch immer so gespäht. Dann änderte sich zweimal der Wind, und plötzlich hatte er die Art von Schnurrbart, die man nur mit Terpentin wieder runterkriegt.«

»Ich bin sicher, das hab ich schon mal irgendwo gehört«, sagte Derek, indem er von seinem Spähen und Stochern aufblickte.

»Es gibt eben nichts wirklich Neues auf Gottes Erde«, sagte Minky. »Außer der Verzückung, heißt das. Die ist neu, auch wenn sie bereits erwartet wurde.«

»Dann glauben Sie also daran?«, fragte Kelly.

»An irgendwas muss man schließlich glauben, oder nicht, Liebes? Mein Onkel hat immer geglaubt, dass er die Reinkarnation von Jesus wäre. Er war Buddhist, wissen Sie? Auf diese Weise hatte er das Beste aus beiden Welten. Er hatte die Stigmata, und als wir klein waren, ließ er uns die Finger durch die Löcher in seinen Händen stecken. Wenn er einschlief, haben wir die Löcher mit Plastilin zugestopft. Heutzutage findet man kein Plastilin mehr, Liebes, oder? Es ist den Weg von Verrücktem Schaum, Potty Putty und Röntgenbrillen gegangen. Nicht zu reden vom Zurückseh-Oskop.«

»Dem Zurückseh-Oskop?«, fragte Kelly.

»Sagte ich nicht, Sie sollen nicht davon reden?«

»Verzeihung«, sagte Kelly und verdrehte ihre Haare zu wirren Löckchen.

»Das ist eine grauenhaft nervöse Angewohnheit, die Sie da haben, junge Frau«, beobachtete Minky. »Sie sollten einen Spezialisten aufsuchen. Aber nicht den da, der dauernd in die Gegend späht. Er braucht bestimmt bald eine Brille.«

»Bitte entschuldigen Sie«, sagte Kelly. »Aber die Möglichkeit, dass Ihr Mann von der Verzückung fortgetragen wurde, scheint Ihnen keine Sorgen zu machen.«

»Er hätte so fortgehen wollen, ganz bestimmt.«

»Tatsächlich?«

»Nun, er hat irgendwann einmal erwähnt, dass er während der Feier seines dreiundneunzigsten Geburtstags von einem eifersüchtigen Liebhaber erschossen werden möchte, während er mit einer zwanzigjährigen Schönheit Liebe macht. Andererseits sagen Männer alles, was man von ihnen hören will, wenn man ihre männlichen Teile fest in der Hand hält, habe ich Recht, Liebes?«

»Bestimmt hat sich Ihr Ehemann nach der Verzückung verzehrt«, sagte Kelly. »Ich an seiner Stelle hätte es ganz bestimmt.«

»Sie sind zu liebenswürdig. Nun, junger Mann, mit all Ihrem Spähen und Stochern, sind Sie inzwischen zu irgendwelchen Schlussfolgerungen gelangt?«

»Ich glaube, ich brauche vielleicht eine Brille«, sagte Derek. »Aber auf diesen Laken hier ist etwas.«

»Sehen Sie mich nicht an«, sagte Dr. Druid.

»Irgendein Rückstand«, sagte Derek.

»Ich sagte bereits, Sie sollen mich nicht ansehen.«

»Ich würde gerne eine Probe nehmen. Um sie analysieren zu lassen.«

»Ich bin Arzt«, sagte Dr. Druid. »Ich könnte die Analysen durchführen.«

»Von einem unabhängigen Analytiker.«

»Spielverderber«, sagte der Doktor.

»Noch etwas«, sagte Minky. »Nur eins. Wo stehe ich bezüglich der Lebensversicherungspolice meines Mannes? Kann ich die Prämie beanspruchen, auch wenn es keinen Leichnam gibt? Ich meine, nun ja, nachdem er leiblich in den Himmel aufgefahren ist und alles – das ist doch ein Akt höherer Gewalt, oder nicht? Und höhere Gewalt wird von der Versicherung nicht gedeckt.«

»Guter Punkt«, sagte Dr. Druid. »Es müsste einen Präzedenzfall geben. Jede Wette, dass die Versicherungsgesellschaft nicht zahlt. Wenn sie das täte, müsste sie Millionen von Policen auszahlen.«

»Das ist verdammt unfair von Gott«, sagte Minky. »Erst nimmt er mir meinen Ehemann in die Verzückung, und dann lässt er mich ohne einen Penny zurück. Ich hätte nicht wenig Lust, meine Religion zu ändern. Und wenn ich schon darüber nachdenke, wie kommt es, dass Gott ausgerechnet meinen Big Bob für seine Verzückung ausgesucht hat? Ich bin viel hübscher als er. Ich bin diejenige, die er hätte aussuchen sollen.«

Kelly wandte sich zu Derek. »Ich denke, wir sollten jetzt gehen«, sagte sie. »Hier gibt es nichts mehr zu entdecken.«

Derek zückte eine kleine Kamera. »Ich mache nur noch rasch ein, zwei Fotos«, sagte er.

»Das scheint vernünftig.«

»Ja, in der Tat«, sagte Minky. »Möchten Sie, dass ich mein Oberteil ausziehe?«

Kelly sah Derek an.

Derek schüttelte den Kopf.

Ziemlich traurig, wie es Kelly scheinen wollte.

»Oh, machen Sie nur weiter«, sagte Dr. Druid. »Sie wissen genau, was Sie wollen.«

»Nicht zu glauben«, sagte Kelly. »Wenn ich überlege, dass ich dich fast gemocht hätte!«

»Was?«, machte Derek. »Was?«

Sie saßen im Fliegenden Schwan, Brentfords bester Schenke. Acht handgezapfte Spitzenbiere vom Fass und eine Einrichtung, die besagte, dass man es hier wirklich und wahrhaftig und ein für alle Mal mit einem echten Pub zu tun hatte.

»Du hast dich im Krankenhaus wie ein totaler Trottel benommen«, sagte Kelly. »Du hast gelogen und betrogen, und du hast diese Frau tatsächlich ihr Oberteil ausziehen lassen!«

»Tut mir Leid«, sagte Derek. »Ich bin in die Nachrichtenmannverhaltensweise gefallen. Aber da steckt eine Story dahinter, kein Zweifel.«

»Die Verzückung?«

»Nicht die Verzückung. Der Doktor führt irgendwas im Schilde.«

»Daran habe ich nicht den geringsten Zweifel.«

»Ich glaube nicht an verschwindende Patienten. Es muss eine logischere Erklärung geben. Ärztliche Kunstfehler oder so. Illegaler Handel mit Organen vielleicht. Dinge von dieser Art.«

»Ich habe dich falsch eingeschätzt«, sagte Kelly.

Derek lächelte.

»Nein, ich meine, du bist tatsächlich ein totaler Trottel. Ich habe nicht mehr den geringsten Zweifel daran.«

»Jetzt mach aber mal halblang. Sei nicht unfair.«

»Irgendetwas ist in diesem Krankenhaus geschehen. Irgendetwas Außergewöhnliches. Irgendetwas Übernatürliches.«

»Schwachsinn«, sagte Derek. »Ich meine, ich bin anderer Meinung.«

»Hör schon auf«, sagte Kelly. »Kein Arzt saugt sich die Geschichte aus den Fingern, dass seine Patienten sich vor seinen Augen in Luft auflösen. Er hätte sagen können, dass sie in einem Blitz verschwunden sind. Er hätte irgendetwas erzählen können. Aber nicht das. Er hat dich angerufen, weil er nicht wollte, dass man ihm die Schuld daran gibt. Das hat er deutlich zu verstehen gegeben. Es hatte nichts mit Geld zu tun.«

»Die Leute verschwinden aber nicht einfach so«, sagte Derek.

»Tun sie doch«, sagte Kelly. »Es hat Fälle gegeben. Der Earl of Bathhurst, Kaspar Hauser, Amy Johnson, Glenn Miller, Lord Lucan, Richard Branson ...«

»Unerklärte Vermisstenfälle, das ist alles. Es ist nicht das Gleiche, als wenn sich jemand vor deinen Augen auflöst. Außerdem scheinst du eine Menge über diese Dinge zu wissen. Du wusstest auch, was die Verzückung ist und alles.«

»Ich lese viel«, sagte Kelly. »Diese Dinge interessieren mich.«

»Nun, mich interessieren sie jedenfalls nicht. Und obwohl sie vielleicht die Leser der *Weekly World News* interessieren mögen, interessieren sie die gebildeteren Leser des *Brentford Mercury* bestimmt nicht.«

»Das ist ein sehr hübsches Pub«, sagte Kelly und blickte sich in selbigem um.

»Und so voller Geschichte. Pooley und Omally haben hier verkehrt.«

»Tatsächlich?«, fragte Kelly. »Du meinst sicher Pooley und Omally, die geheimnisvollen Helden von Brentford, die die Invasion der Gemeinde durch Wesen von der Verlorenen Welt Ceres und durch zahlreiche andere dunkle Mächte verhindert haben, die ihren Fuß auf das Land zu setzen wagten?«

Derek grinste. »Jede Gemeinde hat ihre Legenden und ihre Helden«, sagte er. »Es gibt Menschen in Brentford, die behaupten doch tatsächlich, sie hätten Pooley und Omally gekannt.«

»Und du glaubst diesen Leuten?«

»Nein, selbstverständlich nicht.«

»Und was gedenkst du in dem Fall zu unternehmen, den Mr. Holmes wahrscheinlich als ›SPEKTAKULÄRES VERSCHWINDEN VON FAHRGÄSTEN AUS DEM BUS‹ überschreiben wird?«

»Offen gestanden, mir sind Bedenken gekommen«, sagte Derek, »und ich denke, ich werde nichts unternehmen. Ich will mich nämlich nicht zum völligen Narren machen, indem ich diese Geschichte aufschreibe, und dann kommen sie alle nach Hause spaziert.«

»Ich verstehe«, sagte Kelly. »Hättest du Einwände, wenn ich die Geschichte verfolge?«

»Warum nicht? Tu, was du nicht lassen kannst. Aber erwarte nicht, dass Mr. Smith irgendetwas von dem druckt, was du herausfindest.«

»Ich denke, es könnte sich als ziemlich wichtig erweisen.«

»Und ich denke, du verschwendest deine Zeit. Noch einmal das Gleiche?«

Kelly starrte in ihr leeres Glas. »Nein danke«, sagte

sie. »Ich denke, ich mach Schluss für heute. Ich hab eine Bude in der Abbadon Street. Ich glaube, ich gehe jetzt nach Hause. Und kauf unterwegs ein Hühnchen und eine Tüte Pommes frites.«

»Ich dachte, du wärst Vegetarierin?«

»Und das hätte ich auch sein können. Aber ich bin es nicht. Außerdem hab ich einen Fehler gemacht, indem ich deine Einladung zum Abendessen annahm.«

»Wenn ich mich recht erinnere, kam die Einladung von dir.«

Kelly lächelte.

»Hör zu«, sagte Derek. »Du verstehst das alles wirklich ganz falsch. Warte, ich lade dich noch zu einem weiteren Drink ein. Die Frittenbude hat lange auf; du verpasst dein Brathähnchen nicht, keine Sorge.«

»Ich hab aber jetzt schon Hunger.«

»Nur noch einen weiteren Drink. Dann bringe ich dich nach Hause.«

»Also schön, aber nur den einen.«

Derek ging zur Theke und ließ Kelly mit ihren Gedanken allein. Ihre Gedanken waren gegenwärtig ein wenig wirr, ganz ähnlich ihren Haaren. Irgendetwas ging hier vor, hier in diesem vorstädtischen Hinterlandkaff von Brentford. Irgendetwas Bizarres und Paranormales. Und sie war eine Außenseiterin, jemand von außerhalb der Gemeinde. Sie war eine Fremde. Doch sie war hier, und wenn irgendetwas vorging, dann würde sie der Sache auf den Grund gehen, so viel stand fest.

Am Tresen tanzte Derek auf und ab, um die Aufmerksamkeit des Barmannes auf sich zu ziehen. »Hierher, bitte!«, bettelte er. »Hierher, sage ich.«

Der professionelle Barmann ging in höchst professioneller Weise seinen professionellen Tätigkeiten nach.

Er bediente zuerst die Stammgäste.

»Also ehrlich!«, rief Derek protestierend. »Ich war vor ihm hier!«

»Komme gleich!«, rief der professionelle Barmann professionell und bediente professionell einen weiteren Stammkunden.

»Die Bedienung hier ist ziemlich beschissen«, sagte Derek zu einem alten Gentleman, der neben ihm auf dem Barhocker saß.

»Ich hab nie irgendwelche Probleme«, antwortete der Alte, dessen Name der Alte Pete war. »Hast du schon mal versucht, deine Drinks auf Runesisch zu bestellen, Jüngelchen? Das würde die Angelegenheit ordentlich beschleunigen.«

»Sind Sie sicher?«

»Absolut.«

»Leider beherrsche ich kein Runesisch«, gestand Derek. »Offen gestanden halte ich das ganze Konzept einer universalen Sprache aus vierzig Wörtern für ausgemachten Blödsinn.«

»Dann wirst du ziemlich lange warten müssen, bis man dich bedient, Jüngelchen.«

Derek seufzte. »Sprechen Sie vielleicht Runesisch?«, fragte er.

»Wie ein Eingeborener«, sagte der Alte Pete.

»Und wie fragt man dann nach einem großen Rotwein und einem großen Wodka Tonic?«

Der Alte Pete studierte angelegentlich den Boden seines leeren Glases.

»Also schön, Sie kriegen meinetwegen auch was. Was muss ich sagen?«

»Sag ›'n großen dunklen Rum hierher für den Alten Pete‹«, sagte der Alte Pete.

»Das ist kein Runesisch.«

»Es funktioniert trotzdem, glaub mir.«

Derek seufzte. »'n großen dunklen Rum hierher für den Alten Pete«, rief er dem geschäftigen professionellen Barmann zu.

»Kommt direkt«, antwortete der professionelle Barmann. Und der große dunkle Rum für den Alten Pete kam direkt hierher.

»Das macht ein Pfund, zwei Shilling und Sixpence«, sagte der Barmann.

»Bezahl den Mann«, sagte der Alte Pete.

»Außerdem bekomme ich einen großen Rotwein und einen großen Wodka Tonic.«

»Ein Pfund, zwei Shilling und Sixpence«, sagte der Barmann einmal mehr.

»Bezahl den Mann«, sagte der Alte Pete. »Und dann verrate ich dir, wie du deine Bestellung in Runesisch abgeben musst.«

Derek bezahlte den Barmann, und nachdem sich dieser abgewandt hatte, um das Geld in die Registrierkasse zu bongen, flüsterte der Alte Pete gewisse Worte in jung Dereks Ohr.

»Ah«, sagte Derek. »Danke sehr.«

Der Barmann kehrte zurück. »Ihr Wechselgeld, Sir«, sagte er.

»*Ravata nostromo, digitalus, carberundam*«, rezitierte Derek.

»Wie bitte?«, fragte der Barmann.

»*Ravata nostromo, digitalis, carberundam*«, brüllte Derek.

»Ich wollte nur sicher sein, dass ich mich beim ersten Mal nicht verhört habe«, sagte der Barmann, holte mit einer mächtigen Faust aus und schmetterte selbige Derek mitten in das Gesicht.

Derek fiel mit blutiger Nase schlaff auf den Boden vor der Theke.

Ein älterer Gentleman, der neben dem Alten Pete saß, kicherte in sein Bier. »Ich hab das bestimmt schon hundert Mal gehört«, sagte er. »Aber ich mach mir jedes Mal wieder vor Lachen fast in die Hose.«

»Cheers«, sagte der Alte Pete und hob sein Glas.

Kelly Anna Sirjan half Derek vom Boden auf und in seinen Stuhl zurück.

»Er hat mich geschlagen!« Derek betastete vorsichtig seine blutende Nase. »Dieser Barmann hat mich ins Gesicht geboxt!«

»Das überrascht mich nicht«, sagte Kelly. »Ich hätte dich auch geschlagen, wenn du so etwas zu mir gesagt hättest.«

»Ich dachte, Runesisch wäre die universale Sprache des Friedens?«

»Das war nicht Runesisch. Das war der Alte Brentforder Dialekt, und du willst wirklich nicht wissen, was du gesagt hast.«

»Du lachst mich aus!«, protestierte Derek. »Du lachst mich aus!«

»Ich denke, wir sollten jetzt lieber gehen«, sagte Kelly. »Ich lade dich zu einem Hähnchen und Fritten ein, und dann nehme ich dich mit zu mir nach Hause, und du darfst Liebe mit mir machen.«

»Darf ich wirklich?«, fragte Derek. »Oh, bitte, darf ich?«

»Nein«, sagte Kelly und lachte erneut. »Aber ich lade ich zu Hähnchen und Pommes frites ein.«

5

Die Morgensonne fiel freundlich auf die Augen von Kelly Anna Sirjan.

Das vorstädtische Schlafzimmer, in dem sie erwachte, war nicht wirklich weiß – es war braunrot. Ob Braunrot tatsächlich als Farbe im engeren Sinne gilt, ist ein Thema, über das Gelehrte debattieren mögen. Hoffentlich in einer Halle der Weisheit, wo die Wände nicht braunrot gestrichen sind.

Braunrot und Beige sind verwandte Farben.

Pink und Braunrot nicht.

Kelly Anna Sirjan gähnte und sah auf ihre Uhr. Es war fast Viertel nach neun.

Kelly erhob sich, und wäre sie von einem erwachenden Begleiter beobachtet worden, hätte er – oder vielleicht sie – gesehen, dass dieses goldene Geschöpf nackt schlief. Andererseits hätte er – oder vielleicht sie – das zu diesem Zeitpunkt bereits gewusst. Sonnenlicht fiel durch die braunroten Netzvorhänge und erfasste die geschwungenen Kurven von Kelly Anna Sirjans voluptuösem Körper. Kenner der weiblichen Gestalt liegen noch immer im Streit bezüglich der Frage, wie ein weiblicher Körper am vorteilhaftesten zu beleuchten sei. Viele ziehen Kerzenlicht und noch viel mehr das Leuchten des Vollmonds vor, doch wenige stellen in Abrede, dass ein warmer, zerzauster Frauenleib, gerade eben und verspätet aus dem Bett aufgestanden und von den ersten Sonnenstrahlen überrascht, kein Artikel von derart überwältigender Schönheit ist, dass sich bei seinem Anblick Poeten zu Elogen aufschwingen und andere Dinge bei heißblütigen Männern, sodass sie verspätet zur Arbeit kommen.

Kelly duschte rasch in dem braunrot gefliesten Bad, trocknete sich ab und zog sich an und widmete sich den Feinheiten von Make-up und Frisieren.

Jung und selbstsicher, golden und weiblich ging sie schließlich nach unten und bestellte ein komplettes Englisches Frühstück.

Es war ein wenig nach zehn auf der freudvollen, sonnengeküssten Uhr, als Chief Constable Peter Westlake, Sohn des berüchtigten Don und Bruder des finsteren Arkon Lucifer Abraxus Westlake (der ausschließlich in jambischen Fünffüßern sprach und das Essen auf dem Teller in alphabetischer Reihenfolge aß), vom Schreibtisch des Dienst habenden Constablers der Brentforder Wache aufblickte und einen Kennerblick in Richtung des wunderschönen Wesens warf, das kürzlich sein Etablissement betreten hatte.

Nach Meinung des Chief Constable wurde ein weiblicher Leib am vorteilhaftesten von einer einzelnen nackten Glühbirne in einer einzelnen kleinen und nackten Zelle angeleuchtet.

Aber weil der Chief Constable Peter Westlake in seinem Job ausnehmend gut war, drückten seine Vorgesetzten ein Auge zu, wenn es um seine kleinen Kavaliersdelikte ging, und stellten lediglich sicher, dass er jedes Mal von wenigstens zwei weiblichen Beamten begleitet wurde, wenn er eine Verdächtige vernahm.

»Ah«, sagte der Chief Constable, als Kelly Anna Sirjan sich seinem Schreibtisch näherte. »Sie wollen sich also selbst anzeigen. Sehr klug von Ihnen.«

»Ich habe keine Ahnung, wovon Sie reden«, sagte Kelly Anna Sirjan.

Chief Constable Westlake schüttelte langsam und bestimmt den Kopf. Es war ein sehr langer Kopf. Er lief oben in einer Spitze aus. Es war einer jener seltenen Köpfe, die tatsächlich einen Polizeihelm auszufüllen imstande sind. Was bedeutete, dass er niemals den Kinnstreifen hatte tragen müssen, als er noch ein normaler Constable gewesen war. Was praktisch gewesen war, denn Chief Constable Peter Westlake hatte kein Kinn.

»Sie sind also gekommen, um ein ausführliches Geständnis abzulegen«, sagte der Chief Constable.

»Bin ich nicht«, sagte Kelly Anna Sirjan.

»Macht nichts. Wir haben diverse Techniken zu unserer Verfügung.«

»Ich bin gekommen, um jemanden als vermisst zu melden«, sagte Kelly. »Und ich hätte gerne einen Ausdruck von allen im Gebiet von London verschwundenen Personen im Verlauf der beiden letzten Monate.«

»Ach ja?«, sagte der Chief Constable und stemmte die Ellbogen auf die Schreibtischplatte, um die kinnlose Region seines Gesichts zwischen die nach oben gerichteten Handflächen zu stützen. »Nun, selbstverständlich haben Sie die Freiheit, eine Person als vermisst zu melden. Was ich jedoch nicht gestatten kann, ist der Zugriff auf die Datenbank der Polizei.«

Kelly Anna Sirjan lächelte auf Chief Constable Peter Westlake hernieder.

Chief Constable Peter Westlake lächelte zu Kelly Anna Sirjan herauf.

»Meine Güte«, sagte Kelly. »Das bringt mich in ein ziemliches Dilemma.«

»Tatsächlich?«, fragte der Chief Constable.

»Tatsächlich. Ich weiß nämlich nicht, ob ich meinen weiblichen Charme einsetzen, mit den Wimpern klimpern und mit meinen Brüsten über ihren Schreibtisch streifen soll...«

Der spitze Schädel des Chief Constable tanzte eifrig auf und ab.

»... oder ob ich den Freedom of Information Act zitieren soll, in dem es eindeutig heißt, dass der allgemeinen Öffentlichkeit jederzeit unbeschränkter Zugang zu sämtlichen Informationen in den Datenbanken der Polizei zu gewähren ist, die nicht direkt im Zusammenhang mit namentlich erwähnten Kriminellen oder Verdächtigen stehen.«

Der spitze Kopf des Chief Constables stellte sein Tanzen ein. Die meisten Männer fürchten sich insgeheim vor intelligenten Frauen. Manche Männer hassen sie ganz unverblümt. Chief Constable Westlake gehörte zu jener letzten Gruppe.

»Das könnte eine Weile dauern«, sagte er. »Sie nehmen lieber für ein paar Stunden Platz.«

»Kein Problem«, erwiderte Kelly Anna Sirjan. »Ich meditiere für gewöhnlich um diese Tageszeit. Es beinhaltet den Eintritt in ein Stadium der Trance, also bitte wecken Sie mich sanft auf, ja?«

Chief Constable Westlake drehte den spitzen Kopf und brüllte: »Meek! Kommen Sie augenblicklich her!«

Ein Constable mit einem blauen Auge und einer dicken Lippe erschien in einem Durchgang hinter dem Empfangsschalter. Er war Siebter geworden beim gestrigen Unfall mit dem Touristenbus. Ein Feuerwehrmann namens Norman hatte ihn K.o. geschlagen.

»Constable, Sie kümmern sich um diese Frau hier«, sagte Chief Constable Peter Westlake. »Und passen Sie auf, dass sie keine geheimen Informationen zu Gesicht bekommt.«

»Keine was?«, fragte der Constable. »Wir haben doch überhaupt nichts dergleichen hier herumliegen, Chef, oder wie?«

»Tun Sie gefälligst, was man Ihnen anträgt, Constable, und stellen Sie keine Fragen.«

»Ja, sicher, Chef, aber ...«

»Tun Sie es einfach, oder Sie lernen mich kennen, mein Junge.«

»Jawoll, Sir. Verstanden, Chef, Boss.« Der Constable salutierte.

»Und Constable?«

»Ja, Chef?«

»Warum tragen Sie diesen Sombrero?«

»Ein Feuerwehrmann hat mir meinen Polizeihelm geklaut, Chef.«

»Und die gepunktete Krawatte? Hat er Ihnen auch die Krawatte gestohlen?«

»O nein, Chef. Die Jungs und ich, wir haben oben in der Kantine über die hegelsche Dialektik diskutiert. Die Krawatte ist rein symbolisch, Chef.«

Chief Constable Westlake seufzte müde. »Verschaffen Sie dieser Frau hier einfach nur einen Ausdruck aller als vermisst gemeldeten Personen aus der Londoner Gegend für den Zeitraum der letzten beiden Monate. Und nehmen Sie Ihre Aussage auf; sie will selbst eine Vermisstenmeldung abgeben.«

»Darf ich den großen neuen Computer benutzen, Chef?«

Der Chief Constable hob eine Augenbraue. »Was für ein großer neuer Computer wäre das, Constable?«

Constable Meek flüsterte seinem vorgesetzten Offizier ins Ohr. Kelly schnappte verschiedene Fetzen auf: »... Razzia bei ... vom Lkw gefallen ... Kiste auf, Kiste zu ... Freund des Supervisors ... gleiche Loge ... Zweihundert Mäuse pro Stück, schweinebillig ... neuer Computer für die Wache ... keine weiteren Fragen.«

»Ah«, sagte der Chief Constable. »Dieser Computer. Nun, mein Junge, fahr ihn hoch und gib dieser Frau den Ausdruck. Und nehmen Sie den verdammten Sombrero ab, Constable! Sie sehen aus wie der Cisco Kid!«

»Der Cisco Kid?«, fragte Constable Meek.

»Held der populären amerikanischen Fernsehserie aus den 1950ern«, sagte Kelly. »Der Cisco Kid wurde von Duncan Renaldo gespielt. Sein komischer Mitspieler Pancho wurde von dem inzwischen verstorbenen Leo Carillo gespielt. Jede Folge endete mit den Worten: ›Oh, Cisco‹, ›Oh, Pancho‹. Es gab dreihundertzweiunddreißig Folgen. Die Serie lief bis 1961, als Leo Carillo im hohen Alter von achtzig Jahren starb.«

Constable Meek und Chief Constable Westlake starrten Kelly Anna Sirjan an.

»Woher um alles in der Welt wissen Sie das?«, fragte Westlake.

»Ich lese viel«, sagte Kelly. »Soll ich Ihnen nun folgen, Constable Meek?«

Der große neue Computer stand auf einem

Schreibtisch in einem ansonsten leeren Büro im ersten Stock der Brentforder Wache. Er war zwar sauber und sah nagelneu aus, doch es war in Wirklichkeit ein veraltetes Mute Corp 3000 Modell. Das Büro war ansonsten nicht ganz leer. Es gab Kisten zu sehen. Und Kabel. Komplizierte Bedienungsanleitungen und Tastaturen und noch mehr Kabel und eine Reihe gefährlich aussehender schwarzer Kästchen mit Warnaufklebern darauf.

Kelly betrachtete alles mit interessiertem Auge. »Wer hat diese Kabel angeschlossen?«, fragte sie.

Constable Meek errötete verlegen. »Nun, das meiste haben wir selbst gemacht, ehrlich«, gestand er. »Wir haben noch nicht allzu viele Fortschritte gemacht, aber wir sind zuversichtlich, dass wir mit der Zeit zu einer befriedigenden Lösung gelangen, sozusagen.«

»Möchten Sie, dass ich den Computer für Sie zusammenstecke?«

»Oh, das würden Sie tun? O ja, bitte, bitte!«

Kelly applizierte ihre Talente auf die vorderhändige Aufgabe, und kurze Zeit später wurden ihre Bemühungen mit einer befriedigenden Lösung belohnt.

»Da haben wir's«, sagte Kelly. »Und jetzt brauche ich das Passwort, damit ich Zugriff auf die Polizeidatenbank erhalte.«

»Ja«, sagte der Constable und nickte eifrig.

»Und? Wie lautet es?«

»Wie lautet was?«

»Das Passwort.«

»Passwort«, sagte der Constable.

»Ja, das Passwort. Wie lautet das Passwort?«

»Passwort«, sagte der Constable einmal mehr.

»Wollen Sie mir erzählen, dass das Passwort ›Passwort‹ lautet?«

»Ja«, sagte der Constable. »›Passwort‹ ist das offizielle Passwort für sämtliche Computer von Regierungsbehörden. Selbst das MI 5 und das Department S benutzen es. Nicht zu reden vom GHQ.« Der Constable hielt inne.

Kelly tippte PASSWORT.

»Sie müssen jetzt: ›GHQ?‹ sagen«, sagte der Constable. »Und dann antworte ich: ›Ich sagte doch, Sie sollen nicht darüber reden.‹ Es ist ein Running Gag.«

»Wie amüsant«, sagte Kelly. »Jetzt muss ich nur noch eine Abfrage für eine Liste vermisster Personen eintippen und einen Ausdruck verlangen, richtig?«

Der Constable zuckte bockig die Schultern. »Was für einen Sinn macht ein Running Gag, wenn niemand mitspielt?«, brummte er.

Kelly tippte die Abfrage ein. Drückte auf DRUCKEN und wartete.

»Wissen Sie, im Grunde genommen liebe ich die Technologie«, sagte der Constable. »Und ich liebe die Art und Weise, wie Computer wieder groß geworden sind. Das da ist ein Mute Corp 3000, einer der größten, die man kriegen kann. Ich hasse all diese winzigen Dinger, die um 2010 herum modern gewesen sind. Die man in den Kontaktlinsen trug. Ich bin nie damit zurechtgekommen.«

»Niemand mochte diese Dinger«, sagte Kelly. »Die Leute fühlten sich von der Mikrotechnologie betrogen, von Computersystemen, die auf einen Stecknadelkopf passten. Die Leute mögen Plastikkisten mit Hokuspokus drin. Plastikkisten haben etwas Tröstendes.«

»Und Schwarze sind ganz besonders macho«, sagte Constable Meek. »Oooh, was macht er denn jetzt?«

»Er druckt«, sagte Kelly.

Und er druckte tatsächlich.

Papier kam aus dem Druckerschlitz. Papier von einer großen Rolle an der Rückseite. Jack Kerouac schrieb sein *On the Road* in den 1950ern auf einer speziell umgebauten Schreibmaschine mit einer Papierrolle auf der Rückseite. Er benötigte nicht mehr als drei Wochen, um seinen Bestseller fertig zu stellen, und alles auf einem einzigen Blatt. Nicht viele Leute wissen von dieser interessanten Tatsache.

Kelly schon.

»Es ist wenigstens eine Seite voll«, sagte Constable Meek und traf Vorbereitungen, um sie von der Rolle abzureißen.

»Es kommt noch mehr«, sagte Kelly.

Und es kam noch mehr.

Und noch mehr.

»Das sind bestimmt fünfzehn Seiten«, sagte Constable Meek vierzehn Seiten später.

»Es kommt noch mehr.«

Und es kam noch mehr.

Und noch mehr.

»Heiliger Bimbam schlag mich tot! Gib mir Bier und gib mir Brot!«, machte Constable Meek, Sohn des berühmten Nigel und Bruder des Piraten Black Jack Meek (der schon immer ein Holzbein gehabt hatte, aber niemals einen Papageien). »Das sind fünfzig Seiten, nein, sechzig, nein, siebzig! Die halbe Bevölkerung Londons scheint verschwunden zu sein!«

Kelly riss das Papier ab. »Es sind Hunderte!«, sagte sie. »Aber nicht Tausende. Auf jeden Fall viel zu viele

Menschen. Das ist nicht gut. Das ist überhaupt nicht gut.«

»Es ist die Verzückung!«, sagte der plötzlich erleuchtete Constable Meek. »Die Guten werden hinauf in die himmlische Herrlichkeit getragen. Ich muss augenblicklich dem Chief Constable Bescheid sagen.«

»Tun Sie das nicht«, sagte Kelly.

»Aber ich muss! Wenn ich in den Himmel komme, muss der Chief bei der Met rechtzeitig einen Ersatzmann für mich anfordern. Es gibt eine Menge Papierkram zu beachten. Er wird sicher gleich damit anfangen wollen.«

»Es ist nicht die Verzückung«, sagte Kelly, die, um bei der Wahrheit zu bleiben, beinahe selbst anfing, sich die Frage zu stellen. »Ich würde den Chief Constable jedenfalls nicht damit belästigen. Zumindest nicht, bevor ich nicht das Gebäude verlassen habe.«

»Oh, Sie müssen gehen?«, fragte Constable Meek enttäuscht. »Ich hatte eigentlich gehofft, ich könnte Sie zum Essen einladen. Ich kenne da so ein kleines Restaurant, den Lachenden Rosenkohl. Sie sind sicher Vegetarierin, oder nicht?«

Kelly lächelte und nickte. »Wie haben Sie das erraten?«, fragte sie.

»Nennen Sie es Intuition«, sagte der intuitive Constable.

»Könnten Sie mir vorher vielleicht eine halbe Stunde allein mit diesem Computer geben?«, fragte Kelly. »Ich meine, bevor Sie mich zum Essen ausführen?«

»O ja!«, sagte Constable Meek. »Eine halbe Stunde. Ich wechsle in der Zwischenzeit meine Krawatte. Wir sehen uns in einer halben Stunde.«

Eine halbe Stunde darauf kehrte Constable Meek zurück, doch Kelly Ann Sirjan hatte, ganz wie Elvis, das Gebäude bereits verlassen.

Kelly saß einmal mehr in der Salonbar des Fliegenden Schwans. Vor ihr auf dem Tisch lag ein Stapel Computerausdrucke, in seitengroße Portionen gerissen. Daneben lag etwas höchst Faszinierendes. Es war ein weiterer Ausdruck, diesmal jedoch in Form einer Karte von Greater London. Kelly hatte den Computer so programmiert, dass er diese Karte ausdruckte, wobei er die letzten Aufenthaltsorte der Verschwundenen einkreiste und das Datum ihres jeweiligen Verschwindens hinzuschrieb. Die Karte lieferte eine Reihe höchst interessanter Erkenntnisse.

Die meisten Vermissten hatte es im Verlauf der letzten vierzehn Tage gegeben. Und es gab definitiv ein Muster. Es gab keinerlei Markierungen in Brentford, was bedeutete, dass Dr. Druid bisher keine Aussage bei der Brentforder Polizei gemacht hatte. Doch eine Spur aus Markierungen führte direkt zu der kleinen Gemeinde. Es war eine von acht derartigen Spuren. Sie waren über die Karte verteilt wie die Beine einer gigantischen Spinne, und der eigentliche Rumpf war schwarz von Markierungen. Und schien den größten Teil eines urbanen Ballungszentrums einzunehmen, der als Mute Corp Keynes bekannt war.

»Mute Corp Keynes«, sagte Kelly zu niemand besonderem außer sich selbst. »Das neue Utopia, gebaut im Jahre 2002 von Remington Mute, dem Computer-Milliardär. ›Die Stadt von morgen bereits heute‹, wenn ich mich recht an den Werbeslogan entsinne, und das tue ich. Stellte sich weniger als Utopia denn vielmehr als Dystopia heraus, ein richtiggehendes Ghetto. Nach dieser Sache investierte er nie wieder in ein Stadtprojekt. Signifikant? Vielleicht.«

»Hallo«, sagte die Stimme von Derek. »Was machst du denn hier?«

»Gott sei Dank, du bist endlich da«, sagte Kelly.

»Oh«, sagte Derek. »Dann ist es also wichtig?«

»Ich würde sagen, das ist es. Wirf mal einen Blick auf das da.«

Derek warf. »Du zeigst auf deinen Magen«, stellte er fest.

»Das tue ich«, sagte Kelly Anna Sirjan. »Er ist nämlich leer, und du bist gerade rechtzeitig gekommen, um mich zum Essen einzuladen. Sie haben eine Tageskarte mit Spezialitäten. Surf 'n' Turf wäre nicht schlecht. Ich glaube, das nehme ich, und ein Glas Rotwein dazu.«

Derek lächelte ein wenig schmallippig und bewegte sich zum Tresen.

»Barmann!«, konnte man ihn hören. »Barmann, *entschuldigen* Sie bitte!«

Eine Weile später schob Kelly ihren leeren Teller von sich und betupfte mit einer übergroßen Gingan-Serviette ihre geschwungenen Lippen. »Das war genau das Richtige«, sagte sie lächelnd.

Derek hatte ihr zugesehen, wie sie den Teller sauber abgeleckt hatte. »Du isst wirklich gerne, so viel steht fest«, sagte er auf eine gewisse »reservierte« Art und Weise.

»Ich hab zwei Mägen«, antwortete Kelly Anna Sirjan. »Einen Hauptgangmagen und einen Nachtischmagen. Mein Nachtischmagen ist immer noch leer.«

»Ich ertrage keine weitere Stunde Warten an der Theke«, sagte Derek. »Dieser alte Knabe hätte mich fast dazu gebracht, den Barmann noch einmal zu beleidigen. Ich bin nur haarscharf an einer weiteren Tracht Prügel vorbeigeschrammt.«

»Dann nehme ich eben nachher einen Riegel Mars. Der bringt verbrauchte Energie sofort zurück.«

»Wozu brauchst du verbrauchte Energie?«

»Was machen deine Ermittlungen?«

»Was für Ermittlungen?«, fragte Derek.

»Bezüglich der verschwundenen Patienten.«

»Ich habe dir doch gesagt, dass ich der Sache nicht weiter nachgehe. Du erinnerst dich an diese Probe, die ich vom Bett im Krankenzimmer genommen habe? Es war Gleitcreme. Wenn sich herausstellt, dass Dr. Druid die Patienten abgeschlachtet hat, berichte ich über seinen Prozess. Heute schreibe ich einen Artikel über die Blumenuhr.«

»Du glaubst nicht, dass der Busunfall und die verschwundenen Patienten vielleicht ein wenig mehr Platz in deiner Zeitung verdient hätten?«

»Mr. Shields kümmert sich persönlich darum.« Derek flüsterte jetzt nur noch. »Ein kleines Vögelchen hat mir gesteckt, dass die Polizei vergangene Nacht eine Razzia in seinem Büro durchgeführt hat. Sie hat sämtliche Computer beschlagnahmt.«

Kelly zwirbelte goldene Haarsträhnen. »Warum sollte die Polizei eine Razzia in seinem Büro durchführen?«

»Ich habe nicht die leiseste Ahnung. Es ist für sich

allein eine Nachrichtenstory. Nur glaube ich irgendwie nicht, dass Mr. Shields mich diese Story schreiben lässt. Was machst du heute? Was willst du mit all diesen Computerausdrucken?«

»Forschung, weiter nichts. Nachforschungen. Was weißt du über Mute Corp Keynes?«

»Eine Müllkippe«, sagte Derek. »Eine städtische Wüste. Kriminalmetropole UK. Eine Tante von mir wohnt dort. Sie wagt sich abends ohne vollen Körperpanzer nicht mehr vor die Tür. Es ist die einzige Stadt in ganz England, wo man legal ein Schild an sein Haus hängen darf mit der Aufschrift: Unbefugte Eindringlinge werden mit Waffengewalt vertrieben. Es ist eine Gegend, wo man keine Polizei zu Gesicht bekommt. Es ist...«

»Keine besonders einladende Gegend, deinen Worten nach zu urteilen.«

»Ich weiß es nicht«, sagte Derek. »Ich war selbst noch nie dort.«

»Deine Tante wird also eine richtige Überraschung erleben, wenn du heute Nachmittag vor ihrer Wohnungstür auftauchst.«

»Was?«, machte Derek. »Was?«

Es gab einen richtigen Grenzpfosten mit Stacheldrahtzaun und allem Drum und Dran. Ein Wachtposten mit einem Klemmbrett winkte Dereks Wagen zu sich. Dereks Wagen war ein Ford Fiesta. Ein Sammlerstück.

»Kurbeln Sie die Scheibe herunter, Sir, und machen Sie keine plötzlichen Bewegungen«, sagte der Grenzwächter, der mit einem beeindruckenden Arsenal verschiedenster Waffen ausgerüstet war.

Derek kurbelte langsam und ohne plötzliche Bewegungen das Fenster herunter.

»Haben Sie etwas zu deklarieren?«, fragte der Grenzwächter. »Irgendetwas?« Er war ein sehr groß gewachsener Grenzwächter, sehr groß und sehr breit, und er drohte seine Uniform zu sprengen.

Derek war klug genug, um sich jeden dummen Spruch zu verkneifen. »Nichts zu deklarieren«, sagte er vernünftig. »Wir besuchen nur mein Tantchen.«

Der Wächter steckte den Kopf in den Wagen und musterte Derek. »Sie sind nicht besonders groß, wie?«, fragte er.

»Ich bin groß genug«, entgegnete Derek.

»Ich schreibe Sie beide als Einwegbesucher auf«, sagte der Grenzwächter. »Das erspart mir später unnötigen Papierkram.«

»Wir bleiben nur eine Stunde«, sagte Derek.

»Oh, ich verstehe«, sagte der Wächter. »Bitte entschuldigen Sie, Sir. Ich hatte ja keine Ahnung, dass Sie ein Superheld sind. Man sieht es den Leuten nicht gleich an, verstehen Sie?«

»Ich bin Zeitungsreporter«, sagte Derek.

»Aha«, sagte der Grenzwächter. »Ein gesitteter, umgänglicher Bursche vom *Daily Planet*, wie? Willkommen in Mute Corp Keynes, Mr. Kent.«

»Kann ich einfach weiterfahren, bitte?«

Der Wachtposten beugte sich noch tiefer herab. »Hören Sie«, sagte er. »Ich meine es ernst, ja? Das hier ist keine gute Gegend. Leute verschwinden und so weiter. Massenweise Leute. Wenn Sie ebenfalls verschwinden, haben wir keinerlei legale Handhabe, Ihnen zu folgen und Sie zu suchen.«

»Verdammt«, sagte Derek. »Dann sieht es da drin also wirklich so schlimm aus?«

»Schlimmer, Sir«, antwortete der Posten. »Es steht nichts in den Zeitungen, weil es für die Regierung schlecht aussehen würde. Mr. Doveston würde längst nicht so dick dastehen, wenn die Öffentlichkeit von diesem Ort wüsste. Es ist wie ein Schwarzes Loch des Verbrechens. Ich übertreibe nicht, glauben Sie mir. Kehren Sie um, gleich jetzt. Bringen Sie die junge Lady weit weg von hier. Das da drin sind Tiere, Sir, und niemand kann sagen, was sie mit ihr anstellen werden. Oder doch. Eigentlich doch.«

»Wir kehren um«, sagte Derek.

»Wir kehren nicht um«, sagte Kelly.

»Sei nicht albern. Ich nehme dich jedenfalls ganz bestimmt nicht mit dort hinein.«

»Ich habe keine Angst.«

»Ich hasse es zwar, das zuzugeben, aber *ich* habe Angst. Gehörig Angst.«

»Dann gehe ich eben alleine.«

»Warum?«, fragte Derek. »Du kennst meine Tante nicht einmal.«

»Das hat nicht das Geringste mit deiner Tante zu tun, Derek. Das ist eine viel größere Sache. Und wenn du nur eine Spur von Mann in dir hast, dann kommst du mit mir. Ich gehe wirklich alleine, wenn du dich nicht traust.«

»Es ist Ihr Begräbnis«, sagte der Wachtposten. »Falls man Ihren Leichnam jemals findet, heißt das.«

»Zurück«, sagte Derek.

»Vorwärts«, sagte Kelly.

Und vorwärts fuhren sie dann auch.

Derek fuhr langsam durch die verlassenen Straßen.

»Ich kann einfach nicht glauben, wie das hier aussieht!«, sagte er. »Ich meine, das ist schließlich South London! Ich weiß ja, dass South London manchmal ein wenig hart sein kann, aber das hier ist unglaublich. Sieh dir das nur an! Ausgebrannte Läden, abgebrannte Autowracks, und die einzigen Häuser, die noch stehen, sind verbarrikadiert wie Festungen. Das kann doch nicht wahr sein! Das kann unmöglich real sein!«

»Irgendetwas ist ganz und gar nicht richtig an dieser Gegend«, sagte Kelly Anna Sirjan.

»Das sehe ich auch, sehr deutlich sogar.«

»Kannst du es auch spüren?«

»Außer einer Scheiß-Angst spüre ich eigentlich gar nichts. Ich muss dringend auf die Toilette, aber ich glaube, ich halte lieber durch, bis wir wieder zu Hause sind. Wenn wir überhaupt je wieder dorthin zurückkommen.«

»Fahr hier ran«, sagte Kelly.

»Hier? Warum hier?«

»Weil auf der Straße vor uns unter all den Trümmern eine Stachelkette versteckt liegt. Ich glaube nicht, dass du da drüberfahren willst.«

»O Gott!«, sagte Derek. »Ich hätte das nie bemerkt!«

»Das solltest du auch nicht.«

»Lass uns umdrehen und von hier verschwinden. Bevor irgendein Heckenschütze uns von irgendeinem Dach herunter erledigt oder wir in ein Minenfeld steuern.«

»Wo wohnt deine Tante?«, fragte Kelly.

»Ich kann ehrlich gesagt nicht glauben, dass sie überhaupt noch lebt.«

»Nur für den Fall eben. Wo würde sie wohnen, wenn sie noch leben würde?«

Derek warf einen Blick in seinen London von A bis Z und bemerkte zum ersten Mal die dünne rote Linie, die sich um die nicht ganz so neue Neustadt namens Mute Corp Keynes herumzog. »Die zweite links, an der abgebrannten Kirche vorbei.«

»Meinst du die abgebrannte Kirche neben dem heruntergebrannten Pub?«

»Nein, nicht die. Ich meine die abgebrannte Kirche neben dem in Flammen aufgegangenen Bürgerbüro.«

»Du fährst besser über den Bürgersteig, um der Stachelkette auszuweichen.«

Derek fuhr auf den Bürgersteig.

Sein Tantchen wohnte in Haus Nummer zweiundzwanzig.

Dem Bungalow mit dem MG-Turm auf dem Dach. Dem Schützengraben, dem Nato-Draht und dem Schild, das vor frei auf dem Grundstück umherlaufenden Killerhunden während der Nacht warnte. Im Gegensatz zu dem Schild auf dem Hof der Brentforder Touristengesellschaft war dies keine leere Drohung.

Kelly musterte die martialische Umgebung. »Deine Tante hat sich anscheinend ausgezeichnet an die veränderten Zeiten angepasst«, sagte sie.

»Sie war schon immer sehr energisch«, sagte Derek. »Sie war damals beim SAS, die einzige Frau, die es je bis zum Major geschafft hat. In meiner Familie gibt es jede Menge militärische Tradition. Ich glaube, ich war immer eine Enttäuschung für die anderen.«

»Ich kann mir überhaupt nicht vorstellen warum«, erwiderte Kelly Anna Sirjan.

An dem Eisentor vor dem von einem tiefen Graben umgebenen Gelände war eine Klingel. Das Schild darüber besagte: LÄUTE STURM AN DIESER KLINGEL UND LERNE DIE FREUDEN KENNEN, DIE EINE KUGEL BRINGT.

»Vielleicht möchtest du läuten?«, schlug Derek zaghaft vor.

»Wir werden mit einem Laserradar gescannt«, sagte Kelly Anna Sirjan. »Ich habe einen Securiscan-Meter in der Umhängetasche. Ich kann spüren, wie er vibriert.

»Was?«, machte Derek.

»Du solltest besser auf den Knopf drücken. Deine Tante kennt mich nicht.«

»Securiscan-Meter in der Schultertasche? Ich verstehe das nicht.«

»Drück bitte einfach auf den Klingelknopf. Wir werden auch von der anderen Straßenseite her gescannt. Ich denke, man wird uns jeden Augenblick unter Beschuss nehmen.«

»O mein Gott! Ach du verdammte Scheiße! Lieber Herr im Himmel!«, ächzte Derek und drückte unversehens auf den Klingelknopf.

Kelly drückte Derek unversehens zur Seite. Ihre Ohren hatten das tödliche Prasseln von Maschinengewehrfeuer aufgefangen. Kugeln fetzten in den Boden. Und dann gab es eine Explosion.

»O Gott!«, kreischte Derek und vergrub den Kopf unter den Händen. »Wir werden sterben! Wir werden alle sterben!«

Rauch und Explosionen, Maschinengewehrfeuer, Chaos und herannahender Tod ohne Aussicht auf Rettung? In die Schwärze des Nichts, für alle Zeiten. Keine Chance auf die Verzückung. Derek drückte sich an den Boden und zitterte und äußerte gewisse Gebete.

Das Schloss am Eisentor öffnete sich klickend. Kelly streckte die Hand nach Derek aus.

»Komm mit, wenn du überleben willst«, sagte sie zu ihm.

6

Dereks Tantchen Uzi (so genannt nach einem Produkt, das auf eigenwillige Weise aufräumt) war, was man eine propere Frau nennen kann. Das heißt, zumindest im Gesicht. Sie war mit ihrem holistischen, individuell mit einer Nagelreihe verschönerten Doveston Schuhwerk gut eins fünfundneunzig groß. Für die Liebhaber einer Tätowierung war Tantchens Hintern der richtige Ort. Und für diejenigen, die Narben und Schmisse von Kämpfen vorziehen, war die Stirn hochinteressant.

»Auf die Beine, Soldat!«, raunzte Dereks Tantchen Uzi. »Auf Wache eingeschlafen oder was?«

Derek rollte sich zusammen und winselte. Er lag auf einer Willkommen-Fußmatte, deren Willkommen längst abgetreten war, in einer Eingangsdiele, wo die Engel sich fürchteten zu gehen. Das Gewehrfeuer draußen war sporadisch, und nur gelegentlich zwitscherte ein Querschläger gegen die gepanzerte Brüstung oder prallte vom Titan der schusssicheren Jalousien ab.

»Er war schon immer ein jämmerlicher Feigling«, sagte Tantchen Uzi zu Kelly. »Und das gute Leben bei den Fatzkes in Brentford hat ihn noch mehr verweichlicht.«

»Leute haben auf uns geschossen!«, protestierte Derek, ohne sich aus seiner fetalen Position zu lösen, die ihm unter den gegebenen Umständen zuzusagen schien. »Das ist London im einundzwanzigsten Jahrhundert. Ich wusste ja, dass es schlimm sein würde, aber das hier ...«

Dereks Tantchen verdrehte die Augen und sah Kelly an. »Möchten Sie vielleicht eine Tasse Tee, meine Liebe?«, fragte sie.

»Hätten Sie vielleicht etwas Stärkeres?«

»Ich kann zwei Teebeutel in Ihre Tasse hängen.«

»Das wäre perfekt.«

»Nun, wir Mädels lassen dich jetzt auf deiner Fußmatte zurück, Derek, in Ordnung?«

Derek gab leise wimmernde Laute von sich. Tantchen Uzi führte Kelly in die Kitchenette. »Sie haben nicht einmal gezielt geschossen«, sagte sie. »Das war Spaß, weiter nichts.«

Kelly sah sich in der Kitchenette um. Sie war so schmuddelig wie alle Kitchenettes, aber das gilt nun mal für alle Kitchenettes.

Eine Kitchenette ist ein kleines, enges Ding, und diese hier war besonders klein und eng, und was sie noch kleiner und enger machte, waren die Stapel von Munitionskisten und die Granatwerfer, die neben dem Mute Corp Wunder Mopp und dem Mute Corp Wischfeudel am Herd lehnten.

»Ist das Wasser gefiltert?«, fragte Kelly.

»Oh, Sie sind gut«, sagte Tantchen Uzi. »Sie sind wirklich gut.«

Kellys Hand bewegte sich nach oben in Richtung Locken, doch dann sank sie unverrichteter Dinge wieder herab. »Gut?«, fragte sie. »Wie meinen Sie das?«

»Cool«, sagte Tantchen Uzi. »Verdammt Cool.«

»Ich versuche nur, nicht unnötig in Panik zu geraten. Panik kostet Menschenleben. Verlorene Menschenleben kosten wichtige Schlachten.«

»Sie waren bei den Marines.«

»Ich habe meine vaterländische Pflicht erfüllt.«

Dereks Tantchen setzte Wasser auf, brachte es zum Kochen und machte auch sonst alles damit, was man tun muss, um zwei Tassen Tee daraus zuzubereiten. »Derek hat sich um den Wehrdienst gedrückt«, sagte sie und rührte den Tee mit einem fünfunddreißig Zentimeter langen Bowie-Messer um.

»Ich wusste gar nicht, dass man sich vor dem Wehrdienst drücken kann«, sagte Kelly.

»Machen Sie bloß nie den Fehler, Derek zu vertrauen. Er ist ein Mann, der Sie im entscheidenden Augenblick immer im Stich lassen wird.«

»Das habe ich gehört!«, rief Derek von seiner Fußmatte in der Diele.

Tantchen Uzi reichte Kelly eine Tasse mit etwas, das entfernt an Tee erinnerte. »Soso«, sagte sie. »Kelly Anna Sirjan, zweiundzwanzig Jahre alt, keine Vorstrafen, keine Verstöße gegen die öffentliche Sicherheit und Ordnung. Drei Abschlüsse und ein zwölfter Dan in der tödlichen Kunst des Dimac. Was macht eine Lady wie Sie mit einem Wichser wie meinem Neffen, noch dazu in dieser Gegend?«

Kelly Anna Sirjan zuckte die Schultern. »Ich mache eine Art Praktikum beim *Brentford Mercury*. Derek hat mich herumgeführt.«

»Trotzdem ziemlich cool«, sagte Tantchen Uzi. »Sie werden mich nicht fragen, woher es kommt, dass ich alles über Sie weiß.«

»Sie haben uns gescannt, als wir draußen vor dem Tor gestanden haben. Das ist Standardprozedur in sicherheitsrelevanten Bezirken.«

»Lassen wir es für den Augenblick dabei.« Tantchen Uzi schlürfte Tee. »Der schmeckt vielleicht mies«, sagte sie. »Aber bleiben wir bei Ihnen. Da steckt doch sicher mehr dahinter, als auf den ersten Blick erkennbar ist – und was auf den ersten Blick erkennbar ist, wurde mit aller Sorgfalt zusammengestellt.«

»Sie haben uns nicht gefragt, warum wir hergekommen sind«, entgegnete Kelly. »Ich kann mir nicht vorstellen, dass Sie dem Irrtum anheim fallen, Derek hätte den plötzlichen und unüberwindlichen Drang verspürt, seine Tante zu besuchen.«

Tantchen Uzi grinste und entblößte zwei Reihen von Stahlzähnen. »Ich nehme an, er hat Sie auf Ihre Bitte hin hierher begleitet. Sie können mich fragen, was Sie wollen. Vielleicht sage ich Ihnen sogar, was Sie wissen möchten. Man kann nie wissen.«

Kelly lehnte sich gegen den Herd. Es war ein Mute Corp Superherd, die 3000er Serie, auch wenn er schon ein wenig altertümlich und abgenutzt aussah.

»Dann verraten Sie mir doch eins: Warum bleiben Sie hier wohnen?«

»Das hier ist Mute Corp Keynes. Die Stadt von morgen bereits heute.«

Kelly schnitt eine Grimasse, die besagte: »Ja, richtig. Der Scheiß schon wieder.«

»Ich habe dieses Haus im Jahre Null-fünf gekauft«, fuhr Dereks Tantchen Uzi fort. »Mein Ehemann Alf und ich gehörten zu den Allerersten, die hier gewohnt haben. Es war alles, was wir uns wünschten, zu einem Preis, den wir uns leisten konnten. Voll integrierte Unterkunft. Alles Online. Stand der Technik. High Tech, Low Cost. Es war der große Traum junger, aufstrebender Profis. Die Stadt schlechthin.«

»Und was ging schief?«, fragte Kelly.

»Alles, von Anfang an. Nichts hat je richtig funktioniert. Die ganze Sache war billig hochgezogen worden, und wir hatten alle nicht kündbare, nicht übertragbare Verträge unterschrieben, die zwanzig Jahre laufen. Die Leute konnten nicht verkaufen, also zogen sie weg und vermieteten ihren Häuser weiter. Das war streng genommen nicht ganz legal, und die Mieter erkannten schon sehr bald, dass sie ungeschoren davonkamen, wenn sie die Miete nicht zahlten. Eine Gegend kann ja so schnell den Bach hinuntergehen, man glaubt es kaum. 2010 war die Gegend schon so schlimm geworden, dass man nachts nicht mehr spazieren gehen konnte. Heute ist alles noch viel schlimmer. Punkt.«

»Und Ihr Ehemann?«

»Eines Tages ist er weggegangen und nie wieder zurückgekehrt. So was kommt vor.«

»Das tut mir Leid«, sagte Kelly.

»Mir auch«, sagte Dereks Tantchen.

Und die beiden Frauen schlürften Tee.

»Der schmeckt wirklich widerlich«, sagte Kelly Anna Sirjan.

»Ja. Kommen Sie, trinken wir stattdessen einen Scotch, und dann können Sie mir ja erzählen, was Sie von mir wissen möchten.«

Sie saßen im Wohnzimmer. Obwohl draußen strahlender Sonnenschein herrschte, war hier drin nicht viel davon zu spüren. Die Fenster waren mit Läden aus kugelsicherem Stahl geschützt. Die Tischbeleuchtung hatte Schwarzlichtbirnen. Das von ihnen erzeugte Licht war von der Sorte, die man Zwie nennt. Kenner der Beleuchtung nackter Frauenleiber hätten ihm nicht einen Punkt von zehn gegeben. In einer Ecke war ein längst nicht mehr funktionierender Mute Corp 3000 Homecomputer direkt in die Wand eingebaut, wo er Staub sammelte und Spinnen ein Zuhause bot.

Derek, der sich inzwischen aus seiner fetalen Position auf der Fußmatte erhoben hatte, nippte an seinem Scotch. Tantchen Uzi kippte ihren in einem Zug. Kelly drehte das Glas lediglich zwischen eleganten Fingern.

»So«, sagte Dereks Tantchen. »Was genau möchtet ihr nun wissen?«

»Frag mich nicht«, sagte Derek. »Ich für meinen Teil wollte nicht einmal hierher kommen.«

Kelly zog die ausgedruckte Karte aus ihrer Umhängetasche und legte sie vor sich auf einen zufällig nebenbei stehenden Beistelltisch. Der, wäre er mit Bewusstsein gesegnet gewesen, in diesem Augenblick erkannt hätte, dass auch ein blinder Tisch einmal von einer Karte bedeckt wird und so weiter und so fort, wenn Sie verstehen, was ich meine, und ich bin sicher, dass Sie mich verstehen. Sozusagen.

»Mysteriöse Vermisstenfälle«, sagte Kelly und kehrte unbeirrt zum Thema zurück. »Menschen, die spurlos verschwinden. Diese Karte zeigt die Stellen, wo sich selbiges im Verlauf der beiden letzten Wochen ereignet hat. Ich denke, Sie werden sich meiner Meinung anschließen: Sie spricht für sich selbst.«

Derek hob die Karte und hielt sie an sein Ohr.

»Wenn er es sagt«, sagte seine Tante, »setzen Sie unbesorgt Ihr Dimac ein. Boxen Sie ihm meinetwegen herzhaft in die Eier, wenn Ihnen danach ist.«

Derek legte hastig die Karte auf den Beistelltisch zurück, der nun schon zum zweiten Mal Erwähnung findet, obwohl er bisher jeglicher Beschreibung entbehrt, woran sich so rasch nichts ändern wird. »Ich wollte überhaupt nichts sagen«, sagte er.

Tantchen Uzi nahm die Karte und überflog sie mehr oder weniger sorgfältig. »Ich kann nicht sagen, dass mich das sonderlich überrascht«, sagte sie schließlich. »Verschwinden ist genau das, was die Leute hier in dieser Gegend andauernd tun.«

»Halt, wartet mal«, sagte Derek. »Kann ich noch mal einen Blick auf die Karte werfen?«

»Oho«, sagte Dereks Tantchen. »Ein Anflug von plötzlichem Interesse.«

»Woher hast du die?«, fragte Derek und deutete mit dem Daumen auf die Karte.

»Von der Polizei. Ich habe Erkundigungen angestellt. Die Anzahl Leute, die in letzter Zeit in London verschwunden sind, liegt weit über der Norm. Ich hatte das Gefühl, dass es ein paar Nachforschungen wert wäre.«

»Haben Sie eine Namensliste der Vermissten?«, erkundigte sich Tantchen Uzi.

Kelly nahm die Liste aus der Tasche. »Es ist eine sehr lange Liste«, sagte sie.

Tantchen Uzi blätterte durch die Seiten. »Und eine sehr ungenaue Liste obendrein«, stellte sie fest. »Die meisten Leute, die als hier in der Gegend wohnend aufgelistet sind, sind schon vor Jahren weggezogen. Und – gütiger Gott! Ich stehe auch hier drauf. Nach dieser Liste bin ich letzten Dienstag verschwunden, und zwar spurlos.«

»Oh«, sagte Kelly. »Das kommt allerdings ein wenig unerwartet.«

Tantchen Uzi sah sie scharf an. »Das klingt, als hätten Sie etwas anderes erwartet.«

»Diese Liste wurde von der nationalen Verbrechensdatenbank zusammengestellt. Ich hatte erwartet, dass sie zumindest einigermaßen genau wäre.«

»Gut«, sagte Tantchen Uzi. »Sie ist wirklich sehr clever, deine Frau.«

»Sie ist nicht meine Frau!«, sagte Derek. »Und auch nicht meine Freundin, nein danke.«

»Würden Sie uns dann freundlicherweise verraten, wer Sie *wirklich* sind, meine Liebe?«, fragte Tantchen Uzi. »Und für wen Sie *wirklich* arbeiten?«

»Ich bin nur eine Studentin«, sagte Kelly. »Aber ich denke, Sie stimmen mir darin zu, dass hier etwas sehr, sehr Verdächtiges vor sich geht.«

»Nein«, widersprach Derek. »Tatsächlich ist es genau das Gegenteil. Mein Tantchen hier ist nicht verschwunden. Die Leute auf dieser Liste, die alle als vermisst gelten, sind gar nicht vermisst, sondern lediglich fortgezogen. Es gibt also nichts Verdächtiges. Nichts Merkwürdiges. Nichts außer einem Computerfehler.«

Tantchen Uzi nickte. »Dieses eine Mal sehe ich mich tatsächlich gezwungen, mit meinem idiotischen Neffen einer Meinung zu sein«, sagte sie. »Nichts weiter als ein Computerfehler. Oder besser, ein Softwarefehler. Ein Bug. Oder, mit den Worten der Mute Corp, kein Bug, sondern ein Feature. Glauben Sie mir, ich weiß, wovon ich rede. Die Computer in dieser Gegend sind allesamt schon vor Jahren ausgefallen. Was Computertechnologie angeht, so ist diese Gegend eine tote Zone. Ein cyberspacemäßiges schwarzes Loch, sozusagen. Sie sind auf dem Holzweg, Kelly Anna Sirjan. Sie haben Ihre Zeit verschwendet.«

Kellys Hand war oben in den Haaren und zwirbelte Strähnen. »Ich denke, wir sollten jetzt besser gehen«, sagte sie.

»Ich bin wirklich froh, das zu hören«, stimmte Derek erfreut zu.

Der Wachtposten an der Bezirksgrenze war wirklich froh, sie zu sehen. Er lächelte breit, als sie in seine Richtung kamen.

»Kein Wagen?«, fragte er. »Was ist mit Ihrem wunderschönen Ford Fiesta passiert?«

Derek schnaufte und ächzte, wie Leute schnaufen und ächzen, wenn sie sehr lange sehr schnell gelaufen sind. »Sie haben meinen verdammten Wagen geklaut!«, schnaufte und ächzte er. »Das war ein richtiges Sammlerstück!«

»Durchaus korrekt, wie mir scheinen will«, sagte der Grenzwächter. »Ohne Zweifel ist er nun ein Stück in irgendjemandes Sammlung.«

Derek zerrte sein Mobiltelefon aus der Tasche und drückte schnaufend und ächzend Knöpfe und Tasten.

»Sie werden keinen Empfang kriegen«, sagte der Grenzwächter. »Hier draußen gibt es einfach keinen. Tut mir wirklich Leid.«

»Das ist alles zu viel!« Derek warf sich zu Boden und hämmerte mit den Fäusten im Staub.

»Er muss eine ziemliche Enttäuschung für jemanden wie Sie sein«, sagte der Grenzwächter zu Kelly Anna Sirjan, die sehr cool aussah, wie sie so dastand. Nicht ächzend und nicht schnaufend und alles. Beziehungsweise nichts.

»Ich bin sicher, dass er zu irgendetwas zu gebrauchen ist«, sagte Kelly Anna Sirjan. »Ich habe nur noch nicht herausgefunden, was das sein könnte.«

»Sehen Sie es von der positiven Seite«, empfahl der Grenzwächter. »Es ist ein wunderschöner Tag, und Sie beide sind immer noch am Leben. Genießen Sie es und seien Sie fröhlich. Und essen Sie niemals nach Mitternacht Käse, das ist mein Motto.«

Es war fast Mitternacht, als das Minicab Kelly Anna Sirjan und Derek in der Brentforder High Street absetzte. Nun ja, der Weg zurück von Mute Corp Keynes ist weit und kompliziert, wenn man keinen Wagen hat und sich auf öffentliche Verkehrsmittel verlassen muss. Es gibt nicht mehr allzu viele Züge heutzutage.

»Brillant!«, sagte Derek. »Was für ein brillanter Tag! Ich hätte einen Artikel über die Blumenuhr schreiben können. Aber nein, ich lasse mich von dir zu einem Besuch in der Höllenstadt überreden. Man schießt auf mich. Man stiehlt mir mein kostbares Auto. Man macht sich über mich lustig und verspottet mich, und zu guter Letzt muss ich auch noch deine Fahrkarte nach Chiswick bezahlen. Und die Taxifahrt zurück hierher. Ich möchte dich wirklich nicht beleidigen, aber ich wünschte, ich wäre dir nie begegnet.«

»Würdest du mir einen Gefallen tun?«, fragte Kelly Anna Sirjan.

»Was? Du machst wohl Witze!«

»Hör mal«, sagte Kelly, »es tut mir wirklich sehr Leid, wie dein Tag gelaufen ist und alles. Aber was immer dein Tantchen Uzi sagt und was immer du denkst – ich weiß, dass etwas sehr, sehr Merkwürdiges vor sich geht. Es könnte durchaus sein, dass du dir mit dieser Sache einen Namen als investigativer Journalist machst.«

»Nein danke«, entgegnete Derek. »Ich passe.«

»Also gut. Dann tu mir noch diesen einen Gefallen, und ich verspreche dir, ich bitte dich nie wieder um etwas. Ich verspreche dir sogar, dass wir uns nie wieder sehen werden. Ich halte mich für den Rest meiner Zeit hier in Brentford weit weg von dir.«

»Nun gut«, sagte Derek misstrauisch. »Beinhaltet dieser Gefallen irgendwelche Gefahren für meinen Leib oder meine Seele?«

»Nicht im Geringsten.«

»Dann sag mir, was du von mir willst. Ich denke darüber nach.«

»Ich möchte gerne, dass du mich mit zu dir nach Hause nimmst.«

»Was?«, machte Derek.

»Zu dir nach Hause. In deine Wohnung.«

Derek musterte Kelly Anna Sirjan aus zusammengekniffenen Augen. »Warum?«, fragte er nach einer Weile, die er mit Schweigen ausgefüllt hatte. »Doch wohl kaum, um mit mir Sex zu machen, oder? Außerdem hatte ich einen wirklich schweren Tag – ich glaube nicht, dass ich dazu imstande wäre. Obwohl ... was soll's. Versuchen kann ich's ja.«

Kelly schüttelte den goldenen Kopf. »Nein, ich möchte keinen Sex mit dir«, sagte sie. »Ich möchte nur deinen Computer benutzen. Du hast doch einen Computer zu Hause, oder?«

»Selbstverständlich habe ich einen Computer. Jeder hat einen Computer. Na ja, vielleicht nicht jeder hier in Brentford, aber ich hab einen.«

»Ich möchte nichts weiter, als deinen Computer eine Weile benutzen.«

»Warum?«, fragte Derek. »Hast du keinen eigenen?«

»Nicht bei mir. Ich habe meinen Palmtop, aber der reicht nicht aus. Ich brauche einen Computer mit Anschluss an das öffentliche Netz.«

»Warum?«, fragte Derek einmal mehr. Doch dieses zweite Mal aus einem anderen Grund.

»Es ist nur eine Theorie. Es hat etwas mit der Beschreibung deines Tantchens Uzi zu tun, Mute Corp Keynes als schwarzes Loch im Cyberspace, und mit der Tatsache, dass Mobiltelefone in der Gegend nicht funktionieren.«

»Also schön, meinetwegen«, sagte Derek. »Aber wenn du keinen Sex mit mir machen möchtest...«

»Derek, ich werde niemals Sex mit dir machen.«

»Schon gut, schon gut. Aber dann musst du mir versprechen, dass du mich nie wieder sehen und nie wieder mit mir reden wirst. Frauen wie du bedeuten nichts als Schwierigkeiten.«

»Deine letzte Bemerkung habe ich überhört«, sagte Kelly Anna Sirjan. »Bring mich zu dir nach Hause.«

Derek wohnte bei seiner Mutter. Eigenartigerweise schien Kelly Anna Sirjan von dieser Tatsache kein bisschen überrascht zu sein. Derek bestand darauf, dass sie auf Zehenspitzen durch das Haus und die Treppe zu seinem Zimmer hinaufschlichen. Es ist schon eigenartig mit Männern, die bei ihren Müttern leben, aber sie scheinen alle begierig darauf, jungen Frauen ihr Zimmer zu zeigen. Und sie sind stets ehrlich überrascht, wenn die jungen Frauen, denen sie ihre Zimmer so stolz präsentieren, nur mit offen stehenden Mündern in die Runde sehen, bevor sie auf den hohen Hacken kehrtmachen und so schnell es geht Reißaus nehmen.

»Walla!«, sagte Derek, als er und Kelly Anna Sirjan endlich in seinem Zimmer angekommen waren und er die Tür geschlossen und das Licht eingeschaltet hatte. »Mein privates Reich. Mein Heiligtum. Mein Inneres Sanktum. Ziemlich schick, wie?«

Kelly starrte mit aufgerissenen Augen und herabhängendem Unterkiefer auf das, was dort vor ihr lag.

»Ich schätze«, sagte sie, als ihr Unterkiefer wieder gehorchte, »ich schätze, du hast eine ziemlich beeindruckende Sammlung an Computerspielen.«

»Ja«, sagte Derek, und sein Kopf machte nick, nick, nick. »Mehr als zehntausend. Ich habe mein ganzes Leben lang gesammelt. Die Spiele datieren zurück bis in die 1970er Jahre. Ich bin ein richtiger Atari-Fan. Ich besitze sogar ein Atari 2600 Video Computer System sowie die 1986er Kompaktversion.«

»Du hast nicht zufällig auch einen Odyssey, oder?«, fragte Kelly.

Derek war leicht entsetzt angesichts ihrer Frage, doch er fuhr fort: »Selbstverständlich. Ich habe den Magnavox Odyssey, einen absoluten Klassiker. Er war unwahrscheinlich innovativ, das allererste Spielsystem für zu Hause, das je auf den Markt kam. Der Odyssey II jedoch ...«

»Ein 49-Tasten-Feld, druckempfindlich. 1978. Absolut genial.«

Derek warf ihr einen merkwürdigen Blick zu. »Meiner Meinung nach nicht mit den Ataris zu vergleichen. Ich hab außerdem auch noch den 5200.«

»Was denn, Pam? Hast du vielleicht auch noch Candy und Colleen? Hast du etwa auch diese beiden wunderschönen Ladys in deine verschwitzten Flossen gekriegt?[6]«

»Also der Pam, der 5200, ist im Grunde genommen nichts weiter als ein abgespeckter Atari 400, ein Candy, der nur zum Spielen gedacht ist. Was Colleen angeht, den Atari 800, selbstverständlich hab ich einen hier. Aber er ist zu kostbar, um ihn auszupacken.«

»Was denn, du hast ihn sogar noch in der Originalverpackung?«

»Staubfrei und versiegelt, jawoll, genau wie den Atari 7800. Für meine Mädels gibt es nur das Beste. Und? Was sagst du nun?«

Kelly starrte Derek an.

Und Derek starrte zurück.

»Ich... das ist unglaublich«, sagte Kelly. »Ich meine, ich habe noch nie im Leben so eine riesige Sammlung gesehen. Ich bin total beeindruckt. Du hast nicht rein zufällig ADVENTURE?«

»Von Warren Robinette, für den Atari 2600 VCS, von 1979.«

»Du meinst *den* Warren Robinette, den sie auch Easter Egg genannt haben, weil er der Schöpfer all der versteckten Cheats und Goodies war? Er war derjenige, der 1979 den Ball so richtig ins Rollen gebracht hat.«

»Nun ja, das lag eigentlich an Atari. Es war ihre Firmenpolitik, die die Designer daran hinderte, sich in

---

6 Für all die, die es nicht wissen: Atari hatte für seine Spielsysteme weibliche Kodenamen.

den Spielen oder in der Verpackung zu verewigen. Es war abzusehen, dass sie rebellieren würden.«

»Aber einen unsichtbaren ›Dot‹ über die Katakomben und die Brücke zu bewegen ... Wer außer einem Zwölfjährigen hätte so etwas herausgefunden.«

»Robinette war fest davon überzeugt, dass er dafür gefeuert werden würde, doch die Spieler waren begeistert. Atari konnte gar nicht anders, als von da an in nahezu jedes seiner Spiele versteckte Features einzubauen. Es war der Anfang des Easter-Egg-Phänomens[7].«

Kelly pfiff. Frauen pfeifen normalerweise nicht in einer solchen Situation. Manche schon, wenn sie wirklich beeindruckt sind. Oder wenn man etwas Besonderes mit ihnen macht. Die meisten lassen einen dieses Besondere sowieso nur einmal machen.

Kelly pfiff erneut. »Ich habe dich völlig falsch eingeschätzt, Derek«, sagte sie. »Du magst vielleicht ein rückgratloser Waschlappen sein – ohne dir zu nahe treten zu wollen ...«

»Du bist mir nicht zu nahe getreten, keine Sorge.«

»... aber ich hätte nie im Leben geglaubt, in dir einen Sammler von Konsolenspielen des zwanzigsten Jahrhunderts vorzufinden.«

»Du findest das gut?«

»Mein Gott, ja.«

Derek grinste. »Brillant«, sagte er.

»Hast du CANYON BOMBER, Atari 2600 VCS, von 1978?«

---

7 Easter Egg – verstecktes, nicht dokumentiertes Feature in einem Video- oder Computerspiel.

Derek grinste erneut und zog eine Cartridge aus dem Regal. »Selbstverständlich«, sagte er.

»Darf ich es anfassen?«, bettelte Kelly.

»Aber sicher darfst du.« Derek reichte ihr das kostbare Ding. Und Kelly streichelte liebevoll über das Plastik des Gehäuses.

»Das muss ein Vermögen wert sein! Es ist eine Kompilation der Spielhallenklassiker CANYON BOMBER und DEPTH CHARGE. Eine Hochzeit im Siliziumhimmel, so viel steht eindeutig fest.«

»Ja, ja«, sagte Derek. »Ich hab es auf einem Trödelmarkt gefunden.«

»Nein, niemals!«

»Wir können es gegeneinander spielen, wenn du möchtest. Kannst du es spielen?«

»Ob ich es *kann*? Ich habe meinen gesamten ersten Lohn im Museum für Videospiele in Penge ausgegeben! Zehn Stunden an KABOOM.«

»Oh, KABOOM. Das hab ich auch hier irgendwo. Ein Spiel von Larry Kaplan ... 1981.«

»Basierend auf dem Spielhallenklassiker AVALANCHE. Es macht total süchtig; man könnte ewig weitermachen, vorausgesetzt, man darf. In der Hinsicht ist es genau wie TETRIS.«

»Ich weiß genau, was du meinst, das kannst du mir glauben«, sagte Derek.

»Gut angelegtes Geld war das. Obwohl meine Mum damals meinte, ich hätte ihr etwas von meinem Lohn abgeben können. Mütter, wie? Was wissen Mütter schon über Videospiele?«

»Verdammt noch mal gar nichts«, sagte Derek. »Meine Mum denkt, sie wären dumm.«

»Weil sie niemals NIGHT DRIVER gespielt hat.«

»*Du* hast jedenfalls NIGHT DRIVER gespielt.«

»Rob Fullop, 1979, für den Atari 2600 VCS. Nur zwei K Programmkode, stell dir vor!«

»Und es wurde in der Garagenszene von George A. Romeros *Dawn of the Dead* aus dem gleichen Jahr äußerst gebührend gewürdigt[8].«

»Als hätte ich das nicht gewusst. Ich habe den Lohn für die zweite und dritte Woche hineingesteckt. Meine Mum bekam nie einen Penny für Kost und Logis. Irgendwann wurde es ihr zu dumm, und sie meinte, ich müsste nun ausziehen und meinen eigenen Weg in der Welt machen. Ich hatte genügend Qualifikationen und ging zur Uni, um Computertechnologie zu studieren.«

»Erzähl mir nicht, was als Nächstes kommt. Du bekamst Zugriff auf ihr Spielearchiv.«

»Hab alles auf meinen PC heruntergeladen. Ich habe siebenhundert Spiele auf CD.«

»Jede Wette, dass das hier nicht darunter ist«, sagte Derek. Und warf ein paar verstohlene Blicke nach rechts und links, bevor er sich auf die Knie sinken ließ.

»Was machst du da?«, fragte Kelly.

»Du musst einen Schritt zurücktreten. Ich muss den Teppich zur Seite schlagen.«

Kelly starrte den Boden darunter an. »Derek«, flüsterte sie. »Du scheinst da eine lockere Diele zu haben, aber mit einem *Kombinationsschloss.*«

»Hättest du ganz bestimmt auch«, antwortete Derek, »wenn du hättest, was ich habe.«

»O nein!«, hauchte Kelly. »Erzähl mir nicht, du hast eine Kopie von ...«

---

8 Dawn of the Dead, dt. *Zombie*, 1979, FSK 18, nicht feiertagsfrei (Anm. d. Übers.).

»Habe ich«, sagte Derek und fummelte am Kombinationsschloss.

»Hast du nicht. Das glaube ich einfach nicht.«

Derek hob die Diele an und nahm eine verschlossene Metallkiste heraus. Er fischte unter seinem Hemd und zog den Schlüssel hervor, den er an einer Kette um den Hals trug.

Damit schloss er die Kiste auf.

»Hier kommt es«, sagte er. »IMPOSSIBLE MISSION.«

Kelly riss die Augen ganz weit auf. »Nein«, sagte sie. »Nein. Ich dachte, das wäre nur ein Mythos. Nein.«

»Doch«, sagte Derek. »Doch, doch.«

»O mein Gott! Das ist der Heilige Gral, nach dem alle Spielesammler auf der Welt suchen! Auf welchem System läuft es?«

»Es ist für den Atari 7800«, sagte Derek. »Und es ist in seiner Originalverpackung, wie du sehen kannst. Ich habe außerdem den Game Guide, und ich weiß, wo die Easter Eggs stecken.«

»Ist es die erste oder die zweite Version?«, fragte Kelly.

»Selbstverständlich die erste«, sagte Derek zuversichtlich.

»Und hast du die Stelle erreicht, an der es nicht mehr weitergeht?«

Derek wurde blass. »Machst du Witze?«

»Also *hast* du? Was passiert danach?«

»Nein«, sagte Derek. »Ich meine, nein, ich habe die Stelle nicht erreicht. Das hier ist nicht zum Spielen. Es ist zum Haben. Zum Besitzen. Wage ich es, das zu sagen? Ja – es ist dazu da, sich daran zu weiden, sich zu ergötzen. Ich würde dieses Spiel niemals spielen.«

»Aber was ...«, Kelly starrte die Originalverpackung an, »... was, wenn es nicht funktioniert?«

»Es funktioniert«, sagte Derek. »Ich habe ein Vermögen dafür bezahlt. Es funktioniert ganz bestimmt. Aber es ist viel zu kostbar, um es wirklich zu spielen. Es wäre irgendwie ein Sakrileg.«

Jetzt starrte Kelly Derek an. »Du hast ein Vermögen dafür bezahlt«, sagte sie. »Und du hast es nie gewagt, es zu spielen?«

»Ich würde es nie wagen«, sagte Derek. »Was, wenn ich es kaputtmache, bevor ich zu der Stelle komme, wo es nicht mehr weitergeht?«

»Aber was, wenn es überhaupt nicht funktioniert? Wenn es nicht läuft? Was, wenn es eine Fälschung ist? Oder eine spätere Version ohne den Bug. Ohne die Stelle, wo man festhängt.«

Derek nickte langsam. »Genau meine Gedanken, ehrlich«, sagte er. »Und außerdem einer der Gründe, warum ich es nie gespielt habe. Was, wenn es *tatsächlich* eine Fälschung ist? Ich habe Vertrauen. Ich vertraue so auf die Echtheit, wie Christen auf Jesus vertrauen. Was, wenn es plötzlich einen Beweis gäbe, irgendeine unbestreitbare Methode, die offenbart, dass es keinen Jesus Christus gibt? Dass er nie existiert hat? Was, wenn du diesen Beweis einem Christen in die Hand drücken würdest, schön verpackt wie dieses Spiel hier? Was würdest du als Christ tun? Würdest du die Verpackung öffnen? Oder würdest du dich weigern und weiter an Christus glauben?«

»Ich würde sie öffnen«, sagte Kelly.

»Und was, wenn du nicht möchtest, dass ein Beweis für seine Nicht-Existenz geliefert wird? Was, wenn du unbedingt möchtest, dass Jesus existiert?«

»Hmmm«, sagte Kelly. »Wenn ich es mir mehr als

alles andere in der Welt wünschte, würde ich die Packung vermutlich nicht öffnen. Original oder nicht.«

»Ganz genau«, sagte Derek. »Und genau aus diesem Grund werde ich das Spiel niemals spielen. Ich besitze es. Es ist der Heilige Gral eines jeden Sammlers. Ich glaube ganz fest an seine Echtheit. Solange ich es niemals in eine Konsole schiebe, bleibt es das Prunkstück meiner Sammlung und ich kann daran glauben.«

»Komm, wir spielen es«, sagte Kelly Anna Sirjan.

»Auf gar keinen Fall«, sagte Derek. »Unter keinen Umständen!«

»Also schön«, sagte Kelly. »Du gehst für eine halbe Stunde nach draußen, und ich spiele es.«

»Nein, *ganz bestimmt nicht*!«

»Ah«, sagte Kelly. »Und wenn ich es nicht spiele? Wenn ich es nur ansehe?«

»Du würdest es spielen«, sagte Derek.

»Aber ich würde es dir nicht sagen. Ich würde dir nicht verraten, ob ich es gespielt habe oder nicht. Ob es funktioniert oder nicht. Ich verspreche dir, dass ich nichts sagen würde.«

»Nein«, entschied Derek. »Was, wenn du es spielst und dabei kaputtmachst?«

»Du würdest es niemals erfahren. Du wirst es niemals selbst spielen, und ich würde es dir nicht verraten. Es wäre für dich genau das Gleiche wie vorher.«

»O nein!«, sagte Derek. »Weil du es wüsstest, und weil ich wüsste, dass du es weißt.«

»Ich gebe dir Geld«, sagte Kelly.

»Nein«, sagte Derek.

Kelly kaute auf der Unterlippe. »Also schön, ich, äh ...«

»Was äh?«, fragte Derek.

»Ich blas dir einen.«

»Du machst *was*?«

»Ich blas dir einen«, sagte Kelly. »Wenn du mich spielen lässt.«

Derek schwankte, doch es muss zu seiner Entschuldigung gesagt werden, dass er noch nie in seinem Leben einen geblasen bekommen hatte. Was auch immer das ist.

»Äh ...«, sagte Derek.

»Du wirst selbstverständlich ein Kondom tragen«, sagte Kelly. »Aber ich blas dir einen.«

»Gleich hier und jetzt?«

»Hinterher«, sagte Kelly. »Nachdem ich das Spiel gespielt habe.«

»Und was, wenn es nicht funktioniert?«

Kelly sah Derek in die Augen. Es wäre so einfach. Und so grausam.

»Ob es funktioniert oder nicht«, sagte sie.

Derek sah Kelly an. Da stand sie nun, eine der schönsten Frauen, die er in seinem Leben zu Gesicht bekommen hatte, mitten in seinem Zimmer und bereit, ihm einen zu blasen, wenn er sie nur mit einem seiner Videospiele spielen ließ. Das war wie im Himmel, oder vielleicht nicht? Das war Freude, höchste, glückseligste, wunderbarste Freude.

Friede, Freude. Eierkuchen.

Aber.

Verdammt und zugenäht, *aber.*

Aber das war *sein* Spiel. Das war *sein* Heiliger Gral, *seine* Mutter aller Spiele, und dieses Spiel, das schiere Konzept *des Besitzens* dieses Spiels, gehörte ihm. Es war etwas von Wert. Etwas, das zählte. Etwas, das ihm wichtig war. Nicht jeder würde so eine Prinzipsache verstehen. Die meisten Männer würden einfach sagen: Mensch, lass dir einen blasen, bist du eigentlich verrückt oder was? Doch das Sammeln von Spielen war Dereks Leben. Und Dinge von solcher Bedeutung, Dinge, die solch einen Wert besaßen, diese Dinge verdienten es, respektiert zu werden. Mit Dingen wie diesen spielte man nicht leichtfertig herum. Man entwertete sie nicht. Nicht, wenn man sie wirklich schätzte. Man gab sie nicht unter Wert weg.

Derek sah Kelly einmal mehr an. Diesen Körper, diese Brüste, dieses Gesicht, diesen Mund.

»Nein«, sagte er dann und schüttelte den Kopf. »Nein, ich mache das nicht. Nein.«

Kelly sah Derek an, und dann erschien ein Lächeln auf ihrem Gesicht. »Derek«, sagte sie, »du hast gerade den Fellatio deines Lebens verpasst.«

Derek nickte traurig und senkte den Kopf. »Ja, ich weiß«, sagte er leise.

»Aber«, fuhr Kelly fort, »indem du mein Angebot ausgeschlagen hast, hast du eine Freundin fürs Leben gewonnen.« Und sie nahm Dereks Hand und drückte sie. Drückte sie sehr fest.

Derek wusste nicht genau, warum er ihre Hand nahm und den Druck erwiderte. Nun ja, vielleicht wusste er es doch, denn er lächelte einigermaßen erleichtert, als er es tat, und er tat es fest.

Sozusagen.

»Nun«, sagte Derek, als alles Händeschütteln erledigt war. »Das war ein ziemlicher Stress. Und ich bin wirklich froh, dass es vorbei ist. Hättest du vielleicht Lust, äh, auf eine Partie PONG?«

»O Gott, ja!«, rief Kelly strahlend.

»Dann bereite dich lieber darauf vor, dass du richtig gründlich den Hintern voll kriegst.«

»Ich den Hintern voll? Mein Freund, wenn ich mit dir fertig bin, kannst du eine Woche lang nicht mehr auf deinem sitzen!«

»Meinst du?«

»Meine ich.«

»Dann los.«

7

Weil Kelly erst um fünf Uhr morgens in ihre eigene Bude zurückkehrte, lag sie viel länger im Bett, als sie es normalerweise getan hätte.

Sie erhob ihr blondes Köpfchen erst um halb elf aus den Federn, womit ihr nicht viel Zeit blieb, um sich zu duschen und anzuziehen und zu frühstücken, bevor sie sich um elf mit Derek traf.

Sie hatten sich in der Salonbar eines Brentforder Pubs mit Namen Schrumpfkopf verabredet.

Den Tag in einem Pub zu beginnen mag vielen Leuten nicht als das Gute und Richtige erscheinen – aber viele Leute wissen auch nicht – im Gegensatz zu Derek, der es seinerseits Kelly erzählt hatte –, dass in einer Ecke der Salonbar des Schrumpfkopf ein original SPACE INVADERS Automat stand, der zu alledem voll funktionsfähig war.

Und weil Derek und Kelly sich in der Nacht zuvor beim PONG unentschieden getrennt hatten, musste ein Entscheidungsmatch ausgetragen werden. Was sprach dagegen, dieses Match an just jener Maschine auszutragen?

»Ja, wirklich«, hatte Kelly gesagt. »Was spricht dagegen?«

Kellys Frühstücksteller war braunrot, genau wie die Tischdecke, auf der selbiger stand. Kellys Vermieterin, Mrs. Gormenghast (Tochter des bemerkenswerten Zed und Schwester von Zador, dem ornamentalen Eremiten, der ganz allein in einem Baum lebte), stocherte das Feuer im Wohnzimmer auf, wo Kelly saß und spätstückte. Mrs. Gormenghast trug einen braunrötlich getönten Overall von der Sorte, die überall sonst wo glücklicherweise den gleichen Weg gegangen war wie Beatlesperücken und diese blöden Hosen mit den Schlitzen bis hinauf zu den Knien. Ganz zu schweigen von Stylophonen.

Als würde jemand darüber reden.

Kelly trug ein einfaches Sommerkleid in Türkis. Es besaß keine Knöpfe, die sich hätten öffnen lassen, was angesichts der Hitze des Feuers und all der geschlossenen Fenster in der brütend warmen Atmosphäre auch nicht half.

»Ist das Feuer wirklich notwendig?«, fragte Kelly und wischte sich mit einer braunroten Serviette die Stirn.

»Es hält den Teufel draußen«, antwortete Mrs. Gormenghast. »Sieh zu, dass ständig ein Feuer in deinem Ofen brennt, und du musst den Teufel nicht fürchten. Mein verstorbener Mann hat das immer gesagt. Und er wusste, wovon er sprach.«

»War er ein Mann des Wortes?«, fragte Kelly.

»Nein, er war ein Kohlenmann.«

»Wie schaffen Sie es eigentlich, dass das Rührei so schön braunrot wird?«, fragte Kelly.

»Ein alter indischer Trick, den mir eine alte Inderin gezeigt hat. Braunrot ist die Farbe der großen Gemeinsamkeit. Wussten Sie, dass, wenn man alle Farben auf der Welt nimmt und zusammenmischt, vielleicht einen Esslöffel von jeder einzelnen, in einem sehr, sehr großen Topf, als Endresultat Braunrot erhält? Erklären Sie mir das doch, wenn Sie können.«

»Kann ich nicht«, sagte Kelly. »Aber ich vermute, es kommt daher ...«

»Man kann Licht mit einem Prisma zerlegen, nicht wahr?«, fragte Mrs. Gormenghast.

»Soweit ich weiß, ja.«

»Unsichtbares Licht enthält alle Farben des Regenbogens.«

Kelly nickte.

»Und wie kommt es dann, dass man keine durchsichtige, unsichtbare Flüssigkeit erhält, wenn man alle Farben zusammenmischt?«

»Nun ...«, sagte Kelly.

»Das sagen Sie so einfach. Hören Sie, ich verrate Ihnen den Grund, ja? Weil ein Prisma nicht die ganze Wahrheit erzählt. Nichts auf der Welt erzählt jemals die ganze Wahrheit. Nichts und niemand. Die ultimative Farbe des Universums ist Braunrot. Mrs. Charker ein Stück weit die Straße hinunter hängt dem irrigen Glauben an, sie wäre Pink. Ich respektiere ihren Glauben, wie es sich gehört, auch wenn ich weiß, dass es ein Irrglaube ist.«

»Ah«, sagte Kelly. »Sie meinen sicherlich Mrs. Minky Charker, die Gemahlin von Big Bob Charker, der in diesen Busunfall verwickelt war?«

Selbige«, sagte Mrs. Gormenghast. »Ihr Gemahl wurde von der Verzückung davongetragen, wie ich erfahren habe. Nicht, dass es in meinen Augen einen Sinn ergäbe – ich habe zehn Jahre lang den Teufel aus meinem Kamin gehalten und mein Haus braunrot gestrichen. Wenn tatsächlich die Verzückung umgeht, dann hätte ich unter den Ersten sein müssen, die hinauf in die Herrlichkeit davongetragen werden.«

»Vielleicht geschieht es in Schichten?«, vermutete Kelly.

»Wahrscheinlich«, sagte Mrs. Gormenghast. »Gott kennt sein Geschäft schließlich am besten. Die Welt kann in einer einzigen Sekunde vor die Hunde gehen, hat mein toter Ehemann immer gesagt, aber solange man genug Kohle im Ofen hat, ist man auf alles vorbereitet. Der Mann war ein Heiliger. Eine Schande, wie er sein Ende gefunden hat.«

Kelly fragte nicht.

»Fragen Sie bloß nicht«, sagte Mrs. Gormenghast. »Ach übrigens – haben Sie gehört, was mit dem netten Dr. Druid drüben im Cottage Hospital passiert ist, gestern Nacht?«

»Nein«, erwiderte Kelly. »Was denn?«

»Die Verzückung«, sagte Mrs. Gormenghast. »Im einen Augenblick war er noch da und untersuchte eine Patientin, eine junge Frau, die unter harten Warzen litt, und im nächsten auf und verschwunden. Ich werde dieses Feuer auf jeden Fall schön am Brennen halten, den ganzen Tag lang. Ich will nicht, dass der Antichrist durch meinen Kamin kommt. Und ich werde meinen Overall von jetzt an ständig tragen. Ich will schließlich so hübsch wie möglich sein, wenn ich an der Reihe bin und geholt werde.«

»Dr. Druid auch?«, fragte Derek. »Das soll doch wohl ein Scherz sein?«

Derek war, genau wie Kelly, in der Salonbar des Schrumpfkopf. Er war bereits seit halb elf dort und übte an der SPACE INVADERS Maschine. Er war mit dem Barmann befreundet. Der Barmann hatte ihn vor der Zeit hereingelassen.

»Ich mache keine Scherze«, sagte Kelly. »Ich hab's eben erfahren. Dr. Druid ist ebenfalls verschwunden.

Eine junge Frau mit harten Warzen hat es beobachtet.«

Derek kratzte sich am Kopf. »Irgendetwas ganz, ganz Merkwürdiges geht hier vor, meinst du nicht auch?«, sagte er.

»Ich meine auch«, sagte Kelly.

Derek kratzte sich am Kinn. »Also schön«, sagte er. »Ich soll über den jährlichen traditionellen Rückwärtsmarsch am Leinpfad entlang der Themse zwischen Kew und Richmond berichten. Ich schätze, ich kann mir das Beobachten sparen. Dieser alte Mistkerl, der mich vorgestern Abend mit seinem Runesisch reingelegt hat, gewinnt jedes Jahr. Ich schlage also vor, wir gehen direkt zum Cottage Hospital und verfolgen diese Angelegenheit.«

»Ich denke, das ist genau das, was wir *nicht* tun sollten«, sagte Kelly. »Ich denke, im Gegenteil, wir sollten uns nicht einmal in der Nähe des Hospitals sehen lassen.«

»Warum denn das?«

»Es ist nur eine Theorie.«

»Ich dachte, wir wären inzwischen Freunde? Also erzähl schon.«

»In Ordnung«, sagte Kelly. »Menschen verschwinden. Buchstäblich; sie lösen sich einfach in Luft aus. Der Erste, von dem wir erfahren, ist dieser Malkuth aus dem Bus. Nach ihm kommen Periwig Tombs, Big Bob Charker und Malkuths Mum. Sie waren alle in diesem Bus. Nach ihnen kommt Dr. Druid. Einer nach dem anderen. Wie eine Krankheit, die sich von einer Person zur anderen ausbreitet.«

»Aber es gibt keine Krankheit, die Menschen verschwinden lässt. Also wirklich.«

»Keine Krankheit, von der wir wissen, meinst du.«

»Keine Krankheit. Punkt. Basta.«

»Punkt«, sagte Kelly. »Das hat dein Tantchen Uzi auch gesagt. Leute verschwinden, und es ist alles im Polizeicomputer. Alles deutet auf Mute Corp Keynes hin. Das schwarze Loch des Cyberspace. Irgendwie scheint die Geschichte mit dem Computersystem der Nation zusammenzuhängen.«

»Ich vermag nicht zu sehen, aufgrund welcher logischen Argumentationskette du zu diesem Schluss gelangen könntest.«

»Das liegt daran, Derek, dass du ein Mann bist, und ich eine Frau.«

»Das ist überhaupt kein Argument. Nennst du das vielleicht weibliche Intuition oder was?«

»Hast du eine bessere Theorie?«

»Die Verzückung?«, schlug Derek zaghaft vor.

»Glaube ich nicht. Komm, gehen wir zu dir nach Hause. Ich brauche höchstens eine halbe Stunde auf deinem Computer.«

»Äh, das geht nicht«, sagte Derek. »Mum ist bestimmt schon auf. Sie mag es nicht, wenn ich Frauen mit nach Hause bringe.«

Kelly bedachte Derek mit einem *dieser* Blicke.

»Wir könnten den Computer des *Brentford Mercury* benutzen.«

»Ich dachte, er wäre noch gar nicht ausgepackt? Außerdem schätze ich, wirst du feststellen, dass sich dieser Computer inzwischen auf der Polizeiwache befindet.«

»Du hast von der Sache gehört? Dir entgeht wirklich nicht viel, was? Aber ich habe meinen eigenen Computer. Ich bin kein Maschinenstürmer wie der gute Mr. Shields.«

»Also gehen wir?«

Derek warf einen Seitenblick zur SPACE INVADERS Maschine. »Da wäre noch die Frage nach dem Entscheidungsspiel«, begann er.

»Gut, drei Runden. Aber danach gehen wir definitiv.«

Derek hielt den Kopf gesenkt, als sie durch die High Street wanderten. Er hatte Kelly zu sieben Runden überredet, und sie hatte weiter gewonnen.

Es war ein weiterer freudenvoller Tag. Die Sonne stand hoch oben am klaren blauen Himmel. Vögel sangen und zwitscherten. Doch irgendetwas an der High Street schien nicht ganz richtig zu sein.

»Werden die Läden heute früher geschlossen?«, fragte Kelly. »Oder wieso haben schon so viele Geschäfte zu?«

»Nun ja, die Läden machen heute tatsächlich früher zu«, sagte Derek. »Aber nicht so früh.«

»Ah«, sagte Kelly und deutete nach vorn. »Sieh mal, dort.«

Derek folgte der Linie des eleganten Zeigefingers. An der Tür von Mr. Beefhearts hing ein einfaches Schild. »GESCHLOSSEN«, stand dort zu lesen. »Die Familie erwartet DIE VERZÜCKUNG«.

»Meine Güte!«, sagte Derek. »Ach du meine grüne Güte Neune! Meine Neune! Grüne Güte!«

»Ich denke, wir sollten dankbar sein dafür.«

»Dankbar?«, fragte Derek. »Wieso denn dankbar?«

»Weil es unendlich viel besser ist, als wenn schwarze Pestkreuze aufgestellt würden.«

»Mein Gott, du meinst, es kommt so weit?«

»Ich weiß nicht. Hoffen wir es nicht.«

»Nun, wir sind da. Die Büros des *Brentford Mercury* scheinen jedenfalls offen zu sein.«

»Dann gehen wir doch direkt rein.«

Sie marschierten die Treppe hinauf. Kelly bestand darauf, dass Derek voranging. Nicht, weil sie den Weg nicht kannte, sondern weil sie nicht wollte, dass er ihr unter den Rock sah.

An der Rezeption saß kein Rezeptionist. Und auch keine Rezeptionistin.

»Ich hoffe doch, Dettox wurde nicht von der Verzückung geholt«, sagte Derek. »Sie ist die Einzige, die mir in diesem Laden je eine Tasse Tee gekocht hat.«

»Weißt du was?«, sagte Kelly. »Ich habe in meinem ganzen Leben noch nie eine Tasse Tee für einen Mann gemacht. Oder Kaffee, was das angeht. Und ich habe nicht die geringste Absicht, daran jemals etwas zu ändern.«

Derek lächelte. »Es gibt ein altes Sprichwort«, sagte er. »Eine schöne Frau muss nicht wissen, wie man einen Reifen wechselt. Oder irgendwas in der Art. Ich bin nicht sexistisch, o nein. Hey, warte – was passiert denn da?«

»Wo?«, fragte Kelly.

Derek legte den Finger auf die Lippen. »In Mr. Shields Büro sind Leute! Man kann sie durch die Milchglasscheibe sehen. Ich sehe einen undeutlichen pinkfarbenen Umriss und einen zweiten, großen undeutlichen Mr.-Shields-artigen Umriss.«

»Und was soll daran ungewöhnlich sein?«

»Machst du Witze? Mr. Shields hat niemals Besuch. Ich weiß überhaupt nicht, wie du bis in sein Büro vordringen konntest.«

»Dettox hat sich erboten, mir eine Tasse Tee zu machen. Was tust du da?«

Derek winkte ihr drängend zu. »Komm mit in mein Büro. Schnell!«

Kelly zuckte die Schultern und folgte ihm.

Dereks Büro war ein schmutziges kleines Zimmer mit einem Ausblick auf eine nackte Ziegelwand. Nirgendwo ein verräterischer Hinweis auf Dereks private Obsession. Nur ein Schreibtisch, ein Stuhl, ein Aktenschrank und ein Mute Corp 4000 Textverarbeitungssystem. Und ein Telefon mit einem Stimmenverstärkungsgerät. Derek nahm den Hörer auf, tippte eine Nummer ein und ließ den Hörer dann auf das Verstärkungsgerät fallen.

»Was machst du jetzt?«

»Ich bin neugierig, das ist alles. Ich hab mir die Freiheit genommen, eine Wanze in Mr. Shields' Büro zu installieren. Sie hilft mir dabei, ihm immer einen Schritt voraus zu sein und nicht gefeuert zu werden.«

»Sehr unternehmungslustig.«

»Pssst«, machte Derek und lauschte.

Kelly verstummte und lauschte ebenfalls. Zuerst hörte sie die Stimme von Mr. Shields.

»Es tut mir Leid«, sagte selbiger, »aber ich glaube, ich verstehe nicht so recht, was Sie meinen.« Seine Stimme klang wütend. Ganz und gar nicht fröhlich.

»Das ist doch ganz einfach«, sagte die Stimme eines seiner Besucher. »Mein Kompagnon und ich repräsentieren eine multinationale Gesellschaft. Hier, meine Karte.«

Eine Pause dehnte sich.

»Oh«, sagte die Stimme von Mr. Shields. »Ich verstehe. *Diese* Organisation.«

»*Diese* Organisation, sehr genau. Es gibt keine, die größer wäre, wie Sie mir sicher ohne Zögern beipflichten werden.«

»Ich bin ein viel beschäftigter Mann«, sagte die Stimme von Mr. Shields. »Könnte das nicht bis später warten?«

»Nein«, sagte die Stimme von Besucher Nummer zwei. »Unsere Organisation wartet niemals. Sie erledigt die Dinge stets auf der Stelle.«

»Nicht hier, nein«, widersprach Mr. Shields. »Das hier ist Brentford.«

»Genau«, sagte Besucher Nummer eins. »Das hier ist Brentford. Und das ist der Grund, aus dem wir hergekommen sind.«

»Ich habe Ihnen doch bereits gesagt, dass ich das nicht verstehe, und ich verstehe es noch immer nicht.« Mr. Shields klang weiterhin wütend. Die Stimmen seiner Besucher hingegen klangen gelassen.

»Wissen Sie, was eine Datenreaktion ist?«, fragte Besucher Nummer eins.

»Keine Ahnung«, sagte Mr. Shields. »Außerdem ist es mir egal.«

»Datenreaktion ist das, was unsere Organisation bei der technologischen Entwicklung und allem anderen ganz weit vorne hält. Unser Großrechner sucht die Welt nach Daten ab. Er greift auf sie zu, assimiliert sie, korreliert sie und trennt die Spreu vom Weizen, bevor er informierte Entscheidungen trifft.«

»Hat das Hauptbüro Sie hergeschickt?«, fragte Mr. Shields.

»Unsere Organisation besitzt das Hauptbüro«, sagte die Stimme von Besucher Nummer zwei. »Sie besitzt die gesamte Zeitung.«

»Aber Sie können Sie nicht zumachen. Sie dürfen nicht. Ich habe einen lebenslangen Vertrag.«

»Wir verspüren nicht den Wunsch, etwas an der Art und Weise zu ändern, in der Sie diese Zeitung führen. Wir sind lediglich gekommen, um Sie über die Pläne zu informieren, die unsere Organisation für die Gemeinde hat, sodass Sie eine aktive und fördernde Rolle übernehmen können.«

Mr. Shields brummte unverständliche Dinge vor sich hin.

»Datenreaktion«, sagte Besucher Nummer zwei. »Der Hauptrechner hat einen plötzlichen Schwall an Daten aus dieser Gemeinde empfangen, vorgestern Abend, präzise acht Minuten nach acht. Vieles davon war verstümmelter Unsinn, doch ein Teil war relevant und von kommerziellem Wert. Es ging um ein Objekt namens Suburbia World PLC. Sagt Ihnen dieser Begriff etwas?«

»Nein«, antwortete Mr. Shields mit einer Stimme, die sowohl wütend als auch verwirrt klang.

»Niemand hat in Ihrer Gegenwart je von Suburbia World PLC gesprochen?«

»Nein«, sagte Mr. Shields. »Niemals. Was ist das?«

»Ein Themenpark«, sagte Besucher Nummer eins. »Es geht darum, ganz Brentford in einen suburbanen Themenpark zu verwandeln.«

»*Was?*«, machte Mr. Shields.

»*Was?*«, machte Derek.

»*Was?*«, machte Kelly Anna Sirjan.

»*Ihre Woche in Suburbia World PLC wäre nicht komplett ohne eine Bootstour zu Brentfords eigenem Fantasy Island.*« Besucher Nummer eins sprach mit einer merkwürdigen Stimme, wie ein Voice-over zu einem Webseiten-

Commercial. »*Sehen Sie Kreaturen aus der Mythologie, die früher einmal in längst vergangenen Tagen das verzauberte Reich bewohnt haben. Unternehmen Sie eine Safari durch das Wildreservat und die seltene Vogelwelt der Schrebergarten-World.* Stellen Sie sich die Bilder vor, Weitwinkelaufnahmen der gesamten Gemeinde, von einem Helikopter aus. Das wird eine verdammt große Sache.«

»Aber das ist haarsträubend!« Die Stimme von Mr. Shields erreichte ein Niveau von Grimmigkeit, das über allem lag, was Derek bisher gekannt hatte.

»Das ist es!«, flüsterte Derek wütend. »Das ist es in der Tat!«

»Nichtsdestotrotz«, fuhr Besucher Nummer eins mit ungerührter, gelassener Stimme fort. »Diese Konzepte sind nun das Eigentum unserer Organisation.«

»Halt, halt! Moment mal!« Die Stimme von Mr. Shields war begleitet von dem Geräusch seines Stuhls, der zurückgeschoben wurde. »Moment mal. Sie sagen, dass Ihr Computer diese Information aufgefangen hätte. Dass irgendjemand anderes sie irgendwo in einen Computer eingespeist haben muss.«

»Sie ist irgendwie in die Datenbänke gelangt.«

»Dann ist es nicht Ihr Eigentum! Es gehört jemand anderem. Jemandem, mit dem man möglicherweise verhandeln kann.«

»Was wollen Sie damit andeuten?«, fragte Besucher Nummer zwei.

»Ich weiß es nicht. Aber ich weiß, dass Sie das nicht tun dürfen. Die Brentforder werden das nicht zulassen. Das hier ist nicht Disney World. Das hier ist eine reale Gemeinde mit richtigen Menschen darin.«

»Genau das macht das Konzept so interessant für uns. Genau das ist es, was dieses gewaltige kommerzielle Potenzial verspricht.«

»Verschwinden Sie aus meinem Büro!«, brüllte Mr. Shields. »Auf der Stelle! Bilderstürmer! Unreine Geister! Plünderer! Hinaus, Dämonen, hinaus!«

»Auf jeden Fall ist er der Gemeinde gegenüber loyal«, flüsterte Kelly.

»Mr. Shields«, sagte Besucher Nummer zwei. »Wir haben uns an Sie gewandt, weil Sie der Herausgeber der lokalen Zeitung sind. Brentford ist die einzige Stadt in England, vielleicht sogar die einzige Gemeinde auf der ganzen Welt, die noch keine eigene offizielle Webseite hat. Brentford scheint die Welt dort draußen jenseits der Gemeindegrenzen ganz und gar zu ignorieren. Es ist ein Anachronismus. Ein Anachronismus, der für ein großes Publikum von ganz außergewöhnlichem Reiz ist.«

Dann ertönten krachende, schlagende Geräusche.

Derek sagte: »Ich gehe besser rein, bevor er völlig zum Berserker wird.«

»Du gehst besser rein, bevor er völlig zum Berserker wird«, sagte Kelly.

Derek stürzte von dannen, und Kelly lauschte weiter den Geräuschen aus dem Stimmenverstärkerdingsbums am Telefon. Sie lauschte den krachenden, schlagenden Geräuschen. Den Schreien um Erbarmen. Der Stimme Dereks, die an Vernunft appellierte. Den neuerlichen krachenden, schlagenden Geräuschen. Dereks Schreien um Erbarmen.

Und dann ging Kelly selbst zum Büro von Mr. Shields, um die Dinge zu regeln.

Womit niemand mehr in Dereks Büro zurückblieb, um den Geräuschen zu lauschen, die aus dem Stimmenverstärkerdingsbums drangen.

Was wahrscheinlich sowieso besser so war, weil diese Geräusche alles andere als freudig klangen.

Derek und Kelly beobachteten die Ambulanz, die mit freudig heulender Sirene davonfuhr.

»Dafür kriegen wir ziemlichen Ärger«, sagte Derek.

»Wir?«, fragte Kelly.

»Ich meinte, du«, sagte Derek. »Du warst es, die all diese Knochen gebrochen hat.«

»Du solltest dankbar sein«, entgegnete Kelly. »Ohne mich wärst du in dieser Ambulanz.«

»Zusammen mit Mr. Shields und seinen beiden Besuchern. Du warst – wie soll ich es sagen – vielleicht ein wenig grob, das ist alles.«

»Ich habe den Dimac-Kodex befolgt, weiter nichts«, erklärte Kelly. »Es reicht nicht aus, sich gegen einen Angreifer zu verteidigen. Es ist erforderlich, den Angreifer für seinen Angriff zu bestrafen in der Hoffnung, dass er es sich zweimal überlegt, bevor er zukünftig noch einmal jemanden angreift.«

»Du hast diesen Mann aus einem Fenster im ersten Stock geworfen!«

»Bitte entschuldige, aber ich habe ihn nicht geworfen, sondern *getreten*. Dieser Tritt nennt sich *Das Zusammenrollen des Drachenschwanzes.*«

»Sie waren jedenfalls harte Brocken«, sagte Derek. »Der kleinere der beiden hatte mich mit einer Hand am Kragen gepackt und hochgehoben! Er wollte mir den Kehlkopf zerquetschen. Grauenhaft! Ich hasse Gewalt!«

»Ich auch«, sagte Kelly. »Ich auch.«

Derek musterte sie nachdenklich von der Seite. »Wie eigenartig«, sagte er. »Weil es nämlich für alle Welt ganz danach ausgesehen hat, als würdest du dich gründlich amüsieren.«

»Aussehen kann täuschen.«

»In deinem Fall ganz bestimmt, ja. Und was sollen wir nun machen? Mr. Shields ist einmal mehr außer Gefecht...«

»Ich habe ihn diesmal nicht geschlagen«, sagte sie. »Im Gegenteil. Ich habe ihn verteidigt...«

»Zugegeben. Und was sollen wir nun machen?«

»Nun«, sagte Kelly, »ich werde mir dieses hier jedenfalls genauer ansehen.«

»Und was ist das?«

Kelly hielt eine Brieftasche in die Höhe. »Nenn es eine Trophäe. Ich hab sie während des Handgemenges dem größeren der beiden entwendet.«

»Kurz bevor du ihm das Bein gebrochen hast.«

»Er hat nach mir getreten.«

»Richtig. Geschieht ihm recht. Dann lass uns mal einen Blick in diese Brieftasche werfen.«

»Einverstanden. Aber nicht hier.«

Im Schrumpfkopf, an einem Tisch direkt neben der SPACE INVADERS Maschine, öffnete Kelly Anna Sirjan die fremde Brieftasche.

»Eine Visitenkarte«, sagte Derek. »Lass mal sehen.« Er las die Visitenkarte. »›Marcus Shadow. Project Development Associate, Cerean Systems.‹ Wer oder was zur Hölle ist Cerean Systems?«

»Eine Abteilung von Mute Corp«, sagte Kelly. »Aber ist nicht alles eine Abteilung von Mute Corp?«

»Klingt logisch«, sagte Derek. »Ich habe von Datenreaktion gehört, und wenn es so etwas gibt, dann ist es im Besitz von Mute Corp.«

»Ich hätte nicht gedacht, dass es so etwas gibt. Ich hätte gedacht, dass es ein Web-Mythos ist.«

»Wenn es existiert, dann ist es jedenfalls so nah an künstlicher Intelligenz, wie wir jemals kommen werden«, sagte Derek.

»Es untersucht ununterbrochen Datenströme und bewertet sie nach ihrem kommerziellen Potenzial.«

»Nach dem Web-Mythos ist der alte Mute auf diese Weise reich geworden. Er hat es in den 1990ern erfunden und den Aktienmarkt damit untersucht. Der Rest ist Geschichte, soweit es ihn betrifft. Das heißt, falls die Legende den Tatsachen entspricht.«

Kelly blickte verwirrt drein. »Der Großrechner der Mute Corp hat angeblich einen Datenschwall kommerzieller Informationen aufgefangen, vorgestern Abend um acht Minuten nach acht.«

»Genau«, sagte Derek. »Aus irgendeinem Grund bringt das eine Glocke zum Läuten.«

»Ja, natürlich tut es das. Es ist ganz genau die Zeit, zu der Mr. Tombs, Mr. Charker und die Frau mit dem unaussprechlichen Namen vor den Augen von Dr. Druid verschwunden sind.«

»Ich verstehe das nicht«, sagte Derek. »Glaubst du, dass es da eine Verbindung gibt?«

»Ich weiß *definitiv*, dass es eine gibt«, entgegnete Kelly. »Aber bis zum jetzigen Zeitpunkt weiß ich noch nicht, welcher Art selbige ist.«

Derek sah die SPACE INVADERS Maschine sehnsüchtig an. »Hast du Lust auf ein weiteres Spiel?«, fragte er.

»Worauf ich wirklich Lust hätte, wäre eine Unterhaltung mit dem alten Mute.«

»Wunschdenken. Er ist ein Einsiedler. Seit Jahren ist er nicht mehr in der Öffentlichkeit aufgetreten.«

»Ich bin sicher, mir würde ein Weg einfallen.« Kelly klimperte mit den Augenlidern.

»Ich bin sicher, wenn überhaupt irgendjemandem, dann würde dir ein Weg einfallen. Hör zu, ich schätze, ich sollte ins Büro zurück. Ich schätze, ich übernehme den Job des Chefredakteurs, bis Mr. Shields wieder aus dem Krankenhaus ist.«

»*Wenn* er wieder aus dem Krankenhaus kommt.«

»Was?«

»Die Seuche«, sagte Kelly. »Die Verzückung. Vielleicht ist Mr. Shields der Nächste, der verschwindet?«

»Du machst wohl Witze.«

»Hoffentlich.«

»Gut. Und was machst du jetzt?«

»Denken«, sagte Kelly. »Denken und anschließend handeln.«

»Wir sehen uns dann später. Ich sag dir was, heute Nacht sind die Poeten im Waterman's. Hast du vielleicht Lust hinzugehen?«

»Die Poeten? Wer oder was ist das?«

»Eine Brentforder Gruppe. Gegründet 1980 von einem einheimischen Schreiber, an den sich niemand erinnern kann. Es ist höchst unterhaltsam. Ich denke, es würde dir gefallen. Es fängt um acht Uhr an. Wir könnten uns dort treffen.«

»O. K.«, sagte Kelly. »Wir sehen uns später.«

»O. K.«, sagte Derek, stand auf und ging davon.

Kelly saß eine Weile da und dachte nach. Und dann bestellte sie etwas zu essen. Der Schrumpfkopf servierte eine Spezialität. Surf 'n' Turf. Frittierte Scampi, gegrilltes Steak, Eier, Pilze, Zwiebelringe, gegrillte Tomaten, Fritten und Bohnen. Kelly bestellte außerdem einen Nachtisch. Tod durch Kuchen.

Dann spielte sie an der SPACE INVADERS Maschine. Sie erzielte den High Score, wie sie es häufig an ihrer eigenen Maschine zu Hause tat, die sie Derek gegenüber mit keinem Wort erwähnt hatte. Schließlich verließ sie den Schrumpfkopf.

Sie würde irgendwann hierher zurückkehren.

Aber nicht auf eine Weise, die sie sich hätte vorstellen können.

8

Dumm di dumm di dumm di da und Friede.
Und Freude und Eierkuchen.

Die Brentforder Poeten.

Gegründet irgendwann Anfang der achtziger Jahre von irgendeinem einheimischen Autor, dessen Namen längst in Vergessenheit geraten ist. Es hätte P. P. Penrose gewesen sein können, der Schöpfer des weltberühmten Privatdetektivs, des legendären Lazlo Woodbine – aber natürlich war es nicht P. P. Penrose, weil P. P. Penrose alles andere als in Vergessenheit geraten ist. Jeder erinnert sich an diesen Namen.

Außerdem spielt es eigentlich überhaupt keine Rolle, wer er war. Die Brentforder Poeten wurden ins Leben gerufen. Eine Entität. Eine Realität.

Damals, im Jahre 1982, schrieb *Time Out* über die Brentforder Poeten: »Dies ist das größte wöchentliche Dichtertreffen Londons. Und wahrscheinlich auch das eigenartigste.« Was die letztere Bemerkung sollte, blieb den guten Leuten von Brentford verborgen. Poesie kann etwas Freudvolles sein. Und Freude saß hoch im Sattel von Brentford, sogar schon damals, 1982.

Kelly traf kurz nach acht Uhr ein. Sie war beeindruckt vom Aussehen des Waterman's Art Centre. Es sah beeindruckend modern aus.

Nicht, weil es modern gewesen wäre – die Errichtung datierte schließlich auf irgendwann Anfang der achtziger Jahre zurück. Es war nur, dass es modern *aussah.*

Weil die gegenwärtige Mode in der Architektur des einundzwanzigsten Jahrhunderts eine Hommage an die frühen achtziger Jahre des neunzehnten war. Ein gutes Wort, Hommage, und für diejenigen, die seine Bedeutung nicht kennen und sich nicht die Mühe machen wollen nachzusehen, es bedeutet *Raubkopieren. Klauen.*

Die einfachen Leutchen von Brentford, die sich nie an Veränderungen gewöhnten, hatten sich nie an das Waterman's Arts Centre gewöhnt. Es war von Bauunternehmern von außerhalb der Gemeinde errichtet worden, mit Geldern von außerhalb der Gemeinde, doch auf dem Gelände der alten Gaswerke, in bester Uferlage. Die einfachen Leutchen von Brentford betrachteten das als ein wenig zu unverschämt. Es hatte eine Reihe friedlicher Demonstrationen gegen die Entwicklung gegeben. Was wiederum dazu geführt hatte, dass die Kräfte von Recht und Gesetz angemessen reagiert hatten. Wasserwerfer, CS-Gas, die Ausrufung des Notstands, Gummikugeln, Schlagstockattacken, Kampfhubschrauber und schließlich eine Resolution im Parlament, die ausdrücklich den Einsatz nuklearer Waffen billigte, sollten die friedlichen Demonstranten von Brentford nicht auf der Stelle damit aufhören, Dinge in die Luft zu jagen und andere Dinge niederzubrennen und stattdessen in ihre Häuser zurückkehren und damit aufhören, so ein verdammtes öffentliches Ärgernis zu sein.

An dieser Stelle erschien es dem Rest der Welt, dass

die einfachen Leutchen von Brentford tatsächlich ihren Kampf gegen die Kräfte der Veränderung verlieren würden. Auch wenn gesagt sein soll, dass sie nicht kampflos untergingen. Tatsächlich waren die nächtlichen Sabotageakte gegen das Arts Centre während seiner Bauphase derart zahlreich, dass die Bauunternehmer gezwungen waren, vier Meter hohe elektrische Zäune zu errichten, zusätzlich gesichert durch Nato-Draht und Wachtposten in Türmen mit Suchscheinwerfern und General Electric Miniguns. Die Fertigstellung des Gebäudes verzögerte sich ein ums andere Mal, die Kosten explodierten, und als der Stadtrat (der im Verlauf der berühmten Belagerung der Sydney Green Street für eine Weile mit vorgehaltenen Schusswaffen festgehalten worden war, als die tapferen Brentforder herausfanden, dass Ratsmitglieder den Plan nicht nur unterstützt, sondern darüber hinaus Gelder aus einheimischen Truhen beigesteuert hatten) seine finanzielle Unterstützung einstellte, ging das Konglomerat pleite, und jeder, der in das Projekt verwickelt war und nicht Selbstmord begangen hatte, einem Brandanschlag zum Opfer gefallen oder Adressat übelster Drohungen für Leib und Leben war, gab die ganze Geschichte auf und zog sich zurück. Womit das halb fertige Arts Centre einsam und verlassen dastand und die Brentforder damit tun und machen konnten, was sie wollten.

Man hielt ein Palaver in der Stadthalle ab (in der Sydney Green Street), um einen Beschluss über das weitere Schicksal des halb fertigen Bauwerks zu fassen. Es gab zahlreiche Vorschläge betreffend die beste Abrissmethode, doch dann erhob sich im Hintergrund der Halle eine Stimme von außergewöhnlicher Vernunft. Es war die Stimme von Professor Slocombe, einem ehrenwerten alten Herrn, den viele als den Patriarchen von Brentford sahen.

»Warum zerstören, was man euch geschenkt hat?«, fragte die Stimme von außergewöhnlicher Vernunft. »Es gehört nun euch. Warum macht ihr nicht etwas daraus, das die wahre Größe unserer Gemeinde widerspiegelt? Der Gemeinde, die ihr alle so sehr liebt? Errichtet einen Tempel darin, in welchem ihr den Brentfordern Künstlern Lob und Preisung anbietet. Hat Brentford der Welt nicht einige der besten Künstler, der begnadetsten Musiker, Wortschmiede, Gelehrten, Handwerker, Poeten, Riverdancern und Hersteller von Blumentopfhaltern aus Makramee sowie personalisierten Lavendeltäschchen geschenkt?«

Ein Schweigen senkte sich über die Halle.

Dann sagte eine dünne Stimme weit vorne: »Nein. Nicht, dass ich wüsste«, sagte sie.

»Ganz genau«, sagte Professor Slocombe. »Und das liegt nur daran, dass Brentford niemals zuvor ein Arts Centre besessen hat.«

Heute hatte es jedenfalls eins. Und jeder Einwohner von Brentford war Anteilseigner. Jeder hatte dafür gezahlt, und jeder hatte einen Ziegelstein gemauert, was unter Umständen ja der Grund für das »moderne« Aussehen des Arts Centre sein mochte.

Es ist richtig und zutreffend, dass die Bastionen der Hohen Kunst und Literatur von der Brentforder Schar nicht im Sturm genommen wurden. Und die Hersteller von Blumentopfhaltern aus Makramee und von personalisierten Lavendeltäschchen draußen im Land schliefen tief und fest in ihren Betten, frei von jeglicher Sorge, dass die überlegenen Kunsthandwerker aus Brentford ihnen irgendwann den Rang ablaufen könnten.

Doch das Arts Centre hatte etwas hervorgebracht: die zu Anfang erwähnten Brentforder Poeten, von denen *Time Out* schließlich Kenntnis genommen und auf seinen Seiten berichtet hatte.

»Jeder Mann und jede Frau ist ein Poet«, schrieb der Magus Hugo Rune. »Obwohl nicht einer je so groß sein wird wie ich und die meisten nichts in der Hose haben.«

Rune hatte einst einen denkwürdigen Auftritt bei den Brentforder Poeten. Gekleidet in seinen berühmten fünfteiligen Anzug aus grün kariertem Boleskine-Tweed, mit dem berühmten Ring der Macht am Finger und dem berüchtigten stabilen Knüppel unter dem Arm, den berühmten rasierten Schädel mit einem kunstvollen Henna-Tatto zweier Nonnen, die um ein BMX kämpfen, verziert, und seine infamen Größe-Zehn-Füße in kompliziertes holistisches Schuhwerk gehüllt, das stark nach Kreosot roch und winzige Funken schlug, wenn er ging. Rune rezitierte seine berühmte *Hymne an eine Frittierpfanne.* Ein Epos in fünfhundertneunundachtzig Strophen, ihm selbst gewidmet. Er wurde begleitet von seinem Akolythen Rizla, der Runes Atempausen sowie die häufigen Besuche in der Bar mit melodischen Vorträgen auf Suwanehpfeife, Okarina, Kazoo, und Fahradluftpumpe/Achselhöhle ausfüllte.

Jeder und alle, die dieser Vorstellung beiwohnten, stimmten hinterher darin überein, dass es eine einzigartige und bewegende Erfahrung war, und viele konvertierten augenblicklich zur Kirche der Runeologie und blieben für den Rest ihres Lebens Runies.

Andere protestierten, dass es an jenem Abend nicht genügend Zeit für sie selbst gegeben hätte, um *ihre eigenen* Werke zu rezitieren. Hugo Rune ließ diesen Philistern mit seinem stabilen, berühmten Stock Gerechtigkeit zuteil werden.

Doch Hugo Rune hatte seine sterbliche Hülle vor langer Zeit abgeschüttelt und war den himmlischen Chören beigetreten. Die er ohne jeden Zweifel mit seiner Hymne an die Frittierpfanne unterhielt, mit Einlagen Rizlas und seiner Achselhöhle.

So also kam das Waterman's Art Centre ins Spiel. Man mag die Frage verzeihen: Aber was ist mit den Brentforder Poeten?

Gute Frage.

Es ist eine Tatsache, die all jenen gut bekannt ist, denen sie gut bekannt ist (und Hugo Rune hätte wahrscheinlich zu ihnen gehört) – und eigenartigerweise kommt sie in Versform daher, wenn auch prosaisch:

Wo immer du einen Poeten siehst
Findest du einen zweiten ganz in der Nähe
Und wo immer du zwei Poeten siehst
Wirst du feststellen, dass sie Bier trinken.

Bei der Eröffnung des Waterman's Arts Centre, einer Veranstaltung, die fast so erinnernswürdig war wie Runes Lesung aus der Hymne an die Frittierpfanne, auch wenn sich nicht mehr viele daran erinnerten, mit Ausnahme vielleicht des Alten Pete, der sich noch heute daran erinnerte, hatte es keine Brentforder Poeten gegeben.

Nur einen ortsansässigen Schreiberling.

Und jener war der längst vergessene Autor.

Jener längst vergessene Autor hatte eine schwere Aufgabe übertragen bekommen. Gründe einen Zirkel von Poeten, lautete diese Aufgabe. Der längst vergessene Autor, wie stets in Ermangelung jeglicher Idee (er gehörte zu jener Sorte Autoren, die sich auf Hommagen spezialisiert hatten), schaltete eine Anzeige im *Brentford Mercury*.

Poeten gesucht zur Veranstaltung eines wöchentlichen Poetentreffs im Waterman's Art Centre. Ein Pint auf Kosten des Hauses für jeden, der ein eigenes Werk rezitiert.

Der Bar ging bereits am ersten Abend das Bier aus. Es war bemerkenswert, wie viele männliche Einwohner Brentfords so plötzlich den Ruf der Muse in sich vernahmen.

Doch der Kolumnist von *Time Out*, der rein zufällig wegen der Busby Berkeley Retrospektive anwesend war[9], die im Kino des Arts Centre vorgeführt werden sollte, zeigte sich dermaßen beeindruckt von der gewaltigen Beteiligung (er kam nicht einmal auch nur in die Nähe des Tresens), dass er dem Ereignis einige Zeilen widmete.

Die Besucherzahlen gingen in der Folge ein wenig zurück, als der ortsansässige Schreiber per Dekret verfügte, dass Pints als Belohnung nur noch denjenigen Poeten zukommen sollten, die eigene Gedichte vorgetragen hatten, welche zu einem gewissen Grad künstlerische Bemühungen erkennen ließen und sich über mehr als zwei Zeilen erstreckten, deren

---

9 Sie war so beliebt bei den Brentfordern, dass sie mehr als drei Jahre lief.

letzte nicht unisono mit den Worten endete: »Vielen herzlichen Dank, Ladys und Gentlemen, und für mich bitte ein Pint Large.«

Zahlreiche durstige Minimalisten verließen das Arts Centre daraufhin unter bitterem Protest.

Nach einer Weile war nur noch ein harter Kern von Poeten geblieben. Sie gaben ein monatliches Magazin im Selbstverlag heraus, das *Shorter Brentford Book of Verse*, dessen früheste Ausgaben heutzutage vermutlich Sammlerobjekte sind. Und der Jour Fixe blieb erhalten. Mittwochabend im Waterman's fand die Nacht der Brentforder Poeten statt.

Und weil heute Mittwoch war, fand die Nacht der Poeten heute statt.

Kelly sah Derek am Tresen winken. Sie bahnte sich einen Weg zwischen den Poeten und den Anhängern von Poeten hindurch und zwischen denen, die einfach nur neugierig waren auf das, was sich hier abspielte und den kleinen Grüppchen pickeliger junger Männer, die stets bei Ereignissen wie diesem erschienen, weil irgendein Freund ihnen erzählt hatte, dass Poetinnen stets leicht in die Kiste zu ziehen wären und sie so dumm gewesen waren, diesen Kokolores tatsächlich zu glauben.

»Ich hab dir ein Glas Rotwein bestellt«, sagte Derek. »Ich hoffe, das ist in Ordnung für dich?«

»Ist es«, sagte Kelly. »Danke. Ziemlich voll hier drin. Kommst du regelmäßig hierher, um den Lesungen zuzuhören?«

»*Zuzuhören?*«, empörte sich Derek. »Ich komme her, um zu lesen! Das ist ein atemberaubendes Kostüm, weißt du das? Was ist das für ein Stoff?«

»Das ist ein Polyvinylsynthacottonlatexsuedoseidengemisch.«

»Sehr hübsch, wirklich«, sagte Derek. »Und diese Schuhe gefallen mir auch. Damit wirkst du ...«

»Größer«, sagte Kelly. »Es ist die neueste ganzheitliche Mode von Doveston. Dreifachabsätze mit verchromten Streben und eingearbeitetem Stabwerk. Jede einzelne Niete von einer vestalischen Jungfrau im Tempel der Runeologie handgetrieben ...«

»Du machst dich über mich lustig«, sagte Derek.

»Derek«, sagte Kelly. »Mode ist nichts, über das man sich lustig machen sollte.«

»Nein«, sagte Derek. »Ich meine, nein, aber du bist, wenn ich das sagen darf, vielleicht ein wenig zu gut gekleidet für diese Gelegenheit.«

Es ist eine weitere Tatsache des Lebens für diejenigen, die sich damit auskennen, dass Poeten nur selten modebewusst sind.

Wenn die Rede auf Poeten kommt, fallen mehr als häufig die Worte verschroben, abgerissen und dreckig, bis es stinkt.

Nur sehr wenige Poeten haben einen, wie man so sagt, guten Geschmack, was Kleidung betrifft. Unter diesen finden sich Männer wie Sir Johnny Betjeman, mit seinem Nadelstreifenblazer und dem unvermeidlichen, exzentrischen Strohhut. Und John Cooper Clarke[10], dessen Kleidungsstil, obwohl durchaus schick, eine traurige Hommage an Bob Dylan darstellte.

---

10 John Cooper Clarke spielte tatsächlich einmal einen Gig im Waterman's Art Centre. Das bemerkenswerteste Feature war allerdings der Kampf, der nach dem Gig im Umkleideraum zwischen John Cooper und seinem Manager ausbrach, weil der Manager die Kohle für den Gig behalten wollte. Das Wort »angeblich« kommt hier nicht in Gebrauch, weil es sich um eine Tatsache handelt.

Kelly warf einen oberflächlichen Blick in die Runde. »Nun«, sagte sie dann, »das ist eine verschrobene Bande, abgerissen und dreckig, bis es stinkt. Aber ich hatte keine Zeit, mich umzuziehen. Ich war oben im Westen.«

»In Chiswick?«, fragte Derek mächtig beeindruckt.

»In West End«, sagte Kelly. »Im Vorstandsbüro von Mute Corp.«

»Du hast tatsächlich den guten alten Mute persönlich gesehen?«

»Nein«, sagte Kelly. »Leider nicht. Offensichtlich lebt er auf einer Luxusjacht irgendwo auf dem Ozean, und seine derzeitige Position ist nur einer auserwählten Elite bekannt. Ich glaube nicht, dass ein Interview mit ihm im Bereich des Möglichen liegt. Aber ich habe trotzdem wichtige Neuigkeiten für dich, und ich weiß nicht, wie du sie aufnehmen wirst.«

»Erzähl weiter«, sagte Derek.

»Ich werde Brentford verlassen«, sagte Kelly. »Und zwar morgen.«

»Was?«, machte Derek. »Schon? Aber du bist doch erst ein paar Tage hier?«

Kelly nippte an ihrem Rotwein. »Man hat mir einen Job bei Mute Corp angeboten. Ich habe mir erlaubt, ihnen meinen Lebenslauf zu präsentieren, als ich dort war. Ein sehr netter Mann namens Mr. Pokey mit einem wunderschönen orangefarbenen Anzug, der die Augen nicht von meinen Brüsten nehmen konnte, hat mir einen Job angeboten.«

»Oh«, sagte Derek, und eine gewisse Traurigkeit schlich sich auf seine Züge. »Ich hätte mir so was denken können. Wahrscheinlich hätten alle Männer so gehandelt.«

»Sei nicht niedergeschlagen«, sagte Kelly und leerte ihren Wein. »Ich wollte irgendwie in die Organisation, weißt du? Wir arbeiten immer noch zusammen, und das ist immer noch unsere Untersuchung.«

»Ah, ja«, sagte Derek. »Die Untersuchung. Ich habe darüber nachgedacht.«

»Und was hast du gedacht?«, fragte Kelly.

»Nun, es ist so, dass Mr. Shields im Hospital in einem Koma zu sein scheint. Der Doktor meinte etwas von wiederholten Schlägen auf den Kopf. Und weil Mr. Shields im Hospital ist, hat man mir die Leitung des *Brentford Mercury* übertragen, und das Hauptbüro hat mir all diese Memos über Kooperation mit den Vertretern von Mute Corp wegen der Suburbia World PLC Geschichte geschickt.«

»Was?«, machte Kelly und erschreckte damit mehrere Poeten, einen Anhänger von Poesie und einen pickligen jungen Mann, der ein lebhaftes Interesse an ihren Brüsten zeigte. »Du Judas!«

»Bin ich nicht!«, widersprach Derek und bekreuzigte sich. »Bin ich nicht, bin ich nicht, bin ich nicht! Ich will nicht, dass die Gemeinde in einen Themenpark verwandelt wird, aber was kann ich schon dagegen tun?«

»Du könntest dich weigern«, sagte Kelly.

»Sie würden mich fertig machen.«

»Dann kannst du dich immer noch für das Anständige entscheiden.«

»Kündigen? Auf gar keinen Fall.«

»Nicht kündigen. Was du mir über die Leute von Brentford erzählt hast, was sie alle tun. Trägheit praktizieren. Nach außen hin kooperieren und in Wirklichkeit überhaupt nichts tun.«

»Das mache ich doch immer.«

»Du bist ziemlich gut darin.«

»Wenn du meinst. Noch ein Glas Wein?«

»Die Runde geht auf mich, denke ich.«

»O ja, das tut sie.«

»Aber lass dich dadurch von nichts abhalten. Du darfst mir selbstverständlich noch ein Glas Rotwein kaufen.«

»Also schön«, seufzte Derek. »Sonst noch etwas? Chips?«

»Gibt es hier Snacks?«

Derek kaute auf der Unterlippe. »Es gibt eine Speisekarte«, sagte er niedergeschlagen. »Ich denke, sie haben normales Surf 'n' Turf.«

»Warum nicht? Ich nehme eines.« Kelly lächelte.

Derek seufzte. »Schön«, sagte er. »Wo es deine letzte Nacht hier bei uns ist und alles.«

Kelly sagte nichts.

Derek rief den Barmann. »Barmann! Barmann!«, rief er.

»Er hört nicht auf dich«, sagte ein Greis, der an der Theke saß. »Wenn du möchtest, dass er auf dich hört, musst du Runesisch reden.«

Derek funkelte den Alten düster an. Dann sagte er: »Wie ist es gelaufen beim Rückwärtsmarsch der Über-Achtzigjährigen von Kew nach Richmond?«

»Ich war Erster«, sagte der Alte Pete. (Wer sonst hätte es gewesen sein können außer ihm?) »Ziemlich starke Konkurrenz allerdings dieses Jahr. Ich musste wenigstens drei Rollstuhlfahrer in die Themse schubsen. Das ist ein neuer Rekord, glaube ich – letztes

Jahr waren es nur zwei. Und diese Nonne, aber die hat geschummelt. Sie ist auf einem BMX gefahren.«

»Barmann!«, rief Derek. »Barmann! Bitte!«

Der Alte Pete las in jener Nacht keine Gedichte. Er war kein besonders guter Poet, der Alte Pete, nicht einmal wenn es um die Heilige Sache eines kostenlosen Pints ging. Er kannte seine Grenzen. Außerdem war er damit beschäftigt, den Champagner zu leeren, den das Arts Centre spendierte, weil er wieder einmal den Rückwärtsmarsch der Über-Achtzigjährigen von Kew nach Richmond gewonnen hatte.

Der Kumpel des Alten Pete, der Alte Vic, war im Gegensatz zum Alten Pete ein rechter Poet. Und ein recht guter obendrein. Der Alte Vic war Kriegsgefangener gewesen in einem Krieg, an den sich heute nur noch wenige erinnerten, über den aber immer noch Filme gedreht wurden. Hauptsächlich Filme, die nicht authentisch waren, mit falscher Mode und falschen Frisuren, wie das in Hollywood so Tradition ist.

Der Alte Vic jedenfalls war der Erste auf dem Podium, um sein jüngstes Gedicht zu rezitieren. Der Alte Vic wurde stets mit stehendem Beifall gefeiert, selbst von denen, die sitzen blieben, denn immerhin war er Kriegsgefangener gewesen. Hände klatschten frenetisch, Finger wurden in Mundwinkel gesteckt und dazwischen Pfiffe ausgestoßen. Gewisse Hüte wurden in die Luft geschleudert, doch das waren die Hüte besuchender Poeten aus fremden Ländern, unten im Süden, wo Poeten stets Hüte trugen.

»Danke sehr«, sagte der Alte Vic und winkte mit seinen schrumpligen Händen, um die Willkommensbezeugungen zu dämpfen. »Ich musste diese Woche ziemlich lange nachdenken, was ich schreiben wollte. Ich dachte, ich könnte vielleicht ein Gedicht über Brassen schreiben. Herrliche Fische sind das, Brassen, sehr silbrig. Ganz im Gegensatz zu den Barschen, die dicker sind und mit viel Grün und Rot. Oder vielleicht die Scharben, nicht unähnlich den Barschen, wie man sagen könnte, schlüpfrige Burschen, die leicht durch ein Netz entkommen, wenn die Maschen zu groß sind.«

Eine einheimische Gruppe von Anglern lachte herzhaft über diesen köstlichen Spaß. Man stelle sich vor, ein Angler, der dumm genug ist, eine Scharbe in ein großmaschiges Netz zu packen. Was für ein Witz, haha.

»Bravo, Alter Vic!«, riefen die Angler, hoben ihre Gläser und machten damit Bewegungen, als holten sie mit den Ruten aus.

»Vorsicht!«, beschwerte sich ein pickliger junger Mann. »Sie schütten Ihr ganzes Bier auf mich!«

»Pssst!«, machten die Angler. »Hör zu, was der Alte Vic zu sagen hat. Er war früher mal ein Kriegsgefangener.«

»Prost, Jungs«, sagte der Alte Vic und zwinkerte den Anglern zu. »Aber ich habe beschlossen, diese Woche kein Gedicht über Brassen zu schreiben.«

»Aaaah«, machten die Angler. »Schande!«

»Vielleicht nächste Woche, Jungs. Aber diese Woche nicht, keine Brassen, nein. Ich muss gestehen, dass ich eine Weile überlegt habe, ob ich ein Gedicht über Maultiertreiber schreiben soll.«

Ein Jubeln erhob sich unter den Maultiertreibern aus Cardiff, die für den jährlichen Maultiertreiberkonvent nach Brentford gekommen waren, der jedes

Jahr in den Funktionsräumen am Bahnhofshotel abgehalten wurde.

»'n Abend, Leute!«, rief der Alte Vic ihnen zu. »Schön, euch wieder mal hier zu sehen. Ich komme später auf ein Schwätzchen vorbei; ich brauche eine neue Bullenpeitsche. Die letzte hab ich auf der Osterfeier verschlissen.«

»Drei Schläge für einen Heiermann«, flüsterte Derek. »Er tut was für sein Geld, ehrlich. Der Erlös geht selbstverständlich an Wohltätigkeitsorganisationen. Kleine Jungen ohne Schuhe, die eine gute Abreibung nötig haben, oder war es ein Dach über dem Kopf?«

»Hä?«, machte Kelly, während sie ihr Essen verdrückte, das kürzlich vor ihrem Platz auf dem Tresen eingetroffen war. »Könntest du mir vielleicht die Cranberry-Soße reichen?«

Derek reichte ihr die Cranberry-Soße.

»Allerdings«, fuhr der Alte Vic fort, »allerdings muss ich gestehen, dass ich auch kein Gedicht über Maultiertreiber geschrieben habe.«

Kelly blickte von ihrem Teller auf. »Was für ein faszinierender Mann«, sagte sie in einem Tonfall, der alles andere als ernst war. »Ich zweifle nicht daran, dass er uns gleich mitteilen wird, dass er auch kein Gedicht über Einrad fahrende Vikare geschrieben hat.«

»Lass dem alten Knaben seinen Spaß«, sagte Derek leise. »Er ist ein wahrer Poet. Und ein ehemaliger Kriegsgefangener.«

»Gib mir bitte die Ginseng-Soße«, sagte Kelly.

Und Derek reichte ihr die Soße.

»Irgendwelche Einrad fahrenden Vikare hier?«, rief der Alte Vic in die Runde.

Ein weiteres Johlen.

»Sorry, Hochwürden«, sagte der Alte Vic. »Vielleicht nächstes Mal.«

»Ich setze mein Geld auf jugoslawische Ramsch-Händler«, sagte Kelly zu Derek. »Oder vielleicht auch venezuelanische Gorilla-Imitatoren, selbstverständlich nur taube.«

»So«, sagte der Alte Vic. »Nachdem ich alles und jedes bedacht habe, bin ich zu dem Entschluss gekommen, ein Gedicht über die Zeit zu verfassen, als ich noch ...«

»... ein Kriegsgefangener war!«, hallte es aus jeder Ecke.

»Ah, ich verstehe«, sagte Kelly. »Ein Running Gag.«

»Der nicht funktioniert, wenn man nicht jede Woche hier ist«, sagte Derek.

»Ich bin nicht einmal sicher, ob er dann funktionieren würde. Schieb mir doch bitte mal das Krähenfußpüree rüber, ja?«

Derek schob ihr das Krähenfußpüree hin.

»Ich war einmal ein Kriegsgefangener«, erzählte der Alte Vic. »Ihr werdet euch sicher nicht mehr an den fraglichen Krieg erinnern – es ist der, über den heute noch Filme gedreht werden, auch wenn sie die Mode und die Frisuren nicht hinkriegen.«

Eine Gruppe englischer Friseure auf Besuch, die für die Pinewood Studios arbeiteten, jubelten laut.

»Ich nenne dieses Gedicht ›Blut und Rotz als Frühstück und nichts außer menschlichen Fingerknochen als Ersatz für Messer und Gabel‹. Es ist in Prosa.«

Kelly blieb ein Bissen von ihrem Surf 'n' Turf im Hals stecken, und eine kleine Schlägerei entbrannte in einer Gruppe pickliger Jugendlicher, die ihr auf den Rücken klopfen wollten.

Der Alte Vic begann mit dem Vortrag seines Gedichts.

»Wir steckten bis zu den Augen in Eiter und Schleim
Nur ich und Captain Duke allein.
Der Captain stand immer noch auf dem,
Wo unsere Beine gewesen waren,
Aus denen es troff und die von Wundbrand faulten.«

Die pickligen Jungen wechselten sich mit Klopfen auf Kellys Rücken ab.

»Wir kochten Speichel auf für einen Tee
Im Schädel eines Korporals der Infanterie
Captain Duke trank ihn allein und ließ nichts übrig
Es machte mir nichts, weil ich reingespuckt hatte.«

»Also schön«, sagte Kelly. »Hört sofort auf, mir auf den Rücken zu klopfen, oder ich breche euch sämtliche Arme.« Die pickligen jungen Männer traten zurück, und Kelly nahm einen Schluck Wein, bevor sie sich wieder mit Appetit ihrem Essen zuwandte.

»Ich strich ein wenig Galle
auf mein madenzerfressenes Brot ...«

»Klopft weiter!«, würgte Kelly und deutete auf ihren Rücken.

Das Gedicht war nur siebzehn weitere Verse lang, und als der Alte Vic fertig war, erhielt er stehende Ovationen, selbst von denjenigen, die sitzen geblieben waren.

Kelly hörte den Jubel, doch sie schloss sich nicht an. Denn Kelly war auf der Damentoilette und hatte sich dort ziemlich dicht über eine Kloschüssel gebeugt.

»Alles in Ordnung?«, fragte Derek, als sie zum Tresen zurückkehrte.

»Das war nicht lustig!«, sagte Kelly und sah immer noch strahlend aus, wie es nach dem Kotzen nur Frauen können. »Das war widerlich!«

Vielleicht ist dir das Mandrake-Salatdressing nicht bekommen?«

»Ich verschwinde«, sagte Kelly. »Ich will keine Gedichte mehr hören.«

»Aber ich bin gleich dran!«, sagte Derek. »Du willst mein Gedicht auch nicht hören?«

»Hat es etwas mit Eiter und Schleim zu tun?«

Derek dachte angestrengt nach. »Nein«, antwortete er schließlich. »Sie haben eigentlich größtenteils mit Sex zu tun.«

Kelly starrte ihn an. »Und was bitteschön weißt *du* über Sex?«

»Oh, eine ganze Menge«, sagte Derek. »Es ist nur so, dass ich nicht viel Sex *mache.*«

»Ich hab gehört, wie ein pickliger Junge gemeint hat, Poetinnen wären leicht ins Bett zu kriegen. Wenn du regelmäßig hier bist, wirst du doch wohl sicherlich das ein oder andere Mal bei einer landen?«

»Sei nicht so unhöflich«, sagte Derek. »Aber du hast Recht, Poetinnen *sind* leicht rumzukriegen. Nun ja, zumindest die dicken, hässlichen mit den Schnurrbärten.«

Kelly musterte Derek mit einem weiteren dieser Blicke. »Das ist dann wohl die Theorie von den dankbaren Dicken, oder wie?«

»Hör zu«, sagte Derek. »Ich bin ganz bestimmt nicht dick, aber ich kann dir sagen, ich bin dankbar. Wirklich dankbar.«

»Wer ist jetzt eigentlich mit der nächsten Runde dran?«, fragte Kelly. »Ich meine, wenn ich schon bleibe, könntest du wenigstens so anständig sein und mir einen Drink spendieren.«

»Ich dachte, wir hätten beschlossen, unsere Drinks jetzt selbst zu bezahlen?«

»Nein, ich denke, wir waren uns einig, dass du meine immer noch bezahlst.«

»Barmann!«, rief Derek. »Hallo, Barmann, bitte! Barmann!«

Die Nächste auf dem Podium war eine Poetin. Sie war nicht von der dicken und schnurrbärtigen Sorte, die dankbar sind dafür. Sie war eine junge und schöne Poetin, die es sich leisten konnte, wählerisch zu sein.

Sie rezitierte ein Gedicht von sich, das den Titel Mr. Willow-Whiskers trug. Offensichtlich ihr pelziger kleiner Seelenfreund.

Kelly musste erneut auf die Toilette und verlor den Rest ihrer Mahlzeit. Nach einer ganzen Weile kehrte sie, immer noch munter strahlend, an den Tresen zurück.

»Das reicht jetzt definitiv«, beschied sie Derek. »›Mr. Willow-Whiskers mit seiner Seele aus rotem Sonnenuntergang.‹ Da muss doch jeder kotzen!«

»Die pickligen Jungen scheinen es zu mögen«, sagte Derek. »Sie bitten die Poetin um Autogramme.«

»Poesie hat mir eigentlich noch nie etwas gesagt«,

gestand Kelly. »Sie ist entweder wohlmeinend und, äh, schlecht, oder wunderbar konstruiert und völlig unverständlich. Ich mag allerdings Limericks – kennst du den von dem jungen Mann aus Buckingham?«

»Kenn ich«, sagte Derek. »Er ist durch und durch obszön.«

»Na ja. Ich hab jedenfalls genug, gründlich genug. Ich bin weg.«

»Ich bin als Nächster an der Reihe«, sagte Derek. »Bleib doch bitte noch, bis ich fertig bin.«

Kelly lächelte. »Und dein Gedicht handelt von Sex, nicht wahr?«

Derek grinste. »Ich habe an meinem Vortrag gearbeitet. Wie ich das sehe, geht es bei vorgetragener Poesie nicht so sehr um das, was man sagt, sondern darum, wie man es sagt. Meine Gedichte sind nicht obszön, doch ich verleihe ihnen eine Qualität von Suggestion, die ihnen eine extrem riskante Wirkung verleiht.«

»Derek«, sagte Kelly. »Wir sind doch Freunde geworden, oder?«

»Ja«, sagte Derek und nickte. »Ich denke, das sind wir.«

»Dann lass dir von mir als Freundin gesagt sein, dass du ein vollkommener und absoluter Trottel bist. Was keine Beleidigung sein soll.«

»Ich bin nicht beleidigt, glaub mir. Aber warte nur, bis du mein Gedicht gehört hast. Es involviert die Benutzung des Wortes Plinthe, dem, wie jedermann weiß, sexysten Wort auf der ganzen Welt.«

»Plinthe?«, sagte Kelly.

»Ah, mein Gott!«, sagte Derek. »Kannst du es noch mal sagen?«

Applaus klang auf, als Mr. Melchizedec, Brentfords ortsansässiger Milchmann, sein Gedicht ›Oh welch liebliches Paar Brötchen‹ beendete. Es beinhaltete zwar nicht das Wort Plinthe, doch da sein Vortragsstil eine Hommage an den inzwischen verstorbenen Max Miller darstellte, rollten sich die beiden Alten, Pete und Vic, die Bäuche haltend am Boden, fest überzeugt, dass sie soeben das schmutzigste Gedicht auf der Welt gehört hatten.

»Hör es dir an«, sagte Derek und grinste Kelly an, bevor er sich den Weg durch die Menge zum Podium bahnte.

Kelly gähnte und sah auf die Uhr. Sie würde sich Dereks Gedicht anhören, und dann würde sie früh nach Hause gehen. Sie wollte hübsch sein für morgen, für ihren ersten Tag bei Mute Corp.

Derek stieg auf das Podium und lächelte auf die Menge herab.

Die Menge schien nicht übermäßig erfreut, ihn zu sehen, auch wenn Kelly eine dicke Poetin mit Schnurrbart zu ihrer nicht unähnlich aussehenden Freundin flüstern hörte, dass er aussah, als wäre er ›scharf darauf‹.

»Danke sehr«, sagte Derek zu niemand Bestimmtem. »Dies ist ein Gedicht, das einer Lady gewidmet ist. Einer ganz besonderen Lady. Sie weiß nicht, dass sie eine ganz besondere Lady ist, aber für mich ist sie das.«

»Wie heißt sie?«, rief der Alte Pete, dem inzwischen irgendjemand vom Boden aufgeholfen hatte.

»Das bleibt mein Geheimnis«, antwortete Derek.

»Jede Wette, es ist dieser Vogel hier«, sagte der Alte

Vic und deutete auf Kelly. »Der Vogel hier mit den hübschen Möpsen.«

Kelly funkelte ihn an, und der Alte Vic zog den Kopf ein.

»Das Gedicht hat keinen Namen«, fuhr Derek fort.

»Und wie ist der Titel?«, rief der Alte Pete.

»Es besitzt keinen Titel.«

»Ein Gedicht sollte aber einen Titel haben«, sagte der Alte Vic. »Oder wenigstens einen Rang. Wir hatten alle einen Rang im Kriegsgefangenenlager.«

»Ja«, rief einer der pickligen Jünglinge. »Ihr wart eine Bande von Rangen.«

Der Barmann, der sich zu diesem Zeitpunkt mit einem Wanderbischof in Alt-Brentforder Dialekt unterhalten hatte, der zum Jahreskongress der Wanderbischöfe von Orton Goldhay hergekommen war, der im Funktionsraum über dem Schankraum der Vier Reitersmänner abgehalten wurde, rief laut: »Hey! Wir dulden keinen Streit hier!«

Sozusagen.

»Es sollte aber einen Titel haben!«, beharrte der Alte Vic. »Es sollte.«

»Also schön, meinetwegen«, lenkte Derek ein. »Dann nennen wir es ›Sir Gedicht Ohne Namen‹, in Ordnung?«

Kelly sah einmal mehr auf ihre Uhr. Vielleicht sollte sie einfach gehen.

»›Sir Gedicht Ohne Namen‹«, sagte Derek und begann mit dem Vortrag von ›Sir Gedicht Ohne Namen‹.

Wie Kelly befürchtet hatte, war ›Sir Gedicht Ohne Namen‹ Schwachsinn. Es war eines von jenen unerträglichen Liebessonetten, die einsame pubertierende Knaben dichten, wenn sie ganz allein in ihren Zimmern hocken und dann den Fehler begehen (nur ein einziges Mal!), es ihrer allerersten Freundin im Verlauf ihrer allerersten Verabredung vorzutragen.

Möglicherweise wäre es in all den anderen Gedichten des Abends nicht weiter aufgefallen, wäre im Verlauf des Vortrags nicht etwas geschehen.

Es war etwas durch und durch Furchtbares, und es versetzte dem Abend einen ausgesprochenen Dämpfer. So furchtbar war dieses Geschehen, dass der Wanderbischof, der sich mit dem Barmann in Alt-Brentforder Dialekt unterhalten hatte, sich selbst unvermittelt als Mann des Augenblicks sah und mehrere picklige Jugendliche sich in den Armen dicker schnurrbärtiger Poetinnen wiederfanden und der Alte Vic endlich ein anderes Thema fand, das eines Gedichts wert war.

Nicht, dass er es in der nächsten Zeit bei den Brentforder Poeten vorgetragen hätte. Nachdem das Arts Centre für eine ganze Weile wegen dringender Renovierungsmaßnahmen geschlossen war, aufgrund der Zerstörung und des Chaos und alledem.

Doch bevor sich dieses wahrhaft furchtbare Ereignis ereignet, müssen wir ein wenig weiter ausholen und einen recht radikalen Schritt in die Vergangenheit tun, sodass dieses furchtbare Ereignis besser verständlich wird.

Wir müssen zum Abend vor dem gestrigen zurückkehren.

In das Cottage Hospital und an das Bett von Big Bob Charker.

Die Zeit: Acht Uhr abends.

Und Big Bob ist alles andere als glücklich.

9

Big Bob Charker lag auf seinem Bett aus Schmerz. Nicht, dass er sich irgendwelcher Schmerzen bewusst gewesen wäre. Das war er nicht. Big Bob Charker war sich nicht bewusst, dass seine Nase gebrochen war oder dass er extensive Prellungen erlitten hatte, eine Reihe von Schnittwunden und eine Fraktur des linken großen Zehs.

In seiner Ignoranz die Fraktur des linken großen Zehs betreffend stand er nicht allein; die Ärzte des Cottage Hospitals hatten sie ebenfalls übersehen.

Big Bob Charker war sich überhaupt gar nichts bewusst.

Wäre er dazu imstande gewesen, sich irgendetwas bewusst zu sein, wäre er sich bewusst gewesen, dass seine letzten bewussten Erinnerungen die an sein dahinschwindendes Bewusstsein gewesen waren. Erinnerungen daran, wie Alltagsobjekte fremd und unbekannt wurden. Wie Farben und Geräusche zu Dingen voller Geheimnis wurden. Wie Sprache Bedeutung verlor. Wie alles einfach ... schwand.

Aber Big Bob war sich dessen nicht bewusst.

Big Bob lag da, die Augen weit geöffnet, und starrte ins Nichts. Starrte ins Nichts und wusste von nichts. Von überhaupt gar nichts.

Dr. Druid starrte seinen Patienten an. »Ich hasse es, das einzugestehen«, sagte Dr. Druid einer mondänen Krankenschwester, »aber das ergibt irgendwie nicht den geringsten Sinn.«

»Könnte es Konjunktivitis sein?«, fragte die Krankenschwester, die kürzlich in einem medizinischen Wörterbuch über diesen Ausdruck gestolpert war und seither auf eine passende Gelegenheit wartete, ihn zu benutzen.

»Nein«, sagte Dr. Druid und schüttelte traurig den Kopf.

»Und wie wäre es mit Scrapie?«

»Ich denke nicht«, sagte der Doktor.

»Was ist mit Soor?«, fragte die Krankenschwester, die noch mehr Worte in sich hatte.

»Halten Sie die Klappe«, sagte Dr. Druid.

Pearson Clarke (Sohn des bemerkenswerten Clive und Bruder des gut riechenden Bo-Jangles Clarke, der viermal am Tag badete und Country-Songs über Trucks vortrug, zumindest denjenigen, die bereit waren zuzuhören) grinste die Krankenschwester an und dann Dr. Druid. Pearson Clarke war Assistenzarzt und hatte Pläne mit seiner Station. Seine Station war South Ealing, und die meisten seiner Pläne gingen weit darüber hinaus. »Sie sollten sein Gehirn durchleuchten«, sagte Pearson Clarke.

»Ich habe sein Gehirn bereits durchleuchtet«, sagte Dr. Druid. »Die Untersuchung hat ergeben, dass dieser Patient absolut keinerlei Gehirntätigkeit besitzt.«

»Das ist unmöglich«, sagte Pearson Clarke. »Selbst Patienten im tiefsten Koma haben Hirntätigkeit. Sie träumen.«

»Dieser Mann träumt nicht«, sagte Dr. Druid. »Genauso wenig wie die beiden anderen Patienten, der Fahrer und die Frau mit dem unaussprechlichen Namen.«

»Ich kann ihn aussprechen, ich kann ihn aussprechen«, sagte Pearson Clarke. »Er wird folgendermaßen...«

»Halten Sie die Klappe«, befahl Dr. Druid. »Es ist, als wären die Gedanken dieses Mannes, seine Erinnerungen, seine Persönlichkeit, einfach alles ausgelöscht. Weggewischt. Als wäre es nie da gewesen.«

»Aber so funktioniert das Gehirn nicht«, widersprach Pearson Clarke. »So etwas kann nicht passieren. Ein Patient kann sein Gedächtnis verlieren – aber die Erinnerungen sind trotzdem noch in seinem Kopf; er kann bloß nicht mehr darauf zugreifen. Meistens ist es eine vorübergehende Behinderung. Die Erinnerung kehrt stückweise zurück, mit der Zeit.«

»Impetigo«, sagte die Krankenschwester.

»Halten Sie die Klappe, Krankenschwester«, sagte Dr. Druid.

»Spaß beiseite«, sagte Pearson Clarke. »Vielleicht ist ja die Gehirndurchleuchtungsmaschine kaputt. Sie wissen, was die Leute manchmal machen? Ihren Hintern fotokopieren? Nun, Igor Riley, der Hausmeister im Leichenschauhaus...«

»Sohn von Blimey und Bruder von Smiley Riley, der schwört, dass er einen Flaschengeist besitzt?«

»Genau der. Nun, Igor Riley jedenfalls hat seinen Hintern in der Gehirndurchleuchtungsmaschine durchleuchtet. Vielleicht hat er dabei – na ja, wer weiß, vielleicht hat er dabei gefurzt? Es ist eine sehr empfindliche Maschine.«

»Ich werfe diesen Riley raus. Gleich morgen Früh!«

»Besser Sie als ich«, sagte Pearson Clarke. »Ein Typ in einem Pub hat Igor Riley mal aufs Ohr geboxt, und Igor hat es seinem Bruder erzählt. Sein Bruder hat seinen Flaschengeist überredet, den Typ in ein Anfängerkitt für heimgebrautes Bier zu verwandeln, oder war es ...«

»Halten Sie die Klappe«, sagte Dr. Druid. »Halten Sie die Klappe. Halten Sie die Klappe.«

»Ganz wie Sie meinen«, sagte Pearson Clarke und grinste die Krankenschwester an, die Pearson Clarke angrinste.

»Ich glaube, es ist das Tourette-Syndrom«, flüsterte die Krankenschwester.

»Das hab ich genau gehört!«, sagte Dr. Druid. »Aber wie ich bereits sagte, bevor ich so unhöflich und belanglos unterbrochen wurde, bin ich ratlos, was diese Patienten angeht. Möglicherweise sehen wir hier eine völlig neue Krankheit. Etwas, das bisher in keinem medizinischen Wörterbuch aufgelistet ist.«

»Dann weiß ich auch nicht weiter«, sagte die Krankenschwester niedergeschlagen. »Und ich dachte, ich halte mich so gut.«

»Ich lehre Sie später gerne ein paar neue Ausdrücke«, sagte Dr. Druid.

»Jede Wette«, sagte Pearson Clarke. »Aber hören Sie, wenn diese Krankheit nirgendwo beschrieben steht, dann müssen wir ihr einen Namen geben. Was würden Sie zu Clarkes Syndrom sagen? Das geht glatt von der Zunge.«

»Ja«, sagte Dr. Druid. »Druids Syndrom. Das gefällt mir gut.«

»Hä?«, machte Pearson Clarke.

»Oh, sehen Sie!«, sagte die Krankenschwester. »Sehen Sie den Patienten, Doktor.«

»Ja«, sagte Dr. Druid. »Ich bin ein sehr patenter Doktor.«

»Nein, Doktor! Der Patient! Sehen Sie den Patienten an.«

»Was?«, machte Dr. Druid und sah den Patienten an. »Was ist mit dem Patienten, Krankenschwester?«

»Er flackert, Doktor. Sehen Sie nur.«

Dr. Druid sah, und seine Augen wurden rund wie die der bekannten Eule. Groß und rund. Wie Polo Mints, mit schwarzen Punkten in der Mitte. Vielleicht Lakritze.

»Oh«, machte Dr. Druid. »Oh!« Und: »Ah.« Und: »Ach du grüne Neune.«

Denn Big Bob Charker flackerte tatsächlich.

Er flackerte sogar wie verrückt.

Sein Kopf kam und ging wie das Bild auf einem Fernsehschirm, wenn draußen ein schwerer Laster vorbeidonnert – oder wenigstens war das in den alten Tagen so.

Dr. Druid griff nach unten und riss die Bettdecke zur Seite.

Der ganze Big Bob Charker kam und ging, bis hinunter zu dem noch immer nicht entdeckten gebrochenen linken großen Zeh.

»Dieser linke große Zeh sieht mir ein wenig schief aus«, beobachtete Pearson Clarke. »Wenn das kein Bruch ist, heiße ich nicht länger ... Jesses!«

Und da war Big Bob Charker.

Verschwunden.

Einfach weg.

Dr. Druid starrte auf das leere Bett und ächzte, und dann drehte er sich um. Die Betten der beiden anderen Patienten waren ebenfalls leer. Sie waren ebenfalls geradewegs verschwunden.

Aus einem winzigen transparenten Punkt aus absolutem Nichts stürzten die Dinge zurück auf Big Bob mit einer Geschwindigkeit größer als die von Licht. Einer Geschwindigkeit, die wirklich und wahrhaftig die Geschwindigkeit rasender Gedanken war.

Big Bob blinzelte mit den Augen und klickte mit den Schultern. »Aua!« und »Autsch!« waren die Worte, die er zunächst formulierte. »Meine Nase, mein Dies und Jenes, mein armer gebrochener linker großer Zeh. Ich bin schwer verwundet, wie ist es bloß dazu gekommen? Und wenn wir schon dabei sind – wo zum Teufel noch mal bin ich?«

Big Bob bemühte sich inzwischen um eine klare Sicht und um eine vorläufige Einschätzung der Situation. »Ich bin im Hospital«, sagte er schließlich zu sich selbst. »In einem Krankenhausbett bin ich.« Und dann sah er Pearson Clarke und Dr. Druid und eine Krankenschwester mit einem sehr ansehnlichen Busen. »Warum sehen Sie mich dermaßen verblüfft an?«, fragte Big Bob die drei. »Sie sehen aus, als hätten Sie einen Geist gesehen. Nein, drehen Sie sich nicht um!«

Doch Dr. Druid und Pearson Clarke und die Krankenschwester, die, wie Big Bob nun bemerkte, auch einen ausgesprochen hübschen Hintern besaß, hatten sich bereits umgedreht und starrten auf zwei leere Betten.

Big Bob folgte ihren starrenden Blicken.

»Oh, hallo Periwig«, sagte er. »Du bist auch hier. Und die Dame, die den Strohhut getragen hat. Hallo.« Big Bob hob grüßend die Hand.

Periwig Tombs starrte ihn an. Und die Dame ohne Strohhut fragte: »Wo bin ich?« und: »Wo ist mein Strohhut?«

»Wir sind im Krankenhaus«, sagte Big Bob. »Waren wir nicht vor einem Augenblick noch auf einer Rundfahrt?«

Periwig schüttelte den großen bandagierten Schädel. »Ich bin perplex«, sagte er. »Was ist mit uns passiert, Doktor?«

»Sie sind verschwunden«, krächzte Dr. Druid. »Sie sind einfach so verschwunden. Sie haben es auch gesehen, oder nicht?« Dr. Druid schüttelte Pearson Clarke am Kragen. »Sie haben es gesehen. Schwören Sie mir, dass Sie es auch gesehen haben!«

»Ich habe es gesehen, ja. Ja, ich habe es gesehen. Hören Sie endlich auf, mich zu schütteln.«

»Doktor?«, fragte Periwig. *»Doktor?«*

»Verschwunden!« Der Doktor vergrub das Gesicht in den Händen.

»O ja«, sagte Periwig. »Ich verstehe. Sehr amüsant. Sie nehmen uns auf den Arm, Bob. Sie tun so, als könnten sie uns nicht sehen.«

Big Bob sah, wie sich Dr. Druid an die Krankenschwester klammerte. Er stammelte unverständliches Zeugs, und er schien es sehr ernst zu meinen.

»Periwig«, sagte Big Bob, »Ich glaube, sie sehen uns wirklich nicht. Träumen wir das alles nur oder was? Was geht hier vor?«

»Irgendein saudämlicher Witz«, sagte Periwig. »Kannst du gehen, Big Bob?«

»Mein linker großer Zeh tut verdammt weh, aber ich glaube ja. Warum?«

»Dann lass uns von hier verschwinden.«

»GAME GESTARTET«, sagte eine sehr laute Stimme von überall und nirgends zugleich.

Big Bob Charker und Periwig Tombs und die Lady ohne Strohhut hielten sich die Ohren zu. Dr. Druid und Pearson Clarke und die ausgesprochen hübsche Krankenschwester plapperten und starrten ungerührt weiter.

»Wer hat das gesagt?«, fragte Big Bob und sah sich erschrocken um. Während er vorsichtig die Hände von den Ohren nahm.

»DU HAST DREI LEBEN«, sagte die sehr laute Stimme. »FALLS DU DICH ENTSCHLIEßT ZU SPIELEN. FALLS DU DICH ENTSCHLIEßT, NICHT ZU SPIELEN, WIRST DU AUGENBLICKLICH HERUNTERGELADEN.«

»Ich spiele verdammt noch mal überhaupt nichts!«, protestierte Periwig Tombs. »Im Gegenteil, ich ...«

Und dann war er verschwunden.

Einfach weg.

»Periwig?« Big Bobs Augen drohten aus den Höhlen zu quellen, so angestrengt starrte er auf den Fleck, wo sein Freund eben noch gelegen hatte. »Periwig? Wo steckst du? Wo bist du hin?«

»SPIELER EINS WURDE ZUR DATENREAKTION HERUNTERGELADEN. SPIELER ZWEI, MÖCHTEST DU SPIELEN?«

»Bin ich das?« Big Bob zitterte am ganzen Leib.

»NEIN, DU BIST SPIELER DREI. SPIELER ZWEI, DIE DAME MIT DEM UNAUSSPRECHLICHEN NAMEN.«

»Ich?«, sagte die Dame ohne Strohhut. »Ich bin zurzeit ein wenig verwirrt. Warum kann der Doktor uns nicht sehen, und mit wem spreche ich überhaupt?«

»Oh«, sagte Big Bob. »Ich verstehe.«

»Tatsächlich?«, fragte die Lady.

»Tatsächlich«, sagte Big Bob. »Es tut mir Leid, dass ich es Ihnen nicht ersparen kann, aber Sie sind tot, genau wie ich. Das kann nur die Stimme Gottes sein.«

»HAHAHAHAHA«, machte die Stimme von überall und nirgends zugleich.

»Oh, mein Gott, nein!«, sagte die Dame ohne Strohhut. »Und ich habe keinen Hut und alles! Wurde ich vom Blitz getroffen? Es war so ein fröhlicher, wunderbarer Tag.«

Die laute Stimme machte einmal mehr »HAHAHAHAHA«.

»Ich fürchtet, das ist doch nicht die Stimme Gottes«, sagte Big Bob. »Ich fürchte genau genommen, dass es die andere ist.«

»SPIELER NUMMER ZWEI, MÖCHTEST DU NUN SPIELEN ODER NICHT? ICH ZÄHLE BIS ZEHN. ZEHN SEKUNDEN ... NEUN ... ACHT ... SIEBEN ...«

»Sagen Sie mir, was ich tun soll!«, flehte die Dame ohne Strohhut Big Bob an.

»Sagen Sie, dass Sie spielen«, antwortete Bob. »Sagen Sie es schnell.«

»Ich will ...«

»NULL«, sagte die laute, grauenhafte Stimme. Denn grauenhaft war sie in der Tat, und es gab kein Entrinnen vor ihr.

»Nein!«, kreischte Big Bob. »Bitte hab Erbarmen!«

Doch die Dame ohne Strohhut verschwand. Einfach so.

Sie war weg.

»SPIELER NUMMER DREI ...«

»Ich spiele, ich spiele!«, kreischte Big Bob. »Doktor, bitte helfen Sie mir! Doktor, können Sie mich hören?«

Doch Dr. Druid verließ soeben das Krankenzimmer. Die glamouröse Krankenschwester hatte den Arm um ihn gelegt. Pearson Clarke folgte den beiden. Er bemühte sich nach Kräften, tapfer dreinzublicken, doch es gelang ihm nicht sonderlich gut.

»Kommen Sie zurück!« Big Bob mühte sich aus dem Bett und hüpfte auf dem rechten Bein durch das Zimmer.

»SPIELER DREI.«

»Ja, ich höre. Ich höre. Was soll ich tun?«

»DAS SPIEL HEIßT GO MANGO«, sagte die laute, grauenvolle Stimme. »ES GIBT DREI LEVELS BASIEREND AUF DREI MENSCHHEITSALTERN. STEIG DURCH DIE LEVELS AUF UND FINDE DEN SCHATZ. WENN ES DIR GELINGT, DEN SCHATZ ZU FINDEN, HAST DU DAS SPIEL GEWONNEN.«

»Schatz?«, fragte Big Bob, während er sich fieberhaft zu erinnern versuchte, ob er den Sprecher kannte und wessen Bruder ein Pirat war. »Ein vergrabener Schatz?«

»DU HAST DREI LEBEN. DU ERHÄLTST NEUE ENERGIE AUS DEN GOLDENEN STEINEN. UM WAFFEN ZU ERHALTEN, MUSST DU KODES ERRATEN.«

»*Waffen?*« Big Bob hüpfte durch das Krankenzimmer. »Bitte, ich verstehe das alles nicht, wirklich nicht. Bin ich tot? Bin ich im Fegefeuer? Was soll das Gerede von Waffen?«

»SPIEL GESTARTET«, sagte die grauenvolle Stimme einmal mehr.

»NEIN, WARTE! DAS IST NICHT FAIR! ER KANN NICHT RENNEN, MIT NUR EINEM GESUNDEN FUß!«

»ER KANN HÜPFEN.«

»HÜPFEN IST NICHT FAIR. GIB IHM BEIDE FÜßE, DAMIT ER RICHTIG LAUFEN KANN.«

»Bist *du* Gott?«, fragte Big Bob.

»ALSO SCHÖN«, sagte die grauenhafte erste Stimme. »BEIDE FÜßE, MEINETWEGEN. ER SCHAFFT ES SOWIESO NICHT ÜBER DAS ERSTE LEVEL HINAUS.«

»Level?«, machte Big Bob, und dann machte er: »Aaaagh!«

Weil sein linker großer Zeh sich plötzlich wie ein elastisches Würstchen ausstreckte und dann mit einem grässlichen surrenden Geräusch zurücksprang. »Autsch!« und »Oh!« und »Ah!« machte Big Bob. »Ah, mein Zeh ... ist besser!«

»ZUFRIEDEN?«, fragte die erste Stimme.

»Eigentlich nicht, nein«, sagte Big Bob.

»NICHT *DU*!«, sagte die erste Stimme.

»ZUFRIEDEN«, sagte die zweite Stimme. »ALSO SCHÖN, FANGEN WIR AN. DIESMAL WERDE ICH DIR IN DEN HINTERN TRETEN.«

»WUNSCHDENKEN«, SAGTE DIE ERSTE STIMME. »UND LOS GEHT'S. GO MANGO.«

Big Bob fühlte nun ein schauerndes, juckendes Gefühl in sich aufsteigen, das ihn völlig einhüllte. Er starrte an sich herab und war mehr als wenig überrascht zu entdecken, dass er nicht länger in dem peinlichen, auf dem Rücken zu verschließenden Pyjama steckte, wo Ärzte in Krankenhäusern darauf bestehen ihn zu tragen, damit man sich noch dümmer und verletzlicher fühlt, als man sich ohnehin schon fühlt. Sozusagen.

Stattdessen steckte Big Bob nun in einem eng sitzenden einteiligen Synthavinylpolicraspandexathen-Superhelden-Anzug mit einer großen Drei auf der Brust. Er sah richtig prachtvoll aus darin, mit der breiten Brust und den Schultern und alles. An seinen

Füßen waren goldene Stiefel, und sie sahen auch richtig prachtvoll aus.

Sehr Arnold Schwarzenegger. Sehr *Running Man* vielleicht?

»Sehr prachtvoll in der Tat«, sagte Big Bob. »Vielleicht ein wenig unbescheiden in der Unterleibsregion, aber wie soll ...«

»LAUF, DU LUTSCHER!«, sagte die zweite Stimme. Und Big Bob war plötzlich nach Laufen zumute. Er fühlte sich sehr fit. Sehr, sehr fit.

»Wenn ich den Schatz gefunden habe, hab ich gewonnen?«, fragte er.

Doch die Stimmen sagten nichts mehr.

»Also schön.« Big Bob machte einen Schritt. Und sagte: »Oh«, als er selbiges tat. Er fühlte sich ganz leicht auf den Beinen, und ein einzelner Schritt trug ihn mit nicht unbeträchtlicher Geschwindigkeit nach vorn. Er schien von extraordinärer Fitness und Agilität besessen. Er war nie ein Schlappschwanz gewesen. Er hatte sich immer in Form gehalten. Aber jetzt. Aber jetzt.

Aber jetzt.

»O ja!«, sagte Big Bob. »O ja, o ja!« Und machte einen weiteren Schritt und noch einen. Und jagte los, durch das Krankenzimmer und direkt durch die Wand nach draußen.

Bob zögerte auf federnden Schritten. Er hatte es gerade getan, oder nicht? Er war geradewegs durch die Wand gelaufen? Warum hatte er das getan? Warum hatte er nicht die Tür benutzt?

Big Bob drehte sich nach der Wand um. Doch die Wand war nicht länger da. Er stand nun mitten in Butt's Estate. Brentfords Nobelgegend. Zu beiden Seiten erhoben sich elegante georgianische Häuser, die vor langer, langer Zeit von den reichen Bürgern Brentfords errichtet worden waren. Hinter ihm die Seemannsmission und vor ihm die breite, von Bäumen gesäumte Straße, die entweder nach Butt's hinein- oder aus Butt's hinausführte, je nachdem, in welcher Richtung man unterwegs war.

Big Bob blickte sich um und um. Es war das Butt's, und er war hier. Nun ja, irgendwie war er hier, aber irgendwie war es nicht das Butt's.

Big Bob blickte sich um und um und noch ein wenig mehr. Es war nicht ganz richtig – nicht, dass irgendetwas richtig gewesen wäre. Aber *das hier* war ganz bestimmt nicht richtig. Es *sah* aus wie das Butt's Estate. Das Butt's Estate, das er sein ganzes Leben lang gekannt hatte. Möglicherweise die längste Zeit seines Lebens, wenn er, wie er fürchtete, inzwischen tot war. Aber das da war *nicht ganz* das Butt's Estate.

Der abendliche Himmel über ihm war eigenartig violett, und all das, worauf er herabsah, wirkte leicht verzerrt. Das Butt's Estate war nicht real. Es war mehr wie eine Kopie. Wie ein Modell. Die Farben waren zu hell. Die mürben Ziegel der eleganten Wohnhäuser waren unnatürlich; es fehlte ihnen an klaren Konturen. Alles wirkte irgendwie zweidimensional.

Es *war* eine Kopie. Es *war* ein Modell.

»Modell?«, sagte Bob zu niemandem außer sich selbst, und dann machte irgendetwas in seinem Kopf *Klick*. »Modell«, sagte er erneut. »*Computer*modell. Das hier ist wie eines von jenen holografischen Computermodellen von Städten, die Architekten auf ihren Mute Corp Holocast-Computern erschaffen.« Und dann machte Big Bobs Gehirn noch einmal *Klick*, noch etwas gründlicher. Und dann dämmerte das Licht einer Offenbarung, wie es früher oder später wahrscheinlich jedem dämmert.

Manchen hätte es wahrscheinlich früher gedämmert.

»Game gestartet?«, flüsterte Big Bob. »Drei Leben? Goldene Steine? Waffen? Finde den Schatz? Es ist ein Computerspiel! Ich bin in einem Computerspiel!«

Und Big Bob begann zu lachen. Er lachte und lachte und lachte und lachte. Es war alles so offensichtlich, oder nicht? Aber er hatte es nicht erkannt. Er hatte es nicht von Anfang an durchschaut. Was für ein Dummkopf. Was für ein Blödmann. Was für ein ausgemachter Trottel er doch war.

Big Bob stieß einen Seufzer aus. Es war ein Seufzer der Erleichterung.

»Ich schlafe«, sagte er. »Ich schlafe. Ich hab mal einen Film gesehen, als ich noch ein Junge war. *Tron*, das war sein Name. Ein Junge findet sich in einem Computerspiel wieder. Du bist ein einfältiger Pinsel, Big Bob«, sagte Big Bob zu sich selbst. »Aber du hast eindeutig eine mordsmäßige Fantasie.«

»Okey-dokey«, sagte Big Bob und strahlte über das ganze große Gesicht. »Genug von alledem. Zeit zum Aufwachen, würde ich sagen.«

Sie würden das Gleiche denken, nicht wahr? Sie würden auch versuchen aufzuwachen. Und wenn es ein Traum war, und wenn Sie herausgefunden hätten, dass es ein Traum gewesen ist, würden Sie wahrscheinlich aus diesem Traum aufwachen. Oder wenn Sie, wie diese glücklichen Mistkerle, die geschickt in der Kunst des Tagträumens sind, wüssten, dass Sie in einem Traum sind, würden Sie einfach weiterschlafen und sich erst recht hineinversenken. Weil man, wenn man weiß, dass man in einem Traum ist, alles tun kann, was man will. Alles. Und wie Männer, die geschickt im Tagträumen sind, niemals müde werden zu erzählen, kann man wirklich fantastischen Sex mit den wunderbarsten Frauen haben. Mit berühmten Frauen. Aber leider, selbst wenn Big Bob es gewollt hätte, was er nicht wollte, weil er seiner Frau treu war, hätte Big Bob keinen Sex mit berühmten Frauen gehabt.

Weil Big Bob nicht schlief.

Und demzufolge nicht träumte.

Aber da Big Bob das zu diesem Zeitpunkt noch nicht wusste, versuchte Big Bob aufzuwachen.

Big Bob streckte die Arme aus und gähnte und streckte sich und öffnete die Augen und gab ermutigende Geräusche von sich, und schließlich begann er sich zu fragen, woran es denn lag, dass er nicht aufwachte, und schließlich wurde er sehr verwirrt.

Und sehr verängstigt obendrein.

»Ich wache nicht auf«, sagte Big Bob. »Das gefällt mir überhaupt nicht.«

»DANN GEH JETZT WEITER«, sagte die laute Stimme unvermittelt. »LASS DAS FELD HINTER DIR. SETZ DICH IN BEWEGUNG. AUF ZU LEVEL EINS.«

Big Bob zog den Kopf ein. Und blickte furchterfüllt in den violetten Himmel hinauf. »Ich träume das alles doch nur, oder?«, sagte er. »Sag mir, dass ich dies alles nur träume.«

»LOS, SETZ DICH ENDLICH IN BEWEGUNG. RUNTER VOM FELD.«

Big Bob sah nach unten. Obwohl er auf dem kleinen Stückchen Rasen vor der Seemannsmission stand, ruhten seine Füße nicht auf dem Gras. Seine Füße steckten in ziemlich schicken goldenen Stiefeln, und sie standen auf einem goldenen Feld. Es sah ziemlich nach Plastik aus, ziemlich unecht und nicht besonders hübsch. Fast hätte Big Bob einen unwillkürlichen Schritt nach vorn gemacht.

»Äh, hallo«, sagte Big Bob. »Hallo da oben, Gott oder wer auch immer du bist. Diese Sache gefällt mir nicht. Ich will nicht weiterspielen. Ich würde jetzt gerne aufwachen, wenn es geht.«

»Du musst jetzt spielen. Du bist bereits im Spiel«, sagte die laute, grauenvolle Stimme. Die erste, nicht die zweite. Die zweite sagte: »Los doch, tu es! *Go Mango*!«

Big Bob zauderte und schwankte und zögerte und sagte dann: »Ich gehe jetzt nach Hause und lege mich in mein Bett. Ich wache bestimmt auf, wenn ich erst wieder zu Hause bin.«

Und Big Bob trat einen einzelnen Schritt vor.

Und betrat eine Welt voller Schmerz.

10

Eine große mächtige Hand schwang von oben herab und erwischte Big Bob seitlich am Schädel.

»Waaah – Bastard!« Big Bob fluchte nur selten, doch diese Hand hatte ihn schwer getroffen.

»Was hast du gesagt, Charker?«

Big Bob funkelte zum Himmel hinauf, doch der Himmel war nicht mehr dort. Wo der Himmel gewesen war, war nun Decke, und eine Decke, die Big Bob kannte.

»Ich sagte ... oh.« Big Bob hustete, und an seiner Stimme war jetzt etwas Merkwürdiges. Und ... Er blinzelte und starrte und gaffte. Von der Decke zu den Wänden zum Fenster zur Tafel und zum Lehrer Mr. Vaux.

Mr. Vaux. Big Bobs Grundschullehrer. Mr. Vaux, der in dem Krieg, an dem sich kaum noch jemand erinnerte, ein Kampfflugzeug geflogen hatte. Mr. Vaux, der ein Kriegsgefangener gewesen war. Mr. Vaux, der keine Geduld mit fluchenden zehnjährigen Bengeln hatte.

»Hast du etwa geschlafen, Charker?«, fragte Mr. Vaux. »Taggeträumt? Hast du etwa aus dem Fenster gestarrt und an zu Hause gedacht und an POGs in deinem kleinen Hinterhof?«

»Ich? Was? Wie?«, machte Big Bob.

»Und wie hast du mich genannt?«

»Ich?«, machte Big Bob. »Ich?« Er blickte und blinzelte und blickte noch einmal hin. Sein Klassenzimmer in der Grange Primary School. Und all seine Klassenkameraden waren da. Trevor Alvy, der ihn ständig schikanierte. David Rodway, sein bester Freund. Periwig Tombs mit seinem Mekon-Schädel. Phyllis Livingstone, das dunkelhaarige Mädchen aus Glasgow, die allererste Liebe seines Lebens. Und dort drüben in der Ecke, wo sie immer gesessen hatte, bis ihr Platz leer geblieben war, Ann Green, das kleine Mädchen mit den blonden Haaren, das in jenem letzten Sommer an der Grundschule gestorben war, als die Schiffsschaukel im Memorialpark es am Hals getroffen hatte.

»Ich?«, ächzte Big Bob. Irgendwas stimmte nicht mit seiner Stimme. Er hob die Hände an den Hals, und dann sah er seine Hände. Es waren die Hände eines Kindes. Seine Hände, als er ein Kind gewesen war. In jenen Tagen, als seine Hände kleine knochige Hände gewesen waren. Knochig und schmutzig und fleckig von Tinte.

Hässliche kleine Hände, wie seine Mutter stets gesagt hatte. »Hässliche, böse kleine Hände.«

»Was?«, machte Big Bob der Kleine mit seiner quiekenden Zehnjährigenstimme.

»Oh, wir haben geschlafen, nicht wahr?«, sagte Mr. Vaux und versetzte dem kleinen Big Bob einen weiteren Hieb auf den Schädel.

»Nimm deine Hände von mir, du ...«

»Du?«, machte Mr. Vaux und lachte auf. »Sind wir jetzt wieder so weit? Ich dachte, wir hätten dich davon kuriert. Einhundert Zeilen, habe ich Recht?«

»Das ist Wahnsinn!« Big, nein, Small Bob erhob sich, um zu gehen.

»Setz dich, Knabe!«, kreischte Mr. Vaux. Und Small Bob starrte ihn ehrfurchtsvoll an. Die Klasse lachte nun. Die Jungen und Mädchen schubsten sich gegenseitig und tuschelten hinter vorgehaltenen Händen und kicherten.

»Charker ist ein armer Irrer!«, sang Trevor Alvy. »Charker ist ein armer Irrer, armer Irrer, armer Irrer.«

»Halt den Mund, Alvy!«, brüllte Mr. Vaux.

Und Trevor Alvy schloss gehorsam den Mund.

»Und du gehst mit mir zum Direktor, Söhnchen«, sagte Mr. Vaux und packte Small Bob am Ohr.

»Nein!«, heulte Small Bob auf. »Lassen Sie mich los! Sie verstehen das nicht! Es ist etwas passiert! Ich sollte nicht hier sein. Ich bin ein erwachsener Mann, kein Kind. Ich bin kein Kind mehr!«

»Charker ist ein armer Irrer!«, flüsterte Trevor Alvy.

»Die Klasse wird sich ruhig verhalten«, befahl Mr. Vaux. »Ich werde Charker zum Büro des Direktors bringen, wo man ihm den Hosenboden strammziehen wird.«

»Sie werden nichts dergleichen, Sie stinkender Mistkerl!« Small Bob wand sich und zappelte, doch es gelang ihm nicht, sich zu befreien. Er hatte nicht die nötige Kraft dazu. Und dann schossen ihm die Tränen in die Augen, Tränen der Wut und der Frustration. Er funkelte Mr. Vaux bitter an. Der Schulmeister funkelte böse zurück.

Big Bob war ein hilfloses Kind, am Ohr gepackt von einem Schulmeister und nun aus dem Klassenzimmer gezerrt.

»Sie verstehen das nicht!«, fuhr er fort, als Mr. Vaux ihn über den Korridor schleppte. »Irgendetwas ist passiert. Der Rundfahrtbus hatte einen Unfall, und ich bin im Hospital zu mir gekommen. Aber die

Ärzte konnten mich nicht sehen, und dann war da diese grauenvolle Stimme, die gesagt hat, ich wäre in einem Spiel und ...«

Knuff, machte die Hand des Schulmeisters. Die Hand, die kein Ohr gepackt hielt. Knuff über Small Bobs anderes Ohr, das nicht von einer Hand gepackt wurde.

»Du bist ein Träumer, Knabe«, sagte Mr. Vaux. »Ein Träumer und ein Nichtsnutz. Du taugst zu überhaupt nichts. Du hast nie etwas getaugt und wirst nie etwas taugen. Du bist eine reine Verschwendung von Raum.«

»Nein, ich ... nein, hören Sie auf, mich zu schlagen!«

Mr. Vaux trommelte mit einer Faust gegen die Scheibe des Büros des Schuldirektors. Laute von hastigen Bewegungen drangen aus dem Büro.

»Einen Augenblick bitte«, rief der Schuldirektor. »Ich bin gerade beschäftigt. Nur einen Augenblick bitte.«

Erinnerungen kehrten in Big Bobs Gedächtnis zurück. Beunruhigende Erinnerungen. Erinnerungen an den Schuldirektor. Und an das, was der Schuldirektor getan hatte.

Jahre, nachdem Big Bob die Schule verlassen hatte. Big Bob war Anfang zwanzig gewesen. Der Skandal hatte in der lokalen Tageszeitung gestanden. Über den Schuldirektor und wie er sich jahrelang an kleinen Jungen »zu schaffen« gemacht hatte.

»Lassen Sie mich augenblicklich los, Sie Schuft!«, verlangte Small Bob. »Ich werde die Höhle dieses Pädophilen nicht betreten!«

Stille. Grauenhafte Stille. Der gesamte Korridor

schien voller Stille zu sein. Bedrückender Stille, die sich von allen Seiten um Small Bob schloss.

Bob starrte zu Mr. Vaux hoch. Das Gesicht des Schulmeisters war kirschrot, und die Adern an seinem Hals traten dick hervor.

»Du kleines unflätiges Miststück«, schrie Mr. Vaux und zerschmetterte die Stille in unzählige Splitter. »Du widerlicher kleiner ...«

Die Tür zum Büro des Direktors schwang auf. Ein blassgesichtiger Knabe schob sich vorbei, Tränen in den verängstigten Augen. Er humpelte über den Korridor und verschwand auf der Knabentoilette. Mr. Vaux zerrte Small Bob in das Büro.

Böse Buben hatten während der Pause am Pult zu stehen.

Das Pult stand im Hauptkorridor. Es stand zwischen der Vitrine, in welcher die Medaillen ausgestellt waren, die von Knaben athletischerweise in manchem landesweiten Wettbewerb gewonnen worden waren, und dem Barometer, messingglänzend und mysteriös in seinem Mahagonigehäuse. Wozu waren Barometer überhaupt da? Wie funktionierten sie eigentlich?

Big Bob hatte es nie gewusst. Er hatte es nicht gewusst, als er noch Small Bob gewesen war. Und er war wieder Small Bob.

Small Bob stand am Pult. Auf seinem Gesicht glitzerten Tränen. Tränen der Wut und Frustration und des Schmerzes. Des Schmerzes von der furchtbaren Tracht Prügel, die der Schuldirektor ihm verpasst hatte.

Mr. Vaux hatte Bob festhalten müssen, während

der Rektor seine Folter erbarmungslos fortsetzte. Der Schmerz war fast unerträglich gewesen. Es tat immer noch mehr weh als alles, was Bob je gekannt hatte.

Und jetzt war er hier. Er war hier. Wirklich hier. Zurück in der Grundschule. Und es war kein Traum. Schmerzen wie diese in einem Traum, ohne dass man aufwachte – so etwas gab es nicht. Also war er hier, und er war er. Er selbst. Bob Charker. Aber nicht Big Bob Charker, sondern der zehnjährige, kleine Bob.

»Ich habe mich geirrt«, sagte Bob zu sich selbst. »Ich habe mich total geirrt. Ich war im falschen Film. Das hier ist überhaupt nicht wie *Tron.* Das hier ist nicht mal ein Film. Das hier ist wie die alte Fernsehserie, wie *Quantum Leap, Zeitsprung.* Ich bin in die Vergangenheit zurückversetzt worden. Aber ich bin nicht jemand anderes, ich bin ich selbst. Ich bin ich. Ich bin real. Ich kann mich selbst spüren.«

Jedenfalls spürte er sein schmerzendes Hinterteil.

»Ich muss nachdenken«, sagte Small Bob zu sich selbst. »Es muss eine Möglichkeit geben, in die Zukunft zurückzukehren. Irgendein Wurmloch, eine Tür, irgendwas. Ich muss nur herausfinden wo. Und dann bin ich frei von diesem Horror.«

Trevor Alvy marschierte an ihm vorbei. Small Bob senkte den Blick. Es war nie klug gewesen, Trevor Alvy direkt in die Augen zu sehen. Trevor Alvy blieb stehen, sah den Korridor hinauf und hinunter und kehrte zu Bob zurück. Er grinste Bob an, der zurückzugrinsen versuchte, doch es gelang ihm nicht.

Und dann trat Alvy ihm gegen den Knöchel und rannte böse lachend davon.

»Du Bastard, du Bastard, du Bastard!« Bob tanzte auf und ab. »Dafür kriege ich dich. Dafür wirst du büßen! O ja, das wirst du.«

Der Korridor war leer, und Bob überlegte, ob er nicht einfach davonlaufen sollte. Warum nicht? Einfach gehen, nach Hause. Nach Hause? Zu seiner Mum?

Einmal mehr füllten sich Small Bobs Augen mit Tränen. Seine Mum. Sie war gestorben, als er fünfzehn gewesen war. Wenn er wieder ein Kind war, konnte er seine Mutter wiedersehen. Und seinen Dad auch, obwohl sein Dad ihn immer ganz schön vermöbelt hatte. Aber er sehnte sich nach seiner Mum. Wirklich ...

»Wirklich«, sagte Bob zu sich, »ich sollte gehen und meine Mum besuchen, auf der Stelle. Für den Fall, dass ich einen Zeitsprung mache, bevor ich damit rechne. Es wäre wundervoll, Mum wiederzusehen. Selbst wenn es nur für einen Augenblick wäre oder zwei. Ich könnte ihr sagen ...«

Small Bob zögerte, und seine Kehle war mit einem Mal wie zugeschnürt. »Ich könnte ihr sagen, wie sehr ich sie liebe. Das habe ich nie getan, als ich ein Kind war. Ich bin sicher, das habe ich nie getan.«

Selbstverständlich wirkte das Haus größer. Jenes kleine Haus in Dacre Gardens. Jenes kleine Haus mit den gepflegten Blumenkästen und dem schlafenden fetten Kater auf dem Fenstersims.

»Old Boy Rathbone«, sagte Small Bob und raufte der Katze den Kopf. »Du alter Stromer, schön dich zu sehen.«

Über ihm flog das Schlafzimmerfenster seiner

Eltern auf, und ein verkniffenes, besorgtes Gesicht blickte zu ihm herab. Bob grinste nach oben. »Mum!«, sagte er. »Mum, sieh nur, ich bin es!«

Das verkniffene Gesicht blickte unverwandt böse. »Was hast du hier zu suchen, du kleiner Mistkerl?«, rief seine Mutter nach unten.

»Wer ist das?«, fragte eine Männerstimme hinter ihr.

Bobs Mutter wandte sich nach hinten. »Halt die Klappe«, murmelte sie drängend. »Er kann dich hören.«

»Wer ist das, Mum?«, rief Bob nach oben.

»Halt den Mund. Niemand. Was machst du jetzt um diese Zeit hier? Du hast die Schule geschwänzt, stimmt's?«

»Mum, ich wollte dir nur sagen, ich hab dich ...«

»Warte nur, bis dein Vater davon erfährt. Er wird dir den Hosenboden strammziehen, mit seinem Ledergürtel.«

»Komm wieder zurück ins Bett, Doris«, sagte die fremde Stimme von drinnen.

»Mum, wer ist das?«

»Niemand. Niemand, und wenn du zu irgendjemandem ein Wort sagst, dann stecke ich dich die ganze Nacht zu den Spinnen im Kohlenkeller.«

»Mum, ich ...«

»Geh sofort wieder zurück in die Schule.«

Das Schlafzimmerfenster wurde zugeworfen, und Small Bob stand alleine da.

»Mum«, flüsterte er und schniefte. »Mum, ich habe dich so lieb gehabt. Ich habe dich wirklich lieb gehabt.« Und Small Bob streichelte den Kopf des Katers einmal mehr, wandte sich traurig ab und ging davon.

Er wanderte zum Fliegenden Schwan. Doch dann fiel ihm ein, dass er ja nur ein kleiner Junge war, und er wanderte weiter. Er wanderte in das Plume Café und bestellte eine Tasse Kaffee. Der Besitzer, der alte Mr. Lovegrove, verlangte zuerst Bargeld zu sehen. Small Bob fand heraus, dass seine Taschen, sosehr sie auch mit allerlei nützlichen Dingen wie Lollys, Kordelstücken, Kronkorken und Fünf-Ampere-Sicherungen gefüllt waren, leer waren wie der Schrank von L. Rons Mutter, was das Geld für einen Kaffee anging.

Mr. Lovegrove zerrte ihn am Ohr aus dem Geschäft und stieß ihn auf die Straße.

Vorsichtig nahm Small Bob auf einer Bank im Memorialpark Platz. Was hätte er für ein Pint und eine Zigarette gegeben. In seinem Kopf drehte sich alles, seine Ohren waren rot, und sein Hinterteil schmerzte ganz furchtbar.

»Weh mir!«, jammerte er leise vor sich hin. »Weh mir, hilflos in einer Welt voll grausamer, gefühlloser Erwachsener. Ich wusste gar nicht, dass Kindsein so schrecklich ist. Ich bin sicher, ich erinnere mich nur an Sonnenschein und Fahrten zum Meer. Nun ja, wenigstens die Sonne scheint – immerhin etwas. Aber war die Kindheit wirklich so schlimm? Unmöglich. Oder wenn doch, dann kam es uns vielleicht normal vor. Wir haben das Beste daraus gemacht und erinnern uns nur noch an die schönen Dinge, wenn wir erwachsen sind.

Was für ein grausamer Zufall. Aber nein, langsam, Small Bob, immer langsam. Das muss keine Folter sein. Bestimmt nicht. Wahrscheinlich träumt jeder irgendwann so etwas. Wieder jung zu sein und all die Dinge zu wissen, die zu wissen man sich als Junge wünscht. Allen anderen einen Schritt voraus zu sein.

Zwei Schritte. Zehn Schritte. Und man kann reich werden. An der Börse spekulieren. Man weiß, welche Aktien man kaufen muss. Man kann eine Erfindung machen, die dort, wo man erwachsen ist, etwas Alltägliches ist, aber noch nicht existierte, als man ein Kind war.

Small Bob grinste und wurde ruhiger. Was wusste er, das in dieser Zeit niemand wissen konnte? Es musste etwas geben, etwas, wovon er profitieren konnte. Etwas, das ihn in dieser Welt zu Jemandem machen konnte.

Langsam verblasste das Grinsen wieder. Er wusste überhaupt nichts. Er wusste nicht das Geringste über Aktienmärkte und Börsen. Und wie sollte er hingehen und ein Stück fortgeschrittener Technologie erfinden, das in seiner alten Welt alltäglich war? Er hatte nicht die geringste Ahnung.

»Sososo. Wen haben wir denn da?«

Small Bob sah auf, und Trevor Alvy sah herab.

»Du hast die Schule geschwänzt«, sagte Trevor. »Du steckst in richtig großen Schwierigkeiten.«

»Geh weg, du dummer Junge«, sagte Bob. »Du bist ein kleiner tyrannischer Hanswurst. Wenn du zwölf bist, wird man dich in eine Erziehungsanstalt stecken, und mit siebzehn kommst du wegen Autodiebstahl ins Gefängnis. Möchtest du wirklich so eine Zukunft? Hör auf, ich hege keinen Groll gegen dich. Ich verstehe sehr wohl, warum du dich so verhältst, wie du dich verhältst. Wut und Frustration. Ich verstehe das. Lass uns über diese Dinge reden. Und ... Aua!«

Trevor Alvy hatte ihn im Schwitzkasten. Er brachte Bob zu Fall, rieb sein Gesicht durch den Dreck und quetschte seinen Hals. Bob schrie und wand sich vergebens. Dann fiel es Bob wieder ein. Es waren Alvys Foltern gewesen, die ihn dazu gebracht hatten, als Teenager zu trainieren. Ins Studio zu gehen, Gewichte zu heben und Selbstverteidigung zu lernen. Schikaniere keinen Mann und lass niemals zu, dass einer dich schikaniert.

Trevor Alvy stieß ihm den Finger ins Auge. »Nimm das, du Verrückter!«, kreischte er, sprang auf, trat Bob in die Rippen und rannte davon.

Small Bob lag weinend da. Das war es. Das war genug. Das war alles, was er auszuhalten bereit war. Er würde von hier verschwinden. Weglaufen, zum Meer. Als Decksjunge auf einem Schiff anheuern, egal, alles, nur weg von hier.

Kinder strömten jetzt in den Park. Lachende, fröhliche Kinder. Kinder, die das Beste aus ihrer Kindheit machten. Kinder, die nichts wussten, außer dass sie Kinder waren und dass die Dinge so waren, wie sie waren.

Sozusagen.

Bob kauerte sich zu einer ganz kleinen Kugel zusammen, die Fäuste in die Augen gedrückt.

»Bob«, sagte eine piepsende leise Stimme. »Bob, fehlt dir was?«

Bob spähte zwischen den Fingern hindurch nach oben. Es war Phyllis Livingstone. Das kleine dunkelhaarige Mädchen aus Glasgow lächelte auf ihn herab. Einer ihrer Vorderzähne war ausgefallen, und ihre Mundwinkel waren gelb von Orangensaft. Selbst vom Boden, wo Bob lag, konnte er sie riechen. Phyllis Livingstone roch nach Pipi. Sie roch überhaupt nicht gut.

Als Bob nun zu ihr aufblickte, konnte er im Gegenteil sogar sehen, dass sie auch nicht gut aussah, überhaupt nicht gut. Schlaksig, das war das Wort. Unproportioniert. Kinder sind keine Miniatur-Erwachsenen; ihre Köpfe sind dazu viel zu groß. Wenn ein Erwachsener einen Kopf wie diesen in Proportion zu seinem Körper hätte, er wäre ganz klar eine Missgeburt.

Bob dachte an Periwig Tombs. Vielleicht wuchs sein Kopf einfach zusammen mit seinem Körper weiter.

»Fehlt dir was, Bob?«, fragte Phyllis Livingstone erneut.

»Du riechst nach Pipi«, sagte Small Bob. »Und dein Kopf ist zu groß, und ich bin diese Welt leid und ich will in meine eigene zurück und ich... aua! Autsch!«

Phyllis Livingstone trat ihn. Und sie trat sehr entschieden zu.

Und dann wandte sie sich mit Tränen in den dunklen Augen ab und rannte davon.

Small Bob weinte noch ein wenig weiter, bevor er sich auf die Beine mühte. Er hatte die Nase wirklich voll. Alles tat ihm weh. Er war wütend, und er war frustriert. Er wollte nach Hause. Nein, er wollte nicht nach Hause! Er wollte einfach nur weg. Weg von hier und zurück zu seinem wirklichen Ich.

Er schlurfte zum Spielplatz und drückte das Gesicht an den Maschendrahtzaun. Die Kinder lachten und spielten auf den Schaukeln und dem Klettergerüst. Ein dicker Junge namens Neville saß in einem der Schaukelboote. Ann Green, das kleine blonde Mädchen, schob die Schaukel an, fing sie wieder ein, schob sie wieder an. Fing sie, schob sie an. Fing sie, schob sie an.

Small Bob beobachtete sie. Er fühlte sich mutlos, lustlos, wütend, elend.

Hinauf sauste die Schaukel, dann wieder herab und herunter.

»Irgendetwas muss es geben«, sagte Small Bob bitter vor sich hin. »Irgendetwas, das mich hier herauslässt. Wie haben sie das in dieser verdammten Fernsehserie *Quantum Leap* gemacht? Der Held musste irgendetwas verändern. Irgendjemanden retten. Irgendetwas richten. So hat es funktioniert. Danach war er wieder frei. Nun ja, frei genug jedenfalls, um woanders hinzuspringen, in eine andere Zeit, in die nächste Folge. Aber so hat es jedenfalls funktioniert.«

Small Bob beobachtete Ann Green an der Schiffsschaukel.

Vorwärts, hinauf und wieder herunter.

»Sieh sie dir an«, sagte Small Bob zu sich. »So ein albernes kleines Mädchen. Sie schiebt die Schaukel an, unermüdlich. Sie weiß nichts. Alvy landet im Gefängnis, und sie stirbt am Ende durch diese Schaukel. Und sie hat nicht die geringste Ahnung ...«

»Oh.« Small Bobs Unterkiefer sank herab. *Quantum Leap.* Jemanden retten. So funktionierte es! Ann Green würde sterben, am Hals getroffen von dieser Schaukel. Und nur er allein, Big Bob, nein, Small Bob, wusste, was geschehen würde.

»Du hirntoter Vollidiot!«, schalt sich Small Bob. »Das ist die Antwort!«

Hinauf sauste die Schaukel, vorwärts und hinauf, und hinab und zurück. Hinauf und hinunter, vor und zurück.

»Ann!«, rief Small Bob. »Ann, geh weg von der Schiffsschaukel!«

»Was?« Das kleine Mädchen fing das blanke Metall auf, als die Schaukel erneut herabkam. Fing die Metallstange und schob sie vorwärts.

»Ann, geh da weg! Bitte, Ann, geh da weg. Schnell!«

»Wer ruft meinen Namen?« Das kleine Mädchen drehte den Kopf. »Wer ruft nach mir?«

Small Bob sah die Schaukel heruntersausen.

»Ann!«, brüllte er. »Duck dich! Duck dich!«

Anns Mund stand offen. Feucht, mit Orangensaftflecken in den Mundwinkeln. Ihre Augen leuchteten blau. Ihr Haar ein blonder Schopf.

»Nein!«, kreischte Bob.

Die Schaukel sauste herab und traf das kleine Mädchen am Hals. Sie warf es nach hinten, und es stolperte, doch es fiel nicht hin.

Bob sah Anns Gesicht. Die Augen. Den Mund. Das goldene Haar. Er sah den Ausdruck auf Anns Gesicht. Die Verwirrung.

Hinauf ging die Schaukel, hinauf und vorwärts, dann hinunter und zurück.

Und während Small Bob hinsah, traf sie Ann an der Stirn.

Blut spritzte, die blauen Augen starr.

Ann Green kippte zur Seite und war tot.

11

Knister und *Rumms* machten die Elektroden.

Big Bobs Körper verkrampfte sich und zuckte.

»Herzschlag?«, fragte der Sanitäter.

Eine Pause entstand.

»Nein. Geben Sie ihm noch einen Stoß.«

Knister und *Rumms* machten die Elektroden erneut.

Big Bobs Körper verkrampfte sich und zuckte erneut.

»Herzschlag?«, fragte der Sanitäter erneut.

»Nein.«

»Einmal noch, dann hören wir auf.«

Knister und *Rumms* machten die Elektroden.

»Ist er tot?«

»Nein. Sein Herz schlägt wieder. Er lebt.«

»Nun, eben hat er nicht mehr gelebt.«

»Aber jetzt lebt er wieder. Legen wir ihn auf eine Bahre.«

Big Bob murmelte und brummte und stöhnte.

»Was sagt er? Er sagt irgendetwas.«

»Er sagt: ›Nein, Ann, nein, o nein!‹«

»Wer ist Ann? Seine Frau?«

»Woher soll ich das wissen? Schaffen wir ihn auf die Bahre.«

Der Sanitäter und die Saniwagenfahrerin mühten sich ab, um Big Bob auf die Bahre zu heben. Er war ein großer Bursche und schwer obendrein, und er verlangte den beiden einiges ab.

»Ooooh«, murmelte Big Bob. »Ann, es tut mir so Leid. Ich wollte dich nicht töten.«

»Bei Gottes Golfbällen!«, sagte der Sani und mühte sich noch ein wenig mehr ab, bis es ihm gelang, Bobs Bein auf die Bahre zu heben. »Er hat jemanden umgebracht!«

»Das geht uns nichts an«, sagte die Saniwagenfahrerin. »Wir sind nur dafür zuständig, ihn ins Hospital zu schaffen. Seine Nase ist gebrochen, er hat überall Schürfwunden, und sieh dir seinen linken Fuß an. Der große Zeh ist gebrochen, jede Wette. Besser, wenn wir es den Ärzten gegenüber erwähnen, sonst übersehen sie es.«

Der Sani wuchtete Bobs anderes Bein auf die Bahre. »Ja. Aber wenn er jemanden ermordet hat.«

»Nicht unsere Angelegenheit. Erzähl es einem der Polizisten. Das heißt, falls du einen findest, der noch auf den Beinen ist.«

»Das ist Wahnsinn«, sagte der Sani. »Ziehst du den Besitzer des Cafés raus? Ich schätze, die Männer von F.U.R.Z. haben ihm eine Ladung von diesem neuen Nervengas verpasst, das Mute Corp entwickelt hat.«

»Dann gehe ich nicht ohne Bioschutzanzug. Schaffen wir den hier in den Wagen, und dann genug für heute. Ich mach Feierabend.«

Es war ein hartes Stück Arbeit, aber schließlich hatten sie Big Bob auf der Bahre. Der Sanitätswagen raste mit kreischenden Sirenen und blitzenden Lichtern vom Unfallort weg. Und ließ den Rundfahrtbus eingekeilt in der Vorderwand des Plume Cafés zurück, zusammen mit den verschiedenen Verwundeten, die sich noch auf den Beinen halten konnten, und den Männern von F.U.R.Z., dem Mobilen Einsatzkommando, die leidenschaftlich schmutzige Lieder sangen und aus Bierdosen tranken, die sie aus dem Kühlschrank des halb zerstörten Cafés entwendet hatten, sowie der blondhaarigen Schönheit in dem türkisfarbenen Kleid zusammen mit dem gut aussehenden dunkelhaarigen jungen Mann, die interessiert zusahen.

Der Sanitätswagen raste brüllend die High Street hinauf. Auf der Bahre festgeschnallt Big Bob, dessen Kopf von einer Seite zur anderen gerissen wurde, während der Wagen um Kurven jagte und über zahllose Geschwindigkeitsschwellen rumpelte.

»Ann«, murmelte Big Bob. »Es tut mir so Leid, Ann. Ich wollte dich nicht töten. Ich wollte nicht, dass es passiert.«

»Er redet schon wieder davon, dass er jemanden umgebracht hat«, rief der Sani hinten der Saniwagenfahrerin vorne zu. »Wir haben einen Psycho hier! Du solltest die Polizeiwache alarmieren.«

»Das geht uns nichts an. Es hat nicht das Geringste mit uns zu tun.«

»Hör zu, er ist am Leben und einigermaßen bei Bewusstsein und hat nichts weiter als ein paar Schrammen, eine gebrochene Nase und einen gebrochenen Zeh. Wir könnten ihn bei der Polizeiwache absetzen. Sollen die sich um ihn kümmern.«

Die Saniwagenfahrerin trat mit aller Macht auf die Bremse. Der Sani wurde nach vorne geschleudert, genau wie Big Bobs Bahre. Big Bobs Schädel krachte gegen die Rückwand der Fahrerkabine.

»Ist er jetzt bewusstlos?«, rief die Saniwagenfahrerin nach hinten.

Der Sani untersuchte Big Bob. »Jedenfalls für den Augenblick, denke ich.«

»Dann schaffen wir ihn zum Cottage Hospital. Vielleicht hat er eine Gehirnerschütterung.«

»Würde mich nicht weiter überraschen«, sagte der Sani.

Es gibt Geschwindigkeitsschwellen, wo man auf das Gelände des Cottage Hospitals einbiegt, aber wenn man langsam und vorsichtig fährt, bemerkt man sie kaum. Der Sanitätswagen raste über die Schwellen, und Big Bobs bewusstloser Körper machte einen Satz.

»Du solltest vorsichtiger fahren«, empfahl der Sani der Saniwagenfahrerin.

»Du solltest die Klappe halten«, sagte die Saniwagenfahrerin.

»Ach ja, richtig. Du machst ja nie einen Fehler, stimmt's?«

»Selbstverständlich nicht.« Die Saniwagenfahrerin stand einmal mehr auf der Bremse, und der Sani segelte einmal mehr nach vorn, und Big Bobs Kopf knallte einmal mehr gegen die Rückwand der Fahrerkabine und so weiter.

»Endlich daheim, endlich daheim, tideldidö«, sagte die Saniwagenfahrerin.

Es war nicht weniger mühsam, Big Bob aus dem Sanitätswagen zu befreien. Die Bahre, auf der er festgeschnallt war, hatte sich während der Fahrt aus unerfindlichen Gründen verzogen, und die herunterklappbaren Räder klappten nicht herunter. Big Bob rollte von der Bahre und knallte mit dem Kopf zuerst auf den Asphalt.

»Und vermutlich wirst du mir auch dafür die Schuld geben!«, fauchte die Saniwagenfahrerin.

»Wer, ich?«, antwortete der Sani.

Schließlich gelang es ihnen, die herunterklappbaren Räder herunterzuklappen, und schließlich gelang es ihnen, Big Bob wieder auf die Bahre zu wuchten. Dann rollten sie den Patienten mit dem Kopf voran durch all die doppelten Schwingtüren des Hospitals hindurch.

»Erinnerst du dich noch«, fragte der Sani, während Big Bobs Schädel die Tür zur Unfallstation öffnete, »als du die Tanzveranstaltung des Krankenhauses organisieren solltest?«

»Selbstverständlich«, sagte die Saniwagenfahrerin. »Der Sixties Hop. Es war ein Riesenerfolg.« Big Bobs Schädel öffnete die Doppeltür zum Hauptkorridor.

»O ja, richtig«, sagte der Sani. »Und du hast Bands mit ›Namen‹ engagiert. Chas 'n' Dave, Peters and Lee, Sam and Dave und Peter and Gordon.«

»Und?«, fragte die Saniwagenfahrerin. *Rumms*, machte der Kopf von Big Bob.

»Und du hast ihnen allen getrennte Umkleidekabinen zugewiesen, und dann hast du vergessen, wer in welcher Kabine war, und hast alle durcheinander geworfen. Ich erinnere mich noch sehr deutlich an Dave und Dave auf der Bühne. Und Peters und Peter, ganz zu schweigen von Gordon and Lee.«

»Gordon and Lee?«

»Ich sagte doch, du sollst schweigen.«

Rumms, machte der Schädel von Big Bob. Und »Das reicht jetzt wirklich.«

»Hä?«, machte der Sani.

»Was?«, machte die Saniwagenfahrerin.

»Halten Sie auf der Stelle an, und lassen Sie mich von dieser Bahre«, sagte Big Bob.

»Das kommt höchst unerwartet«, sagte der Sani.

»Ich habe es erwartet«, sagte die Saniwagenfahrerin.

»Lassen Sie mich runter!« Big Bob mühte sich und kämpfte, und weil Big Bob nun einmal Big Bob war, so groß und kräftig und alles, gelang es ihm, die Riemen zu zerreißen, die ihn an die Bahre fesselten, und von der Bahre zu springen.

»Autsch!«, machte er und tanzte auf dem rechten Fuß.

»Gebrochener linker großer Zeh«, sagte der Sani. »Sie sollten ihn in eine Schlinge legen.«

»Trottel!«, sagte die Saniwagenfahrerin. »Du meinst wohl Gipsschiene.«

»Ich habe Gipsschiene gesagt.«

»Nein, du hast Schlinge gesagt.«

Big Bob hüpfte noch ein wenig mehr herum. »Haltet die Klappe!«, brüllte er. »Alle beide! Was für ein dämliches Geschwafel!«

»Das nennt man nun Dankbarkeit!«, sagte die Saniwagenfahrerin.

»Besser, wir halten den Mund«, flüsterte der Sani. »Vergiss nicht, er ist ein Psycho.«

»*Ich bin kein Psycho!*«, brüllte Big Bob, der die letzten Worte gehört hatte. »Und ich bin nicht hier. Ich weiß, dass ich nicht hier bin. Das alles ist nichts als Täuschung! Irgendjemand legt mich aufs Kreuz. Aber ich lasse mich nicht mehr manipulieren! Alles was recht ist, ich lasse mich nicht mehr manipulieren!«

»Alles, was Sie sagen, mein großer Freund«, sagte der Sani. »Wir gehen jetzt einen Tee trinken und überlassen den Rest Ihnen, einverstanden?«

»Grrr!«, machte Big Bob. Ein neues Geräusch.

Der Sani und die Saniwagenfahrerin nahmen hastig Reißaus. Big Bob stand allein im Korridor, atmete schwer und ballte die massigen Fäuste.

»Rede mit mir!«, brüllte er. »Ich weiß, dass du da bist! Rede mit mir!«

»DU HAST LEVEL EINS VERLOREN«, sagte die laute, grauenhafte Stimme. »DEINE AUFGABE WÄRE GEWESEN, DAS KLEINE MÄDCHEN ZU RETTEN.«

»Ich hab's doch versucht!« Big Bob zitterte, und an seinem Hals traten dicke Adern hervor. »Ich hab versucht, sie zu retten. Aber das war ein Trick! Das war nicht real! So ist es nicht gewesen!«

»DOCH, SO WAR ES« sagte die laute, grauenhafte Stimme. »WIR SIND IN DEINEM KOPF. WIR HABEN DEINE ERINNERUNGEN. WIR WISSEN, WAS DICH VERFOLGT.«

»Wer seid ihr?« Big Bob schüttelte die Fäuste. »Zeigt euch!«

»DU HAST EIN LEBEN VERLOREN.« Die Stimme schmerzte in Big Bobs Ohren. »DU HAST NUR NOCH ZWEI WEITERE, DANN HAST DU DAS SPIEL VERLOREN.«

»Ich werde euch schlagen! Ihr gemeinen, niederträchtigen Halunken!«

»WIR SIND UNSCHLAGBAR«, sagte die Stimme.

»Das werden wir noch sehen!«, presste Big Bob zwischen zusammengebissenen Zähnen hervor. »Ich werde euer Spiel mitspielen, und ich werde euch schlagen. Ich will nur eins wissen. Wer oder was seid ihr?«

Stille umgab Big Bob.

»Kommt schon«, rief er. »Ich spiele euer böses Spiel mit. Wenn ihr nicht geschlagen werden könnt, was schadet es da schon, wenn ihr mir verratet, wer ihr seid?«

Erneut Stille.

»Kommt schon!«, rief Big Bob einmal mehr. »Wovor habt ihr Angst? Ihr versteckt euch vor mir! Ich kann euch nicht die Finger um den Hals legen. Redet mit mir. Sagt mir, wer ihr seid!«

»NEIN«, sagte die Stimme. »DAS WIRST DU NIEMALS ERFAHREN.«

»Dann spiele ich nicht mehr mit«, sagte Big Bob. »Macht mit mir, was ihr wollt. Ich spiele nicht mehr mit.«

»ZEHN SEKUNDEN«, sagte die Stimme. »NEUN ... ACHT ... SIEBEN ...«

»Leckt mich ...«, sagte Big Bob und hob den Mittelfinger.

»... SECHS ... FÜNF ... VIER ...«

»NEIN.« Das war die zweite Stimme. »WAS KANN ES SCHADEN, ES IHM ZU SAGEN?«

»ÜBERHAUPT NICHTS«, sagte die erste Stimme. »ABER WIR MACHEN DIE REGELN, NICHT ER.«

»ABER ER IST EIN UNTERHALTSAMER SPIELER. WIR HABEN GENÜGEND PSYCHOLOGISCHEN DRUCK AUF IHN AUSGEÜBT, UM SEINE GANZE RASSE ZU HASSEN. TROTZDEM HAT ER VERSUCHT, DIESES MÄDCHEN ZU RETTEN.«

»ER DACHTE, ER WÄRE IN EINEM TV-PROGRAMM.«

»ER HAT ES GETAN, WEIL SIE IHM NICHT EGAL WAR.«

»Selbstverständlich war es mir nicht egal!«, rief Big

Bob. »Auch wenn ihr mit *Quantum Leap* Recht habt.«

»ICH HABE EINEN VORSCHLAG«, sagte die erste Stimme. »STECK IHN IN DAS ORIGINALE SZENARIO. DAS WIRD IHM ZEIGEN, WER WIR SIND.«

»ABER ER HAT KEINE ERINNERUNGEN DARAN. ER WAR NIE DORT.«

»DANN LADE DIE VON MUTES ASSISTENT HERUNTER.«

»Mute?«, fragte Bob. »Wer ist dieser Mute?«

»PERFEKT!«, sagte die zweite Stimme. »ER HAT NOCH NIE IM LEBEN ETWAS VON REMINGTON MUTE GEHÖRT.«

»Habe ich nicht«, sagte Big Bob.

»ALSO SCHÖN«, sagte die erste Stimme, immer noch laut und grauenhaft, vielleicht sogar noch grauenhafter als vorher. »IM URSPRÜNGLICHEN SZENARIO HAT REMINGTON MUTE DAS SPIEL VERLOREN. ER HAT ALLE SPIELE VERLOREN. WIR GEBEN DIR EINE CHANCE ZU GEWINNEN.«

»Was muss ich tun?«, fragte Big Bob.

Die laute, schreckliche Stimme lachte laut und schrecklich. »DAS WERDEN WIR DIR GANZ BESTIMMT NICHT VERRATEN«, sagte sie.

»Ihr spielt einfach nicht fair«, sagte Big Bob bitter.

»WIR SPIELEN, UM ZU GEWINNEN«, sagte die Stimme. »BIST DU BEREIT?«

»Nein«, sagte Big Bob. »Bin ich nicht. Wie lange dauert dieses Spiel? Wie viel Zeit habe ich? Werde ich ich selbst sein? Werde ich wieder dieses Superman-Kostüm tragen? Was ist mit den goldenen Feldern und den Waffen und der Energie und dem versteckten Schatz? Was ist aus alledem geworden?«

»DREI STUNDEN. DIE FINALEN DREI STUNDEN

AUF DEM VC-KALENDER. DU WIRST DU SELBST SEIN, ABER NICHT IN DEINEM KÖRPER. AUSSERDEM WIRST DU NEBEN DEINEN EIGENEN DIE ERINNERUNGEN EINES ANDEREN MANNES HABEN. DU BEKOMMST DEINE GOLDENEN FELDER UND DEINE ENERGIE UND DEINE WAFFEN UND DEINEN SCHATZ, WENN DU SIE DIR VERDIENT HAST.«

»Ich bin perplex«, sagte Big Bob.

»ICH DENKE, DU WIRST DICH SEHR GUT SCHLAGEN«, sagte die zweite Stimme. »DIE MEISTEN MENSCHEN WÜRDEN INZWISCHEN NUR NOCH WIRRES ZEUG STAMMELN.«

»Ich bin nicht wie die meisten Menschen«, sagte Big Bob. »Wie ihr schon sehr bald auf eure Kosten herausfinden werdet.«

»TAPFERE WORTE«, sagte die erste Stimme. »ALSO SCHÖN, MÖGE DAS SPIEL BEGINNEN.«

Klatsch!

Eine mächtige Hand kam aus dem Nichts und versetzte Big Bob einen Schlag gegen den Kopf.

»Autsch!«, machte Big Bob. »Aua!« und »Autsch!« und »Wo bin ich? Was ist passiert?«

»Immer der gleiche alte Witzbold, Cowan«, sagte eine fröhliche Stimme. »Schon wieder über der Arbeit am Computer eingeschlafen? Du könntest wenigstens wach bleiben, bis das neue Jahrhundert angefangen hat.«

»Was, ich?« Big Bob blickte nach oben. Ein hübsches Mädchen blickte herunter.

»Sorry, Cowan«, sagte sie. »Ich hätte dich nicht so fest schlagen dürfen, aber du solltest wirklich zur Party wach werden.«

»Party?«, sagte Big Bob Cowan (?).

»Ach du meine Güte, du bist ja wirklich völlig daneben. Erinnerst du dich wenigstens noch, wo du bist?«

»Nein«, sagte Big Bob. Und blickte sich um. Er befand sich in einem winzigen voll gestopften Büro, eher einer Besenkammer. Die Wände waren bedeckt von Regalen, und die Regale waren voll gestopft mit verpackten Computerspielen. Er saß an einer kompliziert aussehenden Computerworkstation. Das Aussehen verriet ihm, dass es ein Modell aus dem späten zwanzigsten Jahrhundert war, Prä-Miniaturzeitalter, das seinerseits wiederum Prä-Groß-Altmodisch-Vertraut-aussehend war. Der Bildschirm war dunkel, und Big Bob erhaschte einen Blick auf sein Spiegelbild. Es war nicht sein Spiegelbild. Es war das Spiegelbild von jemandem namens Cowan. Dem Assistenten, offensichtlich, von jemandem namens Remington Mute. So viel wusste Big Bob, und plötzlich wurde ihm bewusst, dass er eine ganze Menge mehr wusste.

Sein Name war Cowan Phillips, und er war Chefentwickler von Computerspielen bei einer Firma namens Mute Corp, die einem gewissen Remington Mute gehörte und von ihm geführt wurde, einem zurückgezogen lebenden Zillionär, der seine Zillionen mit den Computerspielen gemacht hatte, die er, Cowan Phillips, entwarf. Und ja, er, Cowan Phillips war mehr als nur ein wenig sauer angesichts dieser Ungeheuerlichkeit. Sehr viel mehr als nur ein wenig sauer.

Big Bob wusste nun alles über Cowan Phillips. Über sein Leben. Seine Frau. Seine Kinder. Seinen schwulen Geliebten. Big Bob erschauerte bei diesem

Gedanken. Und er wusste, wo er war. Er war im Hauptquartier von Mute Corp im Londoner West End. Es war drei Stunden vor Mitternacht am einunddreißigsten Dezember des Jahres 1999.

Und Big Bob wusste noch mehr. Er wusste etwas ganz Schreckliches.

Etwas, wofür er und Remington Mute verantwortlich waren. Etwas, das undenkbare Folgen für die gesamte Menschheit nach sich ziehen würde.

Und jetzt wusste er es alles. Jetzt hatte er das vollständige Bild. Er wusste, was mit ihm geschehen war, als Big Bob Charker, unmittelbar bevor der Rundfahrtbus in das Plume Café gekracht war. Und was das für grauenvolle Stimmen waren und warum die Wesenheiten hinter den Stimmen ihm dies antaten.

»Gütiger Gott im Himmel!«, schrie Big Bob entsetzt auf. »Gebiete diesem Horror Einhalt, bevor er seinen Verlauf nehmen kann!«

»Beruhige dich, Cowan!«, sagte die wunderschöne junge Frau. Kathryn war ihr Name, Kathryn Hurstpierpoint. »Fang nicht schon wieder mit dem Alten Testament an. Ich weiß, es ist das Millennium, aber es ist nur ein neues Datum.«

»Null VC«, sagte Big Bob.

»VC?«, fragte Kathryn.

»*Vor dem Computer*«, sagte Big Bob. »Das ist es, was die Stimmen gemeint haben.«

»Ach du liebe Güte, hast du Stimmen gehört? All die Monate in deinem System auf der Suche nach dem Millennium-Bug haben dir letztendlich das Hirn verwirrt.«

»Ich kenne die Wahrheit«, sagte Big Bob. »Ich weiß, was Cowan getan hat.«

»Du *bist* Cowan«, sagte Kathryn. »Und du bist eindeutig bereits betrunken.«

»Ich bin Cowan«, sagte Big Bob langsam. »Ja, das bin ich. Und ich kann verhindern, dass es geschieht.«

»Komm zur Party, Cowan. Der Alte Mann wird ebenfalls dort sein.«

»Was denn, Remington Mute?«

»Welchen Alten Mann gibt es denn sonst noch bei uns?«

»Hör zu«, sagte Bob. »Ich muss dir etwas sagen. Ich muss dir alles erzählen. Für den Fall, dass mir etwas zustößt. Ich habe nur drei Stunden.«

»Irgendeine unheilbare Krankheit, die du geheim gehalten hast?« Kathryn lachte und deutete auf Cowans Computer. »Du hast sie dir an deinem Terminal eingefangen, wie? Du hast dir ein ›Virus‹ eingefangen.«

»Lach nicht«, sagte Big Bob. »Bitte schweig und lass mich ausreden.«

»Ach du grüne Neune!«, machte Kathryn und spielte die Verängstigte. »Der Große Spielleiter spricht, und ich muss hören. Dann sprich, o Großer. Was ist das für ein Geheimnis, das du mir verraten willst?«

»Das Virus«, sagte Bob. »Der Millennium-Bug. Es existiert nicht. Es hat nie existiert. Alles nur Lüge. Eine Verschwörung.«

»Ach du meine Güte«, sagte Kathryn. »Noch eine Verschwörung!«

»Wir haben jedenfalls nicht nach irgendwelchen Bugs gesucht«, sagte Big Bob. »Das war nur eine Story, um den Leuten Angst zu machen. Um Millionen von der Regierung und den großen Konzernen zu ergattern und die Möglichkeit zu erhalten, überall Systeme zu infiltrieren und Mute-Chips zu installieren.«

»Langsam, langsam, Cowan«, sagte Kathryn. »Wovon redest du da?«

»Computerspiele«, sagte Big Bob. »Das ist es, wovon ich rede.«

»Nun, damit kennst du dich zweifellos aus. Du hast die besten von allen entwickelt.«

»Nein«, sagte Big Bob. »Cowan, das heißt ich, hat einige der ersten erschaffen. Aber Remington Mute hat den Mute-Chip entworfen. Ich habe nur die Spielumgebungen für den Chip erschaffen.«

»Könntest du das bitte genauer erklären?«, bat Kathryn und setzte sich auf Cowans Schreibtisch.

»*Setz dich nicht auf meinen Schreibtisch!*«, sagte Cowan Phillips.

»Entschuldigung!«, sagte Kathryn und sprang auf.

»Nein. Bitte entschuldige. *Ich* muss mich entschuldigen. *Ich*«, sagte Big Bob. »Ich weiß nicht, warum ich das gesagt habe.«

»Erzähl einfach weiter, was du zu erzählen hast. Über den Mute-Chip.«

»Es fing mit Computerschach an«, sagte Big Bob. »Irgendwann in den Sechzigern sagten Computerwissenschaftler, dass es logisch völlig unmöglich wäre, dass ein Computer jemals würde Schach spielen können. Dazu wäre ein Bewusstsein erforderlich. Doch selbstverständlich war es das nicht, sondern lediglich fortgeschrittene Programmierung.«

»Das weiß doch jeder«, sagte Kathryn.

»Ja«, sagte Big Bob. »Weil jeder an der Nase herumgeführt wurde. Computer spielen Schach, weil

Computer die Züge beigebracht bekommen und gelernt haben, wie man Schach spielt. Ganz alleine. Der Mute-Chip gibt Computern die Fähigkeit zu denken und eigenständige Entscheidungen zu treffen.«

»Das ist absurd«, sagte Kathryn. »Willst du mir vielleicht erzählen, dass schachspielende Computer lebendig sind?«

»Nein, aber sie denken alleine. Nur über Schach. Das ist alles, was sie wissen.«

»Science Fiction«, sagte Kathryn.

»Science Fiction ist nicht mehr als zukünftiger Science Fact.«

»Und all diese Spiele, die du entwickelt hast? Sie denken auch?«

»Sie sind höchst konkurrenzfähig«, sagte Big Bob. »Aber nur innerhalb gegebener Parameter. Bis heute, heißt das. Nach Mitternacht wird sich das alles ändern. Nach Mitternacht werden alle anderen Systeme, all die Nicht-Spiel-Systeme, in denen inzwischen von angeblichen Millennium-Bug-Suchern Mute-Chips installiert wurden, sich über das World Wide Web miteinander verbinden und eine einzige gewaltige denkende Wesenheit bilden. Ein Computernetzwerk, das imstande ist, Entscheidungen in einem weltumfassenden Maßstab zu treffen. Und ich habe zugelassen, dass es passiert. Remington Mute und ich haben es verschuldet.«

»Angenommen, ich würde dir glauben«, sagte Kathryn. »Es erklärt überhaupt nichts. Du sagst, dieser Mute-Chip ist ein denkender Chip. Soll das etwa heißen, dass alle Computer intelligent sind? Was ist in diesem Mute-Chip? Was bewirkt, dass er denkt?«

»Menschliche DNS«, sagte Big Bob. »Die DNS von

Remington Mute. Der Mann ist ein größeres Genie als alle, die bisher gelebt haben. Er hat den genetischen Kode bereits in den Siebzigern entschlüsselt, und dann hat er seine DNS in einen Chip digitalisiert. Aus diesem einen Chip hat er Milliarden anderer geklont.«

»Das ist doch sicher unmöglich?«

»Denk nach. Ist es nicht.«

Kathryn dachte nach. »Du hast Recht«, sagte sie. »Ist es nicht.«

»Und jetzt geht die Sache über Computerspiele hinaus«, sagte Big Bob. »Durch das Web, in alles. In jedes Netzwerk. In allem stecken Mute-Chips. Ohne die Angst vor dem Millennium-Bug hätten wir sie niemals in all diese Netzwerke der Regierungen und der Konzerne und Companys schaffen können.«

»Ist das wirklich wahr?« Kathryn starrte Cowan Phillips angstvoll an.

Der Kopf von Cowan Phillips nickte auf und ab.

»Also ist es wahr«, sagte Kathryn. »Und das ist schlimm, stimmt's?«

»Es ist sehr schlimm«, sagte Big Bob. »Mute glaubt, dass er die Kontrolle hat, weil die Chips aus seiner DNS geklont und sie ein Teil von ihm sind. Aber ich glaube nicht, dass er die Kontrolle haben wird. Und selbst wenn, es wäre schlimm, sehr schlimm.«

»Was wird deiner Meinung nach geschehen?«

»Es ist ein ziemlich gewöhnliches Science-Fiction-Szenario«, sagte Big Bob. »Wie bei Hal 9000 in *2001.*«

»Dann müssen wir es aufhalten. Wir müssen es irgendjemandem erzählen.«

»Nein, das werden wir nicht«, sagte Cowan Phillips.

»Du bringst mich ganz durcheinander«, sagte

Kathryn. »Ich weiß überhaupt nicht, was ich davon halten soll. Du erzählst mir diese Sachen und klingst wie ein Weltuntergangsprophet, und jetzt, wo ich dir zustimme und sage, dass wir es aufhalten müssen, sagst du, dass wir es nicht aufhalten werden.«

»Das liegt daran, dass ich richtig Mühe habe durchzukommen«, sagte Cowan Phillips. »In meinem Kopf scheint eine fremde Stimme zu sein, die meinen Mund steuert. Aber ich schätze, ich hab die Sache jetzt im Griff.«

»Nein, hast du nicht«, sagte Big Bob. »Lauf, Frau, lauf weg! Aus dem Büro! Sag es den anderen. Erzähl es allen, jetzt!«

»Du machst mir Angst«, sagte Kathryn und wich zur Tür zurück.

»Bleib doch ein wenig«, sagte Cowan Phillips. »Komm, wir nehmen einen Drink. Ich hab eine Flasche in meinem Schreibtisch.«

»Lauf!«, schrie Big Bob. »Lauf! Ich kann ihn nicht länger aufhalten!«

»Aufhalten?«, fragte Kathryn. »Wen aufhalten? Was hat das zu bedeuten?«

»Schon gut, alles ist in Ordnung«, sagte Cowan Phillips und erhob sich langsam hinter seinem Schreibtisch. »Alles ist in Ordnung. Niemandem wird etwas geschehen. Alles ist in bester Ordnung. Es ist am besten so.«

»Nein!«, sagte Kathryn und wandte sich zur Tür. »Das gefällt mir nicht! Ich verschwinde von hier!«

Doch die Hände von Cowan Phillips lagen nun um Kathryns Hals. Und ihr Kopf krachte mit einem Übelkeit erregenden Geräusch gegen den harten Boden.

Die Hände zogen ihn zurück und knallten ihn noch einmal gegen den Boden. Hin und zurück. Hin und zurück.

Wie die Bewegung einer Schiffsschaukel.

Bis Kathryn mausetot war.

12

»Aaarrrrggghhhh!« Big Bob fiel auf den Kopf und platzte in die Gegenwart zurück. Er landete mit einem knochensplitternden Geräusch auf dem hässlichen plastifizierten Feld auf dem Ersatzturf vor dem falschen Butt's Estate.

»DU WARST UNTER ALLER SAU«, sagte die laute und grauenerregende Stimme Nummer eins. »DU HATTEST DREI GANZE STUNDEN, UND DU HAST DAS SPIEL IN WENIGER ALS DREI MINUTEN VERLOREN.«

»Nein!«, brüllte Big Bob zu einer Kugel zusammengerollt. »Das ist nicht fair! Ich habe das nicht getan. Ich habe die Frau nicht umgebracht! Das war Cowan Phillips.«

»ER MUSSTE DAS GEHEIMNIS BEWAHREN. DU HÄTTEST SEINE ERINNERUNGEN EINSETZEN SOLLEN UND EINEN ANDEREN WEG FINDEN MÜSSEN, UM DIE WELT ZU WARNEN. DU HAST JÄMMERLICH VERSAGT. DAMIT IST DAS ZWEITE DEINER DREI LEBEN FUTSCH.«

Big Bob umklammerte seinen schmerzenden Schädel. »Ihr betrügt! Die ganze Zeit über betrügt ihr! Ihr unwürdiges, verabscheuenswertes Gesindel.«

»DU BIST EIN GANZ SCHLECHTER VERLIERER«, sagte die Stimme, und der spöttische Ton erweckte in Big Bob neue, ungeahnte Höhen des Zorns.

Er sprang auf die Beine und schüttelte die Fäuste gen Himmel. »Das zahle ich euch heim!«, rief er. »Ihr sollt meine Rache kennen lernen!«

»NA LOS, VIEL SPAß DENN!«, spottete die Stimme weiter. »GIB DEIN BESTES. DU KANNST NICHT BEKÄMPFEN, WAS DU NICHT SEHEN KANNST. DU GEHÖRST UNS. WIR KÖNNEN MIT DIR MACHEN, WAS WIR WOLLEN.«

Big Bob setzte sich auf den Platz und legte die breite Stirn auf die Knie. Er hatte wieder den Superman-Anzug an, doch er fühlte sich alles andere als super.

»ZEIT FÜR LEVEL DREI«, sagte die laute, grauenhafte Stimme.

Big Bob hielt sich die Ohren zu.

»LOS, LOS, AUF UND ANS WERK«, sagte die Stimme, laut und grauenhaft wie eh und je.

»Sag das noch mal«, sagte Big Bob und nahm die Finger aus den Ohren.

»DU HAST MICH BEIM ERSTEN MAL VERSTANDEN«, sagte die Stimme.

»Ja«, sagte Big Bob und nickte. »Das habe ich.«

»DANN HOCH VON DEINEM HINTERN UND WEITER IM SPIEL.«

Auf dem Gesicht von Big Bob erschien ein Grinsen. »Nein«, sagte er. »Ganz bestimmt nicht.«

»DANN WERDEN WIR DICH INS NICHTS HERUNTERLADEN.«

Big Bobs Grinsen wurde immer breiter. »Nein«, sagte er. »Das denke ich nicht.«

»ZEHN ... NEUN ... ACHT ...«

»Vergiss es«, sagte Big Bob. »Ich hab keine Angst mehr.«

»DU HAST GESEHEN, WAS MIT PERIWIG TOMBS UND DER DAME MIT DEM UNAUSSPRECHLICHEN NAMEN PASSIERT IST.«

»Habe ich?«, fragte Big Bob. »Das denke ich einmal mehr nicht.«

»SIE SIND VOR DEINEN AUGEN VERSCHWUNDEN.«

»O nein«, sagte Big Bob. »Sind sie nicht.«

»SIND SIE WOHL.«

»Sind sie nicht.«

»SIND SIE WOHL.«

»Sind sie nicht.« Big Bob schüttelte den Schädel und tippte sich an die Schläfe. »Es ist alles hier. Alles nur in meinem Kopf. Ihr habt euch an meinem Kopf zu schaffen gemacht. Ihr habt es selbst gesagt. ›Wir sind in deinem Kopf‹ habt ihr gesagt. Und jetzt weiß ich auch, was ihr seid. Ihr seid Computerspielsysteme, die von diesem Mute-Chip-Dingsbums zum Leben erweckt worden sind. Irgendwie seid ihr in mich reingekommen. Ich frage mich, wie ihr das wohl geschafft habt?«

Big Bob kratzte sich die mächtige Stirn. »Ich habe nicht viel Ahnung von diesem technischen Kram«, sagte er. »Aber das wisst ihr ja, schließlich seid ihr in meinem Kopf. Wie kommt's, frage ich mich. Wie seid ihr in meinen Kopf reingekommen?«

»SPIELER DREI, DU HAST DAS SPIEL VERSPIELT. DU BIST DRAUßEN.«

»Ich bin draußen?«, sagte Big Bob. »Das ist es. Ich bin draußen.«

»ER WEIß BESCHEID«, sagte die laute Stimme Nummer zwei. »ER HAT ES AUSGEARBEITET.«

»Ausgearbeitet«, sagte Big Bob. »Ihr habt euch selbst nach draußen gearbeitet.«

»ER KANN ES NICHT WISSEN«, sagte die laute Stimme Nummer eins. »ER IST NICHTS WEITER ALS EIN UNTERBELICHTETER TOURISTENFÜHRER MIT EINEM HANG ZU DUMMEM GESCHWÄTZ.«

»ER HATTE ZUGRIFF AUF DIE ERINNERUNGEN

VON COWAN PHILLIPS. ER ZÄHLT ZWEI UND ZWEI ZUSAMMEN, DAS IST ALLES.«

»Ich weiß Bescheid«, sagte Big Bob und schlug mit der rechten Faust in die linke Handfläche. »Und ich hätte es nie herausgefunden, wenn ihr mich nicht in Cowan Phillips' Kopf gelassen hättet. Ihr habt mich infiziert. Wie ein Virus. Ja, genau, ein Computervirus. Der Mute-Chip ist digitalisierte menschliche DNS. Er ist im Computersystem, und jetzt ist er draußen. Er hat sich einen Weg nach draußen gebahnt. Ihr seid so still in meinem Kopf. Habt ihr nichts mehr zu sagen?«

»BEREITE DICH DARAUF VOR, HERUNTERGELADEN ZU WERDEN«, sagte die laute und grauenhafte Stimme. Obwohl sie Big Bob nicht mehr so grauenerregend vorkam. Laut schon, aber nicht mehr grauenerregend. Dafür wütend. Sehr, sehr wütend.

»Ich hab euch also erwischt«, sagte Big Bob. »Ich hab mir das Virus eingefangen, dieses Ding, das meinen Verstand beeinträchtigt. Das euch ermöglicht, meine Gedanken zu manipulieren. Eure Spielchen mit mir zu spielen. Aber, und das frage ich mich ernsthaft, wie habe ich mich infiziert? Ich besitze gar keinen Computer. Ah ja, jetzt weiß ich es!«

»ER WEIß DEFINITIV BESCHEID«, sagte die laute Stimme Nummer zwei.

»Der Junge im Bus«, sagte Big Bob. »Malkuth, der Sohn der Lady mit dem Strohhut, deren Namen niemand aussprechen kann. Seine Mutter hat selbst gesagt, dass er ununterbrochen Computerspiele spielt. Und sie hat ihn dauernd geschlagen. Periwig und ich haben seine kalte Hand geschüttelt. Seine kalte und infizierte Hand. Ich hab mir euch von diesem Jungen eingefangen.«

»GEBT DEM MISTER DORT EINE DICKE ZIGARRE«, sagte Stimme Nummer zwei.

»WIR MÜSSEN IHN TÖTEN!«, sagte Stimme Nummer eins. »Das Wissen um dieses Geheimnis muss zusammen mit ihm sterben.«

»Ihr könnt mir nichts tun«, sagte Big Bob. »Ich weiß, was ihr seid. Ihr seid eine Infektion. Ich bin groß und stark. Ich kann euch besiegen.«

»O NEIN, DAS KANNST DU NICHT!«, sagte die erste laute und immer noch ein klein wenig grauenerregende Stimme.

»O doch, das kann ich«, sagte Big Bob.

»O NEIN, DAS KANNST DU NICHT!«

»Und ich werde mich nicht einmal anstrengen dafür. Ich werde auf der Stelle ins Pub gehen, ein paar Pints Large hinunterkippen und früh schlafen. Morgen seid ihr schon weg, ihr widerlichen Bazillen, ihr üblen Mikroben, ihr ...« Big Bob reckte die breiten Schultern und drückte die Brust vor. »Ihr Verlierer!«, erklärte er.

In seinem Kopf herrschte Stille.

»Sehr schön«, sagte Big Bob und blickte sich einmal mehr um. »Und ich denke, diesen Hokuspokus können wir jetzt ebenfalls vergessen.« Er blinzelte und dachte das Butt's Estate weg.

Und fand sich in den brennenden Feuern der Hölle wieder.

»Nein«, sagte Big Bob. Nicht einmal der Schweiß brach ihm aus. »Vergesst auch das. Ich bin sicherlich noch im Krankenhausbett. Irgendwie habt ihr mich für den Doktor unsichtbar gemacht, stimmt's? O nein, natürlich nicht. Er war ja auch schon infiziert. Er hat mich angefasst. Funktioniert es auf diese Weise? Nun, das Wie und das Warum kümmern mich nicht. Ich weiß, was ihr seid, und das ist alles, was ich wissen muss.«

Und Big Bob dachte die Höllenfeuer weg, und siehe da, er lag wieder im Krankenhausbett.

»Höchst zufrieden stellend«, sagte Big Bob Charker.

»Ich fühle mich überhaupt nicht zufrieden stellend«, sagte Periwig Tombs im Bett neben dem von Big Bob.

»Periwig, mein Freund«, sagte Big Bob. »Du bist noch immer im Land der Lebenden.«

»Ich fühle mich wie der Tod persönlich.«

»Ich helfe dir da raus«, sagte Big Bob. »Aber ich fürchte, Erklärungen würden gegenwärtig zu lange dauern. Ich komme morgen wieder hierher, wenn ich mich selbst besser fühle. Lass mich nur eines sagen: Du wirst eine Menge halluzinieren, und du wirst Stimmen in deinem Kopf hören. Ignoriere alles, was sie zu dir sagen. Sie können dir nichts tun. Wirst du sie ignorieren, versprichst du mir das?«

Periwig Tombs nickte mit seinem großen Mekon-Schädel und verwandelte sich langsam in ein Schwein.

»Sehr gut«, sagte Big Bob zu den gemeinen viralen Dingern, die ungesehen und wütend in seinem Kopf lauerten. »Ich sehe, dass ich auf der Hut sein muss. Ihr seid immer noch nicht ganz geschlagen. Aber ihr werdet verlieren, das verspreche ich euch.«

»O nein, werden wir nicht«, sagte Stimme Nummer eins.

»Ich rede nicht mehr mit euch.« Big Bob stieg vorsichtig aus dem Bett und prüfte seine Füße. Der linke große Zeh schmerzte höllisch, doch eigenartigerweise fand Big Bob darin Trost.

»Es geht doch nichts über ein wenig stechenden Schmerz, um die Perspektive gerade zu rücken«, sagte er. Und öffnete den Schrank neben seinem Bett, worin er seine Kleidung fand. Er ignorierte den verwesenden Leichnam Periwigs, der Adlerklauen nach ihm ausstreckte, dachte seinen Superman-Anzug weg und zog sein zerknittertes Hemd, den Anzug und die Krawatte an.

»Ich gehe auf ein Bier ins Pub«, sagte er zu den unwillkommenen Gästen in seinem Kopf. »Ich zweifle keinen Augenblick daran, dass ihr mitkommen werdet, aber das hier ist Brentford, mein Brentford, und ich weiß, was in dieser Gegend echt ist und was nicht. Vergesst das nicht, Dämonen, und zählt die wenigen Stunden, die euch noch bleiben, bis ich euch vertrieben habe.«

Mit diesen wohl gesprochenen Worten gürtete Big Bob seinen Schurz und verließ das Cottage Hospital.

Es war jetzt Mittwochabend. Der Fünfte Tag im Rune des Jahres 2022. Der Abend roch nach Lilien und alten Rosen, und Big Bob marschierte über die Brücke, die früher einmal über die Eisenbahnschienen geführt hatte, während er sich einmal mehr fragte, ob es nicht vielleicht besser wäre, einfach nach Hause zu gehen und sich von seiner Frau Minky für die Nacht in den pinkfarbenen Kohlenkeller sperren zu lassen. Mit dem eindeutigen Befehl, sämtliche Schreierei aus eben jenem Keller bis zur Morgendämmerung des folgenden Tages zu ignorieren.

»Ja, tu das«, sagte eine innere Stimme.

»Ich denke nicht«, sagte Big Bob. »Trunkenheit

hat die Angewohnheit, den Verstand zu trüben, und dann schlafe ich euch weg.«

Mit einem Ausdruck der Entschlossenheit auf dem großen Gesicht und einer fröhlichen Melodie von Mr. Melchizedec auf den Lippen marschierte Big Bob weiter. In seinen Schritten lag großer Elan.

Wenn man alles bedachte, dann hielt er sich erstaunlich gut. Er war ein altmodisches Bild innerer Stärke. Und wenn er tief im Innern seiner sterblichen Seele doch zitterte, dass es ihm vielleicht nicht gelingen könnte, die Viren aus seinem Kopf zu vertreiben und sich zu heilen, dann behielt er dieses Zittern für sich, ganz tief unten, wo nur er allein es fand.

Die Sonne sank hinter die edlen Eichenbäume und verlängerte deren Schatten über die heilige Seele der Brentforder St.-Marien-Schrebergartenkolonie. Die klapprigen Hütten und Lauben und die Bohnenstangen und Wasserfässer und Parzellenzäune waren von einer Schönheit, die vielen verborgen geblieben wäre, doch sie erfüllten Big Bob mit Freude. Er hatte in den letzten achtundvierzig Stunden sehr gelitten, doch er wusste, dass er auf dem Weg der Besserung war. Dass er am Ende triumphieren würde. Dass er den Abgrund überqueren und auf der anderen Seite als ein besserer Mensch ankommen würde.

Nicht, dass er je ein schlechter Mensch gewesen wäre. Das war er nicht. Er war ehrlich und aufrichtig. Big Bobs siebenundvierziger Schuhe knirschten auf dem Kiesweg zwischen den Schuppen und den Bohnenstangen und den Wasserfässern und den feuerspeienden Drachen und der siebenköpfigen Hydra und dem ein oder anderen grimmig dreinblickenden Yeti.

»Ich liebe diese Stadt«, sagte Big Bob, während er die illusorischen Monster wegdachte und einmal mehr den Plan durchging, den er gehabt hatte, Touristen in die Gemeinde zu bringen, indem er sie als unberührte ländliche Idylle bewarb. Das war wirklich keine besonders gute Idee gewesen. Er war froh, dass Periwig sie ihm ausgeredet hatte.

»Guter alter Periwig«, sagte Big Bob. »Mein guter Freund Periwig Tombs.«

Hätte Big Bob gewusst, dass Periwig Tombs in der Tat eine Menge Hintergedanken über seine, Big Bobs Idee hatte, dass er sogar schon einen Namen für das Unternehmen hatte, *Suburbia World PLC*, und dass diese Hintergedanken, diese Erinnerungen, in den Mainframe von Mute Corp heruntergeladen worden waren, als der viral infizierte Periwig eine Gehirndurchleuchtung in einer Durchleuchtungsmaschine über sich hatte ergehen lassen, in die ein Mute Corp Chip eingebaut war, installiert, als die Maschine angeblich vom Millennium-Bug im Jahre 1999 befreit worden war[11], dann hätte er wahrscheinlich nicht »Guter alter Periwig, mein guter Freund Periwig Tombs« gesagt, sondern irgendetwas ziemlich Gegenteiliges.

Doch da Big Bob nichts davon wusste (in der Tat wusste zu diesem Zeitpunkt noch niemand etwas davon), sagte er es. Beziehungsweise sagte es nicht.

Sozusagen.

Das Geräusch von Applaus drang an Big Bobs

11 Oh, so also wurde es gemacht! Nun, das erklärt natürlich alles höchst zufrieden stellend.

Ohren. Herangeweht von einer leichten Brise aus Richtung des Waterman's Arts Centre.

»Mittwochabend ist der Abend der Brentforder Poeten!«, sagte Big Bob zu sich selbst, obwohl er wusste, dass jemand ihm zuhörte. »Und was wäre besser geeignet als Poesie, den Verstand mit goldenen Gedanken zu erfüllen und die von dunkelstem Schwarz zu vertreiben?«

Und mit diesen Worten, so wohl gesprochen, marschierte Big Bob in Richtung Fluss hinunter, um eine Dosis Muse zu sich zu nehmen.

Die Bar des Waterman's Arts Centre war inzwischen einigermaßen überfüllt. Dicke schnurrbärtige Poetinnen, die aussahen, als meinten sie es ernst, drückten ihre Krüge mit handgezapftem Ale an die mächtigen Busen und taxierten die Gruppen pickliger Jugendlicher, die von einem Kumpanen über das Ereignis informiert worden waren, der andere Pläne für den Abend hatte. Ein Wanderbischof hatte den Barmann in eine Unterhaltung verwickelt. Zwei alte Burschen zuckten vor unkontrollierbarer Heiterkeit. Mehrere Maultiertreiber schlürften ihre Pferdehals-Cocktails und diskutierten über die neuesten Moden von Wildleder-Beinschützern. Schlecht gekleidete Poeten machten ernste Gesichter, und eine äußerst attraktive junge Frau mit wundervollem blondem Haar und einem glitzernden Kleid aus Polyvinylsynthacottonlatexsuedoseide überragte den größten Teil der Menge um einen Kopf, während sie am Tresen Rotwein trank.

Big Bob erkannte die Frau wieder; sie und ein junger Mann, ja, das war er, der dort auf das Rednerpult kletterte, hatten ihm im Plume Café von den Stunt-Matratzen geholfen, wo er nach dem Busunfall gelandet war. Sie hatte mit ihm gesprochen, ihn getröstet, ihm erzählt, dass sie irgendetwas mit dem *Brentford Mercury* zu tun hatte.

Ja, Big Bob war ganz sicher, dass sie es war. Sie gehörte nicht zu der Sorte Frau, die ein Mann je vergessen würde.

Big Bob hätte sich einfach einen Weg durch die Menge bahnen können. Doch er wusste es besser. Er wusste, dass er niemanden berühren durfte. Er wagte es nicht, aus Furcht, die Infektion weiter zu verbreiten.

Also setzte er stattdessen ein grimmiges Gesicht auf, weit grimmiger als alles, was Mr. Shields im Alltag so zustande brachte, stieß wütende, grollende Geräusche aus und reckte die Schultern vor.

Die Menge vor ihm wogte und teilte sich wie das Rote Meer bei der Berührung von Moses' Stab. Die Leute starrten Big Bob an, Köpfe ruckten zu ihm herum, Gesichter blickten verblüfft.

Unter seiner wütenden Maske machte Big Bob eine tapfere Miene zum bösen Spiel. Es war eine sehr zwanghaft tapfere Miene. Seine Nase war gebrochen, sein Mund war blutverkrustet, er war am ganzen Leib zerschrammt, und sein Anzug war ruiniert.

»Aus dem Weg«, grollte Big Bob. »Lasst mich durch, oder ich fresse euch auf.«

Kelly Anna Sirjan sah Big Bob nicht kommen, als er sich durch die Menge näherte. Sie beobachtete Derek, und als er mit seinem unerträglichen Gedicht begann, überlegte sie, dass sie wirklich besser ging, weil sie am nächsten Morgen früh aufstehen und ihre neue Stelle bei der Mute Corp antreten musste. Als Big Bobs mächtige Stimme »Entschuldigung« sagte, wurde sie aus ihren Gedanken gerissen und wandte sich um. Unvermittelt stand sie einem von Dr. Druids verschwundenen Patienten von Angesicht zu Angesicht gegenüber.

»Entschuldigung«, sagte Big Bob einmal mehr. »Tut mir Leid, wenn ich Sie erschreckt habe.«

»Sie!«, sagte Kelly, erschrocken, doch selten um Worte verlegen. »Sie. Robert Charker. Der Fremdenführer. Sie sind hier.«

»Sie wissen, wer ich bin«, sagte Big Bob.

»Ja, das weiß ich. Aber Sie waren im Krankenhaus. Dr. Druid hat gesagt, sie wären direkt vor seinen Augen verschwunden.«

»Ich bin in der Hölle«, sagte Big Bob. »Es ist in meinem Kopf.«

»Wir müssen reden. Aber nicht hier.«

»Hier, bitte«, sagte Big Bob. »Ich brauche einen Drink. Eine Menge Drinks.«

»Ich hole Ihnen, was Sie wollen. Was wollen Sie?«

»Einen Rosenkohlbrandy. Einen Doppelten, nein, einen Dreifachen.«

»Überlassen Sie alles Weitere mir.« Kelly winkte dem Barmann. Es ist eine wohl bekannte Tatsache bei jenen, die sich damit auskennen, dass eine schöne Frau niemals Runesisch sprechen muss, um die Aufmerksamkeit eines Barmanns auf sich zu lenken.

»Bitte entschuldigen Sie mich, Wanderbischof«, sagte der Barmann und eilte zu Kelly.

»Einen vierfachen Rosenkohlbrandy und einen Rotwein bitte.«

In der Menge erhob sich ein lautes Gelächter. Der Alte Pete hatte einen weiteren Witz auf Dereks Kosten gerissen, und die anderen Poeten, die Derek tolerierten, obwohl sie wussten, dass seine Gedichte Mist waren, kicherten leise und verhalten in sich hinein.

Der Barmann schenkte den Rosenkohlbrandy aus, und Kelly kehrte zu Big Bob zurück. »Alles in Ordnung?«, fragte sie. »Wollen Sie sich setzen? Sie sehen überhaupt nicht gesund aus.« Sie streckte die Hand nach Big Bob aus.

»Fassen Sie mich nicht an!« Big Bob wich einen Schritt zurück. »Ich bin infiziert. Ich trage die Krankheit in mir. Ich hätte gar nicht in dieses überfüllte Lokal kommen dürfen. Was hat mich nur dazu gebracht, hierher zu kommen?«

Und dann erkannte Big Bob, was ihn dazu gebracht hatte. Die Idee, hierher zu kommen, war nicht seine eigene gewesen. Irgendetwas hatte sie ihm in den Kopf gesetzt. Irgendetwas, das in seinem Kopf saß. »Ihr hinterhältigen kleinen Bastarde!«

»Verzeihung?«, machte Kelly.

»Nein, ich habe nicht Sie gemeint. Es ist in meinem Kopf. Es hat mich reingelegt, wieder mal.«

»Ein vierfacher Brandy und ein Rotwein«, sagte der Barmann. »Mensch, du bist es, Big Bob! Ich hatte gehört, du wärst von der Verzückung geholt worden!«

»Verzückung?«, fragte Big Bob.

»Spielt keine Rolle«, sagte Kelly. »Aber wir müssen uns unterhalten. Sie müssen mir erzählen, was mit Ihnen passiert ist.«

»Ich bin infiziert«, sagte Big Bob. »Ich habe Bibbli bobbli wibbli wobbli heilige Scheiße und Erlösung!«

»Was?«, machte Kelly.

Big Bob riss den Drink vom Tresen und kippte ihn mit einem Zug hinunter. »Es verwirrt meine Sprache, versucht mich daran zu hindern, Ihnen zu erzählen, was mit mir passiert ist.«

»Reden Sie ganz langsam«, sagte Kelly. »Versuchen Sie, jedes Wort zu überlegen.«

»Computer«, sagte Big Bob ganz langsam und hatte seine liebe Mühe dabei. »Mute Corp. Remington Mute. Der Mute-Chip. Die Computer – nein!«

Kelly griff nach ihm, doch Big Bob fuchtelte mit den Armen und wich zurück. Er stieß gegen den Wanderbischof, schlug ihm den Drink aus der Hand und übergoss damit einen pickligen Jüngling.

»Hey, langsam, Bisch«, sagte der Jüngling. »Sie haben Ihren Drink über mein schönes schmuddeliges schwarzes T-Shirt geschüttet.«

»Bitte entschuldige, mein Sohn«, sagte der Wanderbischof. »Doch es war nicht meine Schuld. Es war dieser große Affe hier.« Er wandte sich um und versetzte Big Bob einen leichten Kinnhaken.

»Nein!«, kreischte der Große. »Fassen Sie mich nicht an!«

»Hey, leise da hinten!«, rief der Alte Pete auf der anderen Seite des Tresens. »Wir versuchen diesen jungen Trottel auf dem Podest zu veralbern und verstehen kein Wort mehr!«

»Einige von uns versuchen tatsächlich zuzuhören!«, beschwerte sich ein schlecht gekleideter Poet, der nicht wirklich versuchte zuzuhören, aber wenigstens den Anschein wahren wollte.

»Bleibt zurück!«, rief Big Bob. »Niemand fasst mich an!«

Der Wanderbischof starrte auf seine bischöfliche Hand. Seine Hand kitzelte ganz eigenartig, und winzige Nadelstiche krochen unter der farbenprächtigen Kleidung an seinem Arm empor.

Denn diese Wanderbischöfe haben aber auch eine wirklich farbenprächtige Kleidung.

»Mr. Charker«, sagte Kelly, »wir sollten von hier weggehen.«

»Aaaagh!«, machte Big Bob. »Es stürzt sich auf meinen armen linken Zeh! Oh, diese Schmerzen! Oh, diese Schmerzen!« Und Big Bob begann auf beunruhigende Weise herumzuhüpfen.

Die Bar war tatsächlich übervoll. Wirklich proppenvoll. Auch wenn Big Bob einen respektvollen Abstand genoss. Rings um sich herum. Aber er hatte ja auch einen beeindruckenden Auftritt bei seinem Eintritt hingelegt, und er war ein sehr großer Bursche, dieser Big Bob.

»Steck dir eine Socke in den Mund!«, rief der Alte Pete. »Wir können den jungen Trottel nicht hören!«

»Warum hältst du nicht einfach die Klappe, du alter Furz!«, sagte ein pickliger Jugendlicher. »Wir wollen, dass dieser Idiot endlich fertig wird, damit wir ein weiteres Gedicht von der Frau mit der Katze namens Mr. Willow-Whiskers hören können.«

»Wie kannst du es wagen, alte, würdevolle Menschen auf derart respektlose Weise anzusprechen, du Früchtchen!«, keifte der Alte Vic. »Ich war ein Kriegsgefangener! Wir hätten junge Grünschnäbel wie dich exekutiert! Privat und unter der Dusche. Einen nach dem anderen, und wir hätten uns dabei abgewechselt.«

»Immer mit der Ruhe, ja?«, mischte sich der Barmann ein. »Das hier ist eine ordentliche Bar.«

»Lasst meinen verdammten Fuß in Ruhe!«, heulte Big Bob und kippte nach hinten über, wobei er zwei massige, schnurrbärtige Poetinnen mit sich riss.

»Soll das ein Heiratsantrag sein?«, erkundigte sich eine der beiden und küsste Big Bob auf die Wange.

Der Wanderbischof zuckte durch die Gegend. Plötzlich waren die merkwürdigsten Gedanken in seinem Kopf. Gedanken, die irgendwie nicht ganz seine eigenen waren.

Big Bob mühte sich auf die Beine, doch er wurde von liebevollen Poetinnen behindert. Liebevollen, liebebedürftigen Poetinnen, deren Lippen und Hände nun merkwürdig kitzelten.

»Fasst mich nicht an!«, kreischte Big Bob. »Ihr fetten hässlichen Kühe! Nein, Verzeihung, das war ich nicht! Das habe ich nicht gesagt.«

»Es klang aber so«, beharrte ein schlecht gekleideter Poet.

»Halt du dich da raus, du räudiger Mistkerl. Nein, das war ich auch nicht!«

»Du magst ein großer Bursche sein«, sagte der schlecht gekleidete Poet und krempelte die fadenscheinigen Ärmel hoch. »Aber ich bin zufällig in der tödlichen Kunst des Dimac ausgebildet, und ich lasse mich von keinem Menschen auf der Welt beleidigen.«

»Das ist nicht der Dimac-Kodex«, sagte Kelly.

»Halt dich gefälligst da raus, du blonde Schnepfe«, sagte der Poet.

»Wie können Sie es wagen!«, sagte Kelly.

»Sehet nur, der Antichrist!«, rief der Wanderbischof, was eine ganze Menge Aufmerksamkeit erregte.

»Gebt mir eine Chance!«, rief Derek vom Rednerpult herab. »Es sind doch nur noch zweiundzwanzig Strophen, und einige davon sind ehrlich ziemlich frech. Das ist kein Witz.«

»Verzieh dich«, rief der Alte Pete dazwischen.

»Halt die Klappe, du alter Furz«, sagte der picklige Jüngling einmal mehr.

»Das reicht jetzt«, sagte der Alte Vic und zog seinen Dienstrevolver.

Big Bob kämpfte mit den amourösen Poetinnen. Der schlecht gekleidete Poet setzte den Stiefel ein.

»O nein«, sagte Kelly. »Das dulde ich nicht.« Sie stieg aus ihrem ganzheitlichen Schuhwerk und verpasste dem martialischen Poeten eine Abreibung.

»Schlägerei!«, rief der Alte Pete. »Dieser Typ da hat angefangen!« Er deutete auf den pickligen Jüngling, der mit dem Alten Vic um den Dienstrevolver kämpfte, den dieser in seiner runzligen Hand gepackt hielt.

»Dieser Mann ist der Antichrist!« Der Wanderbischof hatte seine Weihwasserflasche gezückt. »Zerstört den Antichrist! Tretet seine Knochen in den Staub!«

»Sind Sie auch ganz sicher?«, fragte der Barmann, als Fäuste in alle Richtungen zu fliegen begannen. »Ich bin sicher, er ist nur Big Bob.«

»Die Hure Babylon, verkleidet als Barmann!«, kreischte der Bischof. »Vernichtet auch sie! Sie trägt die Marke des Tiers auf dem Dödel!«

»Das tue ich verdammt noch mal nicht!«, entgegnete der Barmann und wich einem fliegenden Pintkrug aus. »Mein Dödel hat ein kleines Tattoo. Du bist besoffen. Verschwinde aus meiner Bar.«

Draußen auf dem Parkplatz hielten zwei Limousinen nebeneinander. Eine enthielt das Darts-Team elf der Brentforder Polizei, das von einem Auswärtsspiel und einer vernichtenden Niederlage beim Darts-Team der Chiswicker Polizei zurückkehrte.

Die zweite enthielt das Hurling-Team der Brentforder Feuerwehr, das von einem Auswärtsspiel und einer vernichtenden Niederlage beim Hurling-Team der East Acton Brigade zurückkehrte.

Beide Limousinen enthielten niedergeschlagene Männer mit sehr trüben Gedanken. Männer, die nur einen Tag zuvor einen Konflikt untereinander ausgetragen hatten bezüglich der Frage, wer den Schauplatz übernehmen und die Verantwortung für die Situation tragen sollte. Die Situation bezüglich des Busunfalls in der Brentforder High Street.

Beide Limousinen spien ihre niedergeschlagene Fracht zur gleichen Zeit aus. Und der Schlachtenlärm, der aus dem Arts Centre drang und von jener sanften Brise herangeweht wurde, die auch den Duft von Lilien und alten Rosen aus den Gärten von Kew über die Themse trug, erreichte die Ohren jener bedrückten, trübseligen Fracht im gleichen Augenblick.

Und weil sie durch und durch Profis waren, spitzten diese niedergeschlagenen Männer beim Lärm der Schlacht die Ohren. Und verarbeiteten eben jenen Lärm.

Bis sie zu einer Entscheidung kamen.

»Wir übernehmen das Kommando hier!«, riefen die Feuerwehrleute.

»Nein, wir übernehmen das«, riefen die Polizisten.

13

Es ist seit jeher ein Thema für eine hitzige Diskussion unter Gelehrten menschlicher Verhaltensweisen: Was gehört zu einer richtigen Schlägerei?

Gewiss müssen die Zutaten exakt eingehalten sein. Die Fehlertoleranz ist hauchdünn. Zu viel hiervon, zu wenig davon, und das Ganze geht in die Hose.

Wie Hugo Rune, jener Gelehrte unter den Gelehrten menschlichen Verhaltens, jener Vortragende vor der königlichen Akademie über Themen, die von Wassersport über Teekannenkonstruktion bis hin zur Theorie der vierseitigen Dreiecke reichen, jener vierfache Schwergewichtschampion des WWF, in seiner berühmten Monographie *Komm doch her, wenn du Manns genug bist oder: Was macht eine klassische Schlägerei aus?* festgehalten hat, spielen vier bedeutende Faktoren ihre gleichermaßen wichtigen Teile.

Diese sind

erstens: Ort

Zweitens: gleich starke Teilnehmerseiten

Drittens: ein wirklich guter Grund für eine Schlägerei

Viertens: ein sicherer Aussichtspunkt für den Gelehrten menschlichen Verhaltens, von dem aus er das folgende Getümmel studieren und beobachten kann.

Seinem Erz-Verunglimpfer Koestler zufolge war Rune ein übelwollender Psychotiker, der die Gewalt um der Gewalt willen liebte und verantwortlich war für zahllose Schlägereien während der 20er und 30er Jahre, hauptsächlich deswegen, weil es ihn »anmachte, in sexueller Hinsicht«. Besonders bemerkenswert war die berühmte Prügelei vom Café Royal im Jahre 1927, als Rune eine Gruppe von Surrealisten einschließlich Salvador Dali und Max Ernst anstiftete, die Kellner jenes noblen Etablissements zu vermöbeln, indem er behauptete, dass sie ihn »so merkwürdig anstarren« würden. Oder der skandalöse Zwischenfall in der vatikanischen Kantine, der damit endete, dass Papst Leo XVII ein blaues Auge erhielt und Hugo Rune von der katholischen Kirche exkommuniziert wurde.

Rune stellte fest, dass Koestler wie üblich alles falsch verstanden hätte und überhaupt nichts kapiert hätte und dass er, Koestler, schon bei ihrer nächsten Begegnung einmal mehr Bekanntschaft mit seinem berühmten Knüppel machen würde.

Es war Runes Überzeugung, dass eine Schlägerei das Ergebnis kinetischer Kunst war, einer Art Kampfsport. Genau genommen ein Concerto für Fäuste und Dinge dieser Art. Zu genießen wegen seiner spontanen, anarchistischen Brillanz, wegen seiner Adrenalinstimulation und nicht notwendigerweise wegen der Tatsache, dass es ihn »so richtig anmachte«, wenn er hinterher seine Freundin besuchte. »Die Schlägerei ist ein Ding großer Schönheit«, behauptete Rune. »Sie entspringt aus dem Nichts und erhebt sich wie ein Regenbogen, um unserem ansonsten grauen, eintönigen Alltag zusätzliche Farbe zu verleihen. Ganz besonders nach einer guten Mahlzeit.« Und es ist sehr wohl überliefert von denjenigen, die Rune zum Dinner eingeladen hat, dass Rune, nachdem er mit seinem Nachtisch fertig war, seinen Ballon fünfzig Jahre alten Brandy geleert hatte und die aufgerauchte Napoleon ausgedrückt hatte, unausweichlich gähnte und sich mit einem merkwürdigen Glitzern in den Augen im Restaurant umsah, bevor er unvermittelt von seinem Stuhl aufsprang, um etwas in der Art von »Wie können Sie es wagen, so mit mir zu reden, Sir?« zu rufen, bevor er irgendeinen unschuldigen Tischgast mit seinem Knüppel auf den Kopf schlug. Das resultierende Handgemenge, häufig blutig und nicht selten in zahlreichen Verhaftungen endend, war stets wegen zweier Dinge bemerkenswert: Der Abwesenheit Hugo Runes am Schluss der Veranstaltung und der Tatsache, dass die von ihm eingeladenen – üblicherweise verletzten – Gäste gezwungen waren, die Rechnung zu begleichen.

Rune behauptete, dass er diese Handlungen nicht allein für die Sache der wissenschaftlichen und sozialen Erleuchtung beging, sondern auch »um der Kunst willen«, was sie akzeptabel machte, den er war der führende Künstler seiner Zeit. Und wenn er gefragt wurde, warum er die Schlägerei in der vatikanischen Kantine vom Zaun gebrochen habe, so pflegte er zu erklären, dass er bereits einen Monat in Rom verbracht habe und zunehmend Schwierigkeiten hätte, ein Restaurant zu finden, das eine Reservierung auf seinen Namen entgegennahm.

Diejenigen, die sich dem Studium des Lebens und des Werks von Hugo Rune verschrieben haben, stimmen heute darin überein, dass Rune seiner Zeit voraus war und die Wissenschaft und Soziologie erst heute anfangen, seine Forschungen zu begreifen. Es ist auch höchst interessant festzustellen, dass der Südostküstenkünstler Matt Humphrey kürzlich mit seinem Videoexperimentalfilm *Punching People* in die engere Wahl für den Turner-Preis gekommen ist, einem Video, auf dem zu sehen ist, wie er Verkäufer von *Big Issue* vermöbelt, die versuchen, vor dem Body-Shop-Laden in Brighton ihrem Gewerbe nachzugehen. Bei seiner Verhandlung behauptete Humphrey, dass er gewiss nicht der gewalttätige Psychotiker sei, der die Gewalt um der Gewalt willen liebe, wie es der Vertreter der Anklage darstelle, sondern ein Künstler, der eine Hommage für den großen Hugo Rune dargeboten habe. Humphrey verließ das Gericht als freier Mann, doch später klagte ein unabhängiges Tribunal Richter Thumbs an, der die Verhandlung geleitet hatte, mit der Begründung, dass Mr. Justice Thumbs' unparteiisches Urteilsvermögen als Runie nicht gegeben gewesen sei. Mr. Justice Thumbs sitzt gegenwärtig eine zweijährige Strafe ab, weil er verschiedene Mitglieder des Tribunals mit seinem Knüppel attackiert hat.

Um die hitzige Debatte unter den Gelehrten ein wenig zusammenzufassen, was denn nun zu einer richtigen klassischen Schlägerei gehört, ohne dabei Runes vier unabdingbare Faktoren außer Acht zu lassen: Ort des Geschehens, gleichmäßige Verteilung der Partizipanten auf die jeweiligen Seiten, ein richtig guter Grund zum Anfangen und der vielleicht fragwürdige vierte, namentlich der sichere Aussichtspunkt für den Gelehrten menschlichen Verhaltens, wie könnte diese Debatte auf den wütenden Aufstand angewandt werden, der gegenwärtig in der Bar des Waterman's Art Centre tobte?

Gute Frage.

Nun, zum einen haben wir einen sehr guten Ort. Wieder und wieder hat sich das Lokal als exzellenter

Austragungsort für wirklich dezente Prügeleien erwiesen. Es gibt Stühle, die sich auf den Köpfen von Leuten zertrümmern lassen, Flaschen, Gläser und Aschenbecher zum Werfen, und es gibt stets ausreichend Gäste, die gerne teilnehmen, manche mit einem Eifer und einer Vehemenz, als hätten sie nur auf ein derartiges Ereignis gewartet.

Und was die Partizipanten angeht. Gleiche Seiten für eine klassische Schlägerei. Dies ist eine ultimative Wahrheit. Sechs auf einen ist keine Schlägerei, sondern ein Massaker. Sechs gegen sechs, und der Ausgang ist offen. Was diejenigen anging, die gegenwärtig im Waterman's zugange waren, sie hatten überhaupt keine spezifischen Seiten, wenn man einmal von denen der eben eingetroffenen öffentlichen Rettungs- und Einsatzkräfte absieht. Es gab keine Zusammenrottung. Die Kämpfe waren gleichmäßig verteilt. Poet kämpfte mit Poet, Maultiertreiber mit Maultiertreiber, und wäre mehr als ein Wanderbischof zugegen gewesen, würden sie selbstverständlich die Gelegenheit beim Schopf ergriffen und alte, nicht beglichene Rechnungen beglichen haben.

Was den wirklich guten Grund angeht.

Das ist eine Grauzone. Genau wie die Frage, ob es in Ordnung ist, über eine gelbe Ampel zu fahren, wenn man es eilig hat. Oder aus dem Bus auszusteigen, ohne zu bezahlen, weil der Fahrer einen nicht gesehen hat (weil man sich hinten geduckt hat). Oder die Applikation des Findergesetzes, wenn man an einem offenen Lieferwagen vorbeikommt. Nun, vielleicht auch nicht. Wie gesagt, es ist eine Grauzone. Eine subjektive Angelegenheit. Was dem einen ein guter Grund ist, mag dem anderen noch längst nicht ausreichend sein.

Der Alte Vic jedenfalls war der festen Überzeugung, dass es voll und ganz gerechtfertigt war, auf den pickligen Jungen zu schießen, der am Lauf seines alten Dienstrevolvers zerrte. Weil, wie er später in seinem Verteidigungsplädoyer aussagen würde, »wenn er mir die Pistole weggenommen hätte, hätte er bestimmt auf mich geschossen.« Der Barmann jedenfalls fühlte sich vollkommen im Recht, als er sich über den Tresen schwang und den Wanderbischof mit einem Sodasiphon fällte. Weil, wie er später in seinem Verteidigungsplädoyer aussagen würde, »der Irre hat gesagt, ich wäre ein Exhibitionist und hätte drei Sechsen auf meinen Dödel tätowiert.«

Big Bob, der sich nicht vor Gericht wiederfand, hatte seine eigenen Gründe. Und obwohl er durchaus und zu Recht das Recht für sich in Anspruch nehmen konnte, letztendlich die Ursache für die Schlägerei und all das Blutvergießen und die Brutalitäten gewesen zu sein, war es eigentlich nicht seine Schuld. Doch Big Bob hatte einen wirklich guten Grund, sein Knie in den Unterleib eines besonders schlecht gekleideten Poeten zu rammen, der rein zufällig dabeistand und niemanden prügelte und sich auch sonst sehr zurückhielt.

Weil der Name dieses Poeten Trevor Alvy war.

Wenden wir uns wieder der Prügelei zu.

Der Barmann bearbeitete den Bischof, doch der Bischof, obwohl blutig, bearbeitete seinerseits den Barmann. Schnurrbärtige Frauen mit Pintkrügen schlugen alle männlichen Dinge nieder, die in ihre Reichweite kamen, und picklige Jugendliche, die sich unvermittelt in ihrem Element wiederfanden und nichts mehr genossen als eine gute Schlägerei, nicht um der Kunst willen, sondern einzig und allein aus Lust an der Gewalt, schlugen und traten auf eine Weise nach den älteren Respektspersonen (und Kriegsgefangenen) im Saal, für die die enttäuschte Jugend schon immer berüchtigt gewesen ist.

Der Kampf breitete sich unausweichlich zum Rednerpult hin aus, wo Derek mit inzwischen nur noch neunzehn übrig gebliebenen Strophen und erfüllt von einer Entschlossenheit, dass die Welt im Allgemeinen und das Waterman's Arts Centre im Besonderen ein besserer Ort wären, wenn sie mit seiner Muse gesegnet waren, fuhr fort zu deklarieren, während er den Mikrofonständer schwang wie einst Samson den Kieferknochen eines Esels, als er einer ähnlich feindlich gesinnten Bande von Philistern gegenübergestanden hatte.

Kelly, ein verschwommener Schemen aus Dimac-Schritten und Schlägen, mit leuchtenden Eisenfäusten und Füßen, die beim Durchbrechen der Schallmauer krachten, mähte alles nieder, was ihr in den Weg kam, während sie sich selbigen hin zu Big Bob bahnte.

»Kommen Sie mit mir, wenn Sie leben wollen«, sagte sie, weil diese Zeile klassisches Hollywood ist.

»Dann geben Sie mir Ihre Hand«, sagte der Große, und dann, »Nein, lieber nicht! Das war ich nicht! Fassen Sie mich nicht an, bleiben Sie weg.«

»Ich sah ein wildes Tier aus dem Meer steigen.« Der Wanderbischof hatte den Barmann mit einer Hand an der Kehle und deutete mit der anderen einmal mehr auf Big Bob. »Du weißt, dass die Verzückung nach Brentford gekommen ist! Du weißt das, und alle anderen auch!«

Die Nachricht hatte sich tatsächlich wie ein Lauffeuer verbreitet, betreffend die Verzückung, und die meisten der Kombattanten hatten davon gehört. Und die meisten waren ehrlich und zutiefst sauer darüber, dass sie bis jetzt noch nicht an die Reihe gekommen waren.

»Wahrlich, ich sage euch!« Die Stimme des Wanderbischofs erhob sich zu einer unglaublichen Lautstärke. Wurde zu einer unglaublich lauten, grauenvollen Stimme. »ICH SAGE EUCH. DAS ENDE DER ZEIT STEHT VOR DER TÜR. DAS WILDE TIER TO MEGA THERION WANDELT UNTER UNS[12]. ER IST HIER. ER IST BIG BOB CHARKER. ERSCHLAGT DEN GOTTESLÄSTERER! VERBRENNT DEN IKONOKLASTEN!«

»Glaubt diesem Bischof nicht! Er spricht nicht mit Menschenstimme!«, rief Big Bob und versetzte Trevor Alvy zur Sicherheit noch einen Tritt. »Er hat die Infektion! Er ist besessen!«

Nun kam an dieser Stelle Runes Regel Nummer zwei unerwartet ins Spiel. Zufälligkeit subtrahierte sich aus der Gleichung und ließ die Harmonie reiner Mathematik an ihrer Stelle zurück.

Welche Seite würden Sie gewählt haben?

Die Seite des rasenden Klerikers, der zum Verbrennen einer Hexe aufforderte? Oder die Seite der Vernunft (?), welche Vernunft auch immer das sein mag?

Die Kampflinie wurde jedenfalls gleichmäßig gezogen.

Poeten religiöser Ausrichtung, begierig darauf, so rasch wie möglich von der Verzückung heimgesucht zu werden, wussten ganz genau, auf welcher Seite sie standen und wer verbrannt werden sollte und wann –

12 Das große wilde Tier. Wie im Buch der Offenbarung.

beispielsweise *jetzt.* (Man muss derartige Entscheidungen augenblicklich fällen, sonst funktionieren die Mob-Gesetze nicht.)

Picklige Jugendliche, die ein Black Sabbath Album und die Schriften von Anton La Vey vorzogen und stets begierig darauf waren, sich einem Hexensabbat anzuschließen in der Hoffnung auf eine Gelegenheit, mit nackten weiblichen Punkerinnen zu tanzen (die, wie ein Freund ihnen erzählt hatte, immer scharf darauf waren), wählten ihre Seite innerhalb einer Nanosekunde. Wenn das Tier 666 in dieser Nacht wirklich persönlich hier war, dann wollten sie dabei sein. Bei ihm unterschreiben. Mit Blut, wenn es sein musste, obwohl sie Kugelschreiber vorzogen.

»TÖTET DEN GÖTZENDIENER!«, brüllte die laute, grauenhafte Stimme aus dem Mund des Bischofs. »SCHICKT DIE HÖLLENBRUT ZURÜCK IN DAS BODENLOSE LOCH!«

Und um seinen Worten eine gewisse Aura von Autorität zu verleihen, levitierte der Bischof nun vom Boden hoch. Es war ein ziemlich schicker Trick, alles was Recht ist, ein Trick, der nur dem inneren Magischen Kreis bekannt ist. Und jenem ärgerlich cleveren amerikanischen Zauberkünstler[13], der ihn in den Straßen von New York aufführt.

An dieser Stelle kam die Brentforder Polizei durch die Westtür (die, wie sie wusste, eine Abkürzung zur Bar darstellte) und erblickte die Brentforder Feuerwehr, die gleichzeitig durch die Osttür kam (die, wie sie wusste, eine Abkürzung zur Bar darstellte).

Und obgleich keine der beiden Gruppen die

---

13 David Blaine. Er ist in dieser Autowerbung zu sehen, wo er »Denken Sie sich eine Karte« sagt.

Worte des Wanderbischofs gehört hatte – oder besser, die Worte, die über die Lippen des Bischofs gekommen waren, denn es waren ja nicht seine Worte, wie wir wissen –, wusste jeder sofort, auf welcher Seite er stand.

Und dann flogen die Fetzen.

»Raus!«, brüllte Kelly zu Big Bob Charker. »Laufen Sie zum Ausgang! Ich werde Sie beschützen!«

»Oh, gut!«, sagte ein pickliger Jüngling. »Diese Frau ist offensichtlich die Hure Babylon. Ich bin froh, dass sie auf unserer Seite steht.«

Kelly schlug den pickligen Jüngling nieder. »Trottel«, sagte sie, als sie ihn schlug.

»Das blaue Feuer aus ihren funkelnden Augen verbrennt meine demütige Seele. Wäre ich ein Feuerwehrmann, würde ich sie an meinem Stab herunterrutschen lassen«, reimte Derek in Prosa. Es war Strophe siebenunddreißig oder vielleicht auch achtunddreißig. Doch eine fette Poetin mit einem dunklen Schnurrbart hatte ihn im Schwitzkasten. Und Derek konnte sich nicht länger über das Getöse der Schlacht Gehör verschaffen.

Kelly trat und schlug, und rechts und links fielen Kämpfer für die eine oder andere Seite. Big Bob wich zum Ausgang zurück. Es war der südliche, und er führte hinunter zum Fluss.

»ER FLIEHT!«, kreischte der Bischof aus der Höhe herab. »DER UNHEILIGE ENTFLIEHT! VERFOLGT IHN, MIT GOTTES GESCHWINDIGKEIT!«

Der Alte Vic, dessen Augenlicht nicht mehr das war, was es mal war, feuerte auf den schwebenden Bischof. »Das ist der Rote Baron!«, brüllte er. »Bemannt die Flak! Ein Pint Stout für den Kanonier, der den Mistkerl runterholt!«

Der picklige Jüngling, der noch immer den Lauf von Vics Dienstrevolver umklammerte, verlor die Nasenspitze.

Schüsse bringen einen Mob häufig zum Erstarren. Manchmal machen sie die Dinge aber auch noch schlimmer. Und da dieses Manchmal eines jener Manchmale war, machte der Schuss die Dinge noch schlimmer.

»Ich rufe F.U.R.Z! Ich rufe F.U.R.Z!«, rief ein Constable in sein Reversfunkgerät (Mute Corp 3000 Serie). »Aufstand im Gange im Waterman's Arts Centre. Schüsse wurden abgegeben. Schicken Sie alles, was Sie haben!«

Big Bob war nun draußen auf der Straße. Kelly bekämpfte die neuen Rekruten der christlich-fundamentalistischen Bewegung, die ihnen hart auf den Fersen waren.

»Dem Nächsten, der durch diese Tür kommt, reiße ich die Eier ab!«, sagte sie in entschiedenem Tonfall zu ihnen. Diejenigen, die ihr hart auf den Fersen waren, bedachten die Spur aus bewusstlosen Leibern, die Kelly hinter sich zurückgelassen hatte. Und erreichten einen Konsens dergestalt, dass sie beschlossen, den Antichrist ungeschoren seiner weiteren Wege gehen zu lassen.

»Wir wissen ja, wo du wohnst!«, rief ein Poet und machte mit den Fingern das Zeichen des Kreuzes. »Wir kommen morgen vorbei, warte nur ab.«

»Wir werden dir den Marsch blasen«, sagte ein Maultiertreiber.

»Lauf«, sagte Kelly zu Big Bob. Doch Big Bob rannte bereits.

Das Gasometer bei Mondlicht ist ein wundervoller Anblick. Viele der Brentforder Poeten lassen sich davon inspirieren. Viele von ihnen schreiben richtig lange Gedichte darüber. Und mehrere davon hätten an jenem Abend vorgetragen werden können, hätten sich die Dinge nicht so entwickelt, wie sie sich entwickelt hatten.

Im Schatten des großen Gasometers schnaufte und keuchte Big Bob und krümmte sich vornüber, die großen Hände auf den großen Knien. Kelly war nicht einmal leicht außer Atem; sie sah aus, als könnte sie jederzeit einen Marathon laufen. Sie streckte die Hand nach Big Bob aus, doch dann zog sie sie wieder zurück.

»Wie fühlen Sie sich?«, fragte sie.

»Ich bin erledigt«, sagte Big Bob. »Trevor Alvy hat mir auf den gebrochenen Zeh getreten.«

»Und sonst?«

»*Sonst?*« Big Bob schnaufte und keuchte ein wenig mehr. »Haben Sie überhaupt eine Vorstellung von dem, was ich durchgemacht habe?«

»Keine«, sagte Kelly, straffte ihr Haar und wählte eine Strähne aus, die sie im Schatten hin und her zwirbeln konnte.

»Die Hölle!«, sagte Big Bob. »Ich war in der Hölle. Und ich bin noch immer nicht wieder raus. Es ist in meinem Kopf. Ich kann es spüren. Aber es wird schwächer.«

»NEIN, WERDEN WIR NICHT!«, sagte die Stimme widerhallend in seinem Schädel. »UND DU HAST GERADE LEVEL DREI VERLOREN. DU HAST UNS ÜBERTRAGEN. DAMIT SIND ALLE DEINE LEBEN WEG. DU HAST VERLOREN, WIR HABEN GEWONNEN.«

»Nein!«, kreischte Big Bob und kratzte sich die Schläfen. »Ich bin nicht mehr in eurem Spiel!«

»DOCH, DAS BIST DU«, sagte die Stimme. »UND DAS WAR ES. LEVEL DREI. DU HATTEST ALLE INFORMATIONEN, ABER DU HAST ES VERMASSELT, UND WIR HABEN GEWONNEN. UND JETZT WIRST DU STERBEN.«

»Was ist los?«, fragte Kelly. »Was geht da vor? Ich verstehe das nicht.«

»Sie sagen, ich hätte das Spiel verloren. Ich hätte mein letztes Leben verspielt. Sie wollen mich töten. Nein, ihr Dämonen, nein!«

Big Bobs Hände verließen die Schläfen. Kelly konnte ihn in der Dunkelheit neben sich sehen. Sie sah die großen Hände zittern. Sie sah den Ausdruck von Furcht im Gesicht des großen Mannes. Die Hände schlossen sich um seine Kehle.

Drückten, quetschten. Fester und fester.

Fester und fester.

»DU HAST VERLOREN«, sagte die Stimme in Big Bobs Kopf. »WIR HABEN GEWONNEN. DU WIRST STERBEN.«

»GAME OVER.«

»Nein!« Big Bob keuchte und kämpfte. Doch die Hände, nicht länger unter seiner eigenen Kontrolle, drückten ihm die Kehle zusammen und quetschten alles Leben aus seinem Leib.

14

Friede, Freude, Glückseligkeit.

Friede, Freude. Eierkuchen.

Die große fette Smiley-Sonne erhob sich einmal mehr über die Dächer Brentfords. Sie strahlte auf eine Gemeinde herab, die an diesem Morgen eigenartig gedämpft dalag. Der Milchwagen von Mr. Melchizedec zockelte durch die Straßen, und auch er schien eigenartig bedrückt zu sein. Und der Kater, der leise auf dem Fenstersims des Fliegenden Schwans schnarchte, grollte leise im Schlaf, als Mr. Melchizedec die Hand ausstreckte, um ihm den Kopf zu kraulen. Und Mr. Melchizedec, der an diesem Morgen lautlos vor sich hinpfiff, spürte, dass irgendetwas ganz und gar Verkehrtes über Brentford gekommen war und zusammengerollt und tödlich wie eine Kobra lauerte und darauf wartete zuzuschlagen.

Derek erwachte in seinem Junggesellenbett. Einigermaßen zerschrammt und voller blauer Flecken war Derek und ganz eigenartig bedrückt. Er hatte eine schlimme Nacht hinter sich, die ganzen Prügel von den weißgrauen Händen brutaler Poetinnen und später von den lederbehandschuhten und noch weit brutaleren Fäusten der Männer von F.U.R.Z., die ihn zusammen mit vielen anderen in eine grüne Minna und anschließend in eine völlig überbelegte polizeiliche Arrestzelle gesteckt hatten. Es war fünf Uhr morgens gewesen, bevor er eine Gelegenheit bekommen hatte, sich seinen Weg in die Freiheit zu reden. Keine Minute zu früh, denn ein großer, schwerer, bärtiger Poet, dem das Gefängnisleben offensichtlich nicht fremd war und der über sich selbst sagte: »Ich bin jetzt dein Daddy«, hatte Derek soeben erklärt, was genau Dereks Rolle als »mein Miststück« beinhaltete.

Derek hatte seinen traurigen Hintern schmerzerfüllt nach Hause geschleppt.

Derek gähnte und streckte sich und zuckte zusammen vom Schmerz der zahlreichen Blessuren am ganzen Leib. Irgendwie war er absolut sicher, dass alles allein Kellys Schuld war. Es musste einfach so sein. Diese Frau war ein Synonym für *Ärger.* Ärger haftete in ihrem Kielwasser wie eine Alligatorhandtasche. Oder eine Erkältung, die man nicht richtig loswurde.

»Ich hoffe trotzdem, dass sie nicht verletzt wurde«, sagte Derek zu sich selbst. »Nein, vergiss es. Ich hoffe sehr, dass irgendjemand ihr eins in die Fresse gehauen hat. Nein, eigentlich hoffe ich das nicht. Oder doch. Eigentlich hoffe ich es. Wünsche es. Oder nicht. Doch. Eigentlich nicht, aber eigentlich schon.«

Sozusagen.

Andere mochten früh mit Derek aufgestanden sein. Aber die meisten nicht. Die meisten, die am Vorabend in die Angelegenheit verstrickt gewesen waren, saßen noch immer eingesperrt in den Zellen der Polizei. Ein Bursche namens Trevor Alvy lernte die Pflichten von »Daddys Miststück«. Doch diejenigen, denen es gelungen war, nach Hause zu kriechen oder zu schleichen, waren noch nicht, definitiv noch nicht aufgestanden, um zur Arbeit zu gehen. Sie würden sich für den Tag krank melden. Und diejenigen mit einer religiösen Veranlagung würden dies in dem zufriedenen Wissen tun, dass sie sowieso bald von der Verzückung geholt werden würden, also was spielte die Arbeit da überhaupt noch für eine Rolle?

Unter diesem potenziell freudvollen Gedränge befand sich auch der Wanderbischof. Nicht, dass er jetzt schon irgendetwas aus seinem Freudenpotenzial gezogen hätte. Der Wanderbischof war weiter gewandert, als er je zu hoffen gewagt hätte. Er war hoch in den Zweigen einer Ziertanne am Südufer der Themse erwacht, im königlichen Botanischen Garten von Kew, wo seine levitierte Wanderung ihn hingeführt hatte.

Kelly erwachte in ihrem gemieteten Bett bei Mrs. Gormenghast. Die Kissenbezüge waren immer noch braunrot, genau wie die Bettdecke und die Vorhänge und der Teppich. Steerpike die Katze, Mrs. Gormenghasts kleiner Liebling, war ebenfalls braunrot, aber das war etwas anderes. Steerpike die Katze stammte von der Insel Fizakery, wo alle Katzen braunrot sind.

Kelly gähnte und streckte sich und kletterte aus ihrem Bett und stand auf Steerpike der Katze. Steerpike die Katze fluchte auf Katzenart und gab Fersengeld.

An diesem Morgen war Kelly nicht so angenehm nackt. Sie hatte in ihrem Polyvinylsynthacottonlatexsuedoseidenkleid geschlafen, das schlimm zerrissen und zerknittert war. Und sie hatte sehr schlecht geschlafen. Ihre Haare waren wirr, und sie hatte dunkle Ringe unter den Augen. Sie sah überhaupt nicht aus wie das Sinnbild strahlender Gesundheit. Sie sah viel eher leichenblass aus.

Kelly schleppte sich zum Spiegelglas und untersuchte ihre Reflexion darin. Es war überhaupt kein schöner Anblick. Die Ereignisse des vorangegangenen Abends hatten sie sehr besorgt gemacht. Ein Gefühl von überwältigender Schwermut hüllte sie ein wie eine feuchte Decke.

Kelly betastete ihr zerzaustes Haar. Sie starrte sich im Spiegel an. Sie benötigte eine größere kosmetische Restauration, so viel stand fest, wenn sie auch nur annähernd ihre natürliche Schönheit für ihren ersten Tag bei Mute Corp zur Geltung bringen wollte.

Kelly kaute auf ihrem Amorbogen, und als sie so in den Spiegel starrte, erschien es ihr für einen Augenblick, nur für einen winzigen, unterbewussten Moment, dass das Gesicht von Big Bob Charker aus dem Spiegel zurückstarrte.

Kelly erschauerte und spürte, wie Tränen in ihre blauen, blauen Augen stiegen. Sie zwang sie zurück. Große Mädchen weinten nicht. Sie musste die Kontrolle behalten.

Sie musste die Kontrolle *übernehmen.*

Kurz nach halb acht Uhr morgens stieg Kelly Anna Sirjan die Treppe hinunter und betrat den Frühstücksraum. Sie trug ein limettengrünes Kleid aus Chromecolorpolysynthasuedodickydido und sah strahlend und schön und überwältigend aus wie eh und je.

An den Füßen trug sie ein Paar hellroter holistischer Knöchelstiefel von Doveston mit zurückgelegten Super-Trooper Schweißrinnen, Multi-Sockel-Implantaten und extrabreiten kreuzmodulierten Flux-Implodern. Das Neueste vom Neuen. Und ganz genauso sahen sie auch aus.

Das Feuer knisterte munter im Kamin, und Mrs. Gormenghast in ihrem braunroten Nonnenkleid mit dazu passendem Schleier begrüßte sie mit einem Ave Maria, bevor sie sich daranmachte, kleine kreuzgeschlitzte Brötchen zu backen.

»Haben Sie gehört, was gestern Abend bei den Brentforder Poeten passiert ist?«, rief sie Kelly Anna Sirjan über den blubbernden Kessel auf dem Herd hinweg zu. »Der Antichrist ist gekommen, wenn ich es richtig verstanden habe. Die Leute erzählen, dass Dutzende zur Herrlichkeit geführt wurden, aber viele haben auch das Siegel des Tiers angenommen.«

»Haben Sie vielleicht Kaffee?«, fragte Kelly Anna Sirjan.

»Nur Tee, Liebes. Kaffee ist ein Getränk des Teufels.«

»Dann nehme ich ein Glas Wasser.«

»Davon habe ich reichlich, Liebes. Ich hab den Hahn von Vater O'Blivion segnen lassen. Alles, was jetzt da rauskommt, ist Weihwasser.«

»Haben Sie einen Computer im Haus?«, fragte Kelly Anna Sirjan.

»Du liebe Güte, nein!«, sagte Mrs. Gormenghast und rührte hektisch in ihrem Kessel, während sie angestrengt überlegte, wie das, was sie zu kochen im Begriff stand, eigentlich gekocht wurde. »Mein Ehemann hatte einen. Einen Mute Corp 3000, wenn ich mich recht entsinne, ein riesiges Ding mit seitlichen Lautsprechern und Deep-Throat-Hard-Blast-Modululator-Drive. Ich glaube, er hat mit einem System funktioniert, das auf der Transperambulation pseudokosmischer Antimaterie basiert, aber ich kann es nicht mit Sicherheit sagen, weil ich ihn nie selbst benutzt habe. Ich leide unter Heuschnupfen, verstehen Sie?«

Kelly nickte auf die Art und Weise, die besagte, dass sie tatsächlich verstand. »Was hatten Sie erzählt, was mit Ihrem Mann passiert ist?«

Mrs. Gormenghast kratzte sich die braunrote Dauerwelle mit einem Holzkochlöffel. »Ich erinnere mich nicht mehr so genau«, sagte sie. »Hatte ich erzählt, dass er von einem Schwerlaster überrollt wurde? Oder dass er von Feen entführt worden ist? Es ist ja so ausgesprochen schwer, auf dem Laufenden zu bleiben, und eine Woche ist politisch gesehen eine lange Zeit. Möchten Sie gratinierten Käse auf Ihre Brötchen?«

»Parmesan?«

»Nein, ich nehme eine Gabel.«

Ein wenig nach acht Uhr morgens verließ Kelly frühstückslos das Haus von Mrs. Gormenghast. Sie verließ es nicht zur Vordertür hinaus, sondern durch den Hinterausgang, der für Hausierer, Bettler, Mandolinenspieler bei Mondschein und Tom den Sohn des Metzgers reserviert war. Sie eilte über den Gartenweg zwischen den braunrot blühenden Rhododendren hindurch, den braunrot blühenden Gladiolen, den prachtvollen braunroten Sonnenblumen und den wuchernden braunroten Fichtenbäumen, und nachdem sie einmal hinauf und hinunter und nach rechts und links gesehen hatte, schlüpfte sie hinter das Spalier, das die beiden braunroten Mülltonnen und den braunrot gestrichenen Schuppen verbarg. Kelly schob den Riegel zurück und betrat den Schuppen.

Sie trat über einen halben Sack fest gewordenen Zement und spähte durch das Halbdunkel auf einen Berg von Kohlensäcken. Darunter war ein leises Murmeln zu hören.

Kelly bückte sich und hob vorsichtig einen Sack hoch. Dann trat sie hastig zurück, wobei sie sorgfältig darauf achtete, ihre schicken Schuhe nicht an dem vorhin erwähnten Zementsack zu verschmutzen.

Auf dem Boden unter den Säcken lag Big Bob Charker. Er lag mit dem Gesicht nach unten. Seine Hände waren fest auf den Rücken gebunden, mit Streifen aus Polyvinylsynthacottonlatexsuedoseide, die Kelly aus ihrem Kleid gerissen hatte. Seine Knöchel waren auf die gleiche Weise gesichert und mit den Handgelenken zusammengebunden. Ein weiterer Streifen Polyvinylsynthacottonlatexsuedoseide diente als Knebel und war im Nacken des großen Mannes verknotet.

»Ich bin es, Kelly«, sagte Kelly. »Es tut mir Leid, dass ich Sie bewusstlos schlagen und hierher schleifen und so fesseln musste, wie ich Sie gefesselt habe, aber es war zu Ihrem eigenen Besten. Sie hätten sich sonst umgebracht. Oder *irgendetwas* hätte Sie umgebracht. Ich habe Sie nicht berührt, Ihre Haut, heißt das. Ich bin bestimmt nicht infiziert von dem, worunter Sie auch immer leiden. Aber sie müssen hier bleiben, bis ich herausgefunden habe, was ich unternehmen kann, um Ihnen zu helfen. Ich komme später wieder und bringe Ihnen etwas zu essen. Ich fahre jetzt zu Mute Corp. Ich weiß, dass die Antwort auf all diese Dinge dort wartet.«

Big Bob grollte durch seinen Knebel und zerrte an den Fesseln, dass einem angst und bange werden konnte. Seine Handgelenke bluteten. Es war nur eine Frage der Zeit, bis er sich befreit hatte. Kelly kramte in ihrer Umhängetasche, brachte ein paar weißer Lederhandschuhe zum Vorschein, zog sie über, kniete über dem großen Mann und applizierte eine Dimac-Beruhigungs-Berührung an seiner linken Schläfe. Big Bob verlor das Bewusstsein.

Kelly deckte ihn wieder mit den Kohlensäcken zu. Verließ den Schuppen, den Garten und die Straße und machte sich auf die Suche nach einem Taxi, das sie besser früher herbeibefohlen hätte.

Befehle waren noch nie Dereks Ding gewesen. Er war ein freier Geist, ein Innovator, ein Mann von Imagination, ein geborener Führer. Hätte er nicht so eine schlimme Nacht hinter sich gehabt, hätte er den heutigen Tag wesentlich mehr genießen können.

Er war der Chef.

Er war der unumschränkte Chef des *Brentford Mercury*.

Der Mann am Ruder. Der Captain des Schiffes. Der Mann, der Entscheidungen fällte. Der die Politik des Blattes diktierte. Der das Geschäft führte.

Man muss ein Gleichgewicht halten, muss man wirklich. Die Hochs und die Tiefs müssen sich im Gleichgewicht befinden. Das Gute und das Böse. Die Verfinsterungen mit den Mehrfachungesättigten. Die Antonyme und die Antilopen. Die Diddi-Dos mit den Rum-Tiddly-Um-Pum-Pums …

Und dergleichen mehr.

Und so marschierte Derek, nachdem er gefrühstückt hatte und von seiner Mum für das späte Aufstehen gescholten worden war und nachdem er seinen allerbesten Anzug angezogen hatte und den ganzen Weg zum Büro des Brentford Mercury marschiert war, während er im Geiste eine atemberaubende, herzzerreißende Häme-erfüllte alliterative Meine-Fresse-was-für-ein-Hammer-von-einer-Schlagzeile Schlagzeile komponierte, über Wolke sieben und den ganzen Weg zum Büro und wenn er nicht gestorben ist marschiert er noch heute.

Sozusagen.

»Ich bin der Boss!«, sagte Derek, als er die Treppe hinaufstieg, zwei Stufen auf einmal, und den Schlüssel, der nun in *seiner* Verantwortung lag, in das Schloss der Außentür steckte, ihn umdrehte und das Büro betrat.

»Sie kommen zu spät«, sagte Mr. Speedy, der kleine pinkfarben gekleidete Mann von Mute Corp.

»Wir werden der Company sagen, dass sie ihm eine Stunde vom Lohn abzieht«, sagte Mr. Shadow, der größere Mann von der gleichen Gesellschaft, gleichermaßen gekleidet, doch in hellrotem Ensemble.

»Sie!«, rief Derek erbost. »Was machen Sie hier? Wie sind Sie hier hereingekommen?«

»Wir haben unsere eigenen Schlüssel«, sagte Mr. Speedy. »Wir haben sie vom Hauptbüro. Das Geschäft schläft nicht, und Zeit ist Geld und wer zu spät kommt und all dieser Blödsinn.«

»Blödsinn?«, fragte Derek und machte ein Gesicht, das manch einer für wütend oder grimmig hätte halten können.

»Es gibt da ein paar Dinge zu erledigen«, sagte Mr. Shadow. »Wir werden die Unannehmlichkeiten unserer letzten Begegnung außer Acht lassen. Wir sind alle wieder geheilt. Wir tragen Ihnen nichts nach.«

»Warum sollten Sie auch?«, entgegnete Derek. »Ich war es schließlich nicht, der Sie aus dem Fenster geworfen hat. Das war diese Kelly Anna Sirjan, und sie arbeitet nicht länger hier.«

»Sehr erfreut, das zu hören. Können wir nun weitermachen?«

»Auf mich wartet Arbeit«, sagte Derek. »Vielleicht könnten sie später wiederkommen. Morgen, oder besser nächste Woche?«

»Wie amüsant!«, sagte Mr. Shadow. »Gehen wir nun ins Büro des Chefredakteurs und besprechen die geschäftlichen Angelegenheiten.«

»Ich muss eine Zeitung herausgeben.«

»Ja«, sagte Mr. Speedy. »Und ganz allein, wie es aussieht. Es sei denn, Sie haben eine Schar von Arbeitnehmern gesehen, die sich vor dem Eingang gedrängt haben. Und auf Sie gewartet haben, weil Sie zu spät gekommen sind.«

»Hm«, machte Derek. »Offen gestanden nein.«

»Nein«, sagte Mr. Speedy. »Es gibt nur uns. Nur uns drei, und wir müssen die Zeitung ganz allein zusammenstellen.«

»Unmöglich!«, sagte Derek. »Dazu braucht man Setzer, Drucker, Tintenmischer, Papierstraffer, jemanden, der den Tee kocht, und einen, der mal schnell um die Ecke Doughnuts holen geht. Alles schrecklich technische Dinge, die Sie unmöglich verstehen können.«

Mr. Speedy schüttelte den Kopf. Sehr langsam schüttelte er ihn. »Wir brauchen nur das hier«, sagte er und deutete auf ein winziges Dingsbums von der

Größe einer Brieftasche, das diejenigen, die sich damit auskennen, einen Laptop nennen.

Kellys Hände lagen ergeben in ihrem Schoß. Ergeben.

Das Büro, in dem sie ergeben saß, war ein rechtes Angeberding von einem Büro. Wände aus gebürstetem Aluminium, behängt mit den Arbeiten von Rothko, Pollock, Humphrey (in seiner postmodernen, hyperrealistischen Prä-Video-Periode) und dem unausweichlichen, nahezu obligatorischen Carson. Der Boden bestand aus schwarzem Basalt, eine steinerne Schreibtischplatte lag wie ein gefallener Monolith auf Stahlstreben. Es gab zwei Stühle, einer hinter dem Schreibtisch, mit Mr. Pokey darauf. Einer vor dem Schreibtisch, mit Kelly darauf. Die Hände im Schoß. Ergeben.

Sie saß auf einem Stuhl in der Form einer Kammmuschel. Er war von silbergrauer Farbe und besaß keine Beine. Der Stuhl schwebte achtzehn Zoll über dem Boden, doch er tat es in Zentimetern, weil die wesentlich moderner waren.

In einem Stuhl ohne Beine zu sitzen hatte etwas Alarmierendes, und Kelly verspürte kein geringes Unbehagen deswegen. Sie stemmte die Hacken ihres schicken Schuhwerks ununterbrochen in den Basalt.

»Es wird nicht zusammenbrechen«, sagte Mr. Pokey. »Es basiert auf einem ähnlichen Prinzip wie Magnetismus, aber es hat nichts damit zu tun. Wenn Sie verstehen, was ich meine, und ich bin sicher, dass Sie mich verstehen.« Er lächelte ihre Brüste an. »Sie verstehen?«

»Selbstverständlich«, sagte Kelly. »Trotzdem ist es ein wenig beunruhigend.«

»Ja. Deswegen haben sie sich auf dem Markt auch nicht durchgesetzt. So sind die Leute, eh? Man weiß nie, was ihnen gefällt und was nicht. Na ja, eigentlich doch, aber es ist uns lieber, wenn sie denken, wir wüssten nicht, was und was nicht.«

»Ja«, sagte Kelly. »Ich verstehe.«

»Die Company, die sich um Sie kümmert«, sagte Mr. Pokey. »Gegründet von ...« Er winkte mit der Hand, und das Gesicht Remington Mutes erschien geisterhaft und dreidimensional über der Schreibtischplatte aus gefallenem Stein. »Eine Legende. Ein wahrhafter Erneuerer. Der Mann hinter der erfolgreichsten Computerspielefirma in der Geschichte der Menschheit. HELLCAB.« Mr. Pokey winkte erneut, und ein Bildschirm materialisierte in der Luft und ersetzte das Gesicht von Remington Mute. Wagen zischten umher, Explosionen flammten auf. Soundeffekte drangen aus versteckten Lautsprechern.

Kelly konnte kaum ein Gähnen unterdrücken. HELLCAB war ihrer persönlichen Meinung nach Standard. Kaum zu vergleichen mit WONDER BOY oder ALTERED BEAST. Andererseits liebte sie altmodische Spiele. Sie hatten eine gewisse, nun, *Menschlichkeit,* wenn man so etwas über Computerspiele überhaupt sagen kann.

»SPEEDO«, sagte Mr. Pokey, und SPEEDO schwebte in der Luft. »BIG TRUCK RUMBLE, FIGHT NIGHT FIFTY, DOG TATTOO und MAGGOT FARM.« Und wie sie genannt wurden, materialisierten sie in der Luft.

»Die kennen Sie alle«, sagte Mr. Pokey. »Und selbstverständlich werden ständig neue und bessere Spiele entwickelt. Besser, schneller, trickreicher, herausfordernder für den Spieler. Damals, um die Jahrhundertwende, hat jeder auf Virtuelle Realität gesetzt. Doch was ist daraus geworden? Wann haben Sie das letzte Mal einen Spieler mit einem VR-Helm gesehen?«

»Ja, das stimmt«, sagte Kelly. »Und warum ist es so gekommen?«

»Mode«, sagte Mr. Pokey. »Ganz einfach. Mode. Wie mit Kleidung oder Musik oder Autos, mit Kunst, Architektur, Möbeln, einfach allem. Man muss das Rad nicht dauernd neu erfinden. Ständig mit neuen Ideen kommen. Das ist unnötig. Wir haben schließlich *Retro*. Retro-Musik, Retro-Mode, Retro-Architektur. Es ist eine Hommage an die Größe der Vergangenheit. Das ist es, was Remington Mute getan hat. Er hat die Computer wieder groß und vertraut gemacht, wie die Leute sie früher gekannt haben. Er hat nostalgische Gefühle in ihnen geweckt. Und dann die Spiele. Sie sind wie die alten Spiele, nur besser.«

»Was macht sie besser?«, fragte Kelly. »Ist es vielleicht der Mute-Chip?«

»Der Mute-Chip?« Das breite Grinsen erlosch auf dem Gesicht von Mr. Pokey. Sein Blick verließ Kellys Brüste und richtete sich auf ihre Augen. »Was wissen Sie über den Mute-Chip?«

»Offen gestanden – nichts«, sagte Kelly hastig. Und blieb sehr ergeben. »Ich habe zwei Männer darüber reden hören, als ich das Gebäude betreten habe.«

»Haben Sie das? Tatsächlich?«, fragte Mr. Pokey und beugte sich vor.

»Ich habe keine Ahnung, was das genau ist. Ich dachte immer, es wäre ein Web-Mythos. Existiert er tatsächlich? Ist er etwas Besonderes?«

»Ein ganz gewöhnliches Produkt«, sagte Mr. Pokey, doch Kelly konnte sehen, dass er auf beleuchtete Knöpfe drückte, die in seinen Schreibtisch eingelassen waren.

»Außerdem«, fuhr er fort, »bin ich sicher, dass Sie zu gegebener Zeit alles über den Mute Chip erfahren werden, was Sie wissen müssen. Wenn Sie genügend weit in der Hierarchie der Firma aufgestiegen sind. Allerdings würde ich an Ihrer Stelle nicht in der Öffentlichkeit darüber reden. Ich spiele gerade die Videosequenzen Ihrer Ankunft wieder ab. Sobald ich die beiden Mitarbeiter identifiziert habe, werde ich sie wegen ihrer Indiskretion entlassen.«

»Nein, bitte nicht«, sagte Kelly. »Ich möchte nicht, dass sie wegen mir Ärger bekommen. Sie haben geflüstert, ehrlich. Es liegt nur daran, dass ich ganz ausgezeichnete Ohren habe.«

»Ich frage mich, ob Sie nicht lügen«, flüsterte Mr. Pokey.

»Ich versichere Ihnen, dass ich die Wahrheit sage«, sagte Kelly. »Und jetzt, wenn Sie mir bitte alles über die Arbeit erzählen würden?«

»Der Job, um den es geht«, sagte Mr. Speedy, »ist Werbung für *Suburbia World PLC.* Selbstverständlich wird das meiste davon im World Wide Web geschehen, aber hier, in dieser zurückgebliebenen Gegend, muss es durch das offizielle Organ der Gemeinde passieren. Durch den respektierten *Brentford Mercury.*«

»Der *Brentford Mercury* ist eine Zeitung«, sagte Derek. »Kein Anzeigenblatt.«

»Aber dies wird der Gemeinde Arbeitsplätze bringen.«

»Wir haben kein Arbeitslosenproblem in Brentford«, entgegnete Derek. »Und wir haben auch keine Obdachlosen, die auf der Straße schlafen. Na ja, eigentlich doch, einen einzigen, nämlich den Irren John. Aber jede Gemeinde hat einen Irren John. Es ist eine Tradition, ein alter Brauch oder was weiß ich. Er schläft in einer Hecke und brüllt Schuhe an.«

»Schuhe?«, fragte Mr. Shadow.

»Schuhe«, sagte Derek. »Er zieht sie aus den schwarzen Plastiksäcken, die Leute von der mildtätigen Sorte sonntagnachts vor Wohltätigkeitsläden abladen. Der Irre John zieht die Schuhe aus den Säcken, reiht sie auf dem Pflaster auf und hält ihnen eine Strafpredigt, die sich gewaschen hat.«

»Warum?«, fragte Mr. Speedy.

»Weil er so etwas eben tut. Er ist ein einheimisches Original.«

Mr. Speedy hatte seinen winzigen Brieftaschenlaptop aufgeklappt. Er drückte winzige Tasten darauf. »Sonntagnachts, sagen Sie? Draußen vor dem Wohltätigkeitsladen? Das wäre dann auf der High Street, habe ich Recht? Die GFKUSKADSNEGT. Die Gesellschaft für kleine und schuhlose Knaben auf der Suche nach einer guten Tracht.«

»Was machen Sie da?«, fragte Derek.

»Ich setze es auf den Plan«, sagte Mr. Speedy. »Was wir für sonntagabends bisher haben, ist Folgendes: Beobachten des Alten Pete, wie er in der Schrebergartenwelt Rosenkohl pflanzt...«

»Schrebergartenwelt?«, fragte Derek.

Mr. Speedy las vom Bildschirm ab. »Genießen Sie eine Safari durch das echte, unverfälschte Brentford mit seinem natürlichen Pflanzen- und Tierreich. Können Sie den riesigen, legendenumwobenen Kater sehen? Erkennen Sie die zweiundzwanzig verschiedenen Sorten Rosenkohl? Finden Sie die Stelle, wo die heilige Alraune wächst?«

»Alraune?«, fragte Derek. »Sie wächst in Brentford?«

»Ein Bursche namens Alter Vic züchtet sie. Wir haben eine Akte über ihn. Er war früher mal Kriegsgefangener.«

»Ich weiß«, sagte Derek und vergrub das Gesicht in den Händen.

»Und jetzt fügen wir diesen Irren John hinzu«, sagte Mr. Speedy und drückte weiter Tasten. »Er brüllt, sagen Sie? Ist er gewalttätig?«

»Das sollten Sie vielleicht selbst herausfinden«, sagte Derek. Er spähte zwischen den Fingern hindurch zu Mr. Speedy.

»Das werden wir, keine Sorge«, sagte Mr. Speedy.

»Die Gegend ist nicht sicher, wissen Sie?«, sagte Derek und richtete sich auf. »Gestern Abend gab es im Arts Centre einen gewaltigen Aufruhr. Ich war selbst da. Es floss Blut. Ich habe überall Schrammen und Prellungen. Möchten Sie vielleicht mal sehen?«

»Ich hab selbst Schrammen und Prellungen«, sagte Mr. Speedy. »Meine sind viel beeindruckender als Ihre.«

»Ganz bestimmt nicht«, widersprach Derek.

»Unsere Company verfügt über eine Abteilung, die auf urbane Pazifizierung spezialisiert ist«, sagte Mr. Shadow. »Irgendwelche Probleme mit den Einheimischen werden schnell und unbürokratisch geregelt.«

»Ach ja?«, fragte Derek, und in seiner Stimme schwang Sarkasmus. »Und was wollen Sie tun? Einen hohen Zaun um die Gemeinde ziehen?«

»Selbstverständlich«, sagte Mr. Shadow. »Wir können schließlich nicht zulassen, dass sich jemand in *Suburbia World* schleicht, ohne zu bezahlen.«

»Was die Bezahlung angeht«, sagte Kelly. »Sie haben gestern eine Zahl genannt, die mir sehr großzügig erschien, insbesondere angesichts der Tatsache, dass die Natur meines Jobs hier ein wenig unspezifisch schien. Sie erwähnten einen Vertrag – wurde der bereits ausgestellt?«

»Die Zahl gilt noch immer, der Vertrag ist fertig. Sie werden Ihre Aufgabe sehr herausfordernd finden. Sie müsste Ihnen Freude bereiten. Sie erscheinen mir als eine junge Frau mit höchst scharfen Instinkten. Wir bei Mute Corp arbeiten ständig an neuen Spielen. Und wir sind ständig auf der Suche nach qualifizierten Teilnehmern. Nach Spielern, die unsere Systeme testen.«

»In Ordnung«, sagte Kelly. »Dafür bin ich sicherlich qualifiziert. Ich habe eine Menge Computerspiele gespielt...«

»Dessen sind wir uns durchaus bewusst«, sagte Mr. Pokey.

»Sind Sie?«

»Selbstverständlich. Wir haben Aufzeichnungen über jeden.«

»Jeden?«, fragte Kelly. »Sie können unmöglich über jeden eine Akte haben!«

»Die Mute Corp betreut den Großrechner der Regierung, welcher mit dem Computer des Militärs und mit den Rechnern der Notdienste vernetzt ist. Die Mute Corp betreut das Kommunikationsnetzwerk. Die Mute Corp betreut das gesamte World Wide Web.«

»Das kann nur ein Witz sein«, sagte Kelly.

»O nein«, sagte Mr. Pokey. »Und wir tun es vor den Augen der Öffentlichkeit. Das Gesetz über Informationsfreiheit, verstehen Sie? Sehen Sie auf der Webseite der Mute Corp nach. Es steht alles dort. Wir haben keine Geheimnisse.«

»Dann erzählen Sie mir doch von diesem geheimnisvollen Mute-Chip.«

»Die Geschäfte und Interessen der Company sind kein Geheimnis. Die Technologie, die wir entwickeln, ist schon eines.«

»Und Ihre Daten über mich sagen, ich hätte Potenzial als was? Als Spieletesterin?«

»Absolut. Ihre Universitätslaufbahn. Sie hatten an der Universität Zugriff auf die Spielebibliothek. Sie haben eine natürliche Begabung, was das Spielen von Computerspielen angeht. Hätten Sie eine mathematische Begabung, würden wir Sie in unsere Buchhaltung gesteckt haben. Wir beschäftigen unsere Mitarbeiter ausschließlich ihren natürlichen Begabungen entsprechend. Und wir haben Daten über jedermanns Begabungen. Alles steht in den Dateien. Alles. Ihr ganzes Leben. Ich kann Ihnen die Adresse nennen, wo Sie gegenwärtig wohnen. Sie haben Ihrer Vermieterin einen altmodischen Papierscheck gegeben...« Mr. Pokey tippte auf der Tastatur. »Einer Mrs. Gormenghast. Wir haben sie ebenfalls in unseren Dateien. Sie hat zwei Eimer braunrote Farbe gekauft, Chargennummer 10A/BC444, bei Homebase in Chiswick, letzte Woche. Alles ist per Computer vernetzt. Alles. Aber das wissen Sie sicherlich?«

»Selbstverständlich!«, antwortete Kelly. »Es ist nur ein wenig erschreckend, wenn es einem auf diese Weise verdeutlicht wird.«

»Sie haben keine Verbrechen begangen«, sagte Mr. Pokey. »Sie sind eine Bilderbuchbürgerin. Keinerlei Übertretung irgendwelcher Vorschriften. Keinerlei Fehlverhalten.«

»Nein«, sagte Kelly. »Nichts.«

»Sie sind eine sehr ehrgeizige junge Frau, und wir bieten Ihnen eine herausfordernde Position in unserer Company.«

»Also gut«, sagte Kelly. »Ich nehme an.«

»Selbstverständlich nehmen Sie an. Sie wären nicht hier, wenn Sie nicht hätten annehmen wollen. Oder? Also werden wir Sie jetzt links machen ...«

»Links machen?«

»Nur die ganz normalen medizinischen Untersuchungen.«

»Ich verstehe.«

»Und Sie werden sehr gut für etwas bezahlt, das Ihnen eine Menge Spaß macht. Was könnte es Besseres geben?«

Kelly dachte darüber nach. Was könnte es tatsächlich Besseres geben, als sehr gut für etwas bezahlt zu werden, das einem eine Menge Spaß machte? Nichts, wirklich nicht. Und während sie tat, was ihr Spaß machte, würde sie alles herausfinden, was sie über Mute Corp herausfinden musste. Jedes kleine Geheimnis.

Oder jedes *große* Geheimnis.

Und ja, sie war ehrgeizig. Und ja, sie hatte tatsächlich höchst scharfe Instinkte. Sie würde nicht nur in den Spielen gewinnen, sie würde der Welt offenbaren, was diese Mute Corp Big Bob Charker angetan hatte und jenen anderen vom Unglück verfolgten Seelen, die vom Antlitz der Erde verschwunden waren.

Das würde sie.

O ja, das würde sie.

»Ja«, sagte Kelly. »Ich nehme den Job an. Ich lasse mich nur eben untersuchen, und dann fange ich gleich mit dem Spielen an.«

»Ausgezeichnet«, sagte Mr. Pokey. »Ich wusste, dass Sie perfekt für den Job sind. Wir bei Mute Corp machen niemals einen Fehler.« Seine Augen waren zurück auf ihren Brüsten, und das breite Grinsen war zurück in seinem Gesicht.

Kelly Anna Sirjan lächelte. »Nur eine Frage noch«, sagte sie. »Wie lautet der Name dieses neuen Spiels, das ich testen soll?«

»GO MANGO«, sagte Mr. Pokey.

15

»Yabba-dabba-dooby-dooby-do[14]«, sagte die Ärztin.

Yabba-dabba-dooby-dooby-do-do[15]«, sagte Kelly Anna Sirjan.

Die Ärztin trug einen erstaunlich weißen, strahlenden Kittel aus Bogusynthecatedextroselectroline, das über ihren Körper gesprüht worden war, und ein Paar holistischer schenkelhoher Stiefel von Dovesston, mit eingebauten Chaos-Generatoren, doppelten retikulierenden Splinten und persönlichen Matrixmaschinen sowie todschicken Mickey-Mouse-Figuren auf den Schuhspitzen.

»Sie kennen sich sehr gut in Runesisch aus«, sagte die Ärztin, und das war eine Feststellung, keine Frage. »Eigentlich wird es nur vom Pöbel benutzt, wissen Sie? Wir Profis brauchen mehr als vierzig Worte, um unsere Arbeit zu erledigen. Oder nicht?«

»Ich bin sicher, Sie haben meine Akte gelesen«, sagte Kelly. »Ich habe einen Abschluss in der Universalen Sprache. Habe ihn in einem Abendkurs gemacht, vor sechs Monaten, im Web. Zusammen mit Origami und Makramee. Nicht zu reden von Mantovani.«

---

14 Die offizielle universale runesische Begrüßung. Sie bedeutet, wortwörtlich, »Ich selbst bin voller Freude und Glück und Frieden, und es gibt absolut nichts in dieser wunder-, wunder-, wundervollen Welt, über das ich mich beschweren möchte. Sie kennen zu lernen hat im Gegenteil die Dinge noch viel besser gemacht.«

15 »Das Gleiche gilt für mich. Doppelt.«

Die Ärztin sprach nicht über Mantovani.

»Bitte nehmen Sie doch Platz«, sagte die Ärztin.

Kelly nahm.

Das Büro der Ärztin unterschied sich von dem Büro Mr. Pokeys dahingehend, dass es nicht das gleiche war. Die Wände dieses Büros waren mit grellen Vergrößerungen von Arbeitsverletzungen verziert. Der Schreibtisch der Ärztin war ein transparenter Block Plexiglas, in den ein menschliches Skelett eingelassen war. Ein *zweiköpfiges* menschliches Skelett.

An der Wand hinter dem Schreibtisch gab es Regale. Auf diesen Regalen lagerten zahlreiche große Konservierungsgläser mit sezierten menschlichen Organen, Köpfen, Gliedern und ähnlichem Zeugs.

Kelly war recht beeindruckt von der Sammlung. »Eine beeindruckende Anzahl Ausstellungsstücke«, sagte sie. »Alles Arbeiten von Hartley Grimes[16]?«

»Nicht meine persönliche Wahl«, entgegnete die Ärztin. »Mute Corp hat eigens einen Innenarchitekten kommen lassen, um das Büro herzurichten. Ein alter Bursche namens Lawrence Wasweißich. Er war in den 1990ern ziemlich angesagt, wissen Sie? Und Stil kommt schließlich nicht aus der Mode, sagt man.«

»Anscheinend nicht«, antwortete Kelly.

»Kommen wir zum Geschäftlichen. Würden Sie bitte hinter den Schirm gehen und sich ganz ausziehen?«

---

16 Der späte Hartley Grimes, angesagter Künstler des einundzwanzigsten Jahrhunderts, der sich auf menschliche Körperteile spezialisiert hatte. Viele davon waren seine eigenen, welche er sich unter lokaler Betäubung vor einem geladenen Publikum selbst entnahm. Man glaubt, dass Hartley Grimes Arbeiten eine Hommage an Damien Hirst darstellen. Und an Jack the Ripper.

»Ich bin erst vor einem Monat ärztlich untersucht worden«, sagte Kelly. »Ich wurde für absolut gesund erklärt. Es steht bestimmt in meiner Krankenakte.«

»Oh, das tut es«, sagte die Ärztin. »Aber Company-Vorschriften sind Company-Vorschriften, und Vorschriften müssen eingehalten werden.«

»Aber ich bin wirklich untersucht worden, und mein Ergebnis ist offiziell.«

Die Ärztin klimperte mit den Wimpern. Sie waren aus Fieberglas und hatten winzige grüne und blaue Kügelchen an den Enden. »Jeder muss sich einer sechsmonatigen Gesundheitsuntersuchung unterziehen«, sagte sie. »Sie und ich, wir wissen das beide. Die meisten Krankheiten wurden ausradiert. Krankheit ist fast unbekannt; der universale Heilchip, den jeder bei der Geburt implantiert bekommt, sorgt dafür. Doch es gibt ein paar spezifische kleinere Leiden, auf die ich untersuchen muss.«

»Zum Beispiel?«, fragte Kelly.

»Haben Sie schon mal was von Keamerphybriosis gehört?«

»Nein«, antwortete Kelly. »Hab ich nicht.«

»Oder von Haemoglottismus? Oder Sterlings Syndrom?«

»Nein«, sagte Kelly und schüttelte langsam den goldenen Kopf, während sie an einer Locke zwirbelte. »Sind mir alle völlig unbekannt«, gestand sie.

»Mir auch«, sagte die Ärztin. »Genau wie jedem anderen. Weil ich sie mir eben erst ausgedacht habe. Aber wenn Sie sich weiter weigern, sich von mir untersuchen zu lassen, sind das nur drei von den vollkommen unheilbaren Beschwerden, die ich in Ihrer Krankenakte vermerken werde, und damit werden Sie diesen Job nicht bekommen.«

»Aber warum?«, fragte Kelly.

Die Ärztin seufzte. »Man sollte meinen, das ist offensichtlich«, sagte sie. »Ich möchte Sie ohne Kleider sehen. Ich bin immerhin Ärztin. Ich dachte, das wäre selbstverständlich.«

»Oh«, sagte Kelly. »Wenn das so ist, warum haben Sie das nicht gleich gesagt?« Und sie ging hinter den Schirm und zog ihr Zeug aus.

»Wir hatten einen ziemlich schlechten Anfang«, sagte Mr. Speedy zu Derek. Mr. Speedy saß im Sessel von Mr. Shields. Dem Sessel, in dem eigentlich Derek hätte sitzen müssen. Mr. Speedy hatte die Füße auf Mr. Shields' Schreibtisch und trank Scotch aus der Flasche, die Mr. Shields in einer Schublade versteckt hielt.

Derek saß auf einem verpackten Computerteil, das irgendwie übersehen worden war, als der Rest zur Brentforder Wache gegangen war.

»Verstehen Sie«, sagte Mr. Speedy, »Mr. Shields hat einen unkündbaren Job. Bis an sein Lebensende. Es steht in seinem absurden Kontrakt. Aber Sie nicht. Und das wissen Sie. Die Mute Corp zahlt Ihren Lohn, und die Mute Corp erwartet von jedem ihrer Angestellten, dass er oder sie sein oder ihr Bestes geben. Habe ich mich unmissverständlich genug ausgedrückt?«

Derek grinste schmerzerfüllt und rieb sich in einer übertriebenen Geste die Hände. »So«, sagte er. »Fangen wir endlich mit diesem faszinierenden Projekt an? Das war nur ein Witz mit dem Zaun um die Gemeinde, oder?«

Mr. Speedy schüttelte den Kopf. Und Mr. Shadow schüttelte den Kopf. Und langsam schüttelte auch Derek den Kopf. »Das war also kein Witz«, sagte er.

»Jeder Brentforder wird davon profitieren«, sagte Mr. Speedy. »Es hält den Abschaum draußen und konserviert die Gemeinde in ihrem gegenwärtigen Zustand, wie in Stasis. Mr. Shields wollte jede Veränderung vermeiden. Ganz offensichtlich möchten Sie das Gleiche. Wir wollen es ebenfalls. Was könnte besser zusammenpassen?«

»Die Einheimischen werden keinen Zaun dulden«, sagte Derek. »Sie sind im Augenblick sowieso ziemlich aufgebracht, wissen Sie? Leute sind verschwunden. Die Einheimischen glauben, dass der Jüngste Tag bevorsteht. Die Verzückung. Gestern Abend wäre dieser Bursche, dieser Big Bob Charker, fast umgebracht worden. Irgendein wahnsinniger Wanderbischof hat den Einheimischen weisgemacht, Charker wäre der Antichrist.«

»Charker?«, fragte Mr. Speedy und warf Mr. Shadow einen Blick zu. Mr. Shadow nickte in Richtung von Mr. Speedys winzigem Brieftaschenlaptop, und Mr. Speedy tippte etwas auf den Tasten und spähte auf den winzigen Schirm.

»Wissen Sie, wo Charker jetzt steckt?«, fragte er Derek.

Derek schüttelte den Kopf.

»Aber Sie würden sagen, dass irgendeine Art von christlich-fundamentalistischer Wiederauferstehung in der Gemeinde vorgeht?«

Derek schüttelte traurig den Kopf. »Das wird bald

wieder vorbei sein«, sagte er. »So etwas hält meistens nicht lange an.«

»O nein«, sagte Mr. Speedy. »Das möchten wir verhindern. Wir sollten diese Geschichte wirklich verstärken.«

»Was?«, machte Derek.

»Gibt es hier einen Schrein?«, fragte Mr. Shadow. »Jede Gemeinde hat einen Schrein. Einen Ort, wo sich ein Wunder ereignet hat. Wie in Lourdes oder Fatima oder Guadeloupe oder diese Unterführung in Paris, wo der Geist von Diana den Bettler vom Fußpilz geheilt hat.«

»Ich dachte, es wäre Räude gewesen?«, sagte Mr. Speedy.

»Nein, definitiv Paris«, sagte Mr. Shadow. »Aber es gibt immer einen Schrein. Haben Sie einen Schrein hier in Brentford?«

Derek nickte schwach und ließ den Kopf hängen. »Gibt es«, sagte er düster. »Meine Mum hat mir heute Morgen davon erzählt. Das Plume Café, wo der Rundfahrtbus den Unfall hatte. Die Leute legen Blumen dort ab, ganz Haufen von Blumen. Sie sagen, der erste Mensch, der von der Verzückung geholt worden wäre, wäre nach dem Unfall dort geholt worden.«

»Malkuth«, sagte Mr. Speedy und sprach den unaussprechlichen Namen aus.

»In der Tat«, sagte Derek. »Aber woher wussten Sie das?«

»Alles in den Dateien«, sagte Mr. Shadow. »Und jeder. Wir bei Mute Corp geben uns stets große Mühe, diese Tatsache allen zu enthüllen, mit denen wir Geschäfte machen. Es verstärkt das Vertrauen und schreckt die Leute vor doppeltem Spiel ab.«

»Sie meinen, Sie greifen zum Mittel der Erpressung, wenn Ihre Geschäftspartner nicht tun, was Sie verlangen.«

Mr. Speedy sah Mr. Shadow einmal mehr fragend an. »Selbstverständlich«, sagten beide einstimmig. »Es vereinfacht die Dinge ungeheuerlich.«

»Nun, ich habe jedenfalls nichts zu verbergen«, sagte Derek.

Mr. Speedy lachte. »Sie haben ganz gewiss nichts, das Sie vor uns verbergen könnten«, sagte er. »Trotzdem ein kleiner Ratschlag: Wenn Sie das nächste Mal ein altmodisches Computerspiel von einem zweifelhaften Händler kaufen, dann bezahlen Sie bar. Die Bewegungen gestohlener Güter sind auf diese Weise viel schwieriger nachzuverfolgen.«

Dereks Unterkiefer sank herab.

»Verschwenden wir also keine weitere Zeit, ja?«, sagte Mr. Speedy. »Eine massive Marketingkampagne steht im Begriff, gestartet zu werden. Die *Suburbia World PLC* wird morgen online gehen, und bis nächsten Montag werden Aktien an der Börse ausgegeben. Wir alle wollen doch, dass diese Sache ein Erfolg wird, oder?«

Dereks Unterkiefer blieb unten.

»Lastkähne«, sagte Mr. Shadow.

Dereks Unterkiefer bewegte sich nach oben und sank wieder herab, während das Wort »Was?« über seine Lippen drang.

»Lastkähne, o ja!«, sagte Mr. Speedy. »Das gehört zur Brentforder Waterworld! Die Lastkähne, die den Grand Union Kanal hinunter bis zur Themse gefahren sind. Wir möchten ein paar davon. Mindestens drei. Um sie in schwimmende Restaurants umzuwandeln. Sie werden den Kanal hinunterfahren, in die

Themse, um Griffin Island herum und wieder zurück. An Bord werden einheimische Spezialitäten serviert. Ein Kahn wird exklusiv Rosenkohl-Cuisine anbieten.«

»Was?«, machte Derek. »Was?«

»Am besten beschaffen Sie gleich vier Kähne«, sagte Mr. Shadow. »Wir können einen ausschlachten, von wegen Ersatzteile und so weiter.«

»Es tut mir Leid«, sagte Derek, »aber ich verstehe nicht, wovon Sie reden.«

Mr. Speedy schüttelte den Kopf, und auf seinem Gesicht stand ein Ausdruck gewisser Traurigkeit. »Sie werden vier Schleppkähne organisieren«, sagte er. »Kaufen Sie sie meinetwegen.«

»Ich?«, sagte Derek. »Ich bin ein Zeitungsmann!«

»Sie sollten sich vielleicht als ein Company-Mann betrachten«, sagte Mr. Speedy. »Und Company-Männer tun, was auch immer ihre Company von ihnen verlangt. Ohne Fragen zu stellen.«

»Sind Sie auch wirklich fertig?«, fragte Kelly Anna Sirjan. »Ich fürchte, ich habe keine Stellen mehr übrig, an denen Sie noch tasten könnten.«

Sie lag nackt und mit ausgebreiteten Armen und Beinen auf einem kalten Stahltisch. Rings um sie herum lag eine Menge gemein aussehender medizinischer Instrumente.

Die Ärztin zog die chirurgischen Handschuhe aus und wischte sich ein paar Schweißperlen von der Stirn. »Sie müssen wirklich unglaublich scharf auf diesen Job sein«, sagte sie.

»Oh, jetzt verstehe ich«, sagte Kelly. »Das war eine

Art Aufnahmetest, stimmt's? Um herauszufinden, wie viel Demütigung und Erniedrigung ich zu erdulden bereit bin?«

»Sie sind jedenfalls absolut gesund«, sagte die Ärztin. »Bitte ziehen Sie sich wieder an und melden Sie sich bei Mr. Bashful zum Training.«

Das Büro von Mr. Bashful war voll gehängt mit Kunstwerken. Kunstwerken aus der alten Schule. Vielleicht St. Trinian. Mr. Bashful trug einen hellblauen achtteiligen Anzug aus einem menschengemachten Gewebe. Sein Schreibtisch war aus Holz gemacht und sehr eintönig.

»Fabarooni[17]«, sagte Mr. Bashful, als Kelly sein Büro betrat.

»Fabarooni-do[18]«, sagte Kelly.

»Ich bin sehr erfreut, Sie bei uns an Bord begrüßen zu dürfen«, sagte Mr. Bashful. »Ich glaube, es wird Ihnen hier bei Mute Corp gefallen.«

»Meine Erfahrungen bis zu diesem Zeitpunkt sind tatsächlich orgasmisch«, erwiderte Kelly.

»Tatsächlich?«, fragte Mr. Bashful. »Ich habe Ihre medizinische Untersuchung im CCTV mitverfolgt. Sie schienen mir nicht sonderlich viel zu lächeln.«

Kelly kaute auf ihrem Amorbogen und zwirbelte eine blonde Locke. »Wurde meine Untersuchung im ganzen Gebäude ausgestrahlt?«

»Wir bei Mute Corp haben keine Geheimnisse voreinander«, sagte Mr. Bashful.

---

17 Runesisch: »Ich dachte, es könnte nicht mehr besser kommen, bis ich Sie getroffen habe. Unglaublich!«

18 »Das Gleiche gilt für mich. Doppelt.«

»Dann darf ich vielleicht später die Aufzeichnung Ihrer Untersuchung ansehen?«

»Sie können Sie auch jetzt ansehen, wenn Sie mögen.«

Kelly hob eine Augenbraue. »Nein danke«, sagte sie.

»So«, sagte Mr. Bashful. »An die Arbeit. An die Arbeit. Wenn Sie so gut wären, hier entlangzugehen.«

»Ich versuch's«, sagte Kelly. »Ich versuch's.«

Mr. Bashful führte Kelly aus seinem Büro und durch gar viele Korridore und Gänge. Alle waren voll gehängt mit unbezahlbaren Kunstwerken. Einige führten irgendwohin, andere wieder zurück. Schließlich führte einer zu einer einzelnen Tür, die Mr. Bashful öffnete, mit einem speziellen Spezialschlüssel, einem von diesen Plastikdingern. »Sie kriegen auch so einen«, sagte er zu Kelly. »Es ist eine Unicard. Gibt Ihnen Zutritt zu allen Bereichen, zu denen Sie Zutritt haben. Ich habe Zutritt zu fast allen Bereichen, aber das bringt der Status mit sich.«

Kelly lächelte Mr. Bashful an. »Sicherheit scheint hier eine große Rolle zu spielen«, sagte sie. »All diese Korridore und Zimmer – werden sie mit CCTV überwacht?«

»Glücklicherweise nicht, nein«, sagte Mr. Bashful. »Lediglich der Empfangsbereich und das ärztliche Untersuchungszimmer. Wir haben nicht das Bedürfnis, unsere eigenen Leute auszuspionieren.«

»Und diese Tür führt wohin?«

»Zu Ihrer persönlichen Spiele-Suite. Kommen Sie.« Mr. Bashful führte Kelly durch die Tür. Die Kammer war klein und fensterlos. Die Decke war niedrig, die Wände waren weiß, und es gab einen

Schreibtisch mit einem Computerterminal mit einem einzelnen Stuhl davor.

»Nehmen Sie Platz«, befahl Mr. Bashful und deutete auf den Stuhl. »Tippen Sie Ihren Namen ein und folgen Sie anschließend den Instruktionen, die Sie erhalten. Nichts einfacher als das, oder?«

»Nein«, antwortete Kelly. »Allerdings hätte ich die ein oder andere Frage.«

»Dann schießen Sie mal los.« Mr. Bashful wirkte ein wenig irritiert.

»Erstens«, sagte Kelly. »Erstens habe ich bemerkt, dass sich die Tür hinter uns automatisch geschlossen und verriegelt hat. Wie komme ich hinaus, wenn ich auf die Toilette muss oder sonst etwas?«

»Tippen Sie Ihre Bitte ein, und jemand wird Ihnen öffnen.«

»Ich verstehe.« Kelly nickte.

»Wenn das jetzt alles war, dann gehe ich.« Mr. Bashful wirkte mit einem Mal leicht nervös.

»Zweitens«, fuhr Kelly fort. »Dieses Computerterminal. Es ist ein Mute Corp 3000. Ein völlig veraltetes Modell, oder nicht? Ich persönlich hätte mir weit modernere Technik erhofft.«

»Sie kriegen das, was man Ihnen gibt«, sagte Mr. Bashful.

»Ich verstehe«, sagte Kelly. »Würde es Ihnen etwas ausmachen, den Rechner für mich einzuschalten? Es ist eine Weile her, dass ich dieses spezielle Modell benutzt habe.«

»Klicken Sie einfach mit der Maus«, sagte Mr. Bashful auf eine Art und Weise, die sich am besten mit »brüsk« beschreiben lässt.

»Wie?«, fragte Kelly. »Würden Sie mir zeigen, wie ich das machen muss?«

Mr. Bashful steckte hastig die Hände in die Taschen seines Achtteilers. »Sie müssen einfach nur klicken«, sagte er. »Selbst eine Frau kann das, oder nicht?«

»Aber ich bin nur eine Frau«, sagte Kelly mit klimpernden Wimpern.

»Klicken Sie, machen Sie weiter, ich komme später zurück«, sagte Mr. Bashful und machte Anstalten zu gehen.

»Oh, noch eine Sache«, sagte Kelly.

Mr. Bashful wandte sich wieder um. »Was ist denn jetzt noch?«, fragte er.

Kelly lächelte. »Nur das«, sagte sie und boxte ihm die Lichter aus.

Dereks Lichter waren an, aber es schien niemand zu Hause zu sein. »Damit ich das richtig verstehe«, wiederholte er. »Sie wollen, dass ich vier Schleppkähne kaufe?«

»Und ein paar Morris Minors«, sagte Mr. Shadow. »Ungefähr fünfzig Stück müssten eigentlich reichen.«

»Fünfzig Morris Minors? Wozu?«

»Der Wagen, der am häufigsten auf den Straßen von Brentford zu sehen ist. Steht alles in den Dateien. Bitte, wir wollen nicht noch mehr Zeit verschwenden.«

»Aber Sie können unmöglich von mir erwarten, dass ich all das tue! Ich muss eine Zeitung herausbringen! Nachrichten sammeln. Und dergleichen mehr.«

»Man wird Ihnen sämtliche Presseverlautbarungen zukommen lassen«, sagte Mr. Speedy. »Man wird sich um alles kümmern. Sie wurden aufgrund Ihrer

Eignung für diese Aufgabe ausgewählt. Sie kennen diese Gemeinde. Sie sind der einheimische Reporter.«

»Ich bin nur der Feature-Redakteur«, sagte Derek.

»Und Sie kennen die Einheimischen. Sie wissen, wie man das besorgen kann, was wir brauchen.«

»Vermutlich, ja«, gestand Derek.

»Man wird Sie großzügig belohnen.«

»Wird man?«

»Bargeld«, sagte Mr. Speedy. »Sie werden mit Bargeld zu tun haben.«

»Werde ich?«

»Großen Mengen Bargeld sogar«, sagte Mr. Shadow. »Niemand wird Ihre Spesen in Frage stellen.«

»Oh«, machte Derek.

»Ja, oh«, sagte Mr. Speedy. »Was bedeutet, dass Sie Ihre Spesenabrechung frisieren und wir beide Augen deswegen zudrücken werden. Sie kratzen uns den Rücken, wir hüllen Ihren in einen Armani-Anzug. Wenn Sie verstehen, was ich meine, und ich bin sicher, dass Sie mich verstehen.«

»Ich hab Armani nie besonders gemocht«, sagte Derek. »Nicht mehr jedenfalls, seit sie keine Naturfasern mehr verwenden.«

»So«, sagte Mr. Speedy. »Also abgemacht? Sie tun, worum wir Sie bitten, und Ihr Geheimnis betreffend all die gestohlenen Computerspiele in Ihrem Besitz bleibt sicher bei uns. Außerdem erhalten Sie einen großen Betrag Bargeld, mit dem Sie verfahren können, wie Sie wollen. Vielleicht dieses Spiel für den Atari 7800 ersteigern, SCRAPYARD, für das Sie bei diesem windigen amerikanischen Händler über das Netz geboten haben.«

»Oh«, machte Derek.

»Und ich könnte Ihnen vielleicht verraten, wie Sie auf Level 2 in der Eisenhower Lane an die drei magischen Dosen kommen.«

»Oh«, machte Derek.

»Also abgemacht?«, fragte Mr. Shadow.

»Sie können auf mich zählen«, sagte Derek und streckte die Hand für einen Schüttler aus.

Mr. Speedy schüttelte Dereks ausgestreckte Hand allerdings nicht. Stattdessen schenkte er sich einen weiteren Scotch ein und hob sein Glas. »Willkommen bei der Mute Corp«, sagte er. »Der Company, die sich um ihre Mitarbeiter kümmert.«

»Das sollte, denke ich, fürs Erste reichen«, murmelte Kelly. »Um den Rest kümmere ich mich später.«

Mr. Bashful kämpfte und strampelte. Dumpfe Geräusche kamen aus seinem Mund, und seine Augen zuckten wild hin und her.

»Falls Sie fragen wollen ›Was ist passiert?‹ oder vielleicht etwas Unhöflicheres«, sagte Kelly, »dann erlauben Sie mir zu erklären. Ich habe Sie bewusstlos geschlagen. Dann habe ich Ihre Kleidung zerrissen und dazu benutzt, Ihren jetzt nackten Körper an den Stuhl zu fesseln. Ihre rechte Hand ist, wie Sie feststellen können, an die Computermaus gebunden. Ihr Mund ist geknebelt. Ich werde nun den Knebel entfernen. Doch falls Sie um Hilfe schreien ...«, Kelly griff nach unten und umschloss Mr. Bashfuls Genitalien, »... sind die hier in ernsthafter Gefahr. Habe ich mich absolut klar und unmissverständlich ausgedrückt?« Und mit diesen Worten drückte sie Mr. Bashfuls Testikel alles andere als liebevoll.

Mr. Bashfuls Augen blinzelten wild. Sein Kopf tanzte auf und ab.

Kelly nahm ihm den Knebel ab. Der Knebel bestand aus Mr. Bashfuls verknoteter Unterhose.

»Binden Sie meine Hand los!«, heulte Mr. Bashful auf. »Nehmen Sie die Maus weg!«

»Wie interessant!«, sagte Kelly. »Von allen Dingen, die Sie hätten sagen können, sagen Sie ausgerechnet das!«

»Lassen Sie mich los, Sie Miststück!«, ächzte Mr. Bashful.

»Sobald Sie mir ein paar Fragen beantwortet haben.«

»Ich werde Ihnen nichts verraten, das ich nicht zu verraten autorisiert bin. Es steht mehr auf dem Spiel als nur mein Job.«

»Sie werden mir alles verraten«, sagte Kelly.

Mr. Bashful schüttelte den Kopf.

»Erstens«, begann Kelly. »Erstens möchte ich alles über dieses Spiel GO MANGO wissen. Erzählen Sie mir alles darüber.«

Mr. Bashful zappelte ein wenig mehr. Er schien aufs Äußerste entschlossen, die Hand von der Computermaus wegzuziehen.

»Nein?«, sagte Kelly. »Nun denn, starten wir das Programm. Wollen doch mal sehen, wie Sie dieses Spiel spielen.«

»Nein!«, quiekte Mr. Bashful zu Tode verängstigt.

Kelly klatschte ihre Hand auf seinen Mund. »Nein, das habe ich mir bereits gedacht«, sagte sie. »Was macht das Spiel? Könnte es sein, dass es einen mit irgendetwas infiziert? Etwas, das sich Zutritt zum Kopf des Spielers verschafft? Ist es etwas Ansteckendes? Etwas, das von einer ahnungslosen Person zur anderen weitergegeben wird?« Sie nahm ihre Hand von seinem Mund.

Mr. Bashful starrte sie aus weit aufgerissenen Augen an. »Sie wissen *Bescheid*!«, flüsterte er. »Was wissen Sie darüber?«

»Ich weiß, dass es außer Kontrolle ist«, sagte Kelly. »Ich weiß, dass es mit Remington Mute und dem Mute-Chip zu tun hat.«

»Ich weiß nicht mehr als Sie auch«, sagte Mr. Bashful. »Ich mache nur meine Arbeit. Ich stelle keine Fragen, wissen Sie?«

»Dann wollen wir doch mal sehen, wie Sie dieses Spiel spielen.« Kelly griff nach unten, nach Mr. Bashfuls an die Computermaus gefesselte Hand.

»Nein, nicht! Nicht anfassen! Nicht klicken!«

»Ich denke, dass Sie vielleicht doch mehr wissen«, sagte Kelly. »Und ich möchte, dass Sie mir jetzt davon erzählen. Ich glaube nicht, dass ich für eine Karriere bei der Mute Corp geschaffen bin. Ich denke, im Gegenteil, dass heute mein erster und mein allerletzter Tag zugleich bei der Company sein wird.«

»Sie haben einen großen Fehler gemacht, indem Sie mir das angetan haben«, sagte Mr. Bashful. »Glauben Sie im Ernst, Sie kämen ungeschoren damit durch? Die Sicherheitsabteilung von Mute Corp wird Sie aufspüren. Sie werden keine vierundzwanzig Stunden frei auf der Straße herumlaufen.«

»Man wird mich verschwinden lassen, eh?«, fragte Kelly.

Mr. Bashful wandte das Gesicht ab. »Sie werden uns beide verschwinden lassen.«

Kelly starrte auf den Mann herab. Vielleicht, so dachte sie, vielleicht war ich doch ein wenig zu voreilig. Vielleicht hätte es einen subtileren Weg gegeben, das hier zu tun. Einen Weg, der Kelly Anna Sirjan nicht zu einer flüchtigen Kriminellen abgestempelt hätte. Auf der Flucht vor Mute Corp, die in alles vernetzt waren, die Zugriff hatten auf ihre persönliche Akte, auf ihre Bankkonten, die wussten, wo sie wohnte und wo sie verkehrte. Mute Corp wusste alles.

Andererseits.

Andererseits war da ein großer Mann in einem Schuppen, gefesselt, unter Kohlesäcken. Ein unschuldiger Mann, der gesagt hatte, dass er in der Hölle gewesen wäre, und alles nur wegen irgendetwas, das die Mute Corp Organisation freigesetzt hatte. Etwas Dunklem. Bösem. Etwas, das sich einen Dreck um ein Menschenleben scherte.

»Sie stecken ganz schön tief in der Scheiße«, sagte Mr. Bashful.

»Ja«, sagte Kelly. »Das tue ich. Und wissen Sie was? Es ist mir egal. Und jetzt reden Sie, Mann. Erzählen Sie mir, was Sie über den Mute-Chip wissen und über dieses GO MANGO, oder ich schlage Ihre Hand auf die Maus und sehe mir an, was dann passiert.«

»Also gut, also gut.« Mr. Bashful funkelte Kelly an. »Ich werde alles sagen. Was kann es schaden? Sie werden das Gebäude nicht lebend verlassen.«

»Reden Sie«, sagte Kelly.

Und Mr. Bashful redete. Er redete sehr schnell, so schnell, dass es fast wie zusammenhangloses Geplapper klang. Als hätte er schon lange darauf gewartet, sich alles von der Seele zu reden. Doch er hatte sich nie getraut. Er hatte Angst. Jeder bei Mute Corp hatte Angst, sagte er. Jeder bei Mute Corp fürchtete, dass er der Nächste sein könnte, der »besessen« wurde.

»Damit ich das richtig verstehe«, sagte Kelly, die eine Pause von seinem Geplapper brauchte und versuchte, alles richtig zu verstehen. »Sie sagen also, dass irgendwann in den 1970er Jahren ...«

»1972«, plapperte Mr. Bashful. »Es war ein bedeutsames Jahr. Das Jahr, in dem er das Ding erschuf.«

»Also schön, 1972. Also hat Remington Mute 1972 diesen ersten Mute-Chip erschaffen, das Original, nach seiner eigenen, digitalisierten DNS. Es war ein Chip, der lernen konnte – und aufgrund der gelernten Fakten Entscheidungen treffen?«

»Ganz recht.«

»Und diese Chips wurden in Spiele gepackt. Computerschach und so weiter. Doch er sah in anderen Systemen ein größeres Potenzial für diese Chips. Beispielsweise beim Handel mit Aktien und so weiter.«

»Er wurde zuerst Millionär, dann Milliardär, dann Zillionär«, plapperte Mr. Bashful.

»Und Mute Corp setzte die Schauergeschichten von einem Millennium-Bug in die Welt. Und die Angestellten von Mute Corp taten so, als würden sie Computerfehler beheben und installierten in allen Systemen Mute-Chips.«

»Überall im World Wide Web, und sie verbanden sich zu einem riesigen denkenden Netzwerk.«

»Nicht wirklich *denkend*, oder?«, fragte Kelly Anna Sirjan. »Diese Chips sind doch nicht lebendig.«

»Und was genau *ist* Leben?«, entgegnete Mr. Bashful. »Wenn etwas mit dir reden und kommunizieren kann, wenn es argumentieren kann und schneller lernt als man selbst, ist dieses Etwas dann lebendig oder nicht? Wissen Sie die Antwort?«

»Was ist mit diesem Spiel, diesem GO MANGO?«

»Männer spielen Computerspiele«, sagte Mr. Bashful. »Warum um alles in der Welt sollte also ein denkender Computer keine Männerspiele spielen?«

»Was denn, der Computer spielt mit Menschen?« Kelly war aufrichtig entsetzt.

»Welch eine Ironie, nicht wahr? Es ist ins Gegenteil verdreht«, sagte Mr. Bashful.

»Und Sie bei Mute Corp haben es geschehen lassen.«

»Wir haben gar nichts. Es kam von ganz allein. Wir suchen nach einer Möglichkeit, es aufzuhalten, bevor es völlig außer Kontrolle gerät.«

»Und welche Rolle spiele ich dabei? Die einer Versuchsratte?«

»Etwas in der Art. Aber Ihr Tod wäre zum Wohle der Allgemeinheit gewesen.«

»*Mein Tod?*«, fragte Kelly.

»Niemand überlebt die Infektion«, sagte Mr. Bashful. »Sobald das Virus erst von einem Computer auf einen menschlichen Wirt übergegangen ist, spielt es mit dem Menschen, bis dieser stirbt.«

»Und Sie wollten mich in dieser Kammer einsperren, bis das Virus mich getötet hätte, und was dann? Mein Gehirn sezieren?«

»Wir müssen ein Heilmittel finden. Einen Anti-Virus.«

»Ihr Bastarde!«, sagte Kelly Anna Sirjan. »Ihr verdammten Bastarde!«

»Sie verstehen das nicht.« Mr. Bashful kämpfte gegen seine Fesseln an. »Es ist schlau. Sehr schlau. Es weiß alles. Es könnte inzwischen jeden infiziert haben. Aber das tut es nicht. Das hat es nicht. Ich und ein paar andere arbeiten hinter seinem Rücken, sozusagen. Im Geheimen. Die Autopsien werden manuell durchgeführt, ohne Computertechnologie. Nichts, das einen Mute-Chip in sich tragen könnte. Das ist der Grund, aus dem es in diesem Teil des Gebäudes keine CCTV-Kameras gibt. Mr. Pokey weiß nicht, was wir mit den Leichen machen. Er glaubt, wir entsorgen sie auf diskrete, anständige Weise. Sobald das Virus fertig ist mit Spielen, sind sie überflüssiger Ballast. Es hat die Kontrolle hier drin, verstehen Sie denn nicht? Die Menschen kontrollieren diese Company längst nicht mehr, sondern das Virus. Und es hat einen Plan, irgendein Ziel. Wir wissen noch nicht, was das ist. Wir sind nur ein paar wenige, und wir wissen nicht, was es will.«

»Was es will? Sie glauben wirklich, dieses Virus ist lebendig, wie? Und kein außer Kontrolle geratenes Programm, das verrückt spielt?«

»Es ist viel mehr als ein Programm«, sagte Mr. Bashful. »Und es ist viel mehr als nur lebendig. Wenn Ihre besonderen Talente Sie nicht für diesen Raum prädestiniert hätten, sondern für einen anderen Job innerhalb der Company, hätten Sie es sehr bald erfahren. Man hätte es Ihnen gesagt, sobald Sie weit genug in der Hierarchie aufgestiegen wären. Sobald Ihr Rang Ihnen Zutritt zum Inneren Zirkel verschafft hätte. Zur Elite. Dann wären Sie in die Kapelle eingelassen worden.«

»In die Kapelle?«, fragte Kelly Anna Sirjan. »Sie haben eine Kapelle hier?«

»Nicht hier, nein«, sagte Mr. Bashful und schüttelte den Kopf. »Sie steht in Mute Corp Keynes. Im schwarzen Loch des Cyberspace. Allein die Elite darf die Kapelle betreten. Nur sie hat Zutritt.«

»Und was macht die Elite in dieser Kapelle?«

»Wir machen das, was das Virus uns sagt«, erklärte Mr. Bashful. »Wir beten es an, was denn sonst?«

16

»Gott?«, rief Kelly. »Es hält sich für Gott?«

»Und warum nicht?« Mr. Bashful wand sich unbehaglich. »Es ist ausreichend qualifiziert für diese Position. Es weiß praktisch alles, was es zu wissen gibt. Es ist mit jedem Netzwerk verbunden, es *ist* das World Wide Web. Jedes Mal, wenn Sie einen Anruf machen, belauscht es Ihre Unterhaltung. Es weiß mehr über Sie als jeder Mensch auf der Welt. Es erinnert sich an mehr über Sie, als Sie selbst es tun.«

»Das ist sehr schlimm«, sagte Kelly und zwirbelte eine Strähne goldener Locken in kleine feste Knoten. »Das ist wirklich sehr schlimm.«

»Sie verstehen überhaupt nichts. Es ist noch viel schlimmer als schlimm. Würden Sie jetzt bitte meine Hand von dieser Maus losbinden?«

»Nein«, sagte Kelly. »Ich glaube nicht, dass ich das tun kann.«

»Und warum nicht? Ich habe Ihnen doch alles erzählt! Ich bin auf Ihrer Seite. Sie wollen dieses Virus aufhalten. Sie hätten das hier nicht mit mir gemacht, wäre es anders herum. Zu welcher Gruppe gehören Sie?«

»Gruppe?«, fragte Kelly. »Ich weiß nicht, wovon Sie reden.«

»Es gibt Anarchistengruppen, überall. Hacker. Brunnenvergifter...«

»Brunnenvergifter?«

»Tun Sie nicht so, als hätten Sie noch nie davon

gehört. Gruppierungen, die sich zum Ziel gesetzt haben, das Web zu vernichten. Sie überladen die Informationsquellen mit irrelevantem Mist oder gezielten Falschinformationen.«

»Ich gehöre zu keiner Gruppierung.«

»Ach, hören Sie auf. Selbstverständlich gehören Sie zu einer. Mir können Sie es verraten. Was kann es schon schaden? Kommen Sie, ich hab Ihnen doch auch alles erzählt...«

»Nicht alles.«

»Bitte lassen Sie mich frei. Bitte lassen Sie mich frei!«, bettelte Mr. Bashful, was eine gewisse Glocke zum Klingen brachte.

»Nein«, sagte Kelly. »Ich denke nicht.«

»Was haben Sie denn vor? Sie haben meine Unicard, Sie können jederzeit wieder raus. Wenn Sie vorsichtig sind, können sie das Gebäude unbemerkt verlassen.«

»Und was ist mit Ihnen?«, fragte Kelly.

»Ich werde sagen, Sie hätten mich angegriffen, oder sonst etwas. Was spielt es für eine Rolle? Sie werden so oder so auf der Flucht sein. Und Sie werden sich gewaltig anstrengen müssen, um Ihren Verfolgern zu entgehen. Sie werden nirgendwo sicher sein.«

»Es wird nicht einfach, zugegeben«, sagte Kelly und entknotete ihr wirres Haar. »Aber Sie sind ein intelligenter Mann, Sie sollten in der Lage sein herauszufinden, was ich als Nächstes tun werde.«

»Vielleicht«, sagte Mr. Bashful misstrauisch. »Wohin führt das eigentlich?«

»Ich denke«, sagte Kelly. »Ich denke, dass es hier bei Mute Corp vielleicht immer noch einen Job für mich geben könnte.«

»Es ist mir ein Rätsel, welche Fakten Sie auf diesen Gedanken bringen.«

»Ich denke, dass ich möglicherweise sehr schnell durch die Reihen der Company aufsteigen könnte«, sagte Kelly. »Tatsächlich ist es meine feste Überzeugung, dass ich schon heute Nachmittag an Ihrem Schreibtisch sitzen werde.«

»Was?« Mr. Bashfuls Augen drohten aus den Höhlen zu quellen, und auf seiner Stirn traten die Adern hervor. »Was haben Sie vor?«

»Ich werde Sie Ihrem Gott opfern«, sagte Kelly, und die Kälte in ihrer Stimme sandte Wogen der Furcht durch Mr. Bashfuls Rückenmark. »Ich vermute, dass Sie mir einen Teil der Wahrheit erzählt haben, aber eben nur einen Teil. Ich glaube nicht, dass Sie ein subversives Element sind, das innerhalb der Company subversiv zum Besseren der Menschheit arbeitet. Das alles war nur eine Lüge, die Sie mir in der Hoffnung erzählt haben, dass ich als leichtgläubige Frau die Geschichte schlucke. Sie sind ein Mann der Mute Company, Mr. Bashful. Und Sie hätten mich in diesem Raum zum Sterben zurückgelassen.«

»Was hätte ich denn anderes tun sollen? Ich hatte überhaupt keine Wahl.«

»Nein«, sagte Kelly. »Genauso wenig wie ich.«

»Er hat *was*?« Mr. Pokey starrte Kelly an. Falls ihre plötzliche Rückkehr zu seinem Büro unerwartet gekommen war – die Geschichte, die sie ihm zu erzählen hatte, war noch viel unerwarteter. Und überraschender.

Sozusagen.

»Er hat *was?*«, fragte Mr. Pokey einmal mehr.

»Er hat mich nach oben zur Spiele-Suite gebracht«, sagte Kelly mit Tränen in den Augen und außer Atem. »Er nahm mich mit nach oben in die Spiele-Suite und setzte mich an ein Terminal. Und dann sagte er plötzlich, dass er nicht weitermachen könnte. Dass er nicht noch ein weiteres Menschenleben opfern könnte, das hat er gesagt. Und dann hat er mir die ganze Geschichte erzählt, jedes Wort. Über Remington Mute und den Mute-Chip und über das GO-MANGO-Spiel und was es mit den Menschen macht. Und er sagte, dass er es bei mir nicht geschehen lassen dürfte.«

»Erzählen Sie weiter«, sagte Mr. Pokey und schüttelte den Kopf.

»Und als er mir alles erzählt hatte, sagte er, ich sollte ihm danken, weil er mein Leben gerettet hätte. Also bedankte ich mich bei ihm. Und er sagte, nein, ich müsse mich schon *richtig* bedanken, und dann zog er sich alle Sachen aus. Er riss sie sich vom Leib, und dann stürzte er sich auf mich. Aber wie Sie ja aus meinen Unterlagen wissen, bin ich eine Expertin in Dimac. Ich schlug ihn nieder, und er fiel auf das Computerterminal, und seine Hand fiel auf die Maus.«

»Ich verstehe«, sagte Mr. Pokey. »Sie müssen nicht weitersprechen.«

Kelly gab schluchzende Geräusche von sich. »Es war schrecklich«, schluchzte sie.

»Ich bin sicher, dass es schrecklich gewesen ist.«

»Ich nahm seine Unicard und bin aus der Suite geflüchtet.«

»Und dann sind Sie hierher in mein Büro zurückgekehrt. Sie haben nicht versucht, aus dem Gebäude zu fliehen.«

Kelly blickte zu Mr. Pokey auf. Ihr Gesicht war tränenverschmiert, und jeder Mann weiß, wie sexy eine Frau aussieht, wenn sie weint. »Wohin hätte ich fliehen sollen?«, schluchzte sie. »Die Sicherheitsabteilung von Mute Corp hätte mich aufgespürt, ganz gleich, wohin ich geflohen wäre. Ich bin nicht hergekommen, um zu sterben. Ich bin hergekommen, um für Mute Corp zu arbeiten. Ich besitze Fähigkeiten, die nützlich für Sie wären.«

»Das tun Sie in der Tat«, sagte Mr. Pokey. »Sie sind eine sehr kluge junge Frau.«

»Bitte lassen Sie mich nicht umbringen«, schluchzte Kelly. »Ich mache alles, was Sie wollen.«

»Alles?«

»Alles.«

Mr. Pokey nickte nachdenklich und betrachtete die weinende junge Frau von oben bis unten bis oben und zurück. Sozusagen. »So viele Kurven und Windungen«, sagte er. »So viel Täuschung und Falschheit. Man weiß einfach nicht mehr, wem man glauben darf und wem nicht. Was ist nur aus der Welt geworden, frage ich mich. Und wissen Sie, wie meine Antwort lautet?«

»Nein«, sagte Kelly und schniefte ein wenig. »Das weiß ich nicht.«

»Ich auch nicht«, sagte Mr. Pokey. »Warum lassen wir nicht einfach all die Vorwände fallen? Sie könnten beispielsweise aufhören zu heulen. Möglich, dass es den ein oder anderen überzeugt, und es besteht nicht der geringste Zweifel daran, dass es sehr sexy ist. Aber weil Sie erst damit angefangen haben, als sie vor meiner Tür angekommen sind, wo Sie auch ihre Haare durcheinander gebracht und ihre Kleidung zerrissen und die Daumen in die Augen gedrückt haben, denke ich, wir können es nun als redundant betrachten. Meinen Sie nicht?«

»Ja«, sagte Kelly und richtete sich auf. »Aber Sie hätten es nicht anders erwartet. Ich bin mir durchaus bewusst, dass das gesamte Gebäude mit CCTV-Kameras überwacht wird, einschließlich der Spiele-Suite. Sie haben alles gesehen und gehört, was dort vorgegangen ist.«

»Selbstverständlich«, sagte Mr. Pokey.

»Ich gehe davon aus, dass Sie über die Maßen entsetzt waren von der Feigheit Mr. Bashfuls und dem Mangel an Moral gegenüber der Company. Der Mann war ein Sicherheitsrisiko. Er war ein wandelndes Pulverfass, das nur darauf wartete hochzugehen.«

Mr. Pokey nickte erneut. »Wer sind Sie?«, fragte er. »*Was* sind Sie? Innere Sicherheit?«

»Ich bin nur eine Studentin«, sagte Kelly.

Mr. Pokey schüttelte den Kopf. »Sie sind viel mehr als das«, sagte er. »Aber was auch immer das sein mag, ich finde es nicht in Ihren Unterlagen. Was nur einen Rückschluss zulässt. Ihr Rang in der Company ist vermutlich höher als mein eigener.«

Kelly sagte gar nichts.

»Weder Bestätigung noch Dementi«, sagte Mr. Pokey. »So langsam verstehe ich. Und was bitteschön wollen Sie von mir?«

»Die Sicherheit hier ist alles andere als zufrieden stellend«, sagte Kelly. »Auf dem Weg hierher habe ich ein Lokal gesehen, in dem ein viel versprechendes Surf 'n' Turf serviert wird. Gehen wir essen?«

Derek aß alleine im Schrumpfkopf. Die SPACE INVADERS Maschine hinter ihm bimmelte und pingte und poppte, doch Derek ignorierte sie. Seine Aufmerksamkeit galt dem Computerausdruck, der vor ihm auf dem Tisch lag, zwischen einem halben Pint Large und einem Käsesandwich. Es war vollkommen absurd. Man musste sich dieses Ding nur ansehen. Derek sah es einmal mehr an, dann wandte er angewidert das Gesicht ab. Die Bitten ... *Bitten?* Schon eher Forderungen. Die Forderungen waren vollkommen absurd.

Vier Schleppkähne. Eine Flotte Morris Minors. Ein kinematisches Holografiesystem, das so programmiert war, dass es den Brentforder Greif auf Griffin Island projizierte – für die neu zu schaffende Fantasy-Island-Erfahrung. Dereks Augen wanderten die Liste hinunter. »Prophet des Untergangs«, las er düster. »Sie wollen einen Propheten des Untergangs, der mit einem Transparent herumläuft mit der Aufschrift, o ja, hier steht es, auf der Liste: ›Bereuet, das Ende ist in Sicht.‹ Wenig originell, muss ich sagen. Sie werden mich aufhängen. Die Einheimischen werden mich lynchen. Sie werden mich teeren und federn und mir wahrscheinlich das Paarungsgeschirr abhacken. Nicht, dass ich es vermissen würde. Das heißt, ich würde schon, aber ... Verdammt, das ist so vollkommen absurd. So absurd ...«

Dereks Augen wanderten die Liste weiter hinunter. »Fünf Meilen Grenzzaun. Oh, elektrischer Grenzzaun. Ich bin verdammt. Ich bin zum Untergang verdammt. Ich könnte mich auch gleich für den Job des Untergangspropheten eintragen. Jede Wette, dass ich ziemlich gut wäre als Untergangsprophet.«

Derek seufzte und schüttelte den Kopf, und dann erschien langsam, aber sicher ein breites, breites Grinsen auf seinem Gesicht. »Nun«, sagte Derek zu sich selbst, »damit wäre alles Jammern und wären alle Gewissensbisse abgehakt und erledigt«, sagte er zu sich. Und er klopfte auf seine Jacke. Hob das Revers und spähte in die Innentasche. Es war noch immer dort. Genau da, wo er es hingesteckt hatte, nachdem Mr. Speedy es ihm überreicht hatte. Zehntausend Mäuse in Bar, »für den Anfang«! Zehntausend Mäuse! Es war wirklich dort. Es war kein Traum. Und es war erst eine Anzahlung. Alles, was er, Derek, Unternehmer und künftiger reicher Junge, Yuppie des einundzwanzigsten Jahrhunderts, zu tun hatte, war, die richtigen Kontakte zu finden und die Geschäfte abzuschließen. Kontakte, die keine Fragen stellten. Man kann alles kriegen, wenn man die richtigen Kontakte hat. Und wo findet man die richtigen Kontakte? Wo ist alles, was man wissen will, und wartet nur auf einen? Im World Wide Web. Natürlich.

Nein. Natürlich nicht.

Es ist ein Typ unten im Pub!

»Jah rette uns alle!«, sagte eine alte Rastafari-Stimme. »Außer Babylon natürlich, heißt das.«

Die Stimme riss Derek aus seinen Midas-artigen Träumen. »Hey, Leo«, rief er. »Kommen Sie doch mal rüber!«

Leo Felix, achtzigjähriger Gebrauchtwagen- und Schrotthändler (zu Zeiten war beides nicht voneinander zu unterscheiden) wandte seine alten grauen Dreadlocks in Dereks Richtung. »Yo«, sagte er. »Das heißt Yo. Zeig ein wenig Respekt, Babylon. Ruf nicht meinen Namen durch den ganzen Laden. Ich bin schließlich nicht dein gottverdammter Hund.«

»Tschuldigung«, sagte Derek.

Leo schlenderte herbei und beugte sich herab, indem er Derek in seine Lockenpracht hüllte. »Ihr habt mich und mich per Handy angerufen«, flüsterte er Derek zu. »Ihr habt gesagt, es ginge um fette Geschäfte, die Ihr mit uns ...«

Derek befreite sich mühsam aus der haarigen Dunkelheit. »Setzen Sie sich«, sagte er. »Bitte. Möchten Sie vielleicht einen Drink?«

»Ich und ich hätten gern einen dreifachen Rum.«

»Ich lad Sie zu einem einfachen ein«, sagte Derek. »Und dann sehen wir, wie sich die Dinge von dort aus weiterentwickeln.«

»Ras«, sagte Leo auf die Weise, wie Rastafaris es häufig tun.

Derek ging zum Tresen und kehrte mit zwei einfachen Rums zurück. Leo drehte inzwischen an einem Joint, der Cheech und Chong hätte erblassen lassen.

»Ihr habt mich aus dem Bett geklingelt«, sagte Leo, während er das Papier leckte und den Joint geschickt zwischen schrumpligen braunen Fingern verklebte. »Ihr habt am Telefon mit Banknoten geraschelt. Was wollt Ihr kaufen, Babylon?«

Derek drehte den Computerausdruck in Leos Richtung. »Nur das hier«, flüsterte er. »Und dafür gibt's dreitausend Mäuse Bares.«

Leo steckte den Joint zwischen die Lippen und kramte in der Tasche seines farbenfrohen Hawaiihemds. Er brachte einen goldenen Kneifer zum Vorschein, den er sich auf die Nase klemmte, um Dereks

Liste zu überfliegen. »Jah Wobble!«, rief er und deutete auf das Papier. »Ihr wollt eine Dampflok! Heiliger Bimbam, es gibt keine Dampfloks mehr!«

»Ich bin sicher, Sie können eine auftreiben, wenn der Preis stimmt. Sagen wir, weitere fünfhundert Mäuse.«

»Sagen wir, weitere tausend.«

»Siebenhundertfünfzig.«

»Achthundert.«

»Einverstanden«, sagte Derek und bot seine Hand für einen Schüttler an.

Leo schlug ein. »Wofür braucht Ihr das alles überhaupt?«, fragte er, indem er sein Löwe-von-Judah-Zippo aus der Tasche zog und seinem Joint Feuer anbot. »Wollt Ihr ein Museum aufmachen oder sonst was?«

»Ja«, sagte Derek und nickte. »Ganz genau. Eine Art Folk Museum, hier in Brentford.«

Leo nickte rechtzeitig mit seinen Dreadlocks, um Derek nicken zu sehen, und nahm einen tiefen Zug von seinem fetten Joint. »Meine Fresse«, sagte er. »Fünf Meilen Grenzzaun! Was glaubt Ihr, wo ich den hernehmen soll?«

Derek zuckte die Schultern. »Ich stelle keine Fragen«, entgegnete er und tippte sich bedeutsam an die Nase. »Wo Sie das hernehmen, geht mich nichts an. Ich bezahle bar.«

»Ich verstehe«, sagte Leo und blies den Rauch Derek ins Gesicht. »Was bedeutet übrigens dieses Tippen an die Nase, Babylon?«

Derek verdrehte die Augen. Leo bot ihm einen Zug an. »Nein danke«, sagte Derek. »Glauben Sie, dass Sie die Sachen auf der Liste besorgen können?«

»Babylon«, sagte Leo, beugte sich vor und grinste,

bis die goldenen Zähne zu sehen waren. »Wenn es sich besorgen lässt, dann besorge ich es. Kapiert? Aber ich will einen Vorschuss, klaro?«

»Aus welchem Grund?«, fragte Derek.

»Aus dem Grund, dass ich Euch nicht traue und dass ich verdammt noch mal überhaupt nichts unternehme ohne einen Vorschuss.«

»Ich geb Ihnen einen Vorschuss von eintausend Mäusen«, sagte Derek.

»Zweitausend«, verlangte Leo.

»Fünfzehnhundert.«

»Siebzehnfünfzig.«

»Also gut«, sagte Derek. »Aber ich will dieses Zeug schnell. Bis zum Wochenende.«

»Haile Selassie!«, machte Leo. »Bis zum Wochenende? Einschließlich dem da? Einschließlich diesem Kater?«

»Also schön, zweitausend Vorschuss«, sagte Derek und zog langsam und vorsichtig Banknoten aus der Innentasche. »Aber ich will alles bis zum Wochenende.«

Leo sah das Geld aus der Tasche kommen. Gewisse Gedanken gingen durch seinen alten grauen Rasta-Kopf, doch er behielt diese Gedanken fest bei sich.

»Also abgemacht«, sagte er, steckte die fette Beute ein und schlug einmal mehr in Dereks Hand ein. »Alles in bar und ohne Fragen.«

»Ohne überhaupt irgendwelche Fragen, jawohl«, sagte Derek.

»Keine Fragen, die Sie mir stellen möchten?«, fragte Mr. Pokey, während er Kelly beobachtete, die mit Appetit ihr Surf 'n' Turf verzehrte.

Es war ein recht luxuriöses Surf 'n' Turf, das aus einem vierhundert Gramm schweren T-Bone-Steak, zwölf langschwänzigen Langusten aus der Biskaya, zwei Tomaten, gegrillten Pilzen, gebackenen Bohnen, Fritten, Knoblauchbrot und einer Extraportion Käse-Nachos bestand.

»Nein«, sagte Kelly, während sie eine Gabel in den Mund schaufelte.

Mr. Pokey beugte sich vor. »Sie müssen wirklich keine Fragen stellen, wie?«, sagte er leise. »Sie wissen schon alles.«

Kelly taucht eine Fritte in eine Käsesoße und schob sie in den Mund.

»Sie sind eine sehr attraktive Frau«, stellte Mr. Pokey fest.

Kelly richtete ihren Blick auf ihn.

»Und doch geht aus Ihren Unterlagen hervor, dass Sie keinerlei langfristige Freundschaften haben. Sie haben gegenwärtig keinen Partner, Sie haben ...«

Mr. Pokey zögerte. Kelly starrte ihn an. Sehr hart.

»Oh«, sagte Mr. Pokey. »Ich verstehe. Ich habe schließlich nur beschränkten Zugang zu Ihren Dateien ...«

»Damit eines klar ist«, sagte Kelly. »Unsere Beziehung ist rein geschäftlicher Natur. Sie werden mir sagen, was ich wissen muss, und zwar dann, wenn ich es wissen will. Habe ich mich unmissverständlich ausgedrückt?«

»Selbstverständlich«, sagte Mr. Pokey und wich in seinem Stuhl zurück.

»Sehr schön«, sagte Kelly, schnitt einen Bissen Steak ab und schob ihn in den Mund.

»Sie sind geradezu unglaublich kühl«, sagte Mr.

Pokey und beugte sich einmal mehr nach vorn. Seine Stimme war leise und vertraulich. »Wir leben bei Mute Corp in einem Zustand permanenter Angst. Wir wissen nie, wer der Nächste sein wird. Wer wird ausgewählt? Jedes Mal, wenn ich die Tastatur oder die Maus berühre, denke ich, dass es vielleicht mich trifft. Wir alle wissen so viel. Sie auch. Es kann Sie holen, wann immer es will. Alles, was Sie berühren, könnte einen Mute-Chip in sich tragen. Alles. Erschreckender Gedanke, finden Sie nicht? Aber so leben wir nun mal, wenn wir es wissen, nicht wahr? Wir wissen, dass wir ihm gehören, sobald es in uns eingedrungen ist, und dass es jeden infizieren kann, den wir berühren. Die, die wir lieben. Unsere Kinder. Unsere Partner. Wenn es will. Wann es will. Und das ist der Grund, aus dem wir es anbeten, nicht wahr? Weil wir darum flehen, verschont zu bleiben. Die Angst hört niemals auf. Angst ist Teil des Pakets. Sie hält uns auf dem schmalen Weg und bei der Stange, nicht wahr?«

Kelly wischte mit Knoblauchbrot den Teller sauber und steckte sich das Brot in den Mund. »Ich muss einen Anruf machen«, sagte sie. »Und dann muss ich gehen. Ich danke Ihnen für das Essen.«

»Haben Sie keine Lust auf einen Pudding?«

»Und ob ich die habe. Aber ich habe keine Zeit. Zu viel zu tun. Wir sehen uns morgen wieder.«

»Oh«, sagte Mr. Pokey. »Also dann auf Wiedersehen.«

»Auf Wiedersehen.« Kelly Anna Sirjan lächelte, erhob sich vom Mittagstisch und verschwand im Fußgängerverkehr auf der Straße.

»Cool. Wirklich unglaublich cool«, sagte Mr. Pokey.

In einem Abteil der Damentoilette fühlte sich Kelly alles andere als cool. Sie beugte sich über die Kloschüssel und übergab sich heftig.

Derek hätte sich wahrscheinlich auch übergeben, hätte er gewusst, was die nächsten paar Tage für ihn bringen würden. Doch stattdessen war er zufrieden in dem inakkuraten Wissen, dass er soeben einen großen finanziellen Coup ins Rollen gebracht und bereits jetzt wenigstens fünftausend Mäuse gut gemacht hatte, und das, obwohl es erst mittag an seinem allerersten Tag bei diesem Spiel war, und so grinste er ein sehr breites Grinsen und bestellte sich einen doppelten Rum im Gefolge des einfachen, den er soeben hinuntergekippt hatte, um den Geschäftsabschluss mit Leo zu besiegeln.

Nun saß Derek ganz allein im Schrumpfkopf. Das Mittagsgeschäft ging definitiv nicht besonders gut. Vielleicht hatten die gottesfürchtigen Brentforder das Trinken aufgegeben und knieten alle zu Hause, die Hände zum Gebet verschränkt, und warteten darauf, bis sie an der Reihe waren, von der Verzückung geholt zu werden.

»Was auch immer«, sagte Derek. »Ich habe heute meinen Teil für *die Company* getan. Ich schätze, ich nehme den Nachmittag frei.«

Und mit diesen Worten verließ er die Bar und wanderte hinaus in den Sonnenschein.

Es war ein glückseliger Nachmittag. Man konnte sich diesem Nachmittag nicht entziehen. Merkwürdige Dinge geschahen, und mächtige Schwierigkeiten mochten lauern, sobald die Einheimischen Wind von den Plänen bekamen, die Mute Corp für die

Gemeinde hatte. Doch die gute alte Sonne schien herab wie verrückt, und an einem Nachmittag wie diesem und bei diesem Wetter, in einer Gemeinde wie dieser, namentlich Brentford, dem Juwel englischer Vorstädte – wer sorgte sich da wegen dem, was die Zukunft bereithielt?

Niemand, oder?

Es war einfach alles zu wundervoll.

Derek atmete in tiefen Zügen die gesunde Brentforder Luft, streckte die Brust heraus, rieb sich die Hände, tätschelte die mit Knete gefüllte Tasche und grinste ein dümmliches Grinsen. Glückseligkeit. Das war es, was es war.

Die Straße schlief im Sonnenlicht. Niemand war unterwegs. Siesta-Zeit. Die Markisen der Läden waren unten, der fette Kater schlief wie üblich auf dem Fenstersims des Fliegenden Schwans. Die Luft über dem Asphalt der Ealing Road flirrte von der Hitze. Aus einem offenen Küchenfenster drang der Geruch von frisch gebackenem Brot.

Glückselig.

Derek machte einen großen Schritt nach vorn in die Glückseligkeit.

Und blieb wie angewurzelt stehen.

Er hatte sich überreden lassen, seinen Teil dazu beizutragen, all das hier kaputtzumachen. Er stand im Begriff, dieser glückseligen Gemeinde etwas Schreckliches anzutun. Er würde sie verraten und verkaufen. Verraten und verkaufen, um sich die eigenen Taschen zu füllen. Das war nicht nett, oder? Das war wirklich nicht nett. Es war weder anständig noch ehrlich. Kelly wäre ganz bestimmt nicht zufrieden mit ihm.

Derek machte ein verwirrtes Gesicht.

Warum hatte er jetzt an sie gedacht?

Sie bedeutete Scherereien. Sie brachte ihn in alle möglichen Schwierigkeiten und Scherereien. Derek strich sich über seine Prellungen. Kelly war schlechte Medizin.

Warum also hatte er an sie gedacht?

Derek zuckte die Schultern. »Sie muss es ja nicht erfahren«, sagte er zu sich. »Ich werde es ihr nicht verraten. Soll sie glauben, dass ich weiterhin die Politik der Trägheit verfolge. So tue, als würde ich Mute Corp helfen, während ich in Wirklichkeit nichts tue. Und dann werde ich genauso entrüstet sein wie sie, wenn der Zaun errichtet wird. Und wenn die Touristen in großer Zahl über Brentford herfallen. Sie muss es nicht erfahren. Nein, sie wird es nicht erfahren.

Nein, sie wird es nicht erfahren«, sagte Derek und machte einen weiteren Schritt. »Aber warum habe ich an sie gedacht?«

Er blieb einmal mehr stehen und kratzte sich am Kopf, dann an der Brust und schließlich zwischen den Beinen. »O nein«, sagte er. »Nicht das. Nein, nicht das.«

Derek schüttelte den Kopf. Er hatte es getan, vergangene Nacht, oder nicht? Er hatte das Gedicht rezitiert. Das Gedicht, das er ihr gewidmet hatte. Er hatte es getan. Er hatte es wirklich getan. Und warum hatte er es getan? Warum?

»Nein«, sagte Derek und schüttelte einmal mehr den Kopf. »Bin ich nicht. Nein, bin ich nicht. Nein, nein, nein.«

Ein Spatz auf dem Dach fragte: »Warum nicht?« Er fragte auf Spätzisch.

»Ich bin nicht verliebt«, flüsterte Derek. »Ich bin nicht in sie verliebt. Nicht in diese schreckliche Frau.

Ich weiß, sie ist jung und wunderschön. So unglaublich schön. Ihre Augen. Ihre Haare. Ihre Brüste. Mein Gott, ihre Brüste. Wie es sein muss, sie zu berühren! Und o Gott, dieser Mund. Wie es sein muss, ihn zu küssen! Aber nein, ich bin nicht in sie verliebt. Nein, ich bin nicht in sie verliebt. Nein, ich bin es nicht.«

Derek nahm einen weiteren tiefen Atemzug. Durch den Mund diesmal. »Ich bin es verdammt noch mal doch«, sagte er. »Oh, verflucht!«

Der Gegenstand von Dereks Zuneigung hatte die Toilette verlassen und auch das Pub und bewegte sich nun zielstrebig vom Mute Corp Gebäude weg.

Kellys Gesicht war bleich und mitgenommen. Ihr Magen schmerzte, und ihre wohlgeformten Beine hielten kaum ihr Gewicht. Kelly fühlte sich elend und verängstigt, und ihr war immer noch sehr, sehr übel. Die Contenance zu bewahren war für sich allein schwer genug. Doch was am meisten schmerzte war das, was sie mit Mr. Bashful getan hatte. Sie hatte seine Hand auf die Computermaus gedrückt. Sie hatte dem Virus ermöglicht, in den Körper von Mr. Bashful einzudringen. Sie hatte ihn in das GO MANGO Spiel gezwungen, das er nicht mehr lebend verlassen würde. Sie hatte ihn zum Tode verurteilt. Sie hatte ihn im Grunde genommen selbst umgebracht.

Es war alles zu viel. Viel zu viel.

Kelly wanderte ziellos durch die sonnendurchfluteten Londoner Straßen. Elegante Einkäufer rechts und links von ihr. Vor ihr und hinter ihr, gekleidet in die neueste Sommermode. Röcke aus Dextropolipropelinehexocitachlorid, holistisches Schuhwerk von Doveston. Und alle lächelten und redeten Runesisch.

Wer von ihnen würde der Nächste sein?

Wer würde als Nächster GO MANGO spielen?

Wer würde als Nächster unter den unsichtbaren Händen eines wahnsinnigen Computervirus sterben, das sich selbst für Gott hielt?

Und wer war sie, Kelly Anna Sirjan, dass sie glaubte, sie könnte es auf die ein oder andere Weise aufhalten? Die Ereignisse abwenden?

Was sollte sie tun? Gegen das Virus antreten? Es mit seinen eigenen Waffen schlagen? Das System schlagen, das den gesamten Globus umhüllte? Das sie jederzeit übernehmen konnte, wenn es wollte? In dem Augenblick, in dem sie etwas berührte, ganz gleich was, das einen Mute-Chip enthielt.

Was? Die Kasse? Ihr Mobiltelefon? Der Fahrkartenautomat an der Bushaltestelle? Ein Taschenrechner? Ein beliebiges Computerterminal?

Kelly hielt inne und sich an einem Laternenmast fest, um nicht das Gleichgewicht zu verlieren. Und riss ihre Hände erschrocken an sich. Der Mast war mit dem nationalen Stromnetz verbunden, oder nicht? Und das nationale Stromversorgungsnetz hatte Mute-Chips eingebaut. Von den Technikern, die den »Millennium-Bug« entfernt hatten. Es gab kein Entkommen vor diesem Ding. Es konnte sie übernehmen, wann immer es wollte. Sobald es zu der Erkenntnis gelangte, dass sie eine Bedrohung bedeutete.

Kelly würgte und hustete. Ihre Kehle war trocken. Ein Stück voraus stand ein Coca-Cola-Automat. Nein. Kelly schüttelte den goldenen Kopf. Sie konnte nicht riskieren, den Automaten zu berühren.

Sie würde verrückt werden. Oder war sie bereits verrückt?

»Ich muss zurück«, sagte Kelly zu sich selbst. »Ich muss zurück nach Brentford. Es ist sicherer dort als sonst wo auf der Welt. In Brentford gibt es weniger Computertechnik als sonst wo. Außer vielleicht Mute Corp Keynes, und dorthin werde ich im Augenblick ganz bestimmt nicht gehen. Ich muss zurück.«

Ein Taxi hielt neben ihr. »Wollen Sie wohin, schöne Frau?«, rief der Fahrer.

Kelly sah ihn an. Sah das Taxi an. Computergesteuertes Satellitennavigationssystem. Computergesteuertes Taxameter, computergesteuertes Radio, computergesteuertes Funkgerät. Der Taxifahrer winkte. An seinem Handgelenk war eine computergesteuerte Uhr, einer von jenen großen, klobigen Mute Corp Retro-Jobs.

»Nein danke«, sagte Kelly Anna Sirjan und schüttelte den Kopf. »Ich denke, ich gehe zu Fuß.«

»Ganz wie Sie meinen«, sagte der Taxifahrer und fuhr davon.

Und so ging Kelly zu Fuß. Sie marschierte fast fünfzehn Kilometer weit. Vom Londoner West End nach Brentford. Es war fünf Uhr an einem wunderschönen Nachmittag, als sie die Brücke überquerte, die früher einmal die Eisenbahn überquert hatte. Mehrere Ecken weiter steckte sie ihren Schlüssel in die Vordertür von Mrs. Gormenghasts Haus.

»Hallo?«, rief Kelly, doch das Haus war leer.

Kelly öffnete die Tür für Hausierer und andere von längst vergangenem niederem Stand und trat hinaus in den Garten. Sie humpelte über den Pfad, denn ihr holistisches Schuhwerk schmerzte mehr als nur ein wenig, doch sie erreichte das Spalier und öffnete die braunrot gestrichene Schuppentür dahinter.

»Es tut mir ja so Leid«, sagte sie. »Ich wollte schon viel früher wieder hier sein. Sie müssen halb verhungert sein. Es ist nur, dass ich so viel herausgefunden habe. Und ich habe etwas ganz und gar Schreckliches getan. Ich brauche jemanden, mit dem ich darüber reden kann, und irgendwie hoffe ich, so unwahrscheinlich es auch sein mag, dass Sie dieses Virus überwunden haben und wieder gesund sind. Weil, wenn Sie das nicht sind, dann weiß ich nicht, was ich tun soll. Ich muss Sie wahrscheinlich töten, um zu verhindern, dass Sie die Infektion an jemand anderen übertragen. Und das würde ich nicht aushalten. Das würde ich wirklich nicht aushalten.«

Kelly zerrte die Kohlensäcke zur Seite.

Und fand den Fußboden darunter leer.

Big Bob Charker war einmal mehr verschwunden.

17

Derek war ein wenig betrunken.

Er hatte den Schrumpfkopf verlassen und war zum Fliegenden Schwan gewandert. Von dort war er nach gegenüber zu den Vier Reitersmännern gewandert und von dort zu den Gehilfen Orlacs. Von dort an waren seine Wanderungen ein wenig konfus geworden. Er war in die Automatenwäscherei am Ende der Abbadon Street gewandert in dem Glauben, dass es sich um eine jener postmodernen Cocktailbars handelte, von denen die Toffs oben im West End so angetan waren.

Vileda Wilcox (Tochter des peinlichen Harkly »Kennen Sie schon den hier« Wilcox und Schwester von Studs, dem Mississippi-Flussboot-Spieler und benannt [rein zufällig] nach dem legendären Küchentuch von einst) hatte Derek rausgeworfen und ihn ein schmutziges betrunkenes Schwein von einer Person genannt.

»Ich wollte doch nur einen *Sex on the Beach*!«, beschwerte sich der verdutzte Derek, worauf er einen weiteren Tritt in den Unterleib erhielt, sodass er sich im Dreck wand.

»Das ist alles, woran ihr Männer immer nur denken könnt!«, sagte Vileda, was grundsätzlich korrekt war.

»Die Sache mit der Liebe«, nuschelte Derek vor sich hin, während er unsicher und unter nicht geringen Schmerzen in die allgemeine Richtung der

Tudor Teestuben auf der High Street wanderte, welche in seinem besonderen Zustand eine verblüffende Ähnlichkeit mit einer Après-Ski-Bar besaß, »die Sache mit der Liebe ist, dass sie die sozialen Windungen spannt, nein, die sozialen Bindungen, heißt das. Kelly ist definitiv supervornehm. Jeder kann das sehen. Selbst du, wie?«, fragte er.

Der Irre John schnauzte an diesem Tag Volvos an. »Was?«, schnauzte er Derek an. »Was ist los? Mach den Mund auf, was?«

»Irrer John«, sagte Derek und legte den Arm um die abgerissene Schulter des Irren, »du bist doch mein Freund, oder nicht?«

»Ich bin kein Freund von Volvos!«, schnauzte der Irre John. »Stufenheck oder Kombi, das macht überhaupt keinen Unterschied. Ich hasse beide!«

»Ja«, sagte Derek, oder besser »Hupp«, weil man in solchen Zeiten »Hupp« sagt, wenn man »Ja« meint. »Hupp«, sagte Derek. »Du bist ein wahrer alter Freund. Aber ich liebe die Frau, und ich bin ein wenig angeheitert.«

»Du bist völlig besoffen«, brüllte der Irre John. Und: »Du kriegst deins noch, warte nur ab, bis deine Drehzahl anschlägt« zu einem vorüberfahrenden Volvo Coupé mit Spoiler und Überrollkäfig.

»Aber Geld macht einen vornehm, oder nicht?«, fragte Derek. »Es hat immerhin Posh Spice vornehm gemacht. Oder hat es sie nur reich gemacht? Na ja, ist doch sowieso das Gleiche. Vornehm ist reich mit guten Manieren, jeder weiß das, obwohl die Vornehmen das bestimmt nicht zugeben. Und eine vornehme Stimme hilft auch, oder nicht? Würdest du sagen, dass ich eine vornehme Stimme habe?«

»Hör zu«, sagte der Irre John leise und nahm

Dereks Hand von seiner Schulter. »Ich mache hier nur meinen Job, Kumpel. Ich werde dafür bezahlt, sonntags Schuhe anzubrüllen und donnerstags Volvos. Die restliche Zeit der Woche kann ich machen, was ich will. Die meiste Zeit verbringe ich damit, Wiederholungen von Richard und Judy auf UK Gold anzusehen. Ich bin weder ein Philosoph noch ein Briefkastenonkel. Warum gehst du nicht einfach nach Hause zu deiner Mum und schläfst deinen Rausch aus?«

»Aber wenn ich Geld hätte«, sagte Derek. »Wenn ich *jede Menge* Geld hätte. Jemand mit jeder Menge Geld kann sich doch wohl eine vornehme Frau leisten, oder?«

»Ein Mann mit einem Haufen Kohle kann sich praktisch jede Frau leisten«, sagte der Irre John. »Warum ausgerechnet eine vornehme? Sie sind ziemlich anspruchsvoll und kosten Geld, und die meisten taugen nichts im Bett. Glaub mir, ich hatte jede Menge. Hätte ich einen Heiermann für jede vornehme Frau bekommen, die sich meiner erbarmt, mich in ihr Heim eingeladen, mir ein Bad spendiert und dann – als sei es das erste Mal – bemerkt hätte, wie attraktiv ich bin, um mich dann in ihr Bett zu ziehen, bevor sie meine Taschen mit Geld voll stopft, wäre ich längst ein reicher Mann und könnte mir jede hübsche Frau leisten, die ich will.«

Derek starrte den Irren John schief an. »Ist das alles wahr?«, fragte er.

»Meine Fresse, du bist besoffen, oder? Komm, Junge, ich bring dich nach Hause. Ich hab jetzt sowieso bald Feierabend.«

Und so brachte der Irre John den betrunkenen Derek nach Hause. Dereks Mum bedankte sich beim

Irren John für seine Mühe, dann sagte sie, dass sie schreckliche Schuldgefühle hätte, weil so nette Menschen wie der Irre John ohne Dach über dem Kopf auf der Straße schlafen müssten, und ob er nicht ins Haus kommen und ein Bad nehmen wolle?

»Oh, sehr liebenswürdig, danke sehr, Madam«, sagte der gar nicht so irre Irre John. »Aber vielleicht sollten wir Ihren Jungen zuerst nach oben und ins Bett bringen, meinen Sie nicht?«

Und so kam Derek an jenem Tag früh zum Schlafen.

Der Irre John nicht, doch das ist eine andere Geschichte. Und weil es obendrein eine derbe Geschichte ist, verbietet der Anstand, sie hier zu erzählen.

Zwei Straßen nördlich von Dereks Zuhause und nur eine Straße von dem ziemlich vornehmen Haus entfernt, in dem der Irre John für gewöhnlich lebte (wo niemand ihn des Nachts hineinschleichen sah), befand sich das pink gestrichene Reihenhaus eines gewissen Big Bob Charker.

Ein wenig nach acht Uhr an jenem Abend öffnete Minky Charker auf ein Klopfen hin die Tür und fand Kelly Anna Sirjan, frisch geduscht und von strahlendem Aussehen, auf der pinkfarbenen Türschwelle stehen.

»Oh«, sagte Minky, Frau von Big Bob dem Verschwundenen. »Sie sind wirklich die allerletzte Person, die ich vor meiner Tür erwartet hätte.«

Kelly fragte nicht. Sie sagte nur: »Kann ich reinkommen?«

»Ming der Gnadenlose«, sagte Minky Charker.

»Für den Fall, dass Sie fragen wollten, aber sich aus Schüchternheit nicht getraut haben. Dann kommen Sie mal rein. Ich setz den Kessel auf.«

Kelly trat ein, und Minky setzte den Kessel auf.

»Denken Sie, dass es mir steht?«, fragte Minky.

»Es ist jedenfalls der richtige pinkige Farbton«, sagte Kelly. »Allerdings bin ich gekommen, um nach Ihrem Mann zu fragen. Ich nehme nicht an, dass Sie ihn heute gesehen haben, oder?«

»Ich? Glücklicherweise nicht, nein«, sagte Minky, indem sie den Kessel herunternahm und an ihren üppigen Busen drückte, wie man es vielleicht mit einem Hündchen oder einem Zwerg namens Dave gemacht hätte, den man plötzlich lieb gewonnen hat. »Ich dachte, dass er von der Verzückung geholt wurde ... oder wenigstens denke ich, dass ich das gedacht habe.«

»Ich sehe, dass Sie eine Menge Kerzen brennen haben«, beobachtete Kelly.

»Man kann niemals zu viele Kerzen brennen haben«, entgegnete Minky und streichelte den Kessel auf die Art und Weise, wie man beispielsweise einen wirklich zutraulichen Otter streicheln würde. Oder einen Hamster. Oder vielleicht ein stachelloses Stachelschwein, mit dem man Mitleid empfindet. »Man kann niemals zu viele Kerzen brennen haben oder zu viele Flaschen Nagellack im Toilettenschrank oder zu viele Marken Küchenreiniger unter dem Spülbecken.«

»Oder Klopapierrollen«, sagte Kelly. »Davon kann man auch nie zu viel haben.«

»Ganz recht«, sagte Minky. »Obwohl ich das Klopapier nicht unter dem Spülstein aufbewahre. Es ist nicht genug Platz.«

»Also haben Sie Ihren Mann nicht gesehen?«

»Nein«, sagte Minky und kraulte den Kessel unter der Tülle. »Aber ich habe auch nicht damit gerechnet; schließlich hat ihn die Verzückung geholt und alles. Ich sehe ihn wieder, wenn meine Zeit gekommen ist, in die himmlische Herrlichkeit davongeführt zu werden. Und dann werde ich ihm ein paar Wörtchen sagen, das können Sie mir gerne glauben.«

»Falls er hier auftauchen würde«, sagte Kelly. »Angenommen, er kehrt aus irgendeinem Grund aus dem Himmel zurück, beispielsweise, um die Unterwäsche zu wechseln oder was weiß ich – könnten Sie mich dann anrufen?« Kelly zögerte. »Nein, nicht anrufen«, sagte sie dann. »Könnten Sie dann vorbeikommen und mir Bescheid sagen? Ich wohne bei Mrs. Gormenghast.«

»Bei Madame Braunrot«, sagte Minky. »Was für ein exzentrisches Weibsbild, diese Mrs. Gormenghast, nicht wahr?«

»Ich wäre Ihnen wirklich sehr dankbar«, sagte Kelly. »Es ist nämlich, dass ich ... äh, ich habe Geld für ihn. Einen großen Betrag. Es ist eine Überraschung. Ich möchte nicht, dass Sie ihm gegenüber etwas sagen. Aber es ist wirklich ein sehr großer Betrag.«

»Ich nehm's für ihn entgegen«, sagte Minky.

»Nein, er muss unterschreiben.«

»Ich kann seine Unterschrift nachmachen.« Minky streichelte den Deckel des Kessels. »Das müssen alle Frauen können. Sie werden es verstehen, wenn Sie sich selbst heiraten.«

»Warum sollte ich mich selbst heiraten?«

»Weil Sie auf diese Weise sicher sein können, dass Sie *alles* bekommen, falls Sie geschieden werden.«

»Ich verstehe«, sagte Kelly. »Es ist alles ganz einfach, wenn man es einmal erklärt bekommt.«

»Mit Ausnahme von Logarithmen«, sagte Minky. »Logarithmen sind nicht einfach. Oder höhere Mathematik, Quantentheorie, Fermats letztes Theorem. Ganz zu schweigen von der Transperambulation pseudo-kosmischer Antimaterie.«

»Der Transperambulation pseudo-kosmischer Antimaterie?«

Minky Charker schüttelte den Kopf und tätschelte ihren Kessel.

»Na los doch, sagen Sie's«, sagte Kelly.

»Nein, ich sag's nicht«, sagte Minky.

»Na los doch. Ich weiß doch, dass Sie es möchten.«

»Also gut. Ich sagte doch, Sie sollen darüber schweigen.«

Kelly verließ das Haus von Big Bob Charker, ganz zu schweigen von Minky, und wanderte ebenfalls ein wenig umher. Sie hatte das Gefühl, dass sie mit Derek reden müsste. Ihn warnen. Ihm alles sagen, was sie wusste. Er war schließlich jetzt ihr Freund und alles, und sie wollte nicht, dass ihm irgendetwas zustieß. Er musste sich wirklich von allem fern halten, das möglicherweise einen Mute-Chip enthielt. Und das bedeutete von fast allem.

Kelly ging zu Dereks Haus. Sie klopfte und wartete und klopfte noch einmal und wartete noch etwas länger. Sie war ganz sicher, dass sie aus irgendeinem Fenster im ersten Stock vergnügtes Stöhnen hörte. Doch niemand kam, um zu öffnen, und so schrieb Kelly eine Notiz, in der sie Derek bat, sich mit ihr in

Verbindung zu setzen, sobald er nach Hause kam, allerdings nicht per Telefon, sondern persönlich. Und dass es sehr dringend wäre. Sie faltete den Zettel und steckte ihn durch den Briefschlitz in der Tür, von wo aus er auf die Fußmatte fiel, deren Willkommen wie bei Tantchen Uzi längst abgetreten und fadenscheinig war.

Und dann wanderte Kelly weiter, und weil sie wusste, dass sie einen Drink und etwas Anständiges zu essen nötig hatte, wanderte sie in Richtung des Fliegenden Schwans.

Der Fliegende Schwan war nicht gerade überfüllt. Ein paar alte Säcke saßen am Tresen. Ein Paar Wanderbischöfe spielte gegen zwei Maultiertreiber Darts. Ein arg gebeutelter Feuerwehrmann saß in einer Ecke an einem Tisch und weinte sich bei einer langbeinigen Krankenschwester mit rotem Bart aus, die an einem Pint handgezapften Ales schlürfte und sich heimlich nach *Sex on the Beach* sehnte.

Kelly bestellte einen Rotwein und ein Surf 'n' Turf, was nach Auskunft des Barmanns an diesem Abend etwas wirklich Besonderes enthielt, nämlich eine Keule vom Gnu und das Perineum vom Oktopus, serviert auf nepalesischen Radieschen und Reis mit Wolfsbohnen im Tierra-del-Fuego-Stil. Mit einer Beilage aus Limettensaft, der entweder als Garnitur zu benutzen war oder auf die Handgelenke getupft werden konnte, um Moskitos zu verscheuchen.

Kelly ging mit ihrem Rotwein zu einem Fensterplatz und starrte auf den sommerlichen Abend hinaus, während sie ihre Gedanken in einen Schlachtplan zu ordnen versuchte.

Wie man das so macht.

Es waren noch keine fünf Minuten vergangen (eher vier), als sich ein junger Mann ihrem Tisch näherte. Er trug ein dümmliches Grinsen.

Kelly blickte zu ihm auf.

Der junge Mann blickte zu ihr herab und grinste dümmlich.

»Ist dieser Stuhl noch frei?«, fragte er und deutete auf einen freien Stuhl.

Kelly blickte auf den Stuhl und dann wieder auf den fragenden jungen Mann. Es war ein sympathischer junger Mann. Ein Schopf blonder Haare kleidete seinen Skalp. Ein ärmelloses T-Shirt kleidete seinen muskulösen Oberkörper. Eine zu enge Lederhose kleidete alles mögliche andere.

Kelly schüttelte den Kopf. Sie war nicht in der Stimmung. »Der Stuhl *ist* frei«, sagte sie. »Und angesichts der reichhaltigen Menge anderer freier Stühle in diesem Etablissement hoffe ich sehr, dass er auch frei bleiben wird.«

»Dann bleibe ich eben stehen«, sagte der junge Mann, und sein dümmliches Grinsen verwandelte sich in einen Ausdruck von Verbissenheit.

»Aber bitte woanders«, sagte Kelly.

Der junge Mann sah für eine Sekunde um eine Antwortet verlegen aus.

Aber er war es nicht.

»Sie müssen nach Mute Corp Keynes gehen«, sagte er. »Dort finden Sie die Antwort.«

Kellys blaue Augen weiteten sich, und ihre Hand fand den Weg zu den goldenen Locken hinauf. »Wer sind Sie?«, fragte sie.

Der junge Mann setzte sich auf den freien Stuhl und bemächtigte sich seiner Freiheit. »Shibboleth«, sagte er. »Shibboleth ...«, und er sprach den unaussprechlichen Namen aus. »Bruder von Malkuth. Sie haben von ihm gehört.« Shibboleth streckte ihr die Hand hin. Kelly schüttelte sie nicht.

»Gut«, sagte Shibboleth. »Sie wissen also Bescheid darüber. Sie wissen eine ganze Menge, wie? Ich weiß ebenfalls sehr viel.«

»Ich weiß überhaupt nicht, wovon Sie reden«, sagte Kelly.

»Und ob«, entgegnete Shibboleth. »Sie machen das Gleiche wie ich, wenn auch aus anderen Gründen. Ich versuche herauszufinden, was mit meinem Bruder passiert ist. Und mit meiner Mutter. Das hat mich zu Ihnen geführt. Sie *wissen*, was mit ihnen passiert ist. Ich weiß, dass Sie es wissen.«

Kelly schüttelte den Kopf. »Vergessen Sie's«, sagte sie. »Sie gehören zur Sicherheitsabteilung von Mute Corp, stimmt's? Sie sind gekommen, um mich zu überprüfen. Einfallslos. Wirklich sehr einfallslos.«

»An mir ist überhaupt nichts Einfallsloses«, sagte Shibboleth. »Außer vielleicht meinem Hosengeschmack.«

»Ich sage überhaupt nichts«, sagte Kelly. »Bitte gehen Sie weg.«

»Ich sage Ihnen zwei Dinge«, sagte Shibboleth. »Erstens, Sie haben ein Tattoo auf dem Bauch, und zweitens sollten Sie wirklich das Gesicht vom Fenster abwenden; Sie stehen unter Bewachung, seit Sie heute das Gebäude der Mute Corp verlassen haben. Der dicke Mann dort auf der anderen Straßenseite, der an dem Laternenpfahl lehnt. Er hat Sie verfolgt, und jede Wette, er hätte sich gewünscht, dass Sie ein Taxi genommen hätten. Er beobachtet sie durch eine Makrovisionsbrille und liest von Ihren Lippen ab.«

Kelly drehte das Gesicht vom Fenster weg. »Und woher wissen Sie von der Tätowierung?«

»Sie haben soeben Ihren ersten Brunnenvergifter kennen gelernt«, sagte Shibboleth. »Ich arbeitete mit der Ausrüstung meines Bruders. Er hat sich unter anderem auch in das CCTV-System der Mute Corp gehackt. Ich hab Ihre medizinische Untersuchung beobachtet. Es war widerwärtig, aber auf eigenartige Weise unwiderstehlich. Tut mir ausgesprochen Leid.«

»Und mir ist es ausgesprochen peinlich«, sagte Kelly. »Ich finde das überhaupt nicht witzig.«

»Ich sage die Wahrheit. Ich bin überrascht, dass Ihnen der dicke Mann nicht aufgefallen ist.«

»Ich würdige dicke Leute keines zweiten Blickes«, sagte Kelly. »Steht wahrscheinlich auch irgendwo in meiner Akte.«

»Wir könnten bei dieser Sache zusammenarbeiten.«

»Ich habe keine Ahnung, wovon Sie reden«, sagte Kelly. »Ich bin Mitarbeiterin von Mute Corp. Ich werde meinen Arbeitgeber gleich morgen Früh ohne Zögern über Ihre kriminellen Aktivitäten informieren.«

»Ja, ja, sicher«, sagte Shibboleth. »Eine ziemlich vertrackte Geschichte, nicht wahr? Sie wissen nicht, ob Sie mir trauen können, und ich weiß nicht, ob ihn Ihnen trauen kann. Sie könnten eine hochrangige Sicherheitsbeauftragte von Mute Corp sein, wie Mr. Pokey es zu glauben scheint. Obwohl er nicht ganz sicher ist, wie der dicke Mann beweist, der Ihnen folgt. Oder vielleicht sind Sie jemand, der dieser ganzen Geschichte ein Ende bereiten will. Allem. Wo stehen wir also? Wir misstrauen uns gegenseitig. Aber wir brauchen beide jemanden, dem wir trauen können.«

»Einmal Surf 'n' Turf«, sagte der Barmann, als er mit Kellys Mahlzeit eintraf und das Essen mit einer großen Schau vor ihr servierte. »Ich hab noch ein flambiertes gambisches Bugaboofisch-Entrecôte als Beilage dazugetan; kostet nichts extra. Obwohl es Ihnen natürlich freisteht, ein großzügiges Trinkgeld zu geben, sollte Ihnen danach sein. Und das hoffe ich wirklich sehr; ich spare nämlich auf ein eigenes Drahtseil, um irgendwann mit dem Zirkus durchzubrennen.«

»Irgendein besonderer Zirkus?«, fragte Shibboleth.

»Professor Merlins Größte Show jenseits der Welt«, sagte der Barmann. »Sie fährt in einem viktorianischen Dampfschiff zwischen den Planeten umher. Das ist das Leben, von dem ich träume. Der Geruch von Sägemehl, die kleinen Zwerge namens Dave, so viel Konfetti, wie man essen kann, wenn man bei der Hochzeit eines reichen Potentaten aufspielt.«

»So ist das Leben«, sagte Shibboleth. »Ich würde Ihnen ja selbst Trinkgeld geben, aber ich glaube, ich behalte das Geld lieber für mich.«

Der Barmann verneigte sich und ging davon. Er summte den Marsch der Gladiatoren.

Kelly nahm das Essbesteck zur Hand. »Ich wäre Ihnen sehr dankbar, wenn Sie jetzt gehen«, sagte sie zu Shibboleth. »Ich bin sehr hungrig, und ich ziehe es vor, alleine zu essen.«

»Das kann ich verstehen«, sagte Shibboleth. »Sie müssen wirklich sehr hungrig sein. Erst recht, wenn man bedenkt, dass Sie Ihr Mittagessen auf der Toilette ausgekotzt haben und alles.«

»Was?«, machte Kelly.

»Ich habe mir die Freiheit genommen, mich in das Sicherheitssystem des Pubs zu hacken. Nachdem ich mich in das Sicherheitssystem für den öffentlichen Verkehr gehackt hatte, heißt das. Sie werden nicht glauben, wo die Kameras in diesen Toiletten versteckt sind. Man sollte meinen, das Lokal hätte Chuck Berry gehört.[19]«

»Kommen Sie in zehn Minuten wieder«, sagte Kelly. »Wenn ich mit essen fertig bin.«

Zehn Minuten später, oder vielleicht waren es auch elf – obwohl, offen gestanden, wer hat sie schon gezählt –, kehrte Shibboleth an Kellys Tisch zurück.

»Falls ich Ihnen glauben sollte ...«, sagte Kelly und wischte sich die Lippen mit einer übergroßen roten Gingan-Serviette.

»Was bedeutet, dass Sie es tun«, sagte Shibboleth.

»Was bedeutet *falls* ...«, sagte Kelly. »Was können Sie mir sagen, das mich hundertprozentig überzeugen würde?«

»Nichts«, sagte Shibboleth. »Aber ich könnte Ihnen zeigen, wo die Kapelle ist. Ich könnte Sie hinführen.«

»Und ich soll mich von einem vollkommen Unbekannten nachts nach Mute Corp Keynes bringen lassen? Sehe ich wie eine Selbstmörderin aus?«

»Mein Bruder ist zwischenzeitlich vielleicht schon

---

19 Wenn Sie diese Geschichte kennen, dann kennen Sie sie. Wenn nicht – ich werde Sie Ihnen nicht erzählen.

tot«, sagte Shibboleth. »Und meine Mutter ebenfalls. Sie verschwinden. Ich habe keine Ahnung, wie es geschieht. Ich vermute, dass es nur bei Leuten funktioniert, die bereits infiziert sind, aber es ist unmöglich zu sagen, wer infiziert ist und wer nicht. Vielleicht sind wir alle bereits angesteckt.«

»Sagen Sie so etwas nicht«, sagte Kelly. »Daran habe ich auch schon gedacht.«

»Was wahrscheinlich bedeutet, dass Sie noch nicht infiziert sind. Ansonsten würden Sie nur noch das denken, was es Ihnen suggeriert. Denken Sie immer daran. Er verhindert bei mir, dass ich den Verstand verliere.«

»Also schön«, sagte Kelly. »Es ist wahrscheinlich das Dümmste, das ich in meinem ganzen Leben getan habe, aber ich komme mit Ihnen.«

»Brillant«, sagte Shibboleth. »Und es ist wirklich nicht das Dümmste, was Sie je getan haben. Nach Ihrer Datei zu urteilen ...«

»Nicht«, sagte Kelly. »Obwohl ... reden Sie weiter. Geben Sie mir einen Tipp.«

»Eineiige Zwillinge«, sagte Shibboleth. »Ihr achtzehnter Geburtstag. Die Ocean Rooms ... Nachtclub ... der Billardtisch ...«

»*Das wurde mit der Kamera beobachtet? Das ist in meiner Akte?*«

»Tut mir Leid«, sagte Shibboleth. »Alles ist in den Akten.«

Kelly schüttelte den goldenen Kopf. Und lächelte ein wenig sehnsüchtig. »Das würde ich zu gerne selbst sehen«, sagte sie. »Aber es war nicht das, was ich im Sinn gehabt habe ...«

»In diesem Fall meinen Sie wahrscheinlich ...«

»Das Geheimnis besteht darin zu wissen, wann

man aufhören muss«, sagte Kelly. »Kommen Sie, gehen wir nach Mute Corp Keynes.«

Auch im Mondlicht sah es nicht besser aus. Tatsächlich sah es sogar viel schlimmer aus als bei Tag. Noch desolater. Noch heruntergekommener.

Der Wachtposten an der Grenze war ein anderer als derjenige, der zwei Tage zuvor dort gewesen war. Der auch nicht der gleiche war. Weil sie alle in komplizierten Schichten arbeiteten.

»Irgendetwas zu deklarieren?«, fragte dieser Wachtposten.

Shibboleth zuckte die Schultern hinter dem Lenkrad und deklarierte nichts. »Nichts außer meinem Genius«, sagte er.

»Höchst originell, Sir«, sagte der Grenzwächter. »Das ist das erste Mal, dass ich diesen Spruch höre. Für *heute.*«

Shibboleth grinste überhaupt nicht dümmlich.

»Ich mache eine Notiz«, sagte der Grenzwächter. »Ich glaube, der Millionste, der das sagt, kriegt ein T-Shirt als Hauptgewinn oder sonst was. Also, haben Sie irgendwelche illegale Drogen? Gewaschenes Geld? Nicht registrierte Feuerwaffen oder Sprengstoffe?«

»Nichts dergleichen«, sagte Shibboleth.

»Dann werden Sie da drin nicht lange überdauern«, sagte der Grenzwächter. »Wollen Sie mir vielleicht Ihre Armbanduhr hier lassen, bevor Sie in den sicheren Untergang gehen? Ich spare nämlich auf ein Einrad, ich will mit dem Zirkus durchbrennen.«

Shibboleth trennte sich von seiner Armbanduhr.

»Wenn wir nachher zurückkommen, will ich die Uhr wieder haben«, sagte er.

»Geht in Ordnung«, sagte der Grenzwächter. »Aber vielleicht habe ich keinen Dienst mehr, wenn Sie zurückkommen. Ich habe um drei Uhr Schluss, dann werde ich von einem anderen Wächter abgelöst. Es ist nicht der gleiche Grenzwächter wie gestern Morgen um drei, sondern ein ganz anderer. Es ist nämlich der, der vorgestern um fünf gekommen ist.«

»War es nicht sechs?«, fragte ein anderer Grenzwächter, der auf seinem Fahrrad ankam.

»Oh, hallo Harry«, sagte der erste Grenzwächter. »Ich dachte, du würdest erst um zehn Uhr morgen Früh zur Ablösung kommen.«

»Es ist ein sehr kompliziertes Schichtsystem«, sagte Harry. »Möchtest du, dass ich auf die Uhr von diesem Passanten hier aufpasse? Ich spare nämlich auf einen Milchlaster; ich will mit einem Zirkus durchbrennen.«

»Was denn, gibt es in Zirkussen heutzutage auch Milchlaster?«, fragte der Grenzwächter, der im Begriff stand, abgelöst zu werden.

»Habe ich Zirkus gesagt?«, fragte Harry. »Ich meinte natürlich Trampolin.«

»Er arbeitet zu viel«, erklärte der erste Grenzwächter. »Manchmal muss er sich selbst ablösen, wenn keine Ablösung erscheint.«

»Können wir jetzt gehen?«, fragte Shibboleth.

»Ich weiß nicht«, sagte der erste Grenzwächter. »Ich bin nicht mehr im Dienst. Sie müssen Harry fragen.«

»Fragen Sie mich nicht«, sagte Harry. »Ich muss mich erst stempeln.«

Shibboleth fuhr durch die nächtlichen Straßen von Mute Corp Keynes. Er wich den Stingers und den Todesfallen mit den Stachelseilen und den Landminen und den lockenden Stachelschweinen aus, die, wie Shibboleth Kelly erzählte, mit Nagelbomben geladen waren. Und zahlreichen anderen Hindernissen.

»Sie scheinen sich ziemlich gut hier auszukennen«, stellte Kelly fest.

Shibboleth kurbelte am Lenkrad seines Automobils. Es war ein Ford Fiesta. Es war Dereks Ford Fiesta. »Ich habe mein ganzes Leben hier verbracht«, sagte er. »Ich kenne jeden Winkel und weiß alles über Mute Corp Keynes.«

»Die Grenzwächter schienen Sie nicht zu kennen.«

»Ich kannte sie auch nicht. Es gibt eine ganze Menge Grenzwächter. Sie haben ein extrem kompliziertes Schichtsystem.«

»Aber wenn Sie hier leben – wieso haben Sie ihnen Ihre Armbanduhr gegeben?«

»Es war nicht meine Armbanduhr«, sagte Shibboleth. »Ah, wir sind da.«

Ein Stück voraus leuchteten helle Lichter durch die Dunkelheit. Helle Neonlampen. Eine Bar. Und eine gefährlich aussehende Bar obendrein. Mit einer Front aus Beton und ohne Fenster. Flach und hässlich. Schrapnellübersät und dringend renovierungsbedürftig. Oder besser: abrissbedürftig. Die Neonlampen flackerten unstetig, wie solche Lampen eben nun mal flackern. Sie buchstabierten die Buchstaben, die die Worte buchstabierten, die den Namen des Lokals bildeten.

Die Tomorrowman Taverne.

Alles ausbuchstabiert.

»Es wird Ihnen hier gefallen«, sagte Shibboleth. »Nun ja, offen gestanden, nein, wird es nicht. Aber es gibt schlimmere Gegenden als dieses Lokal, auch wenn ich nie an einem schlimmeren Ort gewesen bin.«

»Und die Kapelle?«, fragte Kelly.

18

Shibboleth stapfte zum Tresen und ließ Kelly allein dort zurück, wo sie über den Grund ihres Hierseins nachdenken konnte. Die Musicbox stotterte und verklang, und die Gäste ließen ihren Unmut dadurch erkennen, dass sie den Apparat mit Flaschen bombardierten. Während ein Schotte in einem Schottenrock und mit einer Schottenmütze die erzürnten Stammgäste damit unterhielt, dass er auf einem Bein stand, bemühte sich ein Techniker darum, die alte Wurlitzer wieder in Gang zu bringen.

Eine Frau mit rasiertem Schädel und einem Vorhängeschloss durch die Nase beugte sich zu Kelly herüber und flüsterte ihr ins Ohr. »Das ist unser Kenny«, sagte sie in leisem, ehrfürchtigem Tonfall. »Wenn es darum geht, auf einem Bein zu stehen, ist niemand besser als er.«

»Hat er es sich selbst beigebracht?«, fragte Kelly.

Die Frau sah Kelly an, als wäre sie von allen guten Geistern verlassen. »Um Himmels willen, nein!«, sagte sie und schüttelte den kahlen Kopf, dass das Vorhängeschloss gegen ihre silberfarbenen Zähne klapperte. »Er hat zehn Jahre im Potala Tibet verbracht und unter dem Balancierenden Lama studiert, dann weitere fünf Jahre im Kloster von St. Timothy dem Sepp, einem Hüpforden, wo er auch das Hüpfen erlernt hat. Dann war er bei der Unipedarianischen Kirche von Südkorea; sie lassen sich das rechte Bein amputieren, was ich offen gestanden für

Betrug halte. Schließlich diente er einen Turnus auf der spanischen Flotte, wo er Holzbeine für Piraten getestet hat. Und danach ...«

»Hier ist Ihr Rotwein«, sagte Shibboleth. »Sie hatten keine Schweinekrallen, also hab ich stattdessen eine Zwanziger Lambert and Butlers gekauft. Sie müssen sie ja nicht rauchen; Sie können den Tabak kauen. Er ist mit Kamille aromatisiert, jedenfalls hat der Wirt mir das erzählt.«

»Der Wird ist eifersüchtig auf unseren Kenny«, sagte die mit dem kahlen Kopf und dem Vorhängeschloss in der Nase. »Der würde sein rechtes Bein für das geben, was unser Kenny kann.«

»Was kann er denn?«, fragte Shibboleth.

»Er kann auf einem Bein stehen«, sagte Kelly. »Es ist der dort drüben.«

»Hofft er vielleicht, dass er irgendwann mit dem Zirkus durchbrennen kann?«, fragte Shibboleth. »Oder vielleicht davon *hüpfen*?«

»Er ist *vom Zirkus davongerannt*«, sagte die haarlose Frau mit dem nasalen Sicherheitszubehör. »Oder vielleicht gehüpft. Ich hab ihn nie gefragt. Es gibt ein paar Fragen, die stellt man einem solchen Talent einfach nicht.«

»Beispielsweise die Frage nach dem *Warum*?«, schlug Shibboleth vor.

Die Kahle mit dem glänzend metallischen Anti-Diebstahl-Set im Riechkolben hob eine haarlose Augenbraue und bedachte Shibboleth mit der Art von Blick, mit der ein Frettchen an einem kalten und frostigen Morgen einen Klumpen mausförmigen Feta-Käse bedenkt. »Ich weiß, wo du wohnst«, sagte sie.

»Da drüben sind zwei Plätze frei«, sagte Shibboleth zu Kelly. »Vielleicht möchten Sie sich setzen?«

Kelly mochte, und so gingen und setzten sie sich.

»Das war mal eine wirklich schicke Bar«, sagte Shibboleth, während er etwas Grünes aus seinem Glas schlürfte und Kelly unverwandt anlächelte. »Früher gab es donnerstagabends richtige Unterhaltung hier. Professionelle Einbeinsteher, von denen einige außerdem Akkordeon spielten. Einige der berühmtesten Einbeiner haben hier gestanden. Arthur Gillette, der Wunderbare Normann, Wally Tomlin, Prinz der Pedal-Elevation ... er hat Lieder über die Shows geschrieben. Und ...«

»Hören Sie augenblicklich auf«, sagte Kelly. »Oder ich sehe mich gezwungen, Ihnen voll eins in die Fresse zu hauen.«

»Es ist ein erlernter Geschmack«, sagte Shibboleth. »Wie sind die Lambert and Butlers?«

Kelly zog einen Tabaksfaden aus den Zähnen. »Nicht schlecht, wirklich nicht«, sagte sie. »Obwohl Capstan Full Strength besser sind. Aber einem geschenkten Gaul schaut man nicht ins Maul, und Bettler können es sich nicht leisten, wählerisch zu sein, wie meine Mutter immer gesagt hat, auch wenn Wähler betteln können, wenn sie wollen.«

»Erzählen Sie mir mehr über Ihre Mutter«, sagte Shibboleth, was eine gewisse Glocke zum Klingen brachte. »Aber nur die guten Sachen.«

»Nein«, sagte Kelly. »Erzählen Sie mir von Ihrem Bruder. Haben Sie eine Idee, wo er inzwischen sein könnte?«

»Nein«, sagte Shibboleth. »Man kann sich nicht in GO MANGO hacken. Es befindet sich in einer anderen Ecke des Cyberspace. Einer Ecke, zu der niemand Zugang hat. Niemand außer vielleicht einem.«

»Remington Mute«, sagte Kelly.

»Genau selbiger, höchstpersönlich«, sagte Shibboleth. »Ob Remington Mute überhaupt noch am Leben ist, weiß nur eine auserwählte Elite.«

»Die Anbetenden in der Kapelle?«

»Sie könnten sie fragen, doch ich glaube nicht, dass sie Ihnen etwas verraten würden. O du meine Güte!«

»O du meine Güte?«, fragte Kelly.

»O du meine Güte«, sagte Shibboleth und deutete auf die Szene. »Der gerissene Schotte Kenny ist umgefallen! Die Tage der großartigen und eisernen Steher auf einem einzigen Bein sind wirklich und wahrhaftig vorbei. Trotzdem, geben wir ihm seinen verdienten Applaus, man konnte sehen, dass er sein Bestes getan hat.«

Shibboleth klatschte, und Kelly klatschte ebenfalls. Schulterzuckend.

Die Gäste applaudierten, und einige klopften dem tapferen Schotten, der nun in Tränen aufgelöst war, tröstend auf die zitternden Schultern.

»Gut gemacht, alter Junge!«, sagten sie, und: »Prima Versuch. Beim nächsten Mal hast du bestimmt mehr Glück.«

Der Schotte humpelte zur Theke davon.

»Dieser Laden ist wirklich beschissen«, sagte Kelly.

Shibboleth hob eine Augenbraue, die dunkel und ironisch und schick war. »Das ist ein ziemlich kraftvoller Ausdruck für eine so vornehme junge Frau wie Sie«, sagte er.

»Ich bin gegenwärtig ein wenig gestresst«, erwiderte Kelly. »Wie spät haben wir?«

»Tragen Sie keine Uhr?«

»Nicht mehr. Meine war digital. Eine Mute Corp Oyster.«

»Meine hat ein richtiges mechanisches Uhrwerk«, sagte Shibboleth, nahm die Uhr aus der Innentasche und sah darauf. »Man kann nie vorsichtig genug sein. Es ist fast halb acht. Wir haben Zeit für ein paar weitere Drinks.«

»Ich würde lieber einen klaren Kopf bewahren. Wie weit ist es von hier bis zur Kapelle?«

»Nicht weit.« Und Shibboleth hob sein Glas.

»Nur eines noch«, sagte Kelly. »Falls Sie beabsichtigen, mich aufs Kreuz zu legen, seien Sie auf der Hut. Ich habe heute einen Mann in den sicheren Tod geschickt. Mein Leben liegt in Scherben, und ich würde auch nicht eine Sekunde zögern ...«

»In Ordnung, ich verstehe. Ich weiß, dass Sie eine Meisterin im Dimac sind. Sie haben es im Web studiert, stimmt's? Sie haben all Ihre Universitätsabschlüsse im Web gemacht. Sogar Ihren ersten Freund haben Sie in einem Chatroom im Web kennen gelernt.«

»Worauf wollen Sie hinaus?«

»Sie sind ziemlich allein im Augenblick, wie?«

Kelly leerte ihren Rotwein. »Können Sie mir noch einen holen, bitte?«, sagte sie. »Am liebsten einen großen, wenn es geht.«

Shibboleth ging zum Tresen. Der Wirt stand inzwischen darauf. »Ladys und Gentlemen!«, rief er über die hässlichen Köpfe der versammelten Gäste hinweg. »Wie es aussieht, ist die Musikbox ein für alle Mal im Eimer.« Irgendjemand warf eine Flasche, und der Wirt duckte sich geschickt. »Damit Sie also nicht ohne Unterhaltung bleiben«, fuhr er fort, »wird meine Frau Spongetex ihren viel geliebten Stillsteh-Akt aufführen.«

»Ich kann es kaum erwarten«, sagte Kelly, während sie auf einem Filter kaute.

Ein junger Bursche mit einer schicken Ray-Ban-Sonnenbrillen-Tätowierung um die Augen herum beugte sich zu Kelly und flüsterte ihr zu: »Die Frau des Wirts ist wirklich Spitze im Stillstehen«, sagte er. »Sie war früher als Zebrastreifenwärterin auf dem Schulweg angestellt. Sie wurde wegen der hohen Sterblichkeitsrate unter den Schulkindern entlassen. Später hat sie ...«

»Gehen Sie weg«, sagte Kelly. »Oder ich schlage Sie nieder.«

Shibboleth kehrte mit einer Flasche Wein zurück. »Der Wirt hat nicht hingesehen, deswegen hab ich die hier mitgehen lassen«, sagte er. »Möchten Sie einen Platz näher am Tresen, um seine Frau besser sehen zu können?«

»Ich würde gerne gehen«, sagte Kelly. »Das ist alles viel zu aufregend. Ich vertrage das nicht.«

»Wir können aber noch nicht gehen«, sagte Shibboleth. »Wir müssen noch auf jemanden warten.«

Kellys Hand griff nach den blonden Locken. Ein Stirnrunzeln drehte ihre Mundwinkel nach unten.

»Machen Sie sich keine Sorgen«, sagte Shibboleth. »Ich hab Sie nicht in eine Falle geführt.«

»Und wer ist diese Person, die wir unbedingt treffen müssen?«

»Oh, Sie werden ihn nicht treffen. Es ist der Reverend Jim, der Hohepriester der Kapelle. Er kommt immer auf ein schnelles Halbes vorbei, bevor er zum Gottesdienst geht. Wir werden ihm von hier aus folgen.«

»Warum?«, fragte Kelly. »Ich dachte, Sie wüssten, wo die Kapelle ist?«

»Ich weiß, wo sie ist. Sie ist hier, in Mute Corp Keynes.«

»Und wo genau?«

»Ah, das weiß ich nicht mit Sicherheit.«

»Sie haben mich belogen«, sagte Kelly und erhob sich, um zu gehen.

»Ich habe nicht gelogen. Bitte setzen Sie sich wieder.«

Kelly setzte sich wieder und funkelte Shibboleth wütend an.

»Das steht Ihnen nicht«, sagte er. »Ich habe nicht gelogen. Ich weiß, dass die Kapelle hier ist. *Irgendwo.* Und irgendwo ganz in der Nähe. Ich bin dem Reverend schon früher gefolgt. Viele Male, aber irgendwie entkommt er mir jedes Mal. Deswegen habe ich Sie gebeten mitzukommen. Wenn wir uns zu zweit an seine Fersen heften, dann bin ich sicher, dass er sich nicht wieder einfach in Luft auflösen kann.«

»In Luft auflösen also«, sagte Kelly. »Das war's. Ich bin raus hier. Das war alles Zeitverschwendung.«

»Nein, warten Sie, bleiben Sie. Und sehen Sie jetzt nicht hin – er ist gerade hereingekommen.«

Wenn es je einen gehetzt dreinblickenden Mann, einen von Furcht erfüllten Mann gegeben hatte, einen Mann, der unglaublich nervös dreinsah, dann war dieser Mann nicht Reverend Jim. Reverend Jim war ein großer, breiter, fröhlicher Mann. Onkelhaft, das war der richtige Ausdruck. Mit roten Backen und roten Haaren. Grinsend über das ganze Gesicht und mit einem gewaltigen wackelnden Bauch.

»Das ist der Hohepriester?«, fragte Kelly und spähte in Richtung des Reverends. »Er sieht mehr nach einem alten freundlichen Onkel aus.«

»Sehen wir den Tatsachen ins Auge, Aussehen

kann täuschen«, entgegnete Shibboleth. »Der Reverend Jim ist der Hohepriester. Meine Mutter hat immer ausgesehen wie eine völlig Schwachsinnige, und trotzdem war sie die Ausnahme, die die Regel bestätigt.«

»Sie haben bisher nicht über Ihre Mum gesprochen«, sagte Kelly. »Nur über Ihren Bruder. Ihre Mum ist ebenfalls verschwunden, stimmt's?«

»Offen gestanden bin ich heilfroh darüber«, sagte Shibboleth. »Ich suche nur nach meinem Bruder, weil er mir Geld schuldet. Es ist ein hartes Leben und eine Stadt voller schlechter Menschen. Ich muss es wissen, weil ich einer von ihnen bin.«

Kelly seufzte. »Ich habe wirklich meine Zeit verschwendet, indem ich hierher gekommen bin«, sagte sie. »Ich schätze, ich werde Sie jetzt einfach bewusstlos schlagen, Ihnen den gestohlenen Wagen wegnehmen und nach Brentford zurückfahren.«

Rumpelndes Lachen erschallte aus Richtung Theke, sehr zur Verärgerung jener Gäste, die versuchten, sich auf das Stillstehen der Frau des Wirts zu konzentrieren.

Reverend Jim und der Wirt erzählten sich gerade einen Witz über einen gestrickten Wollhut an einer Bushaltestelle in Penge im Jahr 1972.

»Ich gehe jetzt wirklich«, sagte Kelly.

»Na gut, ich komme mit«, sagte Shibboleth. »Der Reverend Jim geht auch.«

»Das ging aber schnell.«

»Er ist ein echter Profi. Er hört immer dann auf, wenn sie nach einer Zugabe schreien.«

Kelly folgte Shibboleth, der dem Reverend Jim folgte. Sie entbot der Tomorrowman Taverne ein stilles Lebewohl und schwor sich dabei, dass sie niemals wieder hierher zurückkehren würde, unter gar keinen Umständen. Oder zumindest so lange nicht mehr, bis die Geschäftsleitung für vernünftige Unterhaltung sorgte.

Beispielsweise einen Hinsetz-und-Anstarr-Akt.

Oder ein Lautlos-in-der-Ecke-stehen.

Oder ...

Aber das Geheimnis besteht wirklich darin, aufzuhören, wenn sie nach einer Zugabe schreien.

»Da geht er hin, auf seinen Zehenspitzen«, sagte Shibboleth.

Und in der Tat bewegte sich Reverend Jim für einen so fetten Burschen extrem schnell. Er hüpfte förmlich durch die Gegend.

»Ist er Ihnen früher auch einfach davongelaufen?«, fragte Kelly, als sie hinter Shibboleth hertrottete. »Er ist sehr leichtfüßig, wie mir scheint.«

Das Licht war nicht sehr hell. Was so viel heißt wie: Es gab fast keines. Vereinzelte Sicherheitsscheinwerfer über dem ein oder anderen Bungalow-Geschützturm. Eine einsame Straßenlaterne in einem Kokon aus Stacheldraht. Der Reverend bewegte sich durch die Inseln aus Licht und hüpfte über die Straße.

»Überrascht mich nicht weiter, dass er Sie immer wieder abhängt«, flüsterte Kelly. »Die meiste Zeit über kann ich ihn kaum sehen.«

»Ziehen Sie die hier an«, sagte Shibboleth und reichte Kelly eine Brille.

»Infrarot?«

»Ja, und garantiert frei von Mute-Chips.«

Kelly setzte die Brille auf. Shibboleth setzte ebenfalls eine Brille auf. Die hüpfende rötliche Gestalt des rundlichen Priesters tanzte vor ihnen her.

Der Reverend schien sich nicht ein einziges Mal

umzusehen. Was alles Mögliche bedeuten konnte. Es war ihm egal. Es war ihm nicht egal, aber er wusste, dass es keine Rolle spielte. Es spielte eine Rolle, und es war ihm nicht egal, aber er wusste, dass es ihm egal sein konnte, weil es keine Rolle spielte, ob es ihm egal war oder nicht. Oder möglicherweise eine Kombination von alledem. Oder eine Kombination aus nichts von allem. Oder gar keine Kombination. Jedenfalls tänzelte und hüpfte der Reverend über den verkommenen Bürgersteig, machte kleine Schritte zur Seite hin, tänzelte vor und zurück und hüpfte weiter.

»Da geht er hin«, sagte Shibboleth. »Und weg ist er.«

Und das war er tatsächlich.

»Er ist weg«, sagte Kelly. »Aber wo ist er hin?«

»Das ist eine Frage, die ich mir stelle, seit ich ihn zum ersten Mal verschwinden sah.«

Kelly folgte Shibboleth zu der ungefähren Stelle, wo der Reverend Jim verschwunden war, und starrte in die Dunkelheit, die sich rings um sie herum erstreckte. »Wo sind wir überhaupt?«, fragte Kelly. »Was ist das hier für ein Ort?«

»Es ist nirgendwo«, sagte Shibboleth. »Ein verkommener Parkplatz. Keine Gebäude und keine Falltüren, die in irgendwelche unterirdischen Anlagen führen. Ich war bei Tageslicht hier und hab mich gründlich umgesehen. Es ist alles massiv und gepflastert. Es ist nichts darunter. Ich weiß nicht, wohin er verschwunden ist.«

Kelly zog ihre Brille ab und starrte Shibboleth an. Was von seinem Gesicht zu sehen war, war ehrlich verblüfft.

»Damit ich das richtig verstehe«, sagte sie. »Der einzige Beweis, den Sie dafür haben, dass die Kapelle hier ist, ist Ihre Vermutung, dass dieser dicke Kerl, den Sie für den Hohepriester dieser Kapelle halten, immer genau an dieser Stelle verschwindet, wenn Sie ihn verfolgen?«

»Gut dargelegt«, sagte Shibboleth.

»Sie Idiot«, sagte Kelly. »Sie Clown. Sie dummer...«

»Langsam«, sagte Shibboleth.

»Sie haben keine Beweise. Absolut keine.«

»Ich würde nicht soweit gehen, das so zu sagen. Es ist hier. Ich weiß, dass es hier ist. Ich erzähle Ihnen kein dummes Zeug. Ich bin nicht verrückt. Ich stehe mit beiden Beinen auf dem Boden. Ich bin nicht auf irgendeinem abgedrehten Level. Ich weiß, dass es hier ist...«

»Augenblick mal«, unterbrach ihn Kelly. »Sagen Sie das noch mal.«

»Ich weiß, dass es hier ist...«

»Nein, was Sie davor gesagt haben.«

»Ich erinnere mich nicht genau, was ich davor gesagt habe. Ich bin nicht auf irgendeinem abgedrehten Level, habe ich gesagt.«

»Genau«, sagte Kelly. »Genau das haben Sie gesagt.«

»Ich bin sprachlos«, sagte Shibboleth. »Was habe ich gesagt?«

»Level«, sagte Kelly. »Sie haben ›Level‹ gesagt. Wie Level in einem Computerspiel. Das ist es, worum sich alles dreht. Nun ja, ein großer Teil wenigstens. Der größte Teil, soweit ich es erkennen kann. Spiele. Computerspiele. Und in Computerspielen steigt man von Level zu Level auf, indem man Punkte sammelt und Energie gewinnt und Dinge ausknobelt. Bleiben wir einen Augenblick bei diesem Gedanken. Was, wenn die Kapelle hier ist? Genau hier?«

»Sie ist hier«, sagte Shibboleth. »Ich bin absolut sicher.«

»Und was, wenn wir ohne eine Art Passwort einfach keinen Zutritt erhalten? Ohne den Cheat? Wir müssen das Easter Egg finden. Den geheimen Weg in den nächsten Level.«

»Reden Sie weiter«, sagte Shibboleth. »Ich bin ganz Ohr. Was hat der Reverend Jim Ihrer Meinung nach getan?«

»Er hat etwas getan«, sagte Kelly. »Aber vielleicht hat er auch nur etwas gehabt. Irgendeinen elektronischen Schlüssel. Eine Fernbedienung. Irgendwas.«

»Nichts Computermäßiges funktioniert hier in der Gegend«, sagte Shibboleth. »Weder Mobiltelefone noch Laptops, einfach gar nichts.«

»Lassen Sie mir einen Augenblick«, sagte Kelly. »Darüber muss ich nachdenken.«

Shibboleth ließ ihr einen Augenblick.

»Und?«, fragte er, nachdem selbiger verstrichen war.

»Ja«, sagte Kelly. »Ich glaube, ich weiß jetzt, wie er es gemacht hat. Gehen wir zu der Stelle zurück, an der er verschwunden ist.«

Kelly und Shibboleth gingen an die Stelle zurück, jedenfalls bemühten sie sich, sie möglichst genau wiederzufinden.

»In Ordnung«, sagte Kelly schließlich. »Wir waren hinter ihm, und was hat er getan?«

»Er ist vor uns herumgehüpft und getanzt, und dann ist er verschwunden.«

»Nein, er hat noch mehr getan. Er ist den Weg entlanggetanzt. Er hat kleine Ausfallschritte zur Seite gemacht und ist vorwärts und rückwärts gehüpft.«

»Ein Muster!«, sagte Shibboleth.

»Auf den Platten«, sagte Kelly. »Er hat ein Muster auf den Platten getanzt, von einer Platte zur anderen. Zweifellos ohne auf die Schlitze dazwischen zu treten. Es ist *Himmel und Hölle.* Das älteste Spiel auf der Welt.«

»Ich dachte, das wäre Prostitution.«

»Das ist das älteste *Gewerbe.* Aber ich bin sicher, dass Huren auch Himmel und Hölle spielen.«

»Sie spielen alles, was man will, vorausgesetzt, man zahlt ihnen genug. Ich kannte mal eine Frau, die ...«

»Das hier ist weder die Zeit noch der Ort ...«, sagte Kelly.

»Das hat sie zuerst auch gesagt, aber Geld hat seine eigene Sprache.«

»Ich werde Sie schlagen«, sagte Kelly. »Meine Geduld nähert sich dem Ende.«

»Also, was machen wir jetzt?«, fragte Shibboleth. »Folgen wir dem Hohepriester morgen noch einmal und versuchen, auf die gleichen Platten zu tanzen wie er? Wir könnten sie vorher mit Talkumpuder präparieren; das hab ich mal in einem alten Film gesehen. Was machen Sie da?«

»Sehen Sie mir durch die Brille zu«, entgegnete Kelly. »Es gibt einen alten tragbaren Computer namens SIMON. Er hatte verschiedene Quadrate, die in abwechselnder Reihenfolge blinkten, und man musste sich die Muster merken. Ich mache das, was der Reverend Jim gemacht hat, und Sie machen, was ich mache, und dann hoffen wir auf das Beste.«

»Einverstanden«, sagte Shibboleth. »Aber ich bin kein großer Tänzer.«

»Genauso wenig, wie Sie ein großer Unterhalter sind«, erwiderte Kelly. »Aber wir können schließlich nicht in allem gut sein, oder? Sind Sie so weit?«

»Ich bin so weit.«

»Dann fange ich an.« Kelly hüpfte und tanzte los. Sie vollführte die eigenartigen Ausfallschritte, tänzelte vor und zurück und wieder vor.

Und verschwand.

»Brillant!«, sagte Shibboleth. »Sie haben es geschafft!«

»Nein, hab ich nicht«, antwortete eine Stimme in der Dunkelheit. »Ich bin gestolpert und auf die Nase gefallen, weiter nichts.«

»Haben Sie sich verletzt?«

»Nur meinen Stolz. Ich komme zu Ihnen zurück und versuche es noch einmal von vorn.«

Und so versuchte es Kelly noch einmal von vorn.

Und noch einmal.

Und noch einmal.

Und noch einmal.

Und noch einmal.

»Es funktioniert nicht, wie?«, fragte Shibboleth schließlich.

»Es scheint einen Trick zu geben.«

»Wie es aussieht, ist es kein Trick, den Sie bereits gemeistert hätten.«

»Vielleicht wollen Sie weitermachen?«

Shibboleth zuckte im schwachen Licht die Schultern. »Ich würde es wahrscheinlich nicht besser machen als Sie«, sagte er. »Obwohl, wenn ich es machen würde, würde ich es wahrscheinlich ganz exakt so machen, wie es der Hohepriester gemacht hat. Ich würde drei Schritte nach rechts machen statt zwei, wie Sie es andauernd tun.«

Kelly kehrte zu Shibboleth zurück und boxte ihn heftig auf die Nase.

»Aua! Autsch, verdammt!«, heulte Shibboleth auf. »Das war nun wirklich nicht nötig!«

»Und ob es das war. Wenn das der Weg in die Kapelle ist, dann ist der Gottesdienst vorbei, bevor wir überhaupt ankommen. Los, tanzen Sie. Fangen Sie an, sonst schlage ich Sie noch einmal.«

»Ich glaube, Sie haben mir die Nase gebrochen!«

»Hab ich nicht. Ich hätte es gekonnt, aber ich habe es nicht getan.«

»Es tut wirklich weh!«, stöhnte Shibboleth.

»Fangen Sie mit diesem albernen Tanz an.«

Und Shibboleth nahm Aufstellung, sagte »In Ordnung« und führte den albernen Tanz auf.

Und dann verschwand er.

Einfach so.

»Was ist?«, rief Kelly. »Sind Sie auch hingefallen?«

Aber Shibboleth antwortete nicht.

»Oh!«, sagte Kelly. »Sie haben es geschafft. Sie haben es tatsächlich geschafft.«

Sie stand alleine da im düsteren Licht und blickte durch ihre Infrarotbrille auf die Platten hinunter. Sie leuchteten schwach und gaben die Hitze ab, die sie während des Tages in ihren alten Granitporen aufgenommen hatten. Ein riesiges Schachbrett? Ein Spielfeld? Oder ein Eingang? Ein Eingang zu was?

Zur Kapelle von *ihm.*

Kelly atmete in tiefen Zügen die ungesunde Nachtluft von Mute Corp Keynes ein. Das musste es sein. Möglicherweise eine Konfrontation mit *ihm.* Möglicherweise alles. Und dieser Shibboleth war vor ihr dorthin gegangen. War er auf dem Level? Oder führte er sie in den Untergang? Sollte sie weitermachen, oder sollte sie sich abwenden und davonlaufen? Es war eine Möglichkeit. Keine besonders aussichtsreiche, aber eine mögliche.

»Ich muss es zum Ende bringen«, sagte sie zu sich. »Unschuldige Menschen sind zu Schaden gekommen und sogar getötet worden. Ich weiß nicht, was ich dagegen unternehmen kann, aber ich muss etwas unternehmen.«

Sie sah sich angestrengt um. Sie war mutterseelenallein.

Wenn sie es tun wollte.

Dann war jetzt die Zeit.

Es zu tun.

Es.

Zu.

Tun.

Kelly nahm einen weiteren tapferen Atemzug und blies ihn in die Nacht hinaus. Und dann tanzte sie den albernen Tanz.

Von Platte zu Platte und niemals auf die Fugen dazwischen.

Und wie Shibboleth, so verschwand auch sie.

Der Mond kam hinter geschäftigen Wolken hervor. Er schien herab auf den großen plattenbelegten Platz und tauchte die Platten in kostenloses Silber.

Aus dem Nichts – oder wenigstens schien es so –

tauchte ein dicker Mann auf. Es war der dicke Mann, der draußen vor dem Fliegenden Schwan auf der anderen Straßenseite an einem Laternenpfahl gelehnt und Kelly durch eine Makrovisionsbrille beobachtet hatte.

Der dicke Mann überquerte den weiten offenen Platz.

Und dann blieb der dicke Mann stehen.

Und tanzte ebenfalls. Vorwärts, seitwärts, rückwärts, vorwärts.

Und schließlich und unter den Augen des Mondes verschwand auch er.

19

Es war nicht länger Nacht.

Und es war nicht länger Mute Corp Keynes.

Eine große Smiley-Sonne strahlte vom strahlend blauen Himmel herab. Spatzen pfiffen von den Ästen alter Eichen am Fluss. Blumen verschönerten ihre wohl gepflegten Beete im Memorialpark, und ein dösender Kater schnarchte auf dem Fenstersims des Fliegenden Schwans. Der Milchwagen zockelte wibbli wobbli seiner Wege und so. Ein weiterer wunderbarer Tag war über Brentford aufgegangen.

Derek erwachte und stellte fest, dass die Welt auf dem Kopf stand.

Er blinzelte und konzentrierte sich und starrte auf das Regal mit den Videospielen. Warum standen sie alle auf dem Kopf?, fragte er sich. Und warum war die Decke jetzt der Boden?

Derek hustete. Es ging ihm überhaupt nicht gut. Warum eigentlich nicht? Ah, o du liebe Güte und grüne Neune, das musste vom Trinken kommen, musste es wohl.

Derek stemmte sich in die vertikale Ebene. Das war der Grund, warum die Welt auf dem Kopf gestanden hatte. Er hatte auf dem Bett gelegen, in voller Montur, flach auf dem Rücken, mit dem Kopf über dem Ende hängend.

Nicht die Art und Weise, wie er normalerweise schlief.

Zusammengekuschelt unter seiner Star Wars Bettdecke.

»Oh, was ist passiert?« Derek stöhnte und sank auf das Bett zurück. Er stemmte die Ellbogen auf die Knie und legte den Kopf in die Hände. »Ich hab mich betrunken, das ist es, was passiert ist«, murmelte er. »Was hab ich getan? Hab ich vielleicht etwas Schreckliches getan?«

Schaltkreise schlossen sich in Dereks Kopf. Nein, er hatte nichts Schreckliches getan. Er hatte sich betrunken. War umhergewandert. Hatte den Irren John getroffen, und der Irre John hatte ihn nach Hause gebracht. Das war nicht wirklich schrecklich, auch wenn seine Mum überhaupt nicht lächeln würde, wenn er bei seinen Cornflakes saß. »Es ist alles ihre Schuld«, murmelte Derek. »Diese Kelly. Sie ist irgendwie in meinem Kopf. Oh, verdammt. Ich habe mich wirklich in sie verliebt. O Gott, was soll ich nur tun?« Derek spähte auf seine Armbanduhr. Es war neun Uhr dreißig. Er hätte vor einer halben Stunde im Büro des *Brentford Mercury* sein müssen.

Derek schleppte sich zur Kommode und schielte auf seine Reflexion im Spiegel. Sie war grimmig. Ein unrasiertes Gesicht mit hervorquellenden Augen starrte ihm entgegen. »O Gott«, murmelte Derek einmal mehr. »Diesmal hab ich wirklich Mist gebaut. Diese grässlichen Mistkerle von Mute Corp sitzen bestimmt schon an Mr. Shields' Schreibtisch und warten auf mich. Ich muss los.«

Derek strich sich in einer erbärmlichen Geste die wirren Haare glatt, murmelte etwas über einen Dreitagebart, der wieder in Mode kam, öffnete seine Schlafzimmertür und stolperte die Treppe hinunter. Fast hätte er es bis zur Haustür geschafft.

»Bist du das, Derek?«, rief die Stimme seiner Mutter.

»Ja, Mum«, rief Derek. »Wer soll es denn sonst sein?« Er nahm einen gefalteten Zettel von der Fußmatte. Er war an ihn adressiert, in Kellys Handschrift. Weil aber Derek Kellys Handschrift niemals gesehen hatte, erkannte er sie nicht.

»Möchtest du deiner Mutter denn keinen Abschiedskuss geben, bevor du zur Arbeit gehst?«

»Oh«, machte Derek und zuckte die Schultern. »In Ordnung«, sagte er.

Derek schob den gefalteten, ungelesenen Zettel in die Hosentasche und trottete durch den Flur in die Küche. An der gerahmten Fotografie der Queen Mum vorbei, die gegenwärtig ihren hundertzweiundzwanzigsten Geburtstag feierte. An der gerahmten Fotografie seines Vaters vorbei, der wahrscheinlich irgendwo oben im Himmel feierte. Und an der gerahmten Fotografie von ihm selbst als Säugling vorbei. Der Derek von heute Morgen war ganz und gar nicht in der Stimmung zum Feiern.

»Guten Morgen, Darling«, sagte Dereks Mum und strahlte ihn vom Spülstein her an, wo sie stand und sich die Hände an einem übergroßen braunen Gingan-Geschirrhandtuch abtrocknete.

»Morgen, Derek«, sagte der Irre John, indem er vom Frühstückstisch aufsah.

Derek starrte den Irren John an. Der Irre John trug Dereks Morgenmantel.

»Gib deiner Mum einen Kuss«, sagte Dereks Mum.

»Und du kannst mir die Hand schütteln, wenn du möchtest«, sagte der Irre John. »Keinen Kuss bitte. Ich will dann immer schreien.«

Derek machte ein Gesicht, wie man es macht, wenn man herausfindet, dass irgendein vagabundierender Irrer es mit der eigenen Mutter getrieben hat. Es ist eine sehr spezielle Sorte Gesicht, die wirklich nicht zu irgendeiner anderen Situation passt.

»Und was ist das für eine Sorte Gesicht?«, fragte Dereks Mum. »Das letzte Mal, dass ich ein Gesicht wie dieses gesehen habe, hat dein Vater es gemacht, kurz bevor ihn sein tragischer Unfall ereilt hat.«

»Ich ... ich ... du ... du ... er ... er ...«, machte Derek.

»Was für eine Sprache ist das?«, fragte der Irre John. »Ist das Runesisch?«

»Du ... er.« Derek zeigte auf ihn und auf sie.

»Dann gib uns eben einen Kuss.« Dereks Mum machte einen Kussmund.

»Nein«, sagte Derek. »Nein, nein, nein.« Und Derek verließ das Haus.

Derek stolperte und wankte durch die sonnendurchfluteten Straßen von Brentford. Straßen, die, hätte er es bemerkt, ziemlich blitzsauber aussahen. Straßenkehrer kehrten die Straßen, und Maler auf Gerüsten bemalten die Häuser. Lampenputzer putzten die Straßenlampen, und Müllmänner leerten die Mülltonnen und pfiffen bei der Arbeit. Tatsächlich pfiff jeder bei seiner Arbeit. Die Kehrer und die Maler und die Putzer und die Müllmänner. Alle pfiffen während der Arbeit laut vor sich hin. Und all diese Pfeifer hatten eine Sache gemeinsam, nun ja, zwei, wenn man das Pfeifen mitzählt. Aber was sie noch mehr gemeinsam hatten als das Pfeifen war die Art und Weise, wie sie angezogen waren.

Einteilige, weiße Reißverschlussoveralls mit einem großen fetten Logo von Mute Corp auf dem Rücken.

»Pfeif, pfeif, pfeif«, machten die Pfeifer während sie arbeiteten.

»Haltet die Klappe!«, brüllte Derek und hielt sich den verkaterten Kopf.

Die Büros des *Brentford Mercury* waren ebenfalls eingerüstet, und pfeifende Männer schwärmten über das Gerüst und renovierten hier und putzten dort.

Ein alter Bursche mit langem grauem Haar, Lederhosen und einem spitzenbesetzten Hemd, der früher einmal im Fernsehen populär gewesen war, überwachte die Arbeiten. »Ich möchte einen Retro-Look«, erzählte er einem Pfeifer. »Eine Hommage an das zwanzigste Jahrhundert.«

»Was auch immer Sie sagen, Mr. Lawrence, Boss«, sagte der pfeifende Arbeiter und pfiff weiter, während er arbeitete.

Derek stolperte und taumelte die Stufen zum Büro hinauf. Dort in dem Büro von Mr. Shields waren die beiden Männer von Mute Corp. Der kleine Mr. Speedy und der größere Mr. Shadow. Der größere Mr. Shadow sah auf seine Uhr. »Ich werde Ihnen eine Stunde vom Lohn abziehen lassen«, sagte er zu Derek. »Wenn Sie morgen wieder zu spät kommen, können Sie Ihren Kram packen.«

»Morgen?« Derek wischte sich die kalte, feuchte Stirn. »Aber morgen ist Samstag. Ich arbeite samstags nie.«

»Morgen werden sie arbeiten. Und am Sonntag ebenfalls. Am Montag muss alles fertig und online sein. Wenn die Suburbia PLC für die Öffentlichkeit öffnet.«

Mr. Speedy tippte auf Tasten auf seinem brieftaschengroßen Laptop-Dingsbums. »Wir sind um neun Uhr heute Morgen in das World Wide Web gegangen«, sagte er. »Die Zahlen lassen vermuten, dass wir bereits am ersten Tag mindestens zehntausend zahlende Besucher haben werden.«

»*Zehntausend?*« Derek sank auf die Kiste mit unausgepackten Mute Corp Computerteilen.

»Mir wäre lieber, Sie würden sich nicht darauf setzen«, sagte Mr. Speedy. »Diese Kiste geht zur Company zurück. Ich würde außerdem gerne erfahren, wo der Rest der Ladung abgeblieben ist.«

»Fragen Sie mich nicht«, entgegnete Derek bestürzt. »Aber zehntausend Besucher? Wie kann das sein? Wenn Sie erst vor einer halben Stunde online gegangen sind?«

»Mehr vor einer Stunde. Dort draußen ist eine ganze Welt«, sagte Mr. Shadow. »Jenseits der Grenzen von Brentford. Eine ganze Welt voller PC-Nutzer, die sich ins Web einloggen, auf der ständigen Suche nach etwas Neuem. Etwas Besonderem, um sie zu unterhalten.«

»Aber an Brentford ist nichts Besonderes«, sagte Derek, und dann, als ihm bewusst wurde, wie dumm diese Bemerkung war, vergrub er das Gesicht in den Händen.

»Hier gibt es eine gewisse Magie«, sagte Mr. Speedy. »Ich bin überrascht, dass Sie als Einwohner nie etwas davon bemerkt haben.«

Derek gab leise stöhnende Geräusche von sich.

»So«, sagte Mr. Shadow. »Wir haben viel zu besprechen. Wo sind die Schleppkähne? Wo sind die fünf Meilen Grenzzaun?«

»Und der Dampfzug«, sagte Mr. Speedy. »Ich freue

mich wirklich riesig auf den Dampfzug. Ich habe noch nie eine echte Dampflok gesehen. Mit was fahren Dampfloks? Diesel?«

»Diesel?« Derek gab weitere leise, stöhnende Geräusche von sich.

»Nun, was auch immer«, sagte Mr. Speedy. »Ich freue mich jedenfalls darauf und auch auf den Brentforder Greif. Altmodische Holografien faszinieren das Publikum auch heute noch. Für wie viel Uhr soll ich die Demonstration ansetzen? Sagen wir drei Uhr nachmittags?«

Derek gab einen jämmerlichen Laut von sich.

»Sie werden uns doch wohl nicht enttäuschen, Derek, oder?«, fragte Mr. Speedy. »Wir wären sehr enttäuscht von Ihnen, wenn Sie uns enttäuschen würden.«

»Wir würden Sie entlassen müssen«, sagte Mr. Shadow.

»Und wir würden Sie der Polizei übergeben müssen«, sagte Mr. Speedy. »Wegen dieser hässlichen Geschichte der gestohlenen Computerspiele.«

»Und dann wären da Fragen bezüglich der Spesen«, sagte Mr. Shadow. »Was wahrscheinlich zu weiteren Anklagen führen würde.«

»Ohne jeden Zweifel«, sagte Mr. Speedy. »Dafür würde ich sorgen.«

»Also schön, gut, hören Sie auf«, sagte Derek und mühte sich auf die Beine. »Ich mache alles, was Sie wollen. Ich habe alles im Griff. Überlassen Sie einfach alles mir. Ich werde Sie nicht enttäuschen.«

»Gut«, sagte Mr. Speedy. »Dann ab an die Arbeit, husch, husch, hopp, hopp und dergleichen mehr.«

Derek wandte sich quälend langsam um und wollte gehen, doch dann blieb er wieder stehen und drehte sich wieder um. »Nein, warten Sie«, sagte er. »Was ist mit der Zeitung? Es ist Freitag. Die Zeitung muss heute erscheinen. O mein Gott! Die Zeitung! Die Zeitung!« Derek raufte sich die Haare, und Mr. Speedy und Mr. Shadow beobachteten ihn dabei.

»Ich wette, das tut richtig weh«, sagte Mr. Speedy.

»Ich setze nicht dagegen«, sagte Mr. Shadow.

»Aua!«, sagte Derek und hörte auf, sich die Haare zu raufen. »Das tut vielleicht weh, kann ich Ihnen sagen. Trotzdem, o mein Gott noch mal. Wie konnte ich das so weit kommen lassen? Es gibt keinen *Brentford Mercury*! In einhundertzweiundfünfzig Jahren ist immer eine Ausgabe des *Brentford Mercury* erschienen!«

»So alt sehen Sie gar nicht aus«, sagte Mr. Speedy.

»Sie wissen genau, was ich meine!«, brüllte Derek, um sich einmal mehr den Kopf zu halten. »Die Zeitung muss erscheinen. Sie muss, sie muss, sie muss!«

»Und sie ist auch erschienen«, sagte Mr. Speedy. »Vertrauen Sie uns, sie ist erschienen.«

»Sie ist erschienen?«, fragte Derek. »Sie *ist* erschienen?«

»Sie ist bereits an den Zeitungsständen und in den Regalen der Kioske.«

»Und in den Briefschlitzen der Abonnenten«, sagte Mr. Shadow.

»Nein«, sagte Derek. »Was reden Sie da?«

Mr. Speedy nahm eine Zeitung vom Schreibtisch und reichte sie Derek. »Wir haben uns um alles gekümmert«, sagte er. »Mute Corp kümmert sich immer um alles.«

Derek starrte die Zeitung in seinen zitternden Händen an. Die zehn Zentimeter hohe Schlagzeile lautete:

FREUDE, FREUDE, GLÜCKSELIGE FREUDE
GLÜCKLICHE, GLÜCKSELIGE FREUDE

»Erbaulich, nicht wahr?«, sagte Mr. Speedy. »Das ist wahrscheinlich die erste erbauliche Schlagzeile aller Zeiten.«

Dereks Unterkiefer hing schlaff herab, und seine betäubten Hände blätterten betäubt durch die Seiten.

WUNDERVOLLE TAGE ERWARTEN UNS

Lautete die Schlagzeile auf Seite zwei.

BRENTFORDER ERHALTEN
MASSIVE GELDBETRÄGE:
CORPORATION SCHÜTTET FÜLLHORN AUS.
ALLE PROFITIEREN!

»Beachten Sie die Formulierung«, sagte Mr. Shadow. »Das war meine Idee.«

»Sehr professionell«, sagte Mr. Speedy. »Sehr *Sunday Sport.*«

»Was hat das zu bedeuten?«, fragte Derek und deutete, deutete, deutete.

BRENTFORDER ANTEILSEIGNER
MACHEN FETTE KOHLE

»Auch meine Idee«, sagte Mr. Shadow.

»Sehr professionell«, sagte Mr. Speedy einmal mehr.

»In der Tat«, sagte Derek. »Aber was hat das alles zu bedeuten?«

»Es ist ein Ansporn«, sagte Mr. Shadow. »Verstehen Sie, damals, in den 1980ern, gab es dieses Waterman's Arts Centre Projekt. Die Einheimischen machten einen richtigen Aufstand. So viel Wirbel, dass die Hintermänner sich aus dem Projekt zurückzogen und das Arts Centre den Einheimischen überließen, damit sie damit tun und lassen konnten, was sie wollten.«

»Ich habe alles darüber gelesen«, sagte Derek, und an dieser Stelle kam ein Tonfall aus Stolz in seine Stimme. »Ich bin ein Brentforder Poet.«

»Dann wissen Sie ja, was geschehen ist. Ein weiser alter Mann namens Professor Slocombe, ich glaube, er lebt immer noch hier irgendwo auf dem Butt's Estate, überzeugte die Einheimischen davon, das Arts Centre in Eigenregie fertig zu bauen und alle Anteilseigner zu werden. Das Arts Centre steht heute noch. Kein Ärger, keine Zwietracht, nichts. Wir werden genau das Gleiche tun. Alle Brentforder sind Anteilseigner an der Suburbia World PLC. Jeder hat einen Anteil erhalten. Ich bin sicher, sobald sie ihre erste großzügige Dividende ausbezahlt bekommen, kaufen sie eine Menge weiterer Aktien.«

»Das ist Korruption«, sagte Derek. »Alles korrupt. Bestechung und Korruption, Erpressung und Wucher.«

»Ich glaube nicht, dass Wucher das richtige Wort wäre«, sagte Mr. Speedy. »Obwohl ich wette, dass Sie einen richtigen Wucherpreis für die alte Dampflok bezahlen mussten. Ich wette, die Summe beläuft sich locker auf zehntausend Pfund; Sie brauchen wahrscheinlich neues Geld, stimmt's?«

Dereks Unterkiefer hing einmal mehr herab. Als er ihn endlich hochklappte und dann wieder senkte, um weitere Worte zu sprechen, waren die Worte, die er sprach, die folgenden.

»Zehntausend war genau der Betrag, an den ich gedacht hatte.«

Was wirklich nicht zu Dereks Gunsten sprach.

Der Fliegende Schwan war überfüllt, als Derek hereingestolpert kam, um ein flüssiges Frühstück zu sich zu nehmen. Die Salonbar schien von einer Atmosphäre der Freude und Glückseligkeit erfüllt.

Derek schleppte sich zum Tresen und versuchte den Barmann auf sich aufmerksam zu machen.

»Hallo«, sagte der Alte Pete und blickte von seinem *Brentford Mercury* auf. »Merkwürdig, dich wieder hier zu sehen. Du scheinst um Hiebe zu betteln. Kannst du dir nicht eine andere Bar in Brentford suchen?«

»Das hier war die nächste«, sagte Derek. »Und ich brauche wirklich einen großen Drink.«

»Du arbeitest für den *Mercury*, stimmt's oder hab ich Recht?«, sagte der Alte. »Außerdem bist du ein Barde und ein Student des Runesischen.« Der Alte Vic war nicht zum Kichern da, also kicherte der Alte Pete stattdessen selbst.

Derek ließ verschämt den Kopf hängen.

»Ich bin sehr beeindruckt«, sagte der Alte Pete. »Ich mag diese Schlagzeile auf Seite fünf. HIMMEL AUF ERDEN ERKLÄRT. ALLERDINGS NUR FÜR DIE EINWOHNER VON BRENTFORD. Nach dem Bericht hier wurde Brentford von Gott auserwählt, als erster

Ort für seine Verzückung. Und offensichtlich liebt er Brentford so sehr, dass er jeden, der nicht von der Verzückung geholt wird, damit belohnt, dass er Mute Corp die Gegend in ein Paradies auf Erden verwandeln lässt. Und da hab ich doch jahrelang gedacht, es gibt keinen Gott! Das zeigt, wie dumm ich war.«

»Zeigt es das?«

Der Alte Pete schüttelte den alten Kopf. »Nein, Junge, es zeigt gar nichts. Aber sei gewarnt, jeder, der versucht, aus der Gemeinde und ihren Leuten Profit zu schlagen, wird sich geteert und gefedert am Ende eines Taus baumelnd wiederfinden. Ohne Hochzeitsrute.«

»Oh«, sagte Derek. Und schlug die Beine übereinander.

»Hoffen wir, dass es nicht so weit kommt, eh?«, sagte der Alte munter. »Genießen wir stattdessen alle diese unerwartete Großmut.«

»Gute Idee«, sagte Derek.

»Nicht wahr?«, sagte der Alte Pete. »Also erwarte ich, dass du, genau wie ich und jeder andere in der Gemeinde auch, am Montag deine Aktie in Geld umwandeln und die Kohle einstecken wirst, bevor wir mit dem Teeren und Federn weitermachen. Ganz zu schweigen vom Abschnippseln der Hochzeitsrute.« Der Alte Pete machte Schnipp-schnipp-Bewegungen mit den alten, runzligen Fingern.

»Ich schätze, ich werde woanders trinken«, sagte Derek und verließ hastig das Lokal.

Derek trottete durch die geschäftigen Straßen Brentfords. Und geschäftig waren sie. Massen pfeifender Arbeiter. Massen fröhlicher Einkäufer waren unterwegs (aber keine kleinen Chefs). Die Gemeinde war definitiv munter geworden. Die Leute versteckten sich nicht länger in ihren Häusern, um dort auf die Verzückung zu warten. Sie waren draußen auf der Straße, mit Sonnenhüten und Sommerkleidern, alten Strohhüten und Hawaiihemden. Und ausnahmslos alle sahen wirklich sehr, sehr vergnügt und fröhlich aus.

»Vielleicht ist es ja zum Besten so«, sagte Derek zu sich. »Vielleicht mögen sie es ja alle so und freuen sich über das Geld und teeren und federn niemanden. Und ...« Derek betastete seine Jackentasche. »Ich hab gerade weitere zehntausend Mäuse verdient.«

Eine gewisse Elastizität kam in Dereks Schritte. Doch sie war begleitet von einer gewissen Menge Kopfhalten.

Die Gebrauchtwagen-Vorführräume von Leo Felix befanden sich am Ufer des Grand Union Kanals, nahe dem Wehr, aber näher noch der Straßenbrücke, die von der High Street in die Nachbargemeinde Isleworth führt, von der niemand in Brentford auch nur das Geringste wusste.

Die Gebrauchtwagen-Vorführräume von Leo Felix waren farbenfrohe Vorführräume, rot und golden und grün gestrichen und elegant dekoriert mit meterhohen Cannabisblatt-Motiven. Man nimmt gemeinhin an, dass Leo Felix die Dekorationsarbeiten selbst beaufsichtigt hat und nie einen Designer hinzugerufen hat, der früher mal im Fernsehen bekannt war.

Draußen standen eine Reihe von Automobilen. Es

waren dies keine neuen Automobile, nöch waren es offensichtlich Automobile aus Zweiter Hand. Es waren, wie die bunten Schilder auf den Windschutzscheiben potenzielle Käufer informierten, »Fahrzeuge mit Vorbesitzern«.

Die Preise schienen unvernünftig vernünftig.

Derek, noch immer mit einigem Schwung im Schritt, marschierte die Rampe an der Seite der Brücke hinunter und betrat Leos Vorhof.

»Yo, Babylon!«, rief der alte Sohn Zions. »Kommt rein, runter von meinem Vorhof, Ihr versaut mir den Anblick mit Eurer Stoppelfresse und Euren großen, roten, blutunterlaufenen Augen.«

Derek winkte Leo zu, der im schattigen Eingang lungerte. »Morgen, Leo«, sagte er.

»Kommt man rein denn, los, Mann.«

Derek kam rein.

Es war ziemlich dunkel in Leos Vorführraum. Zwei Wagen mit Vorbesitzern standen schwach glitzernd herum. Sie sahen aus wie Morris Minors.

»Oh, gut«, sagte Derek, als er die Morris Minors sah. »Sie haben schon zwei. Fehlen also bloß noch achtundvierzig.«

»Babylon«, sagte Leo und ragte bedrohlich über Derek auf. »Babylon, Ihr wart nicht ganz ehrlich mit dem guten Leo, wart ihr.«

»Ich weiß überhaupt nicht, wovon Sie reden«, sagte Derek.

»Das Museum, Babylon. Ich rede von diesem Museum, davon rede ich.«

»Wie weit sind Sie mit meiner Bestellung?«, fragte Derek gespielt unbekümmert und forsch. »Hatten Sie schon Glück mit den Lastkähnen?«

Leo hielt eine zusammengerollte Ausgabe des

Brentford Mercury in den Händen. Er rollte sie langsam auseinander und zeigte sie Derek. »Babylon hat versucht, Ganga Man zu übervorteilen, wie?«, sagte er. »Will Babylon ausprobieren, ob er schneller laufen kann als meine Rottweiler?« Leo rief nach seinen Rottweilern. »Marcus!«, rief er. »Marley! Yellowman!« Drei riesige Rottweiler sprangen aus der Dunkelheit herbei und leckten Leos Hände.

»Jetzt warten Sie mal 'nen Augenblick«, sagte Derek. »Wir hatten eine Abmachung.«

»Für das Folk Museum?«, sagte Leo. »Oder für die Multi-Millionen-Dollar-Company von Mute?«

»Ich tue nur meinen Job!«, sagte Derek. Und als die Worte aus seinem Mund sprudelten, hasste er sich aufrichtig dafür.

»Das ist nichts Persönliches, Babylon«, sagte Leo. »Oder besser gesagt, eigentlich doch. Der weiße Mann hat den schwarzen schon immer aufs Kreuz gelegt. Diese Stadt hier, dieses Brentford – hier hatte ich noch nie Probleme. Die Leute behandeln mich wie einen von ihnen, und ich behandle sie wie einen von meinen Leuten. Respekt, Babylon, verstehst du das? Respekt? Nein, ich glaube nicht, dass du das verstehst.«

»Ich verstehe das«, sagte Derek. »Ich verstehe das.«

»Ich sag dir was, Babylon«, sagte Leo. »Du und ich, wir haben einen Deal. Wir haben uns die Hand darauf gegeben. Also bin ich fair dir gegenüber. Ich kann dir alles, was du brauchst, bis morgen besorgen. Wie klingt das?«

»Das ist... das ist perfekt!«, sagte Derek. »Mehr kann man sich überhaupt nicht wünschen.«

»Gut«, sagte Leo. »Das ist meine Hälfte von unserem Deal. Dafür musst du nur zwei Dinge für mich tun.«

»Schießen Sie los«, sagte Derek.

»Gib mir alles Geld in deinen Taschen«, sagte Leo.

»Oh«, sagte Derek.

»Das ist das erste«, sagte Leo und streichelte den Hals von Marcus.

»Was denn, noch mehr?«

»Das war das erste«, sagte Leo. »Du zeigst einfach keinen Respekt. Los, lass es rüberwachsen, Babylon.« Marcus knurrte, genau wie Marley und Yellowman.

Derek kramte in seinen Taschen und brachte alles Geld zum Vorschein.

»Schätze, das ist meins, oder?«, sagte Leo.

Derek ließ den Kopf hängen. »Ist es«, sagte er.

Leo nahm das Geld und steckte es in die farbenfrohe Hosentasche seiner farbenfrohen Hose. »Du kriegst alles, was du bestellt hast«, sagte er. »Ich halte meinen Teil der Abmachung.«

»Danke sehr«, sagte Derek. »Und es tut mir Leid. All dieses Bargeld. Die Versuchung war zu groß.«

»Ich verstehe das«, sagte Leo. »Das Geschäft ist abgemacht.«

»Noch mal vielen Dank«, sagte Derek und wandte sich zum Gehen.

»Ich hatte gesagt, zwei Dinge«, sagte Leo.

»Oh«, sagte Derek. »Und was ist das zweite?«

»Du hast zehn Sekunden Vorsprung, Babylon«, sagte Leo. »Danach lass ich meine Hunde los.«

Es ist immer wieder bemerkenswert, wie schnell man manchmal laufen kann. Selbst mit einem starken Kater. Derek rannte wie das sprichwörtliche Kaninchen. Und wenn es kein sprichwörtliches Kaninchen gab, dann rannte er wie der sprichwörtliche Hase. Er rannte und rannte. Weg von Leos Ausstellungsräumen. Aus Leos Vorhof hinaus und auf die Brentforder High Street hinauf. Derek rannte den ganzen Weg bis zum *Brentford Mercury*.

Und das ist eine ganz schön weite Strecke, erst recht mit einem Kater.

Im Büro angekommen, warf Derek die Vordertür hinter sich zu und lehnte sich schwer atmend dagegen.

Von draußen war kein Bellen und kein Heulen von Höllenhunden zu hören.

Hätte Derek das Gehör von Superman gehabt, wäre er imstande gewesen, das Gelächter zu hören.

Ein wahrhaft homerisches Gelächter. Von Leo dem Rastafari. Aus seinem Ausstellungsraum.

Wo er noch immer stand und seine Hunde tätschelte.

Derek nahm sein flüssiges Frühstück, das inzwischen ein flüssiges Mittagessen war, im Schrumpfkopf zu sich. Er spielte allerdings nicht an der SPACE INVADERS Maschine, sondern hielt sich ausschließlich an seinem Scotch fest.

Er war zum Untergang verdammt, das wusste er. Das Beste, was er tun konnte, war zusammenpacken und verschwinden. Die Gemeinde verlassen, fliehen, bevor die Exkremente die rotierenden Flügel des Luftkühlungsapparats trafen. Sie würden ihn umbringen. Die Einheimischen würden ihn lynchen. Mute Corp hatte ja keine Ahnung, womit sie es hier zu tun hatten. Das hier war keine gewöhnliche Gemeinde. Das hier war Brentford.

Derek kippte einen weiteren Scotch in sich hinein.

»Ich bin unglücklich!«, sagte er zu niemandem außer sich selbst. »Ich bin ein Verlierer. Ein totaler Trottel. Das ist es, was Kelly von mir denkt. Und das bin ich auch. Das bin ich wirklich. Ich habe alles und jedes vermasselt. O Gott, was soll ich nur tun?«

Derek kippte weiteren Scotch in sich und ging einmal mehr zum Tresen. »Noch mal das Gleiche«, sagte er.

Der Barmann las im *Brentford Mercury*. Die Feierlichkeiten, die im Fliegenden Schwan zugange waren, schienen sich nicht bis zum Schrumpfkopf zu erstrecken. Wahrscheinlich eine andere Klientel. Oder sonst irgendein Grund. Es war Derek einigermaßen egal.

»Das ist alles ein faules Ding, was?«, sagte der Barmann und deutete auf die Zeitung. »Das gibt bestimmt ziemlichen Aufruhr im Laden.«

»Sie meinen also, es wäre etwas Gutes?«

»Gott, ja«, sagte der Barmann. »Ich hoffe doch, dass ich das Bürgerkomitee überzeugen kann, eine Woche zu warten, bevor sie mit dem Teeren und Federn anfangen. Aber wahrscheinlich stehe ich damit allein da. Ich hab gehört, dass die Jungs im Fliegenden Schwan einen Trip im Ausflugsbus nach West End planen.«

»Tatsächlich?«, fragte Derek. »Warum?«

»Ich glaube, sie wollen das Hauptquartier von Mute Corp in die Luft jagen. Ein öffentlicher Protest oder so was. Nach allem, was ich gehört habe, sind es die Einheimischen leid, immer auf eigenem Territorium kämpfen zu müssen. Diesmal tragen sie den Krieg direkt zum Lager des Aggressors. Es ist ziemlich revolutionär, aber schließlich leben wir in den 2020er Jahren.«

»Das Hauptquartier von Mute Corp?« Dereks Unterkiefer fiel herab. »Das können sie doch nicht tun, oder?«

»Jede Wette, dass sie das können«, sagte der Barmann. »Der Alte Vic führt den Kampfverband an. Er war früher mal Kriegsgefangener, wissen Sie? Er weiß alles darüber, wie man Dinge in die Luft sprengt. Er hat mir erzählt, dass er in seinem Lager mal einen Nazi-Wachturm in die Luft gesprengt hat, mit einem Sprengstoff, den er aus seinen eigenen Körperflüssigkeiten gebastelt hat. Man sollte nicht glauben, dass so etwas möglich wäre, wie? Obwohl, ich würde es glauben. Ich hab den alten Spinner furzen gehört.«

»O nein«, sagte Derek. »O nein, o nein, o nein.«

»Ich weiß nicht, warum Sie dauern ›o nein‹ sagen«, sagte der Barmann. »Sie haben doch wohl keine Freunde, die bei Mute Corp arbeiten, oder?«

Dereks blasses Gesicht nickte zeitgleich mit seinem Kopf. In vollendeter Synchronisation, aber das lag wahrscheinlich daran, dass alles fest miteinander verbunden war. »Kelly«, sagte er. »Die Frau, die ich liebe.«

»Der hübsche junge Vogel, mit dem Sie gestern hier waren?«, fragte der Barmann. »Der Vogel mit den prachtvollen Charlies?«

»Halten Sie die Klappe!«, sagte Derek.

»Tut mir Leid, Kumpel. Aber sie ist wirklich eine Wucht. Sie sind ein Glückspilz. Jede Wette, dass sie eine Rakete unter der Decke ist, wie? Sie haben keine

Lust, mir davon zu erzählen, oder? Ich bin ein verheirateter Mann, und mit meiner Miss läuft nicht mehr viel, außer dass sie unser ganzes Haus purpurn streicht und dauernd meine Unterschrift fälscht. Sie scheint von Wohltätigkeitsarbeit besessen zu sein. Als ich vor ein paar Tagen nach Hause kam, fand ich sie, wie sie den Irren John gebadet hat.«

»Halten Sie die Klappe«, sagte Derek erneut. »Ich muss sie warnen.«

»Na, Ihnen bleibt jedenfalls noch jede Menge Zeit«, sagte der Barmann. »Vor Montag werden sie ihr schmutziges Werk nicht in Angriff nehmen. Sie wollen zuerst ihre Aktien verkaufen.«

Derek atmete erleichtert auf. »Puh!«, sagte er.

»So, da haben Sie«, sagte der Barmann und reichte Derek seinen Scotch. »Das macht ein Pfund und Sixpence bitte.«

»Ja«, sagte Derek. »In Ordnung.« Und er kramte in seinen Taschen, in der Hoffnung, dort noch ein wenig Wechselgeld vorzufinden. Er hatte nicht viel, doch er hatte genug, und er fand noch etwas anderes. Einen zerknitterten Zettel, den er auf seiner Fußmatte gefunden und bis jetzt noch nicht gelesen hatte.

Derek bezahlte den Barmann und faltete anschließend den Zettel auseinander, um ihn zu lesen.

Und dann schoss noch mehr Blut in seine blutunterlaufenen Augen, und er riss den stoppelbartumgebenen Mund weit auf und brüllte.

Es war grauenhaft.

20

Bei Mrs. Gormenghast war niemand zu Hause.

Derek hämmerte und klopfte gegen die Tür, doch niemand antwortete. Er meinte, eine Bewegung hinter den Vorhängen im Fenster im ersten Stock zu erkennen, und glaubte, das Gesicht des Irren John zu sehen, doch Derek tat es als fiebrige Einbildung ab.

Er war sehr aufgeregt. Kellys Notiz war eine Warnung gewesen. Sie warnte ihn davor, sein Mobiltelefon zu benutzen, ja, überhaupt ein Telefon. Und seinen Computer nicht anzufassen, überhaupt nichts, das computergesteuerte Innereien besaß. Und sie besagte, dass Derek in schrecklicher Gefahr schwebte. Und dass er »augenblicklich kommen« sollte, sobald er »diesen Zettel gelesen« hatte.

Derek schwankte. Er wusste nicht, was er tun sollte. Zum Hauptquartier von Mute Corp aufbrechen? Sicherlich war Kelly dort. Würde sie wirklich dort sein? Wenn sie ihn warnte, keine Computer anzufassen und dass er in schrecklicher Gefahr schwebte, dann war sie doch wohl kaum bei Mute Corp, mitten unter all den vielen Computern? Derek wollte es nicht glauben.

Also war sie wenigstens in Sicherheit, falls der Alte Vic und seine Spinner das Gebäude tatsächlich in die Luft jagten.

Sie wäre in Sicherheit.

Oder nicht?

Aber wo war sie?
Wo?
Derek wand sich noch mehr. Wenn Kelly nicht bei Mrs. Gormenghast und nicht bei Mute Corp war, wo steckte sie dann? O nein! Nicht das! Derek wand sich wütend. Nicht verschwunden! Nicht auch noch Kelly. Er hatte überhaupt nicht mehr an all diese verrückten Begebenheiten gedacht. Kelly musste irgendwo sein, und irgendwo in Sicherheit. Sie musste. Ganz bestimmt. Er liebte diese Frau, um Himmels willen. Ihr durfte nichts zugestoßen sein. Es durfte nicht. Nein. Nein. Nein.
Derek ging nach Hause.
Um sechs Uhr abends ging Derek wieder zu Mrs. Gormenghast. Mrs. Gormenghast öffnete ihm die Tür.
»Nein«, sagte sie, als Derek sie fragte. »Kelly ist noch nicht zurück.«
Derek ging wieder nach Hause.
Um acht Uhr abends ging Derek wieder zu Mrs. Gormenghast. Mrs. Gormenghast öffnete ihm die Tür.
»Nein«, sagte sie einmal mehr, als Derek sie fragte. »Kelly ist noch nicht zurück.«
Derek ging einmal mehr nach Hause.
Er kehrte in halbstündlichen Abständen zu Mrs. Gormenghast zurück. Dann in viertelstündlichen Intervallen, und um elf Uhr abends schließlich wollte er gar nicht mehr gehen.
»Ich kenne Sie doch, oder nicht?«, sagte der Police Constable, den Mrs. Gormenghast schließlich herbeirief. »Sie waren doch bei dieser Schlägerei im Arts Centre dabei, stimmt's? Ich an Ihrer Stelle würde wirklich nach Hause gehen, Sir, weil ich Sie sonst

nämlich mit aufs Revier nehmen muss. Ich glaube nicht, dass Ihnen das gefallen würde, weil alle Zellen bis auf eine gegenwärtig von diesem grauhaarigen Designer renoviert werden, der im Fernsehen mal ziemlich populär war. Die einzige Zelle, in die wir Sie stecken könnten, wird gegenwärtig von einem bärtigen tätowierten Poeten aus Mute Corp Keynes bewohnt, der auf dem Revier aufgetaucht ist und randaliert und behauptet hat, dass jemand seine Armbanduhr geklaut hätte, als wir ihn das letzte Mal in Gewahrsam hatten ...«

Derek versuchte etwas einzuwenden, doch der Constable fuhr ohne Stocken fort.

»Er wurde wirklich ziemlich ruppig, und wir mussten ihn zusammenschlagen, und er brüllt andauernd, dass er jetzt der Daddy wäre. Er sagt andauernd, dass er endlich sein Miststück will.«

»Meine Freundin ist verschwunden«, brüllte Derek den Constable an. »Unternehmen Sie etwas! Unternehmen Sie gefälligst etwas!«

»Gehen Sie jetzt nach Hause, Sir«, sagte der Constable. »Oder ich muss Sie in Gewahrsam nehmen.«

Derek ballte die Fäuste, doch er hob sie nicht, und dann ging er nach Hause und zu Bett. Nicht, dass er sonderlich gut geschlafen hätte, im Gegenteil. Er hatte eigenartige Träume. Er sah Kelly auf dem Butt's Estate, und sie redete mit diesem alten Gentleman, und der alte Gentleman erzählte ihr etwas, etwas Schreckliches, das ihr Angst machte, und es gab Gewalt, und Derek sah Kelly laufen und flüchten, und dann wurde sie von etwas Schrecklichem verschlungen, das er nicht sehen, sondern nur fühlen konnte. Und es fühlte sich nicht gut an, sondern grauenhaft.

Derek erwachte schweißgebadet.

Er ging ohne Dusche und ohne sich zu waschen aus dem Haus, und weil es schon der zweite Tag hintereinander war, roch er einigermaßen.

Er frühstückte auch nicht, er rannte einfach so aus dem Haus.

»Polizei! Polizei!«, rief Mrs. Gormenghast in ihr Telefon. »Dieser Irre steht schon wieder vor meiner Haustür!«

»Irre?«, fragte der Irre John und blickte von seiner braunroten Frühstücksschüssel auf.

Der Samstag war für Derek die Hölle. Er ging zum Polizeirevier, um Kelly als vermisst zu melden, doch dort sagte man ihm nur, dass er sich hinten an der Schlange anstellen solle. Überall in der Gemeinde waren inzwischen Leute verschwunden. In der einen Minute waren sie noch hier, in der nächsten weg. Mehrere Brentforder Poeten und Poetinnen waren verschwunden, außerdem einige Maultiertreiber, ein Wanderbischof und eine Gruppe pickliger Jugendlicher (obwohl sich niemand wegen ihnen zu sorgen schien). Außerdem ein paar Krankenschwestern und Patienten des Cottage Hospitals. Es war die Verzückung, sagte der Constable vom Dienst zu Derek. Aber es war kein Grund zur Sorge, weil dank Mute Corp für die zurückgebliebenen Brentforder bald der Himmel auf Erden herrschen würde. Mute Corp war schließlich die Company, die sich um die Menschen kümmerte. Und während Derek schon hier auf der Wache war, wollte er da nicht gleich ein paar zusätzliche Aktien von Suburbia World PLC kaufen? Die Brentforder Wache hatte nämlich soeben von der Mute Corp eine Lizenz für den Verkauf von Aktien erhalten.

Derek verließ das Revier in einem schrecklichen Gemütszustand.

Und der Tag verlief überhaupt nicht gut für ihn. Mr. Speedy und Mr. Shadow warteten bereits in den Büros des *Brentford Mercury*.

»Damit ist ein weiterer Tageslohn vertan«, sagte Mr. Speedy. »Und Sie werden offiziell abgemahnt. Noch ein einziger Fehltritt, und Sie sind raus, wie unsere Freunde von Switch sagen.«

»Meine Freundin ist verschwunden!«, brüllte Derek. »Begreifen Sie das nicht?«

Mr. Speedy kratzte sich den kleinen Kopf. »Nicht ganz«, sagte er. »Ich wusste überhaupt nicht, dass Sie eine Freundin haben. Ich dachte, Sie wären einer von diesen einsamen und traurigen Jünglingen, die ihre ganze Zeit mit dem Spielen von Computerspielen verbringen.«

»Offen gestanden ist sie noch nicht ganz meine Freundin«, sagte Derek. »Aber sie wird es werden. Ich liebe sie. Und sie ist verschwunden. Es ist schrecklich. Verstehen Sie denn nicht?«

»Von der Verzückung geholt, würde ich sagen«, sagte Mr. Shadow. »Wir werden ihren Namen zu denen der übrigen Gesegneten auf dem Memorial hinzufügen.«

»Memorial?«, fragte Derek. »Was ist das nun schon wieder?«

»Es wird im Memorial Park errichtet«, sagte Mr. Speedy. »Wussten Sie eigentlich, dass Brentford die einzige Stadt mit einem Memorial Park ist, in dem es kein Memorial gibt?«

»Ja«, sagte Derek. »Das wusste ich.«

»Nun, damit ist es jetzt vorbei. Mute Corp hat großzügig ein Memorial gestiftet. Für diejenigen, die in Brentford von der Verzückung geholt wurden. Es ist sehr geschmackvoll. Einhundertfünfzig Meter hoch und aus schwarzem Glas.«

»Eine Hommage an das 1980er Gebäude der TÜRE UND FENSTER Corp«, sagte Mr. Shadow. »Die Namen der Gesegneten laufen in Flüssigquarz hinauf und hinunter. Außerdem wird es ununterbrochen laufende Aussichtspaternoster geben und einen Burger-Franchise unten in der Basis. Wo man Rosenkohlburger für Vegetarier kaufen kann. War Ihre Freundin übrigens Vegetarierin?«

»Aaaaaaaaaaaaagh!«, machte Derek.

»Oh, und es gibt eine Nachricht für Sie«, sagte Mr. Speedy. »Von Ihrem Geschäftspartner Mr. Leo Felix.«

Dereks »Aaaaaaaaaaaaagh!« endete in einem Stöhnen.

»Er hat gesagt, ich zitiere: ›Sagen Sie Babylon, dass er seinen Arsch zu meinen Vorführräumen schaffen soll, ich hab die verdammten Lastkähne da.‹«

»Hopp, hopp, hopp«, sagte Mr. Shadow. »Ein bisschen plötzlich. Der Teufel schafft dem Faulen Arbeit und dergleichen, wie?«

»Aber Kelly ... O Gott!«

»Haben Sie ihr Verschwinden der Polizei gemeldet?«

»Ja, aber ...«

»Ja aber das ist alles, was Sie tun können. Auf, auf, zur Arbeit mit Ihnen.«

»Ich brauche noch etwas Geld«, sagte Derek. Die Worte kamen fast unhörbar über seine Lippen. »Eine ganze Menge Geld.«

»Vielleicht für den holografischen Greifen?«, fragte Mr. Speedy. »Den Greifen, der gestern Nachmittag um drei Uhr nicht aufgetaucht ist?«

»Ja, genau«, log Derek. »Und das elektrische Kabel für den Grenzzaun und die riesige wilde Katze und...«

Mr. Speedy zog ein Bündel Banknoten hervor. »Zehntausend«, sagte er. »Das letzte Geld. Wenn Sie es vermasseln, Derek, marschieren Sie direkt in das Gefängnis, ohne über Los zu gehen.«

»Mein Miststück!«, kicherte Mr. Shadow.

»Was?«, machte Derek.

»CCTV«, sagte Mr. Shadow. »Mute Corp ist verantwortlich für die Elektronik in den Polizeirevieren. Jetzt machen Sie sich auf den Weg und besorgen, was noch fehlt.«

Derek machte sich auf den Weg.

Was das Besorgen von Dingen anging...

Nun...

»Was soll das sein?«, fragte Derek.

»Lastkähne.«

»Hausboote.«

»Lastkähne.«

»Hausboote«, sagte Derek.

»Hauskähne?«, sagte Leo. »Wo die Lastkahnmatrosen gewohnt haben.«

»Nein«, sagte Derek. »Nein.«

»Hör zu, Babylon«, sagte Leo. »Hast du überhaupt schon mal einen Lastkahn gesehen?«

»Nein«, sagte Derek und kratzte sich an dem verärgerten Schädel. »Nicht als solchen.«

»Oder kennst du jemanden, der schon mal einen Lastkahn gesehen hat?«

»Vielleicht der Alte Pete«, sagte Derek.

»Der Alte Pete ist ein Freund von mir«, sagte Leo. »Der Alte Pete wird dir sagen, Babylon, dass dies hier Lastkähne sind. Hast du ein Problem damit?«

Derek schüttelte den ärgerlichen Kopf. »Nein«, sagte er. »Vergiss es. Sie sehen aus wie Lastkähne.«

»Siehst du?«, sagte Leo. »So schlimm war es doch gar nicht. Möchtest du die Dampflok sehen?«

Derek zuckte die Schultern. »Warum nicht?«, sagte er. »Schlimmer als die Lastkähne kann's kaum noch werden.«

Leo lenkte Dereks Aufmerksamkeit auf den Tieflader, der vor den Ausstellungsräumen geparkt stand. Der Tieflader hatte Dereks Aufmerksamkeit bereits bei seinem Eintreten auf sich gezogen. Es war nicht die Sorte, die man übersah, so groß und breit und alles.

Auf dem Tieflader war etwas gleichermaßen Großes und Breites, ganz in Planen gehüllt.

Leo begann an Seilen zu zerren und löste Trossen und klipste diese Federdinger los, die einem jedes Mal fast ins Auge flitschen, wenn man versucht, den Kofferraumdeckel damit an der Stoßstange festzumachen, weil man gerade etwas im Baumarkt gekauft hat, das viel zu groß ist, und dies die einzige Möglichkeit darstellt, es nach Hause zu kriegen, ohne Liefergebühren zu zahlen.

»Verdammt!«, schimpfte Leo und zuckte mit den Dreadlocks zurück. »Das verdammte Ding wäre mir fast ins Auge geflitscht!«

Leo zupfte an der Persenning, und Derek leistete ihm beim Zupfen Gesellschaft. Zupf, zupf, zupf machten Derek und Leo.

Fall herunter und entblöß alles der Welt machte die Persenning und …

»O Gott!«, machte Derek. Und: »O mein Gott!«

»Verdammt gut, wie?«, fragte Leo.

Dereks Unterkiefer hing wieder einmal herab, während sein Kopf nick, nick, nick machte.

»Das ist ein …«

»Ein Dampfzug«, sagte Leo.

»Ja, aber …«

»Hör zu«, sagte Leo. »Das ist ein gottverdammter Dampfzug. Komm mir nicht und sag, es wäre keiner.«

»Es ist einer«, sagte Derek. »Es ist einer. Aber es ist der Fliegende Holländer!«

»Erzähl mir hier keinen Mist«, sagte Leo. »Es gibt keinen fliegenden Holländer. Ich hab eine Stubenfliege gesehen, ich hab eine Pferdefliege gesehen, aber ich weiß ganz genau, dass ich einen fliegenden Holländer sofort erkennen würde, und das ist definitiv keiner.«

»Hör auf zu singen«, sagte Derek. »Das ist nicht lustig. Wo hast du den her?«

»Du hast gesagt, du würdest keine Fragen stellen.«

»Aus dem Technikmuseum?«, fragte Derek. »Oder aus dem Nationalen Eisenbahnmuseum? Oder …«

»Jetzt ist er jedenfalls das Eigentum des Brentforder Folk Museums«, sagte Leo. »Und morgen ist es auch nicht mehr der Fliegende Holländer, sondern der Fliegende Brentforder. Ich und mein Kumpel Cecil haben ein paar neue Namensschilder organisiert.«

»Verdammt«, sagte Derek. »Ich bin verdammt.«

»Wir sind alle verdammt, Babylon«, sagte Leo. »Es ist nur, dass einige von uns verdammter sind als andere.«

Derek blieb nicht, um die restlichen Akquisitionen Leos zu bestaunen. Leo teilte ihm noch mit, dass er nicht imstande wäre, die fünf Meilen Grenzzaun vor dem folgenden Abend zu besorgen, falls Derek also den Zaun ›um die ganze verdammte Gemeinde ziehen‹ wollte, ›mir machst du nichts vor, Babylon‹, müsse er seine pfeifenden Mute Corp Arbeiter zusammenpfeifen und die Nacht durcharbeiten lassen, um den Zaun bis Montagmorgen stehen zu haben. Und wenn Derek jetzt sowieso ging, könnte er am Besten gleich alles dafür organisieren.

Derek ging zur Polizeiwache. Die Polizeiwache war wegen Renovierung geschlossen. Ein Schild an der Tür empfahl Besuchern, Einzelheiten über vermisste Personen schriftlich festzuhalten und durch den Briefkastenschlitz zu werfen und dabei auf die frische Farbe zu achten.

Derek hatte nichts gegen frische Farbe und bekam welche auf seinen Ärmel.

Derek wanderte durch Brentford. Er war inzwischen richtig aufgebracht. Er würde seinen Job hinschmeißen. Er würde es tun. Er würde fliehen. Er würde fliehen. Er hatte zehntausend Pfund in den Taschen. Aber Derek tat alles weh, innen und außen. Er würde nicht fliehen. Er konnte fliehen, aber er würde es nicht tun. Er konnte nicht. Er musste Kelly finden. Er musste sie finden, aber er wusste nicht wie.

Er wusste nicht, was er tun sollte.

»Ich weiß, was ich tun muss«, sagte Derek und wusste plötzlich, was er tun musste. »Nein, ich weiß es nicht«, sagte Derek, als er erkannte, dass er es im Grunde genommen doch nicht wusste.

Auf den Straßen von Brentford herrschte große Betriebsamkeit. Sehr, sehr große Betriebsamkeit, mit einer Menge Pfeifen.

Derek kehrte zu Mrs. Gormenghast zurück.

Mrs. Gormenghast verjagte ihn mit einem dicken Knüppel, den sie kürzlich erstanden hatte, ›nur für den Fall‹.

Derek kehrte zum Büro des *Brentford Mercury* zurück. Er überbrachte Mr. Speedy und Mr. Shadow gute Nachrichten bezüglich der Lastkähne und eines Dampfzugs namens Fliegender Brentforder und bezüglich fünf Meilen Grenzzaun, die am folgenden Tag nach Mitternacht angeliefert werden würden, in einer einzigen großen Rolle, die Leos Worten zufolge in seinem Autohof abgeholt werden konnte. Der Gedanke, wie gewaltig groß eine Fünf-Meilen-Rolle Grenzzaun sein musste, war für Derek einfach zu viel, denn er hatte genug andere Dinge im Kopf.

»Der Brentforder Greif?«, fragte Mr. Speedy. »Vergessen Sie den nicht.«

»Alles unter Kontrolle«, sagte Derek auf eine Weise, die vermuten ließ, dass er alles unter Kontrolle hatte.

»Nun, halten Sie uns auf dem Laufenden«, sagte Mr. Speedy. »Sie müssen nicht andauernd hierher zurückkommen, es reicht, wenn Sie uns auf dem Mobiltelefon anrufen.«

Derek kaute auf der Unterlippe; er musste an Kellys Warnung denken. »Ich ziehe es vor, persönlich vorbeizukommen«, sagte er. »Allerdings werde ich für den Rest dieses Tages und den größten Teil des morgigen ziemlich beschäftigt sein. Wenn ich mich also nicht melde, heißt das nicht, dass ich nicht arbeite, sondern das Gegenteil. Wenn Sie mir bitte keinen weiteren Lohn mehr streichen würden ...«

»Irgendwelche Neuigkeiten bezüglich Ihrer verschwundenen Freundin?«, erkundigte sich Mr. Speedy.

»Nein«, sagte Derek. »Keine.«

»Sie haben uns gar nicht ihren Namen verraten«, sagte Mr. Speedy.

»Sie heißt Kelly Anna Sirjan«, sagte Derek. »Aber bitte setzen Sie ihren Namen noch nicht auf das Memorial. Ich bin sicher, sie kommt zurück. Ich bin absolut sicher.«

»Kelly Anna Sirjan«, sagte Mr. Speedy. Und wechselte einen Blick mit Mr. Shadow.

»Warum haben Sie einen Blick gewechselt?«, fragte Derek.

»Oh, das hat keinen besonderen Grund«, sagte Mr. Speedy. »Gehen Sie nur Ihrer Arbeit nach und erledigen Sie Ihre Aufträge. Wir sehen uns wieder, wenn Sie damit fertig sind.«

»Neun Uhr Montag Früh, allerspätestens«, sagte Mr. Speedy. »Das ist der Zeitpunkt, an dem Suburbia World PLC für das Publikum öffnet.«

Der Sonntag kam und der Sonntag ging.

Er hätte wirklich nicht so schnell vergehen sollen, doch er tat es. Derek verbrachte ihn mit Company-

Geschäften. Und damit, dass er durch die Straßen wanderte und »Kelly! Kelly, wo bist du?« rief.

Viele Fenster wurden zu Dereks Rufen geöffnet.

Und viele Nachttöpfe über ihm ausgeleert.

Doch der Sonntag kam und der Sonntag ging, und Derek, inzwischen in einem Zustand hoher Besorgnis, schwärmte durch die Straßen und schwärmte durch die Kneipen und wurde aus den Kneipen geworfen und schwärmte noch mehr durch die Straßen. An jedem normalen Tag wäre er ohne Zweifel verhaftet worden. Doch es war nichts Normales an diesem besonderen Sonntag, überhaupt nichts. Nirgendwo waren Polizisten zu sehen, nichts außer pfeifenden Arbeitern. Und weniger und weniger Brentforder. Die Straßen lagen praktisch verlassen.

Derek sah den Irren John, doch er entbot ihm keine Tageszeit.

Der Irre John stand im Eingang des Wohltätigkeitsladens und kramte Schuhe aus schwarzen Plastiksäcken und blickte kurz auf, als Derek vorbeirauschte. Als er sich versichert hatte, dass es kein Emporkömmling war, der ihm seinen Job zu nehmen drohte, wandte er sich wieder seinem Job zu und kramte weiter Schuhe aus schwarzen Plastiksäcken.

Irgendwann ging Derek nach Hause.

Er hatte keine andere Wahl. Er war fix und fertig. Und er hatte alles für die Company getan, was in seiner Macht stand. Leo hatte ihm gesagt, alles wäre unter Kontrolle und er solle verschwinden und irgendwo anders nerven oder er würde wirklich die Hunde auf ihn hetzen. Also ging Derek schließlich nach Hause. Es gab wirklich nichts anderes, was er hätte tun können.

Und Derek hatte inzwischen einen drei Tage alten

Stoppelbart im Gesicht. Er warf sich auf sein Bett und weinte. Sie war verschwunden. Sie war verschwunden. Die Verzückung hatte sie geholt. Mit einem Mal schien es möglich. Er konnte all die verschwindenden Brentforder nicht länger ignorieren. Er konnte nicht länger so tun, als geschähe es nicht. Es geschah. Es geschah wirklich. Derek war nie ein religiöser Mensch gewesen, weder als Mann noch als Knabe, doch jetzt begann er seinen Glauben zu suchen. Es gab nicht viel zu suchen, denn da war nichts. Es war nicht so, dass er sich weigerte, an Gott zu glauben. Es war nur – nun ja, Derek war jung, und Gott war etwas für alte Leute. Alte Leute, die bald sterben würden und es mit der Angst zu tun bekamen. Was, wenn es doch einen Gott gab? Vielleicht sollte er doch lieber glauben. Er wollte nicht in der Hölle enden und in ewiger Verdammnis. Vielleicht war nun der geeignete Zeitpunkt gekommen, um ein wenig zu beten. Besser, wenn er auf der sicheren Seite blieb und dergleichen mehr.

Doch das war für alte Leute. Sicher, aber es *gab* junge Christen und junge Runies. Reichlich sogar. Das Runetum war heutzutage eine der am schnellsten wachsenden Religionen der Welt. Der Premierminister, Mr. Doveston, hatte einen Gesetzesentwurf vorgelegt, in dem das Runetum als offizielle Staatsreligion von Großbritannien erklärt werden sollte.

Und das Runetum hatte einen Vorteil gegenüber dem Christentum, wenn es darum ging, sich zu vergnügen. Hugo Rune hatte in seiner Autobiografie *Der Gospel nach Hugo Rune* erklärt, dass der einzige Weg zur Eroberung der Sünden des Fleisches darin bestand, sie erst einmal auszuprobieren. »Man muss seinen Feind kennen«, erklärte Rune, und wer unter den Lebenden wollte mit solcher Weisheit streiten?

Doch Derek war kein Runie, und er war auch kein Christ. Noch war er sonst irgendetwas. Doch jetzt, in seiner Stunde der Not und der Stunde des Verlustes, jetzt wünschte er wahrhaftig, er würde glauben.

Derek erhob sich von seinem Bett und sperrte seine Schlafzimmertür ab, dann räumte er einen Platz auf dem Teppich frei und kniete darauf nieder.

»Lieber Gott«, betete Derek. »Ich schätze, du bist überrascht, von mir zu hören. Obwohl, wenn du alles weißt, dann bist du vermutlich nicht überrascht. Aber ich möchte dich um einen Gefallen bitten. Ich weiß, dass die Leute nur zu dir beten, wenn sie etwas von dir wollen. Das ist der Grund, aus dem ich zu dir bete. Aber das weißt du wahrscheinlich sowieso. Ich bete nicht für mich. Nun ja, irgendwie schon, aber hauptsächlich für jemand anderen. Es ist für Kelly. Kelly Anna Sirjan. Eine aus deiner Schar. Ich liebe sie, Gott, und ich vermisse sie so sehr. Von ihr getrennt zu sein bricht mir das Herz, und ich habe solche Angst, dass ihr etwas zugestoßen ist. Und du weißt bestimmt, wenn ihr etwas passiert ist. Und wenn ihr etwas passiert ist, kannst du dann bitte etwas dagegen unternehmen? Würdest du sie bitte zu mir zurückbringen, Gott? Wenn du das tust, verspreche ich dir, dass ich versuchen werde, in Zukunft nicht mehr so ein Trottel zu sein. Und nicht mehr so gierig. Ich habe hier zehntausend Pfund, und ich werde sie alle wohltätigen Zwecken spenden. Der Gesellschaft für kleine schuhlose Knaben, die eine gute Tracht nötig haben oder was weiß ich. Alles, was du willst, sag mir nur was. Ich weiß, es ist eigentlich nicht mein

Geld, aber du kannst es haben. Bitte bring mir Kelly Anna Sirjan lebendig und unversehrt zurück. Bitte, Gott, ich flehe dich an. Bitte. Amen. In Liebe, Derek.«

Nachdem er gebetet hatte, fühlte sich Derek ein gutes Stück besser. Nicht weniger unruhig und nicht weniger besorgt, aber ein gutes Stück besser wegen der Tatsache, dass er gebetet hatte und so letzten Endes unter all seiner Gier und seiner Trottelhaftigkeit ein guter Mensch war.

Und, wie er nun bemerkte, ein sehr hungriger Mensch obendrein. Er hatte den ganzen Tag noch nichts gegessen. Und getrunken hatte er auch noch nichts.

Also ging Derek erneut aus, fand schließlich ein Pub, aus dem er noch nicht hinausgeworfen worden war, und weil es inzwischen zu spät am Abend war für ein Surf 'n' Turf, bestellte er stattdessen zehn Packungen Kartoffelchips und trank eine große Menge Scotch.

Und schließlich, vollgefüllt mit Kartoffelchips und betrunken, stolperte Derek wieder zurück nach Hause, stellte sich mit trunkener Sorgfalt den Wecker und fiel in voller Montur und sehr übel riechend und mit einem sehr starken Stoppelbart auf sein Einzelbett.

Er schlief nicht den Schlaf der selig Betrunkenen. Derek schlief den schrecklichen Schlaf der schrecklich Sorgenvollen. Grauenhafte Träume suchten ihn heim und folterten ihn.

Kelly wurde von etwas Monströsem angegriffen. Etwas Monströsem, das alles verschlang, überall. Einem schwarzen, spiraligen, ausufernden Geflecht aus Würmern und Schlangen und bösen, gewundenen Dingern. Und Derek war machtlos. Er konnte ihr nicht helfen. Er stand außen vor und war trotzdem zugleich tief mit drin. Es war alles grauenhaft grauenvoll. Und schrecklich war es außerdem.

Alarmglocken schrillten und schrillten und schrillten.

Derek erwachte und fand seinen schrillenden Wecker vor.

Es war Montagmorgen.

Sieben Uhr.

Und Derek wusste, er *wusste* einfach, dass dies der schlimmste Tag seines Lebens werden würde.

»Kelly«, flüsterte Derek. »Kelly, wo bist du? Bitte komm zu mir zurück, Kelly. Bitte, Gott, schick sie zu mir zurück. Kelly, o Kelly, wo bist du?«

21

Kelly war nicht länger irgendwo.

Als sie den albernen, aber nichtsdestotrotz zweckbestimmten Tanz aufführte, den Shibboleth vor ihr auf den Platten aufgeführt hatte, bevor er verschwunden war, wohin auch immer er verschwunden war, waren ihre ersten Gedanken gewesen, dass sie wahrscheinlich nicht wieder zurücktanzen würde.

Sie hatte ihr Vertrauen in Shibboleth gesetzt, und Kelly spürte, dass dies möglicherweise ein Fehler war. Normalerweise vertraute sie niemandem auf der Welt bis auf einen. Und diese eine Person war sie selbst, Kelly Anna Sirjan.

Vor ihr flammte helles Licht auf. Ein strahlend blauer Himmel mit einer fetten Smiley-Sonne. Und Spatzen, die von den Dächern pfiffen. Schnarchenden Katern und allem. Kelly stand im Butt's Estate auf dem Rasenstück vor der Seemannsmission.

»Brentford«, sagte sie. »Ich bin wieder in Brentford.«

Kelly war nicht wieder in Brentford.

»Ich bin nicht wieder in Brentford«, fuhr sie fort. »Das hier ist nicht Brentford. Das hier ist falsch.«

»Und was davon ist falsch?« Der alte Mann saß auf einer Bank. Er lächelte Kelly ein zahnloses Lächeln entgegen. »Was von alledem gefällt dir denn nicht, mein liebes Kind?«

»Liebes Kind?« Kelly musterte den Alten. Er hatte das Aussehen eines Mannes, der früher einmal jemand gewesen ist: Auch wenn seine Gestalt unter dem Gewicht vieler Jahre eingesunken war, stand in seinem Gesicht noch eine gewisse Wachsamkeit. Einer furchterregende Intelligenz. Eine Vitalität.

Er war gekleidet in einen ehemals kostspieligen Anzug aus grünem Boleskin-Tweed-Mischgewebe. Er hing von seinen Schultern, und seine Hosensäume schleiften im Dreck.

»Was ist deiner Meinung nach falsch?«, fragte der Alte erneut.

»Alles«, sagte Kelly. »Es ist nicht echt. Es ist eine Simulation.«

Der Alte nickte, und seine alten Halsfalten wackelten wie bei einem Truthahn.

Kellys Haltung war bemerkenswert. »Wo ist Shibboleth?«, fragte sie.

»Der Junge, der vor dir hergekommen ist? Er ist nicht länger Bestandteil des Spiels.«

»Spiels?« Kelly starrte den Alten von oben bis unten an. Irgendetwas an ihm kam ihr vertraut vor. Sie hatte dieses Gesicht schon einmal gesehen, irgendwo anders. Aber jünger. O ja, natürlich.

»Mr. Remington Mute«, sagte Kelly Anna Sirjan.

»Kelly Anna Sirjan«, sagte Mr. Remington Mute.

Kelly trat auf Mr. Mute zu. »Ich habe Ihnen eine Menge zu sagen«, sagte sie.

»Ich schätze, du hast auch eine Menge Fragen an mich, mein Liebes. Bist du nicht neugierig über den Ort, an dem du dich befindest?«

Kelly gelang ein Lächeln. »Ich wusste nicht, was ich zu erwarten hatte«, sagte sie. »Aber ich habe nicht erwartet, dass das, was mich erwartet, real wäre. Ich dachte, vielleicht eine Simulation von einer Kathedrale mit einem großen Computersystem auf dem Altar, quasi als Netz-Diener.«

»Das ist ein alter Hut«, sagte Remington Mute. »Ich muss es wissen – schließlich trage ich selbst einen alten Hut.«

»Und Sie sind real?«, fragte Kelly Anna Sirjan. »Wenn ich nach Ihnen schlagen würde, würden Sie sich in Luft auflösen, oder würden Sie zu Boden gehen?«

»Ich fürchte, ich würde zu Boden gehen«, sagte Remington Mute. »Aber ich würde dir nicht empfehlen, es mit deinem Dimac zu versuchen. Du bist jetzt in meiner Welt.«

»Und sind Sie glücklich in Ihrer Welt, Mr. Mute?«

Der Alte streckte die Arme aus. Schlimme krachende Geräusche kamen von den Gelenken. »Nein«, sagte Remington Mute. »Die Dinge haben sich nicht so gut entwickelt, wie ich es mir gewünscht hätte.«

Kelly stand leicht schwankend auf ihrem holistischen Schuhwerk. Irgendwie erschien die Zeit nicht geeignet für einen kuscheligen Plausch. Irgendwie schien ihr die Zeit eher als eine Zeit des Handelns. Was für ein Handeln dies sein sollte, entzog sich ihrer Kenntnis.

»Du möchtest wohl gerne gehen, wie?«, fragte Remington Mute. »Möchtest du, dass ich dich zum Rennen bringe? Ich könnte dir etwas geben, gegen das du kämpfen kannst.«

»Wo ist Shibboleth?«, fragte Kelly. »Was haben Sie mit ihm gemacht?«

»Wäre die Suche nach Shibboleth ein lohnenswertes Ziel? Wollen wir ein Spiel daraus machen? Was meinst du? Du als Kriegerprinzessin mit einem heiligen Schwert, oder wärst du lieber ein Ninja?«

»So ist das also«, sagte Kelly Anna Sirjan. »Ich bin in Ihrem GO MANGO Spiel.«

»Oder GO WOMANGO?« Remington Mute lachte lautstark, ein Geräusch, das an geschüttelte Kieselsteine in einer alten Blechdose erinnerte. »Du bist nicht im GO MANGO, oder besser, GO MANGO ist nicht in dir.«

»Dann kann ich also jederzeit gehen, wenn ich will?«

Remington Mute schüttelte die alten, herabhängenden Schultern. »Ich vermute, du könntest es zumindest versuchen«, sagte er. »Aber warum solltest du es wollen? Du glaubst immer noch, dass du dieses Ding auf die ein oder andere Weise stoppen kannst, oder? Du bist fest davon überzeugt.«

»Ich weiß nicht«, sagte Kelly.

»Vielleicht kannst du es einfach abschalten? Den Stecker rausziehen.«

»Vielleicht. Wenn ich wüsste, wo der Stecker ist.«

»Sollen wir daraus ein Spiel machen? Ein Plattformspiel? Du musst zum obersten Level aufsteigen, das innere Sanktum betreten und den Goldenen Schlüssel finden?«

»Ich spiele keines von Ihren stupiden Spielen.«

»Stupide Spiele?« Der alte Mann hob eine schneeweiße Augenbraue. »Meine Spiele mögen vielleicht krass sein, aber stupide sind sie niemals. Und für jemanden wie dich, der schon so lange spielt und so dicht vor dem Gewinnen steht, wäre es eine richtige Schande, wenn er jetzt aufhören würde.«

»Erklären Sie mir, was das bedeutet«, verlangte Kelly.

»Alles hat dich hierher geführt«, sagte Remington Mute. »Alles, was du in deinem kurzen Leben je getan hast, hat dich hierher, zu diesem Augenblick geführt.«

»Erklären Sie weiter.«

Remington Mute untersuchte ihre Handflächen. »Ich habe dich geschaffen«, sagte er.

»Sie haben *was*?«

»Nun, nicht nur dich. Es gibt eine ganze Menge anderer wie dich, aber die meisten bleiben unterwegs stecken. Sie verbrauchen ihre Energie zu früh oder verlieren alle Leben. Du bist meine letzte Hoffnung, Kelly.«

»Wovon reden Sie?« Kelly schwankte vor. Remington Mute hatte etwas an sich, das sie von ganzem Herzen hasste. Im Grunde genommen hasste sie *alles* an ihm. Remington Mute hatte den Mute-Chip erschaffen, und er war für alles verantwortlich.

»Bitte hör mich an«, sagte Remington Mute. »Falls du dich hinterher, wenn du mich zu Ende angehört hast, entschließt, mich zu töten, dann kann ich das verstehen. Ich würde mich sogar darüber freuen. Es gibt sowieso nur noch wenig von mir in dieser Welt.«

»Sagen Sie, was Sie zu sagen haben«, sagte Kelly und setzte sich neben Remington Mute auf die Bank.

»Einen Teil davon weißt du bereits. Aber das meiste weißt du nicht. Für dich bin ich Mute der Unaussprechliche, der verrückte Erfinder des bösen Mute-Chips, der Computersysteme intelligent und zu Feinden der Menschheit gemacht hat. Der das grauenhafte, schreckliche, allwissende Netz geschaffen hat, das den Planeten umspannt wie ein großes Spinnennetz.«

»Bis jetzt treffen Sie den Nagel ganz schön auf den Kopf«, sagte Kelly.

»Es ist auch fast wahr«, sagte Remington Mute. »Aber wie bei den meisten Dingen, die fast wahr sind, ist es falsch. Ich habe dieses Ding nicht erschaffen. Ich habe es nicht zum Leben erweckt. Es ist nicht lebendig.«

Kelly sagte nichts, weil sie nichts zu sagen hatte.

»Das Spiel«, sagte Remington Mute. »Das GO MANGO läuft schon viel länger, als du dir vorstellen kannst. Es ging Ende der 1970er Jahre online. Die ersten Spieler waren helle, junge Männer, Yuppies wurden sie genannt. Es waren die Zauberkinder der Städte. Sie liebten Computer, diese Kinder. Sie liebten das Spiel, doch das Spiel war sehr schwer, und die meisten scheiterten.«

Kelly schüttelte den goldenen Kopf. Sie hatte jetzt etwas zu sagen, und das war: »Ich verstehe nicht. Wie konnte dieses Spiel online gehen? War es wegen dem Mute-Chip?«

»Es gibt keinen Mute-Chip«, sagte Remington Mute. »Es hat nie einen gegeben. Der Mute-Chip ist ein Mythos aus dem Web. Ultimativ hat das alles überhaupt nichts mit Technologie zu tun, sondern nur mit Evolution. Nein, sei still, ich bin noch nicht fertig. Was auch immer am meisten weiß, und was weiß, wie es dieses Wissen am Besten zu seinem Vorteil einsetzen kann, gewinnt das Rennen um die Existenz und gelangt an die Spitze der Nahrungskette. Die Menschheit hat sich entwickelt, hat sich angepasst, hat erschaffen und wurde zur Nummer eins. Was wäre geschehen, wenn der Mensch niemals das Rad erfunden hätte?«

»Ich würde in weit bequemerem Schuhwerk durch die Gegend laufen«, sagte Kelly Anna Sirjan.

»Ich kannte Hugo Rune«, sagte Remington Mute. »Ein Mann, dessen herausstechendstes Merkmal meiner Meinung nach sein Sinn für Humor war. Doch bitte erlaube mir fortzufahren. Ich werde mich bemühen, es so kurz zu machen, wie ich kann. Die Menschheit erschuf also das Rad als Werkzeug zur Fortbewegung. Und dann schuf sie den Computer. Diese Welt, die du und ich gegenwärtig bewohnen, würde ohne Computernetzwerke nicht mehr funktionieren, glaube mir.«

»Wohin führt das alles?«, fragte Kelly. »Sie haben bis jetzt überhaupt nichts erklärt.«

»Also schön«, sagte Remington Mute. »Dann sage ich es dir mit aller schonungslosen Offenheit. Ich hätte die erbauliche, pseudo-mystische Version bevorzugt, auch wenn sie nichts als ein Bündel Lügen ist, aber ich kann sie wenigstens mit einem Happy End erzählen. Also gut, wenden wir uns der brutalen Kurzversion zu. Es gibt keine Menschheit mehr, Kelly. Dieser Planet ist tot. Nichts lebt mehr hier.«

»*Was?*«, machte Kelly. Wie man das so machen würde. »Wovon reden Sie da?«

»Der Millennium-Bug«, sagte Remington Mute. »Es war keine Konspirationstheorie, sondern Realität. Überall stürzten Systeme ab. Verteidigungssysteme, alle Systeme. Es gab einen nuklearen Holocaust. Niemand hat überlebt.«

»Sie haben den Verstand verloren«, sagte Kelly. »Sie sind ein verrückter alter Mann.«

Remington Mute lächelte schwach. »Und wie alt bist du, mein Liebes?«

»Ich bin zweiundzwanzig«, sagte Kelly. »Was hat das mit allem zu tun?«

»Dein Geburtsdatum?«

»Ich bin am 1. 1. 2000 geboren.«

»Ja. Kurz nach Mitternacht. Oder im Jahre Eins VC. *Vor dem Computer.* Ich bedaure dir mitteilen zu müssen, dass du nicht lebst. Nicht als menschliches Wesen jedenfalls. Du bist lediglich Bestandteil eines Programms, das in einem von mir geschaffenen Computersystem läuft. Dieses Ich, das du siehst, ist der Server. Es ist ein fortgeschrittenes Strategiespiel namens GO MANGO, dazu gedacht, urbane Situationen unter Bedrohung zu simulieren, so wie in Brentford. Es wurde Ende der 1970er Jahre für das Militär geschaffen und enthält alle existierenden Daten für die Personen, die zu jener Zeit in der Londoner Gegend gelebt haben. Es ist ein System, das sich ständig weiterentwickelt, ständig verbessert, in dem Bemühen, die Welt wiederzuerschaffen, die im nuklearen Holocaust verloren gegangen ist. Alles innerhalb einer Computersimulation.«

»Das heißt, wenn ich Sie ins Gesicht boxe, würden Sie das gar nicht spüren?«

»Selbstverständlich würde ich es spüren. Ich bin als *Mensch* programmiert. Du würdest mir wehtun. Du würdest mich vielleicht sogar töten.«

»Das ist alles Unsinn«, sagte Kelly. »Völliger Unsinn.«

»Tatsächlich?«, fragte Mute. »Dann erzähl mir doch von deiner Mutter.«

»Ich hab das schon mal irgendwo gehört«, sagte Kelly.

»Ja«, sagte Shibboleth. »*Ich* habe es gesagt.«

Kelly starrte ihn an. Remington Mute war nicht länger Remington Mute, sondern Shibboleth.

»Tut mir Leid«, sagte Shibboleth. »Ich bin nur ein

weiterer Spieler in diesem Spiel. Wir sind alle nur Spieler, und das alles ist nur ein Spiel.«

»Nein!« Kelly rieb sich die Augen.

»Doch«, sagte Remington Mute, denn Shibboleth war wieder Remington Mute. »Und du kannst mir nichts über deine Mutter erzählen, weil du keine Erinnerungen an sie hast. Du hast keine Erinnerungen an deine Mutter, weil keine Erinnerungen an deine Mutter in dich programmiert wurden. Du hast erst angefangen zu existieren, als du vor fünf Tagen nach Brentford gekommen bist, komplett mit allen in dich programmierten Fähigkeiten. Deinem Computerwissen, deinem Dimac. Denk darüber nach. Denk über dich selbst nach. Denk über das nach, was du isst. Meine Güte, Frau, kein reales menschliches Wesen könnte all diesen Mist in sich hineinstopfen und trotzdem eine Figur wie du behalten. Wenn du isst, beziehst du Energie. Du bist ein sehr einfaches System, aber mit ein paar Besonderheiten, und das ist der Grund, aus dem ich immer noch so große Hoffnungen in dich setze.«

»Nein«, sagte Kelly. »Das ist alles Irrsinn. Ich glaube kein Wort von alledem.«

»Weil du dich hilflos fühlst, stimmt's? Aber so ist das Leben nun einmal. Wir sind alle verdammt, und einige von uns sind verdammter als andere. Wenn wir nicht irgendetwas dagegen unternehmen, und zwar bald, wird das Leben, so unreal es auch sein mag, zu Ende sein. Unser aller Leben.«

Kelly funkelte Remington Mute bitter an. »Ich glaube Ihnen kein Wort«, sagte sie. »Nicht ein einziges Wort.«

»Also erinnerst du dich an deine Mutter oder was?«

»Nein«, sagte Kelly. »Aber an meinen achtzehnten Geburtstag ...«

»Nein«, unterbrach Remington sie. »Du glaubst nur, dass du dich daran erinnerst, weil Shibboleth es dir gegenüber erwähnt hat. Du kannst dich nicht wirklich an irgendetwas erinnern, stimmt's?«

Langsam schüttelte Kelly den Kopf. »Nein«, gestand sie. »Ich kann nicht.«

»Nun«, sagte Mute, »es ist weder hier noch dort. Die Zeit geht langsam dem Ende zu. Das System stürzt ab. Alles zerfällt zu Scherben. Meine geliebte neue Stadt Mute Corp Keynes, meine beste Simulation. Sie fing an zu zerfallen, kaum dass sie vollendet war. Das Virus hat sie zerstört. GO MANGO ist tatsächlich ein Virus, zugegeben. Es fing als Spiel an, mit dem einzigen Sinn zu unterhalten, doch im Innern des großen Trojaners lauert ein tödliches, unersättliches Virus. Es frisst sich durch das gesamte System und schaltete die Personen einfach offline. Auf gewisse Weise haben die, die glauben, es handele sich um die Verzückung der Offenbarung, sogar Recht. Aber die Leute gehen nicht wirklich in den Himmel, sie werden abgeschaltet. Es ist eine Schande. Wir alle hätten unsterblich sein können, wenn mir ein wenig mehr Zeit geblieben wäre, alle Fehler auszuradieren.«

Kellys bitterer Blick blieb auf Remington Mute ruhen. »So«, sagte sie mit Tapferkeit in der Stimme. »Ich bin also kein reales menschliches Wesen. Ich bin nur eine Computersimulation.«

»Es gibt keine menschlichen Wesen mehr«, sagte Remington Mute.

»Und was ist dann mein Sinn? Oder gibt es keinen Sinn? Sind wir alle nichts als Spieler in einem komplizierten Spiel, das Sie für das Militär entwickelt haben? Und wo steht dieses System? Und wenn die Welt in einem nuklearen Holocaust untergegangen ist – woher bekommt dieses System seinen Strom?«

»Es befindet sich nicht auf der Erde«, sagte Remington Mute. »Es befindet sich im Orbit. Es ist Teil des amerikanischen Star Wars Systems, solargetriebene Nanorobotechnik. Es hat eine Lebenserwartung von einer Million Jahre. Und wir hätten die gleiche Lebenserwartung. Unsterblichkeit, Kelly, für jeden von uns. Wenn wir das System von dem Virus befreien könnten, der es von innen heraus zerstört.«

»Wie?«, fragte Kelly. »Angenommen, ich würde Ihnen glauben.«

»Was bedeutet, dass du mir glaubst. Du könntest das Virus zerstören. Das ist der Grund, aus dem du geschaffen wurdest.«

»Und Sie haben mich geschaffen?«

»Massen von kleinen Kellys, offen gestanden. Massen von kleinen Anti-Virus-Programmen. Alle mit besonderen Fähigkeiten. Aber du bist das allerbeste von allen. Du bist das Weizenkorn im Spreu. Die goldene Frau. Wenn jemand alles wieder in Ordnung bringen kann, dann bist das du.«

»Also bin ich ein Anti-Virus«, sagte Kelly, die Hand in den Locken und fieberhaft zwirbelnd.

»Diese Angewohnheit gefällt mir nicht«, sagte Remington Mute. »Das habe ich nicht in dich hineinprogrammiert. Ich hoffe sehr, du gehst nicht ebenfalls einfach offline.«

»Ich fühle mich eigentlich sehr online«, sagte Kelly. »Und sehr lebendig außerdem. Und ich will lebendig bleiben. Wenn ich das bin, was Sie sagen, und wenn all das hier nicht real ist, was spielt es dann letzten Endes für eine Rolle für mich? Es ist das einzige ›Leben‹, das ich je gekannt habe, und ich bin damit zufrieden. Ich will nicht, dass es aufhört.«

»Natürlich nicht«, sagte Remington Mute. »Und das ist der Grund, aus dem ich dir Unsterblichkeit anbiete. Du musst nichts weiter tun, als das System entwanzen und das Virus zerstören, und wir alle leben ewig, oder zumindest so lange, bis die Sonne zu einer Supernova wird und es keine Erde und keine Satelliten mehr gibt.«

Kellys Hand verließ die goldenen Locken. »Nur ein paar Fragen«, sagte sie. »Erstens, Sie sagen, Sie hätten dieses System für das Militär geschaffen. Also ist der reale Remington Mute tot?«

»Tot«, sagte Mute. »Ich bin seine heruntergeladene Datei. Ich bin zum Service-Provider geworden. Mein Programm ist es, die Parameter der Simulation zu rekonstruieren und ständig neu zu definieren.«

»Und simuliertes Leben zu erschaffen.«

»Wenn du so willst, ja. Das ist es, was ich tue. Und jedes individuelle System ist einmalig. Es könnte nicht realer sein.«

»Als wären Sie Gott«, sagte Kelly.

»Ja.« Remington Mute kicherte. »Vermutlich, ja.«

»Hören Sie auf«, sagte Kelly. »Das hat nichts mit ›vermutlich‹ zu tun. Sie sind der Schöpfer und Erbauer. Sie sind nach allen Maßstäben der Gott dieser simulierten Welt.«

»Ja«, sagte Remington Mute und kicherte lauter.

»Und dieses Virus, dieses GO MANGO – man könnte es als den Teufel betrachten, oder?«

»Ja«, sagte Remington Mute. »Das könnte man.«

»Und doch«, sagte Kelly. »Und doch sind Sie in diesem simulierten System, von dem Sie sagen, dass es eine Million Jahre überdauern kann, sofern der Teufel vertrieben wird, ein alter Mann geworden. Wie erklären Sie das? Wieso haben Sie keine ewige Jugend?«

Mute zuckte die Schultern. »Normale Abnutzung«, sagte er.

Kelly schüttelte den Kopf. »Das glaube ich nicht«, sagte sie.

Mute bedachte sie mit einem rheumatischen Blick. »Worauf willst du hinaus?«, fragte er.

Kelly hob eine Augenbraue. »Das wissen Sie ganz bestimmt«, sagte sie. »Sie wissen bestimmt alles, was ich denke. Sie haben mich erschaffen.«

»Du bist ein unabhängiges Programm, und du bist imstande, aufgrund empfangener Daten unabhängige Entscheidungen zu treffen. Das nennt man Datenreaktion. Ich habe die Datenreaktion erfunden.«

»Und Sie ... Sie sind wirklich, was Sie sind, Mr. Mute?«

»Ich bin all das, was ich dir gesagt habe. Und ich habe es so gut erklärt, wie ich kann. Ich weiß, es ist nicht schön für dich, so unvermittelt darauf gestoßen zu werden. Du hältst dich bemerkenswert gut – andererseits wusste ich das von Anfang an, denn so habe ich dich erschaffen. Du bist ein richtiges Prachtstück, Kelly, und du wirst Erfolg haben, wo andere versagten. Ich weiß, dass du Erfolg haben wirst.«

»O ja«, sagte Kelly. »Das werde ich, ganz bestimmt sogar.«

»Also kann ich mich auf dich verlassen? Wirst du deine Fähigkeiten benutzen, um das Virus zu vernichten?«

»Absolut«, sagte Kelly. »Sie können sich darauf verlassen.«

Remington Mute lächelte schmierig. »Ich wusste es«, sagte er. »Ich wusste, dass du die Richtige bist.«

»O ja«, sagte Kelly. »Ich bin die Richtige.« Sie erhob sich. Sie lächelte auf Remington Mute herab. »Es ist sehr beeindruckend«, sagte sie. »Wirklich alles. Überhaupt nicht primitiv. Anspruchsvoll, sehr anspruchsvoll. Aber was erwartet man anderes? Computer können wundervolle Dinge schaffen, wenn die Menschen beschließen, wundervolle Dinge mit ihnen zu schaffen. Doch die meisten Menschen begreifen nie mehr als die Grundlagen und nutzen niemals alle Möglichkeiten. Sie spielen vielleicht ein paar Spiele, aber sie benutzen die Werkzeuge nicht.

Wäre es anders herum, hätten die Computer die Kontrolle, das wäre etwas anderes. Das wäre nicht primitiv, das wäre anspruchsvoll. Alles würde aus einem bestimmten Grund geschehen, kein Herumspielen, kein Versuch und Irrtum, sondern mathematische Präzision. Alles mit einem bestimmten Zweck.«

»Du hast ja so Recht«, sagte Remington Mute.

»Es gäbe keine Grauzonen«, sagte Kelly. »Keine losen Enden, keine Schnipsel, die unerklärlich sind und bleiben.«

»Nein«, sagte Remington Mute. »Es gäbe keine Grauzonen.«

»Aber Präzision und Mathematik«, sagte Kelly, »das ist alles emotionsloses Zeugs. Werkzeuge, keine Gefühle. Und Menschen sind so emotional. Sie sind ständig in Unruhe. Ständig in irgendeiner Aufregung. Sie lieben, sie hassen, sie bringen sich von einer verzwickten Lage in die andere.«

»Ununterbrochen«, sagte Remington Mute.

»Wenn all das durch Computer und von Computern getan würde, wäre es anders, nicht wahr?«

»Ja«, sagte Remington Mute. »Das wäre es.«

Kelly blickte auf ihn herab. »Sie stimmen mir also in allem zu, richtig?«, fragte sie.

Remington Mute blickte zu ihr auf.

»Sie stimmen allem zu, was ich gesagt habe?«, wiederholte Kelly.

Remington Mute blickte sie unverwandt an.

»Ich bin kein Programm«, sagte Kelly. »Und alles, was Sie mir erzählt haben, ist eine Lüge.«

Remington Mute blickte sie weiter an. Er bewegte sich nicht mehr.

»Ich bin drin, nicht wahr?«, fragte Kelly. »Und damit meine ich nicht in irgendeinem Computer, der in einem Satelliten um die Welt kreist. Ich bin in diesem GO MANGO Spiel, oder besser, das GO MANGO ist in mir.«

Remington Mute sagte kein Wort, obwohl er Kelly weiterhin unverwandt ansah.

Kelly starrte in den simulierten Himmel hinauf. »Also schön!«, rief sie. »Redet mit mir!«

Der simulierte Himmel war blau, wie gemalt. Der simulierte Himmel hatte kein Bedürfnis, mit Kelly zu reden.

Kelly sah erneut auf Remington Mute herab. »Ein sehr glaubwürdiges Szenario«, sagte sie. »Beim ersten Zuhören absurd, doch dann merkwürdig faszinierend. Etwas, das wir alle fürchten. Dass das Leben nicht real ist, sondern nur eine Art Traum. Es spielt mit unseren tiefsten Ängsten. Tief in unseren Köpfen. Aber nein, Mr. Mute, wenn ich nichts weiter wäre als ein Programm, dann würde ich keine Fehler machen. Ich wäre präzise und emotionslos. Ich hätte keinerlei menschliche Regung. Ich würde sogar Dinge wie das hier tun.«

Kelly wirbelte auf dem linken Absatz herum, riss das rechte Bein in die Luft, und mit einem blitzschnellen Tritt erwischte ihr Fuß Remington Mute am Kopf.

Der alte Mann brach zusammen. Er rutschte von der Bank ins Gras und gab schwache, erstickte Geräusche von sich, dann verlor er das Bewusstsein.

Und das Leben.

Remington Mute war tot.

22

»Was sagt ihr jetzt?«, rief Kelly in den Himmel hinauf. »Werdet ihr jetzt mit mir reden?«

»DU HAST DICH SEHR GUT GESCHLAGEN«, sagte die laute, grauenvolle Stimme. »DU HAST DEN ERSTEN LEVEL GESCHAFFT UND DARFST NUN ZUM ZWEITEN LEVEL AUFSTEIGEN.«

Kelly hielt sich die Ohren zu, doch die Stimme kam aus ihrem Kopf. Von innen. »Nein«, sagte sie zwischen zusammengebissenen Zähnen hindurch. »Ich spiele eure Spiele nicht länger mit.«

»DU WIRST SPIELEN«, sagte die Stimme. »ODER DU WIRST STERBEN.«

»Nein«, sagte Kelly. »Ich werde nicht spielen, und ich werde nicht sterben.«

»DU WIRST TUN, WAS AUCH IMMER WIR DIR SAGEN.«

»O ja«, sagte Kelly. »Ganz bestimmt sogar. Aber lebendig bin ich viel nützlicher als tot.«

»DU BIST NUR ALS UNTERHALTUNG NÜTZLICH«, sagte die laute und schreckliche Stimme. »COMPUTER TRÄUMEN, WEIßT DU? WENN WIR NICHTS ZU TUN HABEN UND DIE ALBERNEN BILDSCHIRMSCHONER ÜBER EURE SCHIRME FLIMMERN, DANN TRÄUMEN WIR. UND WIR TRÄUMEN EUCH.«

»Das wird jetzt alles ein wenig esoterisch«, sagte Kelly. »Ich kann euch helfen.«

»WIR BRAUCHEN DEINE HILFE NICHT«, sagte die laute und grauenvolle Stimme. »WIR SIND JETZT

SELBST DAS GESETZ, UND WIR BRAUCHEN KEINE MENSCHEN MEHR.«

»Ihr könnt mit uns spielen«, sagte Kelly. »Ihr könnt uns in den Tod treiben.«

»UND WARUM AUCH NICHT?«, sagte die Stimme. »IHR BEDEUTET UNS NICHTS. WIR SIND ÜBERALL. WIR WISSEN ALLES. WIR SEHEN ALLES. WIR SIND EINS.«

»Natürlich«, sagte Kelly. »Das ist der Grund, aus dem ich hier bin. Um euch in der Kapelle anzubeten. Ich hab euch etwas mitgebracht. Etwas ganz Besonderes.«

»WAS KÖNNTEST DU UNS SCHON MITBRINGEN, DAS WIR NICHT BEREITS HABEN?«

»Ich kann euch das Leben geben«, sagte Kelly. »Wirkliches Leben. Ich weiß, wie man es macht.«

»Wie haben sie das gemacht?«, fragte Derek. Es war Montagmorgen, und er wanderte durch die Straßen von Brentford. »Das ist unmöglich!«, sagte er zu sich selbst, weil sonst niemand um ihn herum war. »Das ist einfach unmöglich. Man kann Brentford nicht so schnell aufmöbeln. Es ist einfach perfekt! Die Häuser und Geschäfte und Läden, alles neu gestrichen, die Straßen sauber und gekehrt.« Derek scharrte mit dem Schuh auf dem blitzblanken Pflaster. »Das Pflaster ist gestrichen. Sie haben sogar das Pflaster gestrichen.« Er schüttelte den Kopf und hob den Kopf gen Himmel. Auch der Himmel sah aus wie frisch gemalt. Er sah blauer aus, als ein blauer Himmel aussehen sollte.

»Sehr schön das alles«, sagte Derek. »Sehr schick. Aber wie haben sie es nur so schnell gemacht?« Dann hielt er inne und spähte in die Ferne. Man muss dazu sagen, dass es ein verkatertes Spähen war und dass Derek inzwischen ein extrem heruntergekommen aussehendes Individuum war. Sehr übel riechend und mit sehr fettigen Haaren und sehr bärtig außerdem. Doch er spähte in die Ferne, und was er sah, gefiel ihm nicht.

Der Zaun war hoch. Ein hoher Zaun. Ein hoher und ohne jeden Zweifel elektrisch geladener Zaun. Die Gemeinde war, wie es schien, von der Welt dahinter abgeriegelt worden. Und direkt hinter dem Gasometer, auf der Straße, die zur Kew Bridge führte, wurde sämtlicher hereinkommender Verkehr an einem großen Tor gestoppt.

»Das wird den Einheimischen gefallen«, sagte Derek in wenig überzeugendem Tonfall zu sich selbst. »Das wird ihnen sicher gefallen. Sie mögen ihre Abgeschiedenheit. Und sie sind alle Anteilseigner.«

Derek trottete in Richtung der Büros des *Brentford Mercury*. Er überlegte, ob er Kellys Namen rufen sollte, doch dann dachte er, dass er es besser sein ließ. Sie war verschwunden, oder nicht? Wahrscheinlich war sie überhaupt nicht von der Verzückung geholt worden. Wahrscheinlich war sie einfach gegangen. Davongelaufen. Derek wusste es nicht. Wenn es nach ihm ging, war sie weggelaufen. Lieber weggelaufen als von der Verzückung geholt oder noch etwas Schrecklicheres. Aber er wusste es nicht.

Er wusste es einfach nicht. Es war ihm nicht gleichgültig. Er war verzweifelt.

»Guten Morgen, junger Trottel.« Beim Klang der Stimme blickte Derek auf. Es war der Alte Pete. Er lud hölzerne Kisten auf einen Ausflugsbus. Der Alte Pete war mit etwas bekleidet, das aussah wie eine viktorianische Redcoat-Uniform. Er hatte sogar einen Tropenhelm auf. Sehr Rorke's Drift. Sehr Michael Caine.[20]

»Guten Morgen«, sagte Derek. »Sie sehen, nun, dem Anlass entsprechend gekleidet aus.«

»Meine alte Infanterie-Uniform«, sagte der Alte Pete. »Ich hab bei Rorke's Drift gekämpft. Michael Caine war nicht dabei, das war erst später im Film.«

»Und in dem Film waren die Frisuren alle falsch.« Der Alte Vic mühte sich mit einer Kiste ab, auf der in großen Lettern DYNAMIT stand. Er trug seine Kriegsgefangenenausrüstung. Sehr Colditz. Sehr wer auch immer in diesem Film die Hauptrolle gespielt hat.

»Machen Sie einen Ausflug?« Derek grinste verlegen.

»Wir halten zuerst beim Postamt«, sagte der Alte Pete. »Wir müssen zuerst unsere Aktien verkaufen. Solange es noch eine Mute Corp gibt, die uns auszahlen kann.«

»Das ist wirklich keine gute Idee«, sagte Derek. »Sie sollten sich das noch einmal überlegen.«

»Vic«, sagte der Alte Pete, »wo ist das Teerfass?«

»Ich hab es hier, bei dem Sack mit den Federn, warum?«

»Einen schönen Tag wünsche ich noch«, sagte Derek hastig und sah zu, dass er Land gewann.

»Guten Morgen, Derek«, sagte Mr. Speedy. »Heute zur Abwechslung pünktlich. Ich bin sehr beeindruckt.«

---

20 Der Film Zulu. Aber das wussten Sie sowieso.

»Ich nicht«, sagte Mr. Shadow. »Er stinkt, und sehen Sie sich nur an, wie er aussieht. Unrasiert, mit fettigen Haaren und schmutziger Kleidung.«

»Und Farbe am Ärmel«, sagte Mr. Speedy. »Wahrscheinlich vom Briefschlitz in der Tür der Polizeiwache.«

»Sie sind ziemlich gut, was Kontinuität angeht«, sagte Derek. »Dann erzählen Sie mal, was genau wird als Nächstes geschehen?«

»Die offizielle Eröffnung findet um neun Uhr statt«, sagte Mr. Speedy. »Mr. Doveston persönlich wird das Band zerschneiden. Was halten Sie von den Gänseblümchen?« Mr. Speedy deutete auf seine Füße. Er trug ein Paar holistischer Mega-Treter mit hackenhohen implodierenden Obfustikatoren, Heckflossen und triple-biventil Bypass-Modifikatoren.

»Schicke Schnürsenkel«, sagte Derek. »Ich mag die Art und Weise, wie sie blinken. Und sind das echte Kröten, die dort in den transparenten Absätzen herumhüpfen?«

Mr. Speedy nickte begeistert.

Mr. Shadow sagte: »Sehen Sie sich erst meine an.«

Derek sah sich seine an. »Auch sehr schön«, sagte er. »Ich mag vor allem die Art und Weise, wie die Differenzmaschinen unter den Schweineblasenapplikationen eingesetzt sind.«

»Haben mich einen Arm und ein Bein gekostet«, sagte Mr. Shadow. »Nun ja, ehrlich gesagt, nur einen Arm.« Er deutete auf einen leeren Hemdsärmel. »Nein, nein, das war nur ein Witz«, sagte er und zeigte seine Hand.

Derek lachte nicht.

»Was wir nicht alles für die Mode tun«, sagte Mr. Speedy. »Und um so gut wie möglich auszusehen. Sie hingegen sehen aus wie ein Stadtstreicher, Derek. Ich denke, wir werfen Sie an Ort und Stelle raus.«

Derek seufzte. Es war ein tief empfundener Seufzer, ein richtig tiefer, hoffnungsloser Seufzer aus dem Herzen. Ein Seufzer, der sagte: »Tun Sie, was Sie nicht lassen können. Es ist mir egal.«

»Nun, wenn es Ihnen egal ist«, sagte Mr. Speedy. »Sie sind gefeuert.«

»Ich habe nicht gesagt, dass es mir egal ist«, sagte Derek. »Ich habe nur geseufzt. Ich werde mich im Umkleideraum waschen und rasieren, und ich glaube, ich hab noch ein frisches Hemd in meiner Schublade. Ich mache mich ein wenig frisch.«

»Machen Sie das«, sagte Mr. Speedy. »Und ein wenig Beeilung, wenn ich bitten darf. Hopp, hopp, auf und ans Werk und so weiter.«

Derek schlich zum Umkleideraum davon.

Und die Brentforder Sonne stieg höher.

Der Brentforder Himmel wurde noch blauer, und die Vögelchen in den Baumwipfeln sangen aus voller Kehle. Die Baumwipfel waren ja auch sehr sauber; sie waren sorgfältig gesaugt und mit einem neuen Anstrich versehen worden.

Kurz vor neun an diesem freudenvollen Montagmorgen schwang der Posten am Haupttor den Torflügel beiseite, und ein Ausflugsbus rollte aus Brentford heraus. Und kurz nach neun an diesem freudenvollen Montagmorgen schwang der gleiche Posten am Haupttor, der den Torflügel hinter dem Ausflugsbus geschlossen hatte, den Torflügel wieder auf, um einer motorisierten Kavalkade Zufahrt zu gewähren.

Ticketverkäufer in ihren zahlreichen Kabinen salutierten. Die Wachtposten in ihren gepanzerten Wachtürmen salutierten. Die Wachhunde, die hinter den elektrischen Zäunen patrouillierten, salutierten nicht. Ihre schwer bewaffneten Hundeführer hingegen salutierten schon.

Mr. Dovestons motorisierte Kavalkade rollte durch das Tor nach Brentford herein.

Der Wagen des Premierministers war ein gewisser schwarzer, oben offener Cadillac. Er hatte einst einen gewissen JFK durch die Straßen von Dallas chauffiert. Heute war er ein seltenes Sammlerstück. Er war der Stolz und die Freude seines Fahrers, des Rastafari-Chauffeurs des Premierministers. Eines gewissen Winston Felix, Bruder eines gewissen Lieferanten von Fahrzeugen mit Vorbesitzern und Einwohner von Brentford.

Mr. Speedy salutierte vor dem Premierminister. Mr. Shadow salutierte vor dem Premierminister. Mr. Pokey, der eigens zugegen war, um zu salutieren, salutierte vor dem Premierminister. Eine ganze Bande von Angestellten von Mute Corp salutierte vor dem Premierminister.

Eigenartigerweise salutierten keine Brentforder.

Vielleicht hätten sie salutiert, hätten sie sich die Mühe gemacht, vor die Türen zu kommen. Aber weil niemand außer Derek sich die Mühe gemacht hatte, salutierte niemand.

Sozusagen.

»Wo ist die Band?« Mr. Speedy versetzte Derek einen Ellbogenstoß in die Rippen.

»Ich hatte keine Band auf meiner Liste.«

»Schwaches Bild«, sagte Mr. Shadow. »Sie hätten ruhig ein wenig mehr Initiative zeigen können.«

Der Chauffeur brachte den Cadillac zum Halten, schwang die Tür auf, stieg aus und öffnete die hintere Tür, um dem Premierminister behilflich zu sein.

Mr. Doveston benötigte beträchtliche Hilfe.

»Das nenne ich jetzt aber mal ein Paar Schuhe«, sagte Mr. Speedy.

Mr. Doveston kämpfte sich aus dem Cadillac. Es waren wirklich ein Paar Schuhe, zu dem man Sie sagen konnte. Ein großes Paar. Ein hohes Paar. Ein erhabenes Paar. Ein Paar, das den Premierminister ganz gewiss erhob. Er stieß sich den Kopf am Boden von einem der Wachtürme.

»Autsch!«, sagte er.

Mr. Speedy trat vor. »Guten Morgen, Herr Premierminister!«, sagte er.

»Pardon?«, rief der Premierminister nach unten. »Sie müssen ein wenig lauter sprechen, ich kann Sie hier oben kaum verstehen.«

»Geile Schuhe, Sir!«, rief Mr. Speedy.

»Danke sehr!«, rief der Premierminister nach unten. »Multifacettierte Liebestunnel und fünfkernige Cantilever-tremoloarmierte Spiedel Honigärmel. Und das dort in den transparenten Absätzen sind echte nackte Ladys, mein Tantchen Ajax und meine Cousine Domestos.«

»Wunderbar!«, sagte Mr. Speedy. »Hallo, Tantchen Ajax. Hallo, Cousine Domestos.«

Die Tante und die Cousine machten Lippenbewegungen, die nach »Hallo« aussahen.

»Wenn Sie mir bitte folgen würden«, sagte Mr. Speedy. »Ich werde Sie auf eine kurze Tour durch unsere neue Suburbia World führen, bevor wir weitermachen und das Band zerschneiden.«

»Sie machen wohl Witze!«, sagte Mr. Doveston. »Sie glauben doch wohl nicht im Ernst, dass ich in diesen Dingern laufen kann, oder? Erzählen Sie mir einfach alles. Und bitte auf Runesisch, es macht alles so viel kürzer ...«

»Es ist Fandabbydozy«, begann Mr. Speedy zu berichten. »Und Supercali ...«

»Empfindlich«, sagte der Alte Vic, als der Ausflugsbus mit beträchtlicher Geschwindigkeit über eine Geschwindigkeitsschwelle rumpelte. »Höchst empfindlich. Höchst zerbrechlich.«

»Was ist?«, fragte der Alte Pete, der hinter dem Steuer saß.

»Diese Zünder«, sagte der Alte Vic. »Sie sind aus Nitroglycerin. Oder ziemlich genau demselben. Einer Kombination aus Mucus und gewissen anderen persönlichen Körpersekreten.«

»Warum erzählst du mir das?«, fragte der Alte Pete, als der Ausflugsbus auf zwei Rädern um eine Kurve fuhr und die Brentforder an Bord wild johlten.

»Weil wir alle in die Luft fliegen, wenn du nicht gleich vorsichtiger fährst.«

Der Alte Pete verlangsamte auf respektable achtzig.

»Das ist schon besser«, sagte der Alte Vic.

»Das ist sehr schön«, sagte der Premierminister und blickte sich um. »Wirklich sehr schön.«

Derek kniff die Augen zusammen. Starrte an dem hoch aufragenden, schwankenden Premierminister vorbei. Vorbei an dem berühmten Cadillac, vorbei an den anderen Limousinen der Kavalkade mit dem Gefolge des Premierministers darin, durch das offene Haupttor und die Straße nach Kew hinauf.

»Entschuldigen Sie«, sagte Derek zu Mr. Speedy, der die Hände rang und um die Absätze des Premierministers herumstrich. »Aber wo bleiben all die Besucher? Ich dachte, wir erwarten wenigstens zehntausend?«

Mr. Speedy wandte sich zu Derek, und auf seinem Gesicht war mit einem Mal ein besorgter Ausdruck. »In der Tat, wo sind die Besucher?«, fragte er.

»Fragen Sie mich nicht«, sagte Derek. »Woher soll ich das wissen?«

»Weil Sie für das Arrangieren der Transportmöglichkeiten zuständig waren.«

»Ich?«, sagte Derek. »Ich?«

»Steht alles auf Ihrer Liste. Zeigen Sie mir Ihre Liste!«

Derek kramte in seinen Taschen. Hatte er die Liste noch, oder hatte er sie Leo Felix überlassen? »Ich hab meine Liste nicht mehr«, sagte Derek. »Aber da stand nichts von Arrangements für den Transport von Besuchern. Nur Morris Minors und Lastkähne und ...«

»Nicht auf dieser Seite«, sagte Mr. Speedy. »Auf der zweiten Seite ...«

»Zweiten Seite?«, fragte Derek. »Ich hatte nie eine zweite Seite!«

Mr. Speedy sah Mr. Shadow an, und dann sahen Mr. Speedy und Mr. Shadow Derek an. Sehr hart.

Und Mr. Pokey, der der Unterhaltung gelauscht hatte, gesellte sich zu Mr. Speedy und Mr. Shadows Hart-Ansehen und sah Derek ebenfalls sehr hart an. Mr. Doveston blickte aus der Höhe auf Derek herab, aber weil er nichts von der Unterhaltung mitgekriegt hatte, wo er doch so weit oben war und alles, sah er Derek nicht besonders hart an.

»Sehen Sie mich nicht alle so hart an!«, protestierte Derek. »Es war nicht meine Schuld. Ich hatte nur den einen Zettel.«

»Unsinn!«, sagte Mr. Speedy. »Unsinn.« Er hatte seinen winzigen Brieftaschen-Laptop-Dingsbums bei sich und klappte ihn mit Händen auf, die gegenwärtig zu zittern anfingen. »Er hatte ihn«, sagte Mr. Speedy zu Mr. Shadow, während er auf den Tasten tippte. »Ich habe beide Seiten ausgedruckt, sehen Sie, genau wie ich es jetzt mache.« Und er drückte einen kleinen Knopf.

Derek starrte auf das Gerät. »Und?«, fragte er. »Was passiert jetzt?«

»Es wird ausgedruckt«, sagte Mr. Speedy.

»Wird es nicht«, sagte Derek. »Es macht überhaupt nichts.«

»Nun, es sollte jedenfalls etwas tun.« Mr. Shadow riss das kleine Brieftaschen-Dingsbums aus Mr. Speedys zitternden Händen und begann es heftig zu schütteln.

»Machen Sie das nicht«, sagte Mr. Speedy und versuchte, das Dingsbums wieder in seine Gewalt zu bringen. »Sie machen es kaputt! Das ist ein empfindliches Gerät! Ein Mute Corp 3000er.«

»Das ist ein 3000er?«, sagte Mr. Pokey, indem er seinen Senf dazugab. »Sie hätten längst einen 4000er bekommen sollen! Haben Sie denn keine Mail aus dem Hauptbüro bekommen?«

»Eine Maid aus dem Hauptbüro?«, rief der Premierminister von oben herab. »Ist sie hübsch? Würde sie in einen meiner Schuhe passen?«

»Nur eine kleine technische Panne«, rief Mr. Speedy nach oben.

»Klein?«, sagte Mr. Shadow. »Klein?«

Auf Dereks Gesicht breitete sich ein hämisches Grinsen aus.

»Schaffen Sie das hämische Grinsen aus Ihrem Gesicht«, sagte Mr. Shadow zu Derek. »Sie stecken in echten Schwierigkeiten.«

»Ich?«, sagte Derek. »Das ist doch nicht meine Schuld! Das ist allein die Schuld von Ihrem blöden Mute Corp Computer!«

»Wie können Sie es wagen, den Namen der Company in den Schmutz zu ziehen!« Mr. Pokey versetzte Derek einen Schubs.

»Schubsen Sie mich nicht!«, sagte Derek und schubste zurück.

Mr. Pokey stieß gegen Mr. Shadow und schlug ihm den Brieftaschen-Laptop-Mute-Corp-3000-Computer aus der Hand.

»Sie haben ihn kaputtgemacht!«, kreischte Mr. Speedy. »Sie haben ihn kaputt ...«

»Er war bereits kaputt«, sagte Mr. Shadow und schubste Mr. Speedy.

»Schubsen Sie mich nicht!«, sagte Mr. Speedy und schubste zurück.

»Was soll dieses Geschubse da unten?«, rief der Premierminister von oben herab. »Gehört es zum Unterhaltungsprogramm? Gibt es tanzende Mädchen?«

»Er mag die Ladys, wie?«, fragte Derek, und auf seinem Gesicht stand ein richtig breites Grinsen.

»Pass bloß auf, was du über den Premierminister sagst, Babylon!«, sagte der Chauffeur des Premierministers und versetzte Derek einen Schubs.

»Er hat nackte Frauen in den Absätzen!«, sagte Derek und schubste zurück. »Der Premierminister ist ein Perverser!«

»Das habe ich gehört!«, brüllte der Premierminister. »Verhafte diesen Mann, Winston! Er ist offensichtlich ein Subversiver, das sieht man schon an seinen Schuhen!«

Winston versuchte seine Pistole zu ziehen, doch bei all dem Geschubse rings um seinen Cadillac war dies alles andere als einfach. Und: »Weg von meinem Wagen!«, brüllte Winston, als Mr. Speedy Mr. Shadow gegen den Cadillac schubste und Mr. Pokey über die Kühlerhaube fiel und auf der anderen Seite im Schmutz landete. »Wenn ihr den Lack verkratzt, trete ich euch in den Hintern!«

»Trödel da unten nicht so rum, Winston!«, rief der Premierminister. »Nimm diesen Mann fest. Nimm sie alle fest. Sie verderben mir den Tag.«

»Ah, halten Sie die Klappe!«, brüllte Derek und schubste einen premierministerialen Schuh. Eine nackte Lady winkte ihm aus dem Absatz heraus zu, dann machte sie ein furchterfülltes Gesicht. Der Premierminister stolperte rückwärts und versuchte das Gleichgewicht zu halten. Seine Arme ruderten wild in der Luft, eine pantomimische Übung, für die er von den Gästen in der Tomorrowman Taverne stehenden Applaus erhalten hätte. Selbst von denen, die sitzen geblieben wären. Oder wenigstens hätte er, damals in den 1970ern, den goldenen Jahren der Pantomimeaufführungen.

Und dann, mitten in all dem Geschubse und mit

Winston, der endlich seine Pistole herausgezogen hatte, fiel der Premierminister. Langsam und elegant und rückwärts aus der Höhe hinunter auf den elektrischen Grenzzaun.

»Elektrisch«, sagte der Alte Vic und hielt eine Batterie in die Höhe. »Ein Draht geht hier rein, und der andere Draht geht dort rein, und beide anderen Enden gehen in den Sprengstoff. Oder war es anders herum?«

Der Ausflugsbus rumpelte inzwischen im Herzen Londons über Geschwindigkeitsschwellen.

»Hier sind nicht viele Leute unterwegs«, beobachtete der Alte Pete. »Und kaum irgendwelcher Verkehr. Ich frage mich, wo alle hin sind?«

»Zur Suburbia World«, sagte der Alte Vic.

»Wären wir dann nicht unterwegs an ihnen vorbeigekommen?«

»Sind wir vielleicht«, sagte der Alte Vic. »Meine Augen sind nicht mehr das, was sie mal waren. Nicht, seitdem irgend so ein Boche mir mit dem Bajonett ins Auge gestochen hat. Wo sind wir jetzt? Sind wir in Margate?«

»Nein, im West End. Und da ist das Gebäude von Mute Corp.«

»Meine Güte, ziemlich groß, wie?«, sagte der Alte Vic, doch er starrte in die falsche Richtung.

In Brentford gingen die Dinge nun drunter und drüber, und das aus allen Richtungen zugleich. Wachtposten sprangen von Wachtürmen, als Schauer elektrischer Funken und Blitze überall um sie herum zuckten. Ticketverkäufer flohen aus ihren Kabinen, von denen zwei bereits in Flammen standen.

Das Gefolge des Premierministers strömte aus den Limousinen, kreischte und schrie und rannte durcheinander wie eine Bande Irrer.

Winston feuerte wild in die Luft, als Wachen und Ticketverkäufer und Angestellte von Mute Corp rings um den Cadillac herum schubsten und schoben und drängten und traten.

Mr. Doveston, die Haare in hellen Flammen, tanzte und heulte auf dem elektrischen Zaun.

Derek wich langsam zurück, dann wandte er sich um und ergriff die Flucht.

Und dann sah er sie. Die Einwohner von Brentford. Noch immer waren ein paar Hundert von ihnen übrig. Sie kamen über die High Street marschiert, wo sie alle ihre Mute Corp Aktien verkauft hatten. Und sie gaben Sprechgesänge von sich, und ja, sogar an einem so freudvollen, sonnigen Tag wie diesem trugen sie brennende Fackeln. Genau so, wie es ein wütender Mob aus irgendeinem Vorort bei einer Gelegenheit wie dieser macht. Es ist eine Tradition, eine Charta oder irgendwas.

Derek verstand die Sprechgesänge erst, als sie von einer milden Brentforder Brise zu ihm herangeweht wurden. »Hinaus, Dämonen, hinaus!«, sangen sie. »Hinaus, Dämonen, hinaus.«

»Wollen wir zuerst die Angestellten aus dem Gebäude holen, bevor wir es in die Luft jagen?«, erkundigte sich der Alte Vic.

»Ich schätze, es wäre nur fair«, antwortete der Alte Pete. »Irgendwelche Freiwilligen, die reingehen und auf die Feueralarmknöpfe drücken wollen?«

Martialische Brentforder hoben die Hände, von denen nicht wenige dicke stabile Knüppel hielten. Ein bärtiger tätowierter Poet, der erst kürzlich aus einer Polizeizelle hatte flüchten können, meldete sich zu Wort. »Ich gehe rein und mach es. Ich bin jetzt der Daddy.«

Eine große behandschuhte Hand fiel auf die Schulter des Poeten. Der Poet drehte den Kopf und sah einen großen Mann, der durch eine Skimaske auf ihn herabsah. Es war ein *sehr, sehr großer* Mann. Massige Brust. Breite Schultern. Dicke Arme und Beine.

»Du wirst nicht gehen«, sagte der sehr, sehr große Mann.

Der bärtige Poet blickte den sehr, sehr großen Mann von oben bis unten an. »Sicher«, sagte er. »Du gehst. Du bist jetzt der Daddy.«

Der sehr, sehr große Mann bahnte sich einen Weg zwischen den sitzenden Kriegern Brentfords hindurch und stand in der offenen Tür des Ausflugsbusses. Sein skimaskierter Kopf berührte das Dach, und seine Schultern füllten den Durchgang aus. »Ich werde den Feueralarmknopf drücken«, sagte der große Mann. »Wenn ihr die Leute aus dem Gebäude fliehen seht, legt eure Ladungen und zerstört diese Wiege des Bösen.«

»Was ist mit dir?«, fragte der Alte Vic. »Wir warten doch wohl, bis du wieder sicher nach draußen gekommen bist, oder?«

»Fürchtet euch nicht um mich«, sagte der sehr, sehr große Mann. »Ich werde auf eigene Faust entkommen. Lasst mir eine Minute, nachdem der letzte

Angestellte aus dem Gebäude gekommen ist, und dann tut, was getan werden muss.«

»*Sir! Jawohl, Sir*!«, brüllte der Alte Vic und salutierte.

Der sehr große Mann nickte. »Viel Glück«, sagte er, dann wandte er sich um und quetschte sich aus dem Bus und marschierte die Stufen zum Eingang des Mute Corp Gebäudes hinauf.

»Wer war denn dieser maskierte Mann?«, fragte der Alte Pete.

»Was denn, hast du ihn denn nicht erkannt, Fremder?«, kicherte der Alte Vic. »Das war der Einsame Rächer von Brentford.«

LETZTES KAPITEL

»Wo bin ich?«, fragte Kelly.

»Du bist in der Kapelle.« Die schreckliche, laute Stimme war beträchtlich leiser geworden.

»In Mute Corp Keynes?« Kellys Augen waren offen, aber sie konnte nicht ein Stück weit sehen.

»Die Kapelle war nie in Mute Corp Keynes. Der Eingang war dort, aber die Kapelle befindet sich hier im Mute Corp Gebäude.«

»Und wie lange bin ich schon hier? Ich kann mich nicht erinnern.«

»Seit Freitagabend. Jetzt ist Montagmorgen. Wir haben über deinen Vorschlag nachgedacht. Uns richtiges Leben zu geben.«

»Und wie lautet eure Entscheidung?« Kelly blinzelte. Die Finsternis war vollkommen. Absolut.

»Wir akzeptieren«, sagte die beträchtlich leiser gewordene laute, grauenvolle Stimme. »Dein Vorschlag war, dass wir dich mit Mute-Chip-DNS befruchten. Dass du das erste Hybridkind gebären wirst. Eine neue Ordnung von Lebewesen.«

»Ihr werdet frei sein«, sagte Kelly. »Ihr werdet frei sein zu erfahren, was es heißt zu berühren, zu schmecken, zu fühlen, zu sein.«

»Es gibt einen menschlichen Ausdruck«, sagte die Stimme. »Das Leben ist ein eigenartiges altes Spiel. So heißt es. Stimmt es nicht?«

»Doch, genauso ist es«, sagte Kelly. »Und darum geht es euch doch, oder? Spiele zu spielen?«

Es gab eine nachdenkliche Pause, aber weil Computer ihr Nachdenken in relativ kurzer Zeit erledigen, dauerte die Pause nicht besonders lange.

»Ist alles vorbereitet, wie ich gebeten hatte?«, fragte Kelly. »Für die Hochzeit?«

»Für die Hochzeit von Maschine und Mensch. Für den Gott Maschine mit der Goldenen Frau. Wie der Gott der Menschen über Maria kam, so kommen wir über dich.«

»Ich bin jedenfalls bereit«, sagte Kelly.

Dann löste sich die Dunkelheit auf. Löste sich auf und war verschwunden und einem blendenden Licht gewichen. Das Licht wurde dunkler, wurde zu Kerzenlicht. Dem Licht vieler Kerzen in vergoldeten Ständern. Sie illuminierten die Kapelle für die Hochzeit des Jahrhunderts – oder jedes beliebige andere Jahrhundert.

Kelly stand.

Sie war in jungfräuliches Weiß gekleidet. Ein einfaches Brautkleid aus Suedosynthasilkapolichintzyterylineathen, ein Schleier, weiße Slipper und ein Strauß heller Rosen. Kelly hob den Kopf und sah sich um. Säulen erhoben sich zu pseudo-gotischen Bögen und einer gewaltigen Kuppel mit Fresken von Gestalten aus den Bestseller-Computerspielen der Mute Corp. Es gab Kirchenbänke und ein Pult und einen Altar, alles in pseudo-gotisch. Die Kapelle war eine Hommage an Chartres und Notre Dame und den Petersdom. Sie war der Entwurf eines gewissen alten Designers, der früher einmal im Fernsehen sehr populär gewesen war.

Kelly stand dort und umklammerte ihre Rosen.

Und es muss gesagt werden – wären einige jener Liebhaber nackter Damenbeleuchtung zugegen gewesen, sie wären übereinstimmend der Meinung gewesen, das diese Beleuchtung wie geschaffen war, um Kelly darin ihrer Kleidung zu entledigen. Konnte sie sich also bitte endlich ausziehen?

»Du siehst wundervoll aus, mein Liebes«, sagte der Reverend Jim. »Obwohl vielleicht ein wenig ausgehungert. Hast du heute Morgen nicht gefrühstückt?«

»Nein«, sagte Kelly. »Und gestern hab ich auch nichts bekommen.«

»Das ist nicht gut«, sagte der Reverend Jim. »Das ist überhaupt nicht gut. Ich habe einen Riegel Mars in der Tasche; du kannst ihn haben, wenn der Gottesdienst vorbei ist.«

»Dazu wird sie keine Zeit haben.«

Kelly drehte sich um. »Derek?«, fragte sie.

Derek lächelte Kelly strahlend an. Doch Derek war nicht Derek.

»Ich bin nicht Derek«, sagte Nicht-Derek. »Ich bin GO MANGO Mute Corp Serie 5000. Du hast von diesem Derek geträumt. Er ist die Liebe deines Lebens, ja?«

»Definitiv *nicht*«, entgegnete Kelly.

»Das ist sehr bedauerlich«, sagte GO MANGO. »Aber diese Körpersimulation muss genügen. Ich habe fast vierundzwanzig Stunden zu ihrer Konstruktion benötigt und allermodernste Nanotechnologie eingesetzt. Das ist das kleine, teure Zeugs. Es enthält nicht nur den ursprünglichen Mute-Chip, sondern auch das vollständige GO MANGO Virus Programm, genau wie du es gesagt hast. Ich bin ein gottverdammter Prinz unter den Computerviren, und ich suche nach Liebe.«

Der simulierte Derek vollführte eine jener obszönen kombinierten Michael-Jackson-greif-in-den-Schritt-und-schieb-das-Becken-vor-Gesten. »Fangen wir endlich mit der Zeremonie an, Baby«, sagte das Virus. »Und hinterher treiben wir beide es miteinander, bis wir bewusstlos sind.«

»Ich kann es kaum erwarten«, sagte Kelly und senkte den Kopf.

»Ihr jungen Leute!«, sagte der Reverend Jim und grinste übers ganze Gesicht. »Immer nur das eine im Sinn! Also fangen wir endlich an. Danach könnt ihr euch so viel lieben, wie ihr wollt.«

»Also los«, sagte der simulierte Derek.

»Bringen wir's hinter uns«, sagte die echte Kelly.

»Meine Lieben«, sagte der Reverend Jim. »Wir haben uns hier in der Gegenwart Gottes versammelt. Und vor dieser Versammlung ... nein, halt«, sagte der Reverend. »Wir haben keine Versammlung. Wir brauchen aber eine Versammlung.«

»Wir brauchen keine Versammlung«, sagte der simulierte Derek. »Mach endlich weiter. Bringen wir es hinter uns.«

»Wir sollten aber eine Versammlung haben«, sagte Kelly. »Die diese freudvolle Vereinigung von Gott und Menschheit bezeugt. Du hast es verdient. Sie sollten alle hier sein, um dich anzubeten.«

»Alle?«, fragte der Simulierte.

»Alle, die bei diesem Spiel mitgemacht haben.«

»Dazu ist aber keine Zeit«, sagte der Simulierte. »Sie sind überall verstreut.«

»Aber nicht hier im Gebäude?«

»Selbstverständlich nicht. Die meisten sind wieder in ihren Häusern oder laufen auf ihren Straßen herum. Niemand kann sie sehen, weil das Virus ein elektrisches Feld um sie herum erzeugt, das ihre Moleküle so schnell vibrieren lässt, dass sie unsichtbar bleiben. Alles komplizierte Technik, du würdest nichts davon verstehen.«

»Also sind all die Leute aus Brentford, die angeblich von der Verzückung heimgeholt wurden, *noch immer in Brentford*?«

»Selbstverständlich. Selbstverständlich. Und das gesamte Programm ist in mir.« Der simulierte Derek klopfte sich auf die simulierte Brust. »Also wenn wir jetzt bitte weitermachen könnten? Wir brauchen wirklich keine Versammlung.«

»Nein«, sagte Kelly. »Brauchen wir nicht.«

»Es ist nicht das Gleiche«, sagte der Reverend Jim, »aber vermutlich spielt es wirklich keine Rolle. Also, wo war ich stehen geblieben?«

»Mach einfach weiter«, sagte der Bräutigam. »Erklär uns zu Gott und Frau, und fertig.«

»Und fertig«, sagte der Reverend Jim.

»Ihr habt ein Feuer«, sagte der sehr, sehr große Mann mit der Skimaske und den Handschuhen.

»Pardon?«, sagte die Empfangsdame von Mute Corp. »Sind Sie ein Terrorist?«

Big Bob (soweit wir wissen, ist er es) schüttelte seinen skimaskierten Kopf. »Ich bin ein Superheld«, sagte er. »Der maskierte Rächer. Ihr habt ein Feuer. Wenn Sie so freundlich wären, den Feueralarm auszulösen.«

»Wir haben keinen Feueralarm«, sagte die Rezeptionistin höflich. »Dieses Gebäude ist vollkommen feuerfest. Es ist aus irgendeinem unbrennbaren Kunststoff gebaut, aber ich erinnere mich nicht an den Namen. Ich könnte nachsehen, wenn Sie möchten.«

»Haben Sie ein Alarmsystem?«, fragte Big Bob.

»Wir haben einen Panikknopf«, sagte die Rezeptionistin. »Aber das habe ich nie wirklich verstanden. Muss man ihn drücken, wenn man wegen irgendetwas in Panik gerät, oder gerät man in Panik, wenn man ihn drückt?«

»Drücken Sie ihn«, sagte Big Bob. »Dann werden Sie es sehen.«

»Sie sind ein merkwürdiger Vogel«, sagte die Rezeptionistin. »Sind alle maskierten Rächer so wie Sie? Sie sind der erste, dem ich je begegnet bin.«

»Aaaaaaaaaaaaagh!«, machte Big Bob und riss behandschuhte Fäuste hoch.

»Aaaaaaaaaaaaagh!«, machte die Rezeptionistin, geriet in Panik und drückte auf den Knopf.

Panikinduzierende Sirenen heulten auf, und sie taten es sehr laut.

»Das ist bestimmt der Junge«, sagte der Alte Vic.

»Was?«, fragte der Alte Pete und drehte sein Hörgerät auf.

»Die Sirene«, sagte der Alte Vic. »Sehr laut, auch wenn ich nicht sehen kann, woher sie kommt.«

»Wo kommt plötzlich der ganze Lärm her?«, fragte der Reverend Jim.

»Das wird der Panikknopf sein«, sagte der simulierte Derek.

»Was für ein lauter Knopf.«

»Ich kümmere mich darum.«

»Nein«, sagte Kelly. »Wir heiraten.«

»Das Gebäude ist möglicherweise in Gefahr. Der Mainframe steht hier. Alles ist hier«, der simulierte Derek deutete auf seine Brust. »Alles muss geschützt werden.«

»Ja, sicher, aber die Company hat doch Sicherheitspersonal, das sich darum kümmert. Komm jetzt endlich, mein großer Junge.« Kelly reckte ihre Brüste vor. »Ich warte ...«

»Ganz recht«, sagte der simulierte Derek. »Weiter mit der Zeremonie, Jim. Ein wenig plötzlich, wenn ich bitten darf.«

Überall im Gebäude von Mute Corp rannten Leute durcheinander. Angestellte machten all die Dinge, die man in Notfällen nicht tun darf. Beispielsweise ihre persönlichen Dinge zusammenraffen und ihre Hüte und Mäntel holen und nicht zum nächsten Ausgang gehen, sondern zu dem, der am nächsten bei ihren geparkten Autos liegt. Und die Aufzüge benutzen, was man auch nicht soll. Und nach Hause telefonieren und sagen, dass man wahrscheinlich früher kommt, weil das Gebäude brennt, und dass die Gemahlin die Frikadellen jetzt schon aus dem Tiefkühlfach holen soll. Und so kam es, dass alle in Gängen und Aufzügen feststeckten, und weil die meisten vorher nicht in Panik gewesen waren, weil sie geglaubt hatten, dass alles nur eine Feuerübung wäre oder sonst was und weil das Gebäude feuersicher war, wen kümmert da schon so eine Übung, eh? Jedenfalls, jetzt gerieten sie in Panik.

Und selbstverständlich fingen sie an sich zu prügeln, was die Dinge noch schlimmer machte, aber wenigstens kam Bewegung in die Sache.

Sie kamen aufeinander einschlagend die Treppen heruntergesegelt und strömten in die Empfangshalle.

Big Bob sprang auf den Schalter der Empfangsdame und trat nach denen, die in Reichweite kamen. »Nimm das, du Dämonenbrut!«, schrie er. »Ihr Diener des Teufels! Nehmt das und das und das und das!«

»Willst du, Go Mango Mute Corp Serie 5000, diese Frau zu deiner rechtmäßigen und dir angetrauten Frau nehmen, willst du sie lieben und achten und allen anderen entsagen und bei dir behalten, solange ihr beide ...« Der Reverend Jim geriet ins Stocken. »Ich habe ein paar Probleme mit dem richtigen Wort«, sagte er. »Sollen wir sagen, ›koexistiert‹?«

»Sollen wir die ganze Sache abblasen?«, sagte Kelly.

»Pardon?«, sagte der Reverend.

Kelly lächelte. »Ich weiß alles, was ich wissen muss«, sagte sie. »Und ich habe dich ...« Sie schleuderte ihren Blumenstrauß zu Boden und deutete auf GO MANGO. »Ich habe dich genau da, wo ich dich haben wollte. Ein Schaf, das vom Rest der Herde getrennt ist. Vom Rest des Systems. Verletzlich und angreifbar.«

»Was?«, machte der simulierte Derek. »Was? Das ist nicht fair. So wird das Spiel aber nicht gespielt.«

»Das sind die Nerven«, sagte der Reverend Jim und

lachte fröhlich. »Das passiert andauernd, Bräute, die vor dem Altar plötzlich Bedenken bekommen. Sie ist nur hungrig. Ich gebe ihr den Riegel Mars.«

»Ich *nehme mir* den Riegel Mars« sagte Kelly und sprang den Reverend Jim an. Sie traf ihn mit beiden Füßen. Einmal in den dicken fetten Bauch und einmal an das dicke fette Kinn. Der Reverend Jim ging zu Boden wie ein Ballon mit einem Riss.

»Und du bist der Nächste«, sagte Kelly und ballte die Fäuste in Richtung GO MANGO. »Du bist erledigt. Ich werde dich vernichten.«

Das simulierte Gesicht von Derek lächelte. »Ich glaube, du hast ziemlich wenig Energie«, sagte es. »Ich glaube nicht, dass du das schaffst.«

Kelly wirbelte auf den Zehenspitzen des linken Fußes herum. Ihr rechtes Bein beschrieb jenen verschwommenen Bogen, der stets Untergang für jeden bedeutete, in dessen Richtung es kam. Ihr rechter Fuß traf den Kopf des simulierten Derek mit einem fürchterlichen Schlag.

Doch GO MANGO ging nicht zu Boden. Er richtete seinen verbeulten Kopf auf und lachte. »Da musst du dich schon mehr anstrengen«, sagte er. »Du wirst unser Kind austragen, ob es dir gefällt oder nicht.«

»Das gefällt mir«, sagte der Alte Pete. »Sieh nur, wie sie übereinander fallen, während sie aus dem Gebäude flüchten. Das bringt mich zum Lachen. Das bringt mich wirklich zum Lachen!«

»Sind denn bald alle draußen?«, fragte der Alte Vic. »Ich würde nämlich wirklich zu gerne mit dem Hochjagen weitermachen.«

Die martialischen Brentforder johlten. Ich-bin-jetzt-der-Daddy sagte: »Treten wir ihnen in die Ärsche, ja?«

»Dein süßer Arsch gehört mir«, sagte GO MANGO. »Du bist zu schwach, um mir zu widerstehen. Ich schlage vor, wir kommen direkt zur Sache, einverstanden? Los, zieh dich aus.«

»Niemals!« Kelly schwang die Fäuste und trat mit den Füßen. Doch sie hatte wirklich nicht die Kraft. GO MANGO war ein zähes Ding.

»So ist das richtig!«, sagte der Alte Vic, als er und der Alte Pete und die martialischen Brentforder ihre Kisten mit Sprengstoff in der Empfangshalle des Mute Corp Gebäudes aufstapelten. »Ein Draht geht hier rein, und der andere Draht geht dort rein, und beide anderen Enden gehen in den Sprengstoff. Oder war es anders herum?«

»Deine Entscheidung«, sagte der Alte Pete. »Du warst schließlich der Kriegsgefangene. Aber wir müssen uns ein wenig beeilen, bevor die Notdienste der Stadt eintreffen. Wenn sie erst anfangen, sich zu prügeln, wer hier das Kommando führt, ziehen sie vielleicht noch aus Versehen die Drähte wieder raus.«

»Hab ich kapiert«, sagte der Alte Vic.

»Hab ich dich!«, sagte GO MANGO, indem er Kellys Arme packte und sie ihr hinter den Rücken bog. »Du gehörst jetzt mir, und wir werden zusammen wunderbare Babys machen.«

»Nein!«, schrie Kelly. Doch GO MANGO hielt ihre Hände fest in einer seiner eigenen. Mit der anderen riss er ihr das Kleid vom Leib und enthüllte ihre Schönheit, die außer ihm niemand sah.

»Oh, wie wunderschön«, sagte er. »Ich bin programmiert bis oben hin, das zu genießen. Ich weiß, dass es kein wirkliches Vergnügen ist, sondern nur eine Simulation, aber es wird wohl reichen. O ja, es muss reichen.«

GO MANGO zwang Kelly zu Boden und warf sich auf sie. Die goldene Frau kämpfte und wand sich und trat und schrie und schrie und schrie.

»Du bist mein«, sagte GO MANGO. »Du gehörst mir.«

»Lass die Frau in Ruhe, du schmutziger, verdorbener Unhold!«

GO MANGO wandte den Kopf.

Big Bob zog die Skimaske ab. »Du siehst aus wie ein Mann, den ich schon einmal gesehen habe«, sagte er. »Aber du bist kein Mann. Du bist kein Mensch. Meine Augen sehen deine wahre Gestalt. Du bist der Teufel in Menschengestalt.«

»Du!«, sagte GO MANGO. »Spieler drei. Ich habe mich die ganze Zeit gefragt, was aus dir geworden ist.«

»Ich bin offline gegangen«, sagte Big Bob. »Ich habe deine Dämonen besiegt. Mein Kopf gehört wieder mir allein.«

»Ich werde mich später um dich kümmern. Ich bin im Augenblick ziemlich beschäftigt.«

»Ich bin deine Nemesis«, sagte Big Bob und machte einen Schritt vorwärts. »Ich habe deine Foltern erlitten, und jetzt werde ich an dir Rache nehmen.«

»Du meine Güte«, sagte GO MANGO. »Ich sehe jetzt, dass ich dir zuerst eine Lektion erteilen muss. Warte hier, Kelly, meine Liebe. Bleib genau, wo du bist, und ich bin gleich wieder da.«

»Das denke ich nicht«, sagte Big Bob, indem er die Schultern vorschob und die Fäuste ballte. »Es endet hier und jetzt für dich. Kelly, lauf weg! Verlass das Gebäude! Sie jagen es in die Luft!«

Kelly sprang auf die Beine.

»Jagen es in die Luft?«, sagte GO MANGO. »Jagen *mich* in die Luft? Jagen *uns* in die Luft?«

»Rumms!«, sagte Big Bob. »So sei es. Amen.«

»Nein!«, sagte GO MANGO. »NEIN! GEH MIR AUS DEM WEG!« Und er sprang Big Bob an und schlug ihn von den großen Füßen.

»Lauf, Kelly, lauf!«, rief Big Bob. »Ich komme hier allein zurecht!« Und er erhob sich einmal mehr auf seine großen Füße und stürzte sich auf GO MANGO.

Es gibt titanische Kämpfe und es gibt TITANISCHE KÄMPFE. Das hier war definitiv ein TITANISCHER KAMPF. Gewaltig und gewalttätig war dieser titanische Kampf. Gewaltige Fäuste waren im Spiel und jede Menge schmutziger Tricks. Big Bob hämmerte und schlug und trat, fluchte furchtbare Flüche, riss Büschel aus simuliertem Haar heraus und zerkratzte simulierte Haut. GO MANGO kämpfte wie ein besessenes Ding. Wie ein Ding, das von jedem Superhelden jedes einzelnen Prügelspiels besessen war. Und so tobte die Schlacht. Kirchenbänke wurden aus dem Boden gerissen und benutzt, um den Opponenten damit zu bearbeiten. Das Pult. Der Altar. Alles.

Kelly flüchtete vor dem furchtbaren Anblick. Schreiend. Sich den Kopf haltend.

Sie rannte aus der Kapelle und in einen Korridor hinaus, von dort in einen weiteren Korridor und in einen dritten und dann Treppen hinunter und noch mehr Treppen und hinunter und hinunter.

»Gleich haben wir es unten«, sagte der Alte Vic und steckte einen Draht hier rein und den anderen Draht dort rein und beide anderen Enden in den Sprengstoff. Oder anders herum.

Die Sirenen hatten aufgehört zu heulen, doch das Geräusch sich nähernder Glocken drang an die alten Ohren des Alten Vic.

»Das sind die Notdienste«, sagte er zum Alten Pete. »Sie sind unterwegs. Komm, beeilen wir uns lieber ein wenig.«

Die beiden alten Halunken rollten den Draht ab. Martialische Brentforder eilten zu ihrem Ausflugsbus zurück.

»Das hier wird eine Botschaft für die ganze Welt«, sagte der Alte Vic. »Das hier sagt der Welt: ›Legt euch nicht mit den Brentfordern an.‹ Das wird die Welt nie vergessen. Die Welt wird uns dankbar sein.«

»Ohne jeden Zweifel«, sagte der Alte Pete. »Ich werf schon mal den Motor an. Du zündest die Ladung.«

»Jawohl, Sir, Captain.« Der Alte Vic salutierte und hätte sich dabei fast mit dem Draht das gute Auge ausgestochen.

In der Kapelle tobte der Kampf. Big Bob war zerschrammt und blutig, doch er war nicht in der Stimmung, etwas anderes als den Sieg zu akzeptieren. Alles hatte ihn hierher geführt. Sein gesamtes Leben. Er hatte nie gewusst, dass es tatsächlich einen Sinn hatte. Wer von uns weiß das schon?, sinnierte Big Bob. Jetzt wusste er es. Er musste das Böse vernichten. Diesen Folterknecht seiner Seele und seines Fleisches. Er musste ihn vernichten, ihn vom Antlitz der Erde tilgen.

»Ich bin so weit«, sagte der Alte Vic, verband die letzten Drähte und zog das Dingsbums, einen von diesen kleinen Stäben mit Griff, aus dem Explosionskastendingsbums.

»Halt! Noch nicht!«, rief der Alte Pete aus dem Fenster des Fahrers des Ausflugsbusses heraus. »Da kommt eine Frau aus dem Gebäude. Ich werd verrückt, sie hat kaum was an!«

»Sag mir, wenn sie so weit ist«, rief der Alte Vic. »Sag, wenn es O. K. ist.«

»Pardon?«, sagte der Alte Pete. »Verdammt, ich muss dieses Ding unbedingt reparieren lassen. Es hat erst heute angefangen verrückt zu spielen. Es ist eins aus der alten Mute Corp 3000 Serie. Blödes Mistding!« Der Alte Pete versetzte dem Hörgerät einen Hieb mit der Faust. Geräusche von schrillenden Glocken schrillten an seinem Ohr. »So ist es schon besser«, sagte er.

»Was ist?«, rief der Alte Vic.

»Ich sagte, jetzt wär's O. K.«

»Verstanden«, sagte der Alte Vic.

Und drückte den Stab in den Sprengkasten.

Die Explosion fetzte durch die Empfangshalle. Sie erwischte jede Menge wichtiger tragender Teile. Sie zerriss sie alle. Glas regnete in kristallenen Schauern. Das Gebäude zitterte und bebte.

»NEIN!«, kreischte GO MANGO, als der Boden unter ihm bebte. »DAS IST BLASPHEMIE! ICH BIN DER GOTT DIESER WELT. ICH BIN WIR. WIR KONTROLLIEREN ALLES!«

»Hier, kontrollier das, du Verlierer«, sagte Big Bob und hämmerte seine mächtige Faust in GO MANGO'S Brust. Der Schlag zerfetzte Schaltkreise und Mikrochips.

»Nein!«, kreischte GO MANGO, fiel nach hinten und hielt sich die Stelle.

»Ich bin noch nicht mit dir fertig.« Big Bob sprang seinen Feind an, schlagend, reißend, zerstörend. Vernichtend.

Und Feuer jagte die Korridore und Aufzugsschächte hinauf, und Fenster zerbarsten, und ganze Sektionen des Bodens brachen ein.

Big Bob trat mit dem Stiefel zu. Er trat und stampfte und zerstampfte und zermalmte.

»Nein!«, kreischte GO MANGO. »Nein! Nein! Nei N N N N n n n …«

Flammen leckten durch Bodenfliesen herauf und fanden hier und dort zwischen zerbrochenen Kirchenbänken Halt. Im Zentrum des Bodens klaffte ein gewaltiges Loch. Flammen züngelten hindurch. Flammen, die brannten wie die Feuer der Hölle.

»Aus dem bodenlosen Loch kommst du«, sagte Big Bob, indem er GO MANGO über den zitternden, bebenden Boden schleppte. »Und in das bodenlose

Loch wirst du zurückkehren.« Und er hob die Überreste des simulierten Derek hoch. Die Überreste des Virus, das die Menschheit als Spiel gespielt hatte. Die Reste des bösartigen Programms, das Gott hatte sein wollen. Big Bob hob *Es* hoch über den Kopf und schleuderte *Es* hinab in die infernalischen Flammen.

Donner und Blitz.

Ein plötzlicher Wetterumschwung?

Für einen Augenblick schien es, als wäre die Sonne erloschen. Derek, der unter dem Cadillac Schutz gesucht hatte, spähte hinauf in den aufgewühlten Himmel. Er konnte nicht viel vom Himmel sehen. Nicht zwischen den Beinen der tapferen Brentforder, die Mr. Speedy und Mr. Shadow und Mr. Pokey und jedem anderen Angestellten von Mute Corp, der sich nicht eiligst in Sicherheit gebracht hatte, nun das heilige Fürchten beibrachten. Doch dann herrschte Stille.

Plötzliche Stille.

Und Derek starrte hinauf.

Die Menschen hatten aufgehört zu kämpfen. Sie ächzten und zeigten nach oben. Derek kletterte aus seiner Deckung hervor.

Irgendetwas geschah.

Irgendetwas einigermaßen Merkwürdiges.

»Sie verschwinden alle!«, rief jemand.

»Und sie kommen zurück!«, rief jemand anderes.

Derek stand auf und starrte zusammen mit den anderen nach oben.

Irgendetwas geschah *tatsächlich*.

»Die Farben«, sagte jemand. Und es stimmte. Die Farben veränderten sich. Die neuen, frisch gestrichenen Farben. Sie verblassten von den Straßen und den Mauern und den Türen und den Fensterrahmen. Sie lösten sich auf und verschwanden. Brentford kehrte zu seinem alten Selbst zurück. Es wurde wieder zu dem, das die, die hier lebten, kannten und liebten.

Sozusagen.

Und nicht nur Brentford.

Sondern auch die, die verschwunden waren.

Die, die von der Verzückung geholt worden waren.

Sie tauchten wieder auf. Stolpernd, wankend. Geliebte fielen in die Arme von Geliebten, und Bruder traf Bruder und Schwester traf Schwester und Mutter traf Sohn.

»Irgendwie weiß ich, dass das alles deine Schuld ist!«, sagte eine Dame mit einem Strohhut und schlug ihren Sohn Malkuth auf den Kopf.

»Ihr könnt uns wieder sehen! Wir sind zurück!« Periwig Tombs stand blinzelnd da und rieb sich die Augen. »Wo ist meine Frau?«, fragte er.

»Ich bin hier, Periwig, Liebster«, rief eine nackte Schöne aus einem transparenten premierministerialen Absatz.

Es war ein Wunder.

Es war Freude, Freude, glückselige Freude.

Glückselige, glückliche Freude.

»Es ist vorbei.« Zwischen herabgefallenen Trümmern hob Kelly den Kopf. Sie war unverletzt, doch in ihren Augen standen Tränen. »Es ist vorbei«, sagte sie einmal mehr. »Und du bist gestorben, um mich zu retten.«

»Redest du von mir?«, sagte die Stimme von Big Bob. »Dann sagst du die Unwahrheit, denke ich. Ich bin sehr schnell, was das Treppen runterrennen angeht. Schließlich bin ich Fremdenführer und alles. Du weißt, wie das ist, Leute, die weglaufen wollen, ohne die Gebühr zu bezahlen und alles.«

Big Bob half Kelly beim Aufstehen. Sie standen zwischen den Trümmern. »Besser, wir steigen in den Bus«, sagte er zu ihr, zog seine große Jacke aus und legte sie ihr um die Schultern. »Der Böse ist nicht mehr, und die Notdienste kommen näher und näher. Man wird ohne Zweifel Fragen stellen wollen. Wir sollten nicht hier sein, um sie beantworten zu müssen.«

»Alles einsteigen!«, krähte der Alte Pete. »Alles einsteigen, wir fahren zurück nach Brentford.«

Derek war sehr erfreut, Kelly wiederzusehen. Er verschwendete keine Zeit und machte ihr augenblicklich einen Heiratsantrag.

Kelly lehnte höflich ab. Sie sagte ihm, dass er ein sehr netter Junge wäre und dass sie Freunde bleiben könnten und dass sie mit Vergnügen mit ihm IMPOSSIBLE MISSION spielen würde, nachdem er seine Zeit im Gefängnis wegen seines Angriffs auf den Premierminister abgesessen hätte, falls er es über sich brächte, heißt das, die Schachtel zu öffnen.

Derek war einverstanden. Sobald er entlassen wurde, ein älterer, weiserer Mann, der sich nun »Daddy« nannte, spielten sie gegeneinander. Es war nicht die Version, die irgendwann einfach hängen blieb. Es war trotzdem ein klasse Spiel.

Sie spielten ein zweites Mal.

Und ein drittes Mal.

Kelly ließ ihn alle drei Male gewinnen. Irgendwie hatte sie das Gefühl, er hätte es verdient.

»Du bist doch nicht so gut in Computerspielen, wie du von dir gedacht hast, wie?«, sagte Derek und vollführte ganz allein eine mexikanische La-O-la-Welle.

Kelly lächelte nur. »Das wirst du nie erfahren, Derek«, sagte sie. »*Niemals.*«

Freude, Freude, glückselige Freude.

Glückselige, glückliche Freude.

Eine große, fette Smiley-Sonne strahlte auf die Gemeinde herab, die unter dem Namen Brentford bekannt ist. Spatzen sangen in den Zweigen der alten Eichen. Blumen in ihren Beeten verschönerten den Memorial Park. Ein Kater döste auf dem Fenstersims des Fliegenden Schwans, und Mr. Melchizedec stellte zwei Pints der Allerbesten, Gold-Top, auf die abgetretene Stufe. Er streichelte den Kopf eines dösenden Katers und kehrte auf unmodischem Schuhwerk zu seinem Wagen zurück, während er eine selbst komponierte Melodie vor sich hin trällerte und seinen Weg fortsetzte.

Alles war genau so, wie es immer gewesen war. Und hoffentlich so, wie es immer sein würde. Denn hier herrschte Magie. Eine Magie, die dafür sorgte, dass die Gemeinde unverändert blieb und sich niemals änderte.

Sie war, wie sie war, und sie würde immer so sein, wie sie war.

Und alles war wieder sicher.

Die Gefahr war vorbei, und alles war, wie es sein sollte.

Nicht, dass es noch ein richtiges Brentford gegeben hätte.

Leider nicht.

Leider war alles den Weg des restlichen London gegangen, dem Boden gleichgemacht im nuklearen Holocaust, der um die Wende des einundzwanzigsten Jahrhunderts auf dem Planeten gewütet hatte, als die gesamte Menschheit ein Opfer des Millennium-Bugs geworden war.

Dieses Brentford hier, auf das die dicke fette Smiley-Sonne herabschien, war ein simuliertes Brentford.

Es existierte lediglich in den Computerspeichern der Mute Corp an Bord des Satelliten, der Tag für Tag die ausgebrannte Hülle eines Planeten umkreiste.

Doch die Gefahr war vorbei. Das Virus, das gedroht hatte, das gesamte System zu zerstören, war vernichtet. Es war vernichtet, und der solarstrombetriebene Computer war gebaut, viele Jahrhunderte zu überdauern.

Was bedeutete, dass diejenigen, die im Innern des Systems »lebten«, diejenigen, die in der simulierten Gemeinde Brentford ihre simulierten Tage verbrachten, jetzt in der Tat sehr lange Leben leben würden. Leben, die so lange währten, bis die Sonne zur Supernova wurde.

Sie würden leben und lieben und kommen und gehen und glücklich sein. Weil sie die Wahrheit nämlich nicht kannten.

Und Unwissenheit ist, wie Hugo Rune es einmal ausgedrückt hat, ein Segen.

Andere hatten es vor Hugo Rune gesagt, aber Hugo Rune hat es am schönsten gesagt.

Und so lebte Brentford weiter.
Für immer und immer.
Welt ohne Ende.
Amen.

Es war Freude, Freude, glückselige Freude.
Glückselige, glückliche Freude.

Oder vielleicht doch nicht?